暗影

宋麦玲 著

河南文艺出版社

·郑州·

图书在版编目（CIP）数据

暗影/宋麦玲著. —郑州:河南文艺出版社,2018.9
(2019.9 重印)
ISBN 978-7-5559-0743-5

Ⅰ.①暗…　Ⅱ.①宋…　Ⅲ.①长篇小说-中国-当代　Ⅳ.①I247.5

中国版本图书馆 CIP 数据核字(2018)第 220514 号

出版发行　河南文艺出版社
本社地址　郑州市郑东新区祥盛街 27 号 C 座 5 楼
邮政编码　450018
承印单位　三河市兴国印务有限公司
经销单位　新华书店
开　　本　700 毫米×1000 毫米　1/16
印　　张　30
字　　数　405 000
版　　次　2018 年 9 月第 1 版
印　　次　2019 年 9 月第 2 次印刷
定　　价　58.00 元

印厂地址　河北省三河市北外环路南密三路东
邮政编码　065200　　电话　0316-7151808

自序

古人说"文以载道"。本人写书，倒不见得是为了承载人生的什么大道理，只不过在自己的心中，始终有种想写一本书留住世间一些东西的冲动。虽然自己还算年轻，但或许，这就是自己心底最原始的梦想吧！

想法如果不去实现，也许永远只是一种想法。可喜的是，在想法之后，自己终于行动了。但写书，却不是那么容易的事，从想至写，经历了数年的时间。其间不是时间不允许，就是金钱不允许，要么是自己的心情不允许。但在数年之后，自己终于克服了种种制约，这确实是可喜的，喜在了自己的心里。

"四十而不惑。"但作为一个生活在都市的女人，孔夫子所说的"不惑"从来就没有离开过我。为了琐碎而繁杂的生活，为了最大可能地实现自己的人生价值，"不惑"便常常现在我的眼前，袭上我的心头。还好，心底的梦想总能支撑自己，这梦想便是拨开云雾、拨散不惑的剑。

抑或说"四十而不惑"该是针对男人的吧。因为孔夫子就是男人，那时的他必是不了解女人的。

现时的女人需要承载的太多。她们除了要承载工作、梦想，还要承载生活中的柴米油盐以及来自他处的种种烦恼。所以，这种"不惑"，便也更重些。

不过还好，女人的独立与坚强，在任何时候都是一把锋利的剑，剑指何方，自己做主。

本书中的女主人公便是这样的。她独立、坚强、隐忍与不屈的品格，深深地感染了我，相信也能感染你。虽然主人公在奋斗之后，没有留下她想要的，并为之付出了生命，但她奋斗的历程却是芬芳四溢的。主人公人性中的闪光点由此而更加绚丽夺目。

2018 年 5 月

目　录

第一章　母爱如织

黑漆漆的天空乌云翻卷，闷雷阵阵，风发狂似的从四面八方涌来。整个城市顿时沉浸在黑暗与风雨飘摇的气氛中。不一会儿，豆大的雨滴从天而降，噼里啪啦地拍打着偌大的玻璃窗。在整个的风云变幻中，程灵燕一直盯着玻璃窗，观看着外面的云卷云舒。风由狂怒至极静，回忆，使她仿佛在时空交错中经历着自己的一世。

一

风雨过后，城市像洗过似的洁静，点点阳光洒向窗际，为空寂的办公室平添了一丝柔和与宁静。

此时，程灵燕仍凭窗而立，只不过她的手指间不知在什么时候多了一支"摩卡"香烟。烟雾缭绕中，她的思绪又慢慢地飞向远方，飞到一个凄迷而痛楚的"沼泽地"。

"知了，知了"的蝉鸣，为夏日农村的傍晚平添了一份宁静。此时正是麦收季节，一畦畦的麦田金浪翻滚，灼人的骄阳退去后，似乎仍然不减它的威力。此时的热中夹杂一股焦躁的闷，三十岁出头的王婶和她的男人挥汗如雨,一镰镰地收割金黄的麦子,刺人的麦芒铺了一地金黄。

在曼陀村三间低矮的青砖瓦房里,一个四岁的小女孩此刻正睡得香甜,她似乎完全感觉不到房间的闷热。

这是一间不足二十平方米的厦房,地面是略有坑洼的泥土地,黄白色的地面上裸露着原始的黄土气息。一张一米多宽的小木床靠墙东西而放,外侧是一张八仙桌,桌上散乱地放着杂物以及一双未纳完的鞋底。北面的墙角,则散乱地堆着麦子、玉米等。

小女孩睡醒后,先自个儿在床上玩了一会儿。约是超过了她所能接受的等待时间,依然未有一个人进来哄抱她,她意识到这个房间里只剩下自己,就哇哇地大哭起来。

哭了一会儿后,小女孩满身是汗。她把上身皱巴巴的白背心脱了下来,用右手拎着,环顾左右,顺着落锁的屋门下方,一个几十厘米高的间隙处,像一条小狗似的蠕动着身子爬了出去。

二

一辆木制的架子车上,整齐地码放着带穗的麦子。夜色朦胧中,拉车的黄牛似也极其疲惫,它慢吞吞地拖着牛套,在主人的吆喝声中缓慢前行。

在月光的照耀下,王婶掏出钥匙小心地插入门锁。在开门的一刻,她似乎才想起在家里睡觉的女儿。

点上煤油灯,床上空空的,泛着黑亮油光的竹篾凉席上,哪里还有女儿的影子?

王婶心里一惊。随即,她的脊背上哗地出了一层冷汗。"燕子——"王婶心慌地叫着女儿的乳名。她发疯似的跑到场里(农村碾麦子的地方),大喊着丈夫的名字。于是,一家人在月朗星稀的夜晚,拖着又累又饿的身躯,发了疯、着了魔似的寻找着小女孩。

三

曼陀村是一个不足百户的小村庄。这儿的人们勤劳善良，祖祖辈辈靠几亩薄地为生。村庄三面环山，就像是一个倒立的陀螺，曼陀村也由此得名。

夏日的夜晚，虽然已8点多钟，但这里的人们大部分都还没吃晚饭。辛勤的男女总伴着月色劳动，即便他们又累又饿，但晚饭总要拖到晚上八九点钟以后才吃。

晚上的农村，女人稍早一些从地里回去做饭，男人和孩子则在场里忙着收拾带秆儿的麦子。他们趁着夜色铺满一场，待第二天大太阳时，晾晒、碾压、脱粒。

此时场里的男人和大一点儿的孩子听到王婶一家的呼喊声后，迅速聚拢了来，他们你一言我一语地向王婶一家打听详情。

刘栓柱面容黝黑，身强力壮。他粗声粗气地说："我们大伙儿都别愣着了，赶紧帮王婶家找小燕子啊。"

"是啊，是啊，赶紧找。"大伙儿应着。在嘈杂声中，他们纷纷展开了搜寻。

他们有的举着手电，有的头戴矿灯。数道光束伴着慌乱的吆喝声，让曼陀村一向宁静的夜晚，顿时变得嘈杂而凌乱。

四

一条大黑狗警觉地蹲坐在老旧的麦秸垛旁，它身边的小女孩看似恬静的脸上，瞪着一双惊恐的大眼睛。

这个麦秸垛离王婶家一二里地远，在村里唯一一个搬到城里住的老孙家的空场里。空场的上空，几只猫头鹰呜咕地叫着，瞪着眼寻找着猎物。

这个瞪着大眼的小女孩正是小灵燕。

小灵燕为什么会一个人来到这里呢？原来在不忙时，她的母亲就会带着她来这儿玩耍。那条大黑狗也喜欢来这儿，和母女俩打过几次照面。她们虽然未养它，但小灵燕总是带东西给它吃。时间久了，人与狗之间也就有了一种默契和感情。

大黑狗名叫"黑貅"，是村里的一条流浪狗。

生在农村的孩子，从小就缺少玩伴，由于父母整日忙于农务，他们更是得不到父母应有的关心。在孤独和摔打中成长，也便成了农村孩子的特性。

自从认识了"黑貅"后，小灵燕就把它当成了自己的好伙伴。

小灵燕看不到家人后，就摇摆着两条小腿，不自觉地来到这儿寻狗做伴。

从下午到傍晚再到夜间，小灵燕孤独地待了五六个钟头。而在这么长的时间里，"黑貅"都静静地坐在她的身旁，这给了她不少安慰。

"看，她在那儿。"村里的一个孩子说。这个孩子比程灵燕大几岁，他是认识她的。

听到了这个小孩的呼叫声后，大伙儿一起赶了过来。

"妮啊！"王婶疯了般扑过去，紧紧地抱住了女儿，"你可吓死娘了，你是不想让娘活了吧！"

在母爱的强大刺激下，此时的王婶倒成了一个正常人，平时不怎么爱说话的她，倒说出了一番极其正常的话。

"哇！"小灵燕内心的堡垒一下子塌了，她再也无须戒备，仿佛一下子远离了惊恐。她在母亲的怀里哇哇地哭着，久久不愿离开母亲的怀抱。

五

"好了，好了，既然找到了，大伙儿就该高兴！没事就回家吧，都干了一天活。"刘栓柱这么招呼着，然后大伙儿各回各家。

王婶——小灵燕的母亲——是一个患有间歇性精神病的女人。她实际上并不老，三十岁出头，但贫穷的生活和艰辛的日子，过早地为这个可怜的女人染上了三分之一的白发，使她看起来比实际年龄要老得多。

据说王婶年轻的时候，也是相当标致的。她出生在县城的一个普通家庭，父母都是知书达理之人。家中兄妹三人，王婶排行老大。在这样的家庭氛围中成长，按理说王婶应该和别的孩子一样健康快乐的。可是，王婶经历了一段虐心般的早恋，为了一个绝情、抛弃了她的男人，渐渐地患上了抑郁症，并逐渐形成了间歇性精神病。

第二章　这山这水

一

曼陀村，是一个光棍汉云集的地方，在20世纪70年代末，这里大多数的家庭仍处于贫困之中。在这个不足百户的小村庄内，竟有着二十多个光棍汉，其中有些还是年过半百的老光棍。程文斌便是这群光棍中的一员。眼看着近四十岁了，他还没娶上媳妇，这可急坏了他的老娘。

一天清早，程大娘颠着一双小脚颤颤悠悠地来到村东头自家种的一小片菜地里，举着一双干柴般的老手，从高过她头顶的豆角架上，把鲜嫩的豆角一根根地摘了下来。

早上炒些豆角配些青茄子吧，好几天都没炒过菜了。摘菜时程大娘这样想着，她那满是皱纹的脸上，竟也泛起一种满足的笑。

踮起脚，扭歪着身子，磕磕绊绊地摘了半天，她也只摘了小半竹篮的茄子与豆角。

摘罢菜后，程大娘跛着小脚迈出地头，她又小心翼翼地把一旁的一捆荆棘堵在了菜地的入口，才提着菜篮子转身回家。

在经过虎子家门口的时候，她看见一群村民围成一圈正在七嘴八舌地议论着什么。程大娘拨拉着人群，踮起小脚，也想看个热闹。

只见一个女子倚着墙角坐在地上，她肤色黑黄，神情呆滞，尺把长的黑发凌乱地覆盖着左边的脸颊。

挤进人群后看了大半天，这女子一声也不出，像是蜡像一般。这般情景，倒让程大娘这个小脚女人心疼不已，怜悯之心油然而生。

二

程大娘三十岁出头就守寡。她性格刚毅，为了几个孩子，终究没有再嫁。凭着钢铁般的意志，她硬是把孩子们拉扯大。

而此刻，她的心却融化了。她从人缝中挤了进去，弯下身子，拨开这个脏兮兮的女子脸上的头发，说："你们都让让吧，我把她带到家里歇息一下，看她也怪可怜的。"

就这样，程大娘把这个既脏又呆的女子带回了家。

回到家后，程大娘急忙烧了一盆热水，又找来她早年的衣服让女子换上。不一会儿，这个女子就变得十分干净。程大娘仔细瞧了瞧，她还很年轻，也就二十五岁左右。

姑娘微黑的面容上，架着一个灵巧的鼻子，虽然眼神呆滞了些，可看起来并不像完全呆傻之人。

心软的程大娘，让姑娘在自家住了下来。

刚开始，这个姑娘一直不愿开口说话，但在程大娘的悉心照料下，姑娘似乎信任了她。几天后，对于程大娘的问话，她也能够开口应答了。

姑娘说她姓王，是城里南湾街人。对于家里的其他情况，她只是简单讲述，并不愿多说。

程大娘试探地问起了姑娘的婚事，她只说还未结婚，再问时，她就表现出一副极不耐烦且有些呆滞的神情。当过多地和她说话时，她反而陷入了迷茫，就像犯了傻似的。

农村改革后,处于山地的曼陀村所需耕种的田地并不多。程大娘年纪大了,多数时候她只是在家烧火做饭,洗补衣衫,地里的活儿基本上都是她的小儿子程文斌在干。现在,王姑娘陪着程大娘,也能简单地帮着做些家务。只是有时,姑娘会莫名的焦躁,在往后的几天里郁郁寡欢。

三

一转眼,一个月过去了。此时天气暖和,春意正浓。渐渐地,村民们有事没事都喜欢到曼陀村十五里外的夏城县县城里游逛。这天,程大娘想:我何不带着她出去逛逛呢? 刚好也可以到城里表侄的诊所,给这位姑娘看一下病。

程大娘的表侄在县城前门街边的巷子口开个体诊所。程大娘她们到时,表侄正在给人看病。他一米七八的个头,戴着一副眼镜,儒雅中透着英气。

程大娘的表侄叫袁二虎,上学期间成绩优异,尤其喜欢舞文弄墨,那时,他一心只想做个诗人。后来,因为家里经济条件不好,父亲非让他学医,说是学医将来好吃饭,也可博得个家境殷实,他这才学了医,而他的理想与爱好,只能暂时埋在心里了。

"婶子,您来了? 快,先坐一会儿,我一会儿就忙完了。"二虎一边与程大娘打着招呼,一边对病人说,"你这听着没事,回去继续吃药就行了。"

忙完这个病人,他就放下听诊器,转身从水瓶里倒了一杯开水递给程大娘,说:"婶子,您喝口水吧,这大老远的,您来一趟县城可不容易。算起来,我可快有一年没见您了啊!"

与程大娘说话时,袁二虎才看到,一个怯生生的女人站在程大娘的身后。

"是啊,婶子这不是年龄大了嘛,再加上这段时间家里事情多,着实是好久没来城里看看了。"程大娘叹了一口气,继续说,"二虎啊,婶子有件事要求你。"

"看您说的，婶子，有事您只管说。"

程大娘把二虎悄悄地拉到了门外，在没人的地方，一五一十地把她捡到王姑娘的来龙去脉对二虎说了。末了说："这个闺女我可是想给你文斌哥做媳妇的，可就是看着这儿不是太灵光。"说着，程大娘用手指了指自己的脑袋。

精神科虽然不是二虎学习的主要课目，但是他在学医期间广读医书，涉猎各科，对于精神和心理学方面，他有着浓厚的兴趣。因此，程大娘也算是找对了人。

许是站累了，王姑娘怯怯地看了看长条凳上坐着的病人，刚想坐下来，便听到"跟我到里面来吧"的声音，他拉着她就往里面的一间诊室走去。

通过一系列问题性的心理测试，有着一定经验的二虎医生确定这位姑娘精神方面是有问题的。

随后，二虎把程大娘拉到一个角落里，告诉她姑娘患的是典型的"间歇性精神病"，并告诉程大娘回去后要让病人保持平和的心态，尽量不要让她受刺激，以免加重病情。

接着，二虎开了些"舒必利"，又到街上买了二斤枣糕，让程大娘一并带了回去。

傍晚时分，余晖染红了西边磨盘山山顶上的半边天空。满山初绿，宛如为山村穿上了一件新衣裳，红绿相织，美丽异常。

此时，程大娘一颠一颠地跛着小脚，身后跟着她选定的准儿媳妇，摇摇晃晃地走回了曼陀村。

四

早上，初升的太阳映照着绿油油的麦田，圆润的露珠浮挂在细细的麦叶上，像一滴晶莹的泪珠，想掉而终没有滚动下来，垂而不落，动人而美丽。

随着锄头的行进，程文斌的脚下，散落出一片松软的土地，而麦田里惯生的一些杂草，野燕麦、稗草等也随着他的锄头一一倒下。

虽然对农活并不怎么热爱，但没有其他能耐的程文斌，也只能随着日出与日落而来往于家与田间地头。干好农活、打些粮食、填饱肚子和养活娘成了他这个光棍汉的理想与责任。

干活流汗，累得腰酸背疼，这对程文斌来说似乎都不是重要的。重要的是，当面对一个又一个漫长的夜晚时，他有种难挨的寂寞。更让他无法言说的是，夜半和早上醒来时他的阴茎久久勃起，坚硬如不倒的铁杵，并且心里就像爬满了一窝蚂蚁似的瘙痒难挨。

就在昨天夜里，他还用手上下蠕动生铁般坚硬的肉条，想不到自娱自乐也能带来快感，忍不住时，他竟嗯嗯啊啊起来。现在回想起来，他浑身不禁又涌起了一阵潮热。

蓦地，他的头脑中涌现出一个身影——呆呆的面孔，惊恐的眼神，偶尔现出的忧郁神情——是她！

连日来，那个身影一直在他的脑海里浮现。她的奶子圆鼓鼓的，在此之前，他似乎都不曾正眼看过女人，对于女性的身体特征，他似是模糊了。自从在家里和那个女人近距离接触后，似乎总有一种气味在撩拨着他的神经。此时，他愈发觉得心里痒痒，下体竟也膨胀了。

锄头仍在行进，思绪却乱如麻。此刻，他用力举起锄头，不承想锄头却一下子落在了青青的麦苗上。随着锄起，一撮肥壮的麦苗带起润湿的尘土，连根躺在了地上。

五

家中，程大娘正在准备早餐。热腾腾的小米饭，农家的手制花卷，还有自己动手腌制的咸菜丝，这些，都为这个农家平添了几分宁静与富足。

程大娘早年死了男人，一把屎一把尿地拉扯大了四个孩子，其间心酸自不必多说。这些，程大娘似乎也是习惯了。只是两年前，她的二儿子在拉架子车时，被突然发疯的牛连人带车带进深沟摔死了。白发人送黑发人，程大娘的心里始终过不了这道坎，这不免为她本就凄苦的生活添了几分凄凉。每每想起，她总要心酸许久。

程大娘是轮流在几个儿子家待的。近期，她和小儿子程文斌一起过活。时光飞逝，眼看着自己年龄越来越大了，老大不小的文斌还是孤零零一人，这让程大娘如何不心急？

孤寡了一辈子的程大娘，剩下的心愿，就是在有生之年，能够看着小儿子娶上一房媳妇！她告诉其他几个儿子，得赶紧为文斌物色一房媳妇，只有这样她方能安心。

自从捡到了那个姑娘后，不管她精神状态怎样，程大娘的内心都是欣慰的。在这件事情上，他们母子二人心里的如意算盘，不约而同朝着同一个方向拨弄。

六

曼陀村的农民，似乎比城里人还要勤奋，他们把一日的时光分为三段。早早地，他们就下地干活，干到上午八九点时，才拖着疲惫的身躯回到家中吃早饭。早饭毕，再下到地里，他们这才算是真正开始了上午的工作。

程文斌手中的锄头机械地举起又落下，这一亩左右的麦田，在早间竟被他干完了二分之一。他并不是一个热爱劳动的人，然而今日，他加大了干活的力度。只是在干活时，他的脑海中始终萦绕着王姑娘的身影。

回到家中时，母亲已经把饭菜烧好。

程文斌看到，王姑娘呆呆地用一根树枝，在地上拨弄着一个肥硕的蚂蚁逗乐，似没看到他般，头也不抬。

看着她这副模样，程文斌的心里竟然掠过了丝丝暖意，伴随着一种从未有过的冲动。程文斌也蹲下身来，陪着这个有精神病的女人，看蚂蚁爬行。

七

这是一只肥硕的公蚂蚁，它在一步步地逼近一只小蚂蚁，待几次努力之后，方靠近了它。

只见它用嘴衔起这只小蚂蚁，把它翻转到背上，然后一点一点地向墙角的蚂蚁窝里挪动。

"吃饭吧。"程文斌不好意思地握着王姑娘的胳膊，把她拉了起来。

王姑娘瞪着眼，木然地看着程文斌。盯了一刻后，她的脸上竟泛起两片红霞。随之，她就咧开嘴傻笑了。

看着她傻傻的样子，程文斌的心中涌起了一股暖暖的情意。

晚上，尚没有装上电灯的曼陀村一片漆黑。

程大娘仿佛是一个不点透的老媒婆。吃过晚饭不久，她便摸摸索索地点上了煤油灯，摇摇晃晃地举到厦屋，为儿子特意铺上了一床柔软的被褥。

夜里，这个傻姑娘不知怎么就上了程文斌的床。他把她压在体下，用带毛的双腿紧紧地夹着她的身子，灼热的气息扫着她的面颊。

在呼哧呼哧的喘声中，这个老光棍以最虔诚的心态，完成了他人生中由处男向男人的重要转变。

第三章　降生之后

一

　　正月。大雪纷纷扬扬地飘落，飘了一整天没住。这时的曼陀村，早被雪覆上了一层厚厚的白——白的山坡，白的房屋，白的老树。冰雪世界里，倒让这个山村看起来更加纯净而素雅。

　　程大娘家，屋内生着炉火，不知名的树枝在火盆里噼啪作响，燃烧的火焰蹿起老高，火苗映红了这个农家厦屋的屋顶。

　　在一张破旧的小床上，接生婆刘氏用力向两侧拨开产妇的大腿，大声喊着："使劲! 使劲啊!"

　　程大娘跛着小脚，在一旁颠颠地乱转，不时用一块脏兮兮的毛巾，擦拭着从产妇额头滚落到脸上的汗珠。

　　这个产妇便是程大娘在村子里捡来的那个半痴的女人王姑娘。她与程大娘的儿子程文斌同了房，悄没声息地做起了程家的儿媳妇。现在，她正叉着双腿，吭吭地喘着粗气，眼角似有泪水溢出。

　　此刻，难忍的疼痛一下一下地撕裂着产妇的下体。实在忍不住了，她就号啕大哭起来。产妇试图蹬直她的双腿，但被刘氏死死钳住，动弹不得。

过了两个多小时，她再也没劲折腾了，哭声也停了下来。

在平静中，产妇眯着眼，直想睡觉。

"让她歇一会儿吧！"程大娘对刘氏说。

"那就稍歇一会儿，也不敢时间长！"说着，刘氏移到火盆边，烤着她那冻得冰冷的手。

约一刻钟后，刘氏就迅速地走到床边，晃动着女人的肩膀，叫道："哎，快醒醒吧，醒醒，这时候可不敢睡觉！"

产妇醒后，"吭哧吭哧"的声音，又一起从她的腔内蹦了出来。

"看，头露出来了。快，用力！"刘氏用力把产妇摇醒。如此又折腾了半个多小时，孩子才算顺利生了下来。

刘氏拿着一把旧剪刀，在炭火盆中反复炙烤。然后，又拿了开水烫洗，用干净的布条擦拭。

接生婆刘氏，用这把剪刀，剪断了婴儿连接母体的脐带。

刘氏擦拭着婴儿身上的污液，掰开了婴儿的双腿，她拖着腔说："程妈，看呢，可是个千金啊，你们老程家有福喽！"

程大娘脸上堆着笑，口里不断说着感谢的话。

待刘氏走时，程大娘特意为她盛了满满一竹篮的鸡蛋。

在农村，虽然存在着严重的重男轻女思想，但程大娘是不太计较的。对于她来说，儿子有后，就是她最大的满足。因此，此刻她是真诚的喜悦。

二

贫穷的家庭，注定了孩子一出生便要受苦，何况，这是一个患有精神病的女人生的孩子！

在婴儿的喂养问题上，程大娘可以说是绞尽脑汁。

女婴出生后，就没有吃过母亲的奶。

这一点，程大娘管控极严。虽然她只是一个山区老妪，最远也只走到过县城，但是对于基因遗传，她是深信不疑的。为了孙女能够健健康康地成长，程大娘下了决心，不会让她吃一口她娘的奶。

女婴的降生，为这个贫穷的农家带来了无尽的欢乐，同时，也增添了一份沉重的负担！

那时的农村，婴儿吃奶粉尚属罕见，何况是贫困农户！

一般农家的孩子，都是靠吃母乳长大的。

程大娘费尽了心思。她先是从村西李嫂家借奶，李嫂的孩子8个多月了，能喝点儿米汤类食物。在程大娘的苦苦哀求下，李嫂答应在短期内每天给女婴喂五次奶。

由于喂食不及时，女婴在夜里常常饿得哇哇大哭，闹得三邻四舍皆睡不安宁。时间长了，他们都生出好些意见来。

这日一大早，隔壁的老张婆子起来后没顾得上烧火做饭，先是过来替程大娘着急了。

"唉，老嫂子，我告诉你啊，前些天咱村刘旺媳妇又生了，你去和她说道说道，看能不能给你的宝贝孙女也喂着？夜里老哭可不是办法！"老张婆子积极地为程大娘出着主意。

小孙女没奶吃，程大娘可是比谁都着急！前些天，她也听说刘旺媳妇生了一个男娃，心里也琢磨过此事。于是，当天下午，程大娘去了刘旺家。

刘旺是一个老实巴交的男人，家里穷得叮当响。媳妇一连给他生了五个孩子，为了生计，他一年四季连口喘气的机会都没有，时常家里地里两处忙。闲时，刘旺便出去做些零工养家。就这也很难填饱一家人的肚子，孩子们常常是面黄肌瘦，衣不蔽体。

生了小儿子后，刘旺媳妇脸上的愁容眼见多了起来。吃得不好，她的奶水也很少。

在这个关头，程大娘却找到了刘旺媳妇，商量着让她给自己的孙女喂奶，这使刘旺媳妇作了难。

"在孩子1岁之前,我每个月给你送六十个鸡蛋,三十斤白面,另外再给你二十元票子,你看这样行不?"程大娘拿眼瞅着刘旺媳妇,巴巴地问她。

　　刘旺媳妇说:"大娘啊,这我得和俺当家的商量商量。他晚上回来了,我就和他说。您明天来讨信儿。"

　　第二日,天刚蒙蒙亮,程大娘就又跛着小脚来到了刘旺家。

　　此时,刘旺还没下地。他们夫妇俩刚起床打开院门。

　　刘旺家养着几只鸡,由于还没来得及打扫,满地的鸡毛、鸡粪。

　　"大娘,恁早啊?"刘旺热情地向程大娘打招呼。

　　来到屋里,刘旺媳妇倚在炕头。她的头上还包了块破头巾,农村妇人生完孩子,很怕头上进风。

　　还未等程大娘开口,刘旺媳妇就急切切地说:"大娘,昨天我和他爹商量过了,都想着您家孙女也着实可怜,孩子没奶吃咋能活啊!只是,您看我家娃儿多,又都是'半截子',这整日的光景也不好过,光靠他爹一个人下地,家里实难过活。"说着,刘旺媳妇的眼圈竟红了。

　　程大娘是个明白人,刘旺媳妇的话,她已明白了八九分。

　　"刘旺媳妇啊,我知道你家日子不好过,这样,我每月再给你加五元钱,另外再加十斤面粉。大家都不是外人,乡里乡亲的,相互帮衬着,这日子兴许就过好了呢!"程大娘略加考虑后,老脸上堆着笑对刘旺媳妇说。

　　就这样,孙女的喂奶问题解决了。虽然程大娘承受着巨大的经济压力,可她这个做奶奶的,却不得不咬着牙挺着。

　　日月轮转,渐渐地,女婴长到一岁多了,也能吃些米油和面汤。此时,程大娘便想着法子为孩子侍弄食物。在百般艰难中,程大娘尽心抚养着她这个苦命的孙女。

三

　　啊,一股钻心的疼!下意识地,程灵燕扔掉了手里的烟头。原来是燃尽的香烟烧着了她的食指和中指。收起思绪，她将烟头捡起后摁灭，扔到了墙角的垃圾桶里。

窗外，夜幕将至，早已过了下班时间。程灵燕默默地走到墙边，打开电灯。然后，她又折回办公桌前收拾物品，看看再无遗漏后，便锁上门，坐电车回到租住的公寓。

这是一座小高层的一个单居室，只有一间卧室，一间小得不能再小的厨房与卫生间。坐落在梅溪街6号9层。

由于平时工作繁忙，程灵燕极少与邻居们说话，所以在这里，她仍然是孤独的。

回到家，程灵燕胡乱地脱掉高跟鞋，又三两下脱掉了紧紧箍在身上的衣服，一扬手扔到了床边。接着，她换上了几十元钱买来的睡衣，放上一首轻音乐*The Rain*（《雨》），程灵燕回归到了自己的世界中。

从农村走出来的这个女孩儿，过着极其节俭的日子。但她的内心，却追求着物质以外的享受。这一刻，她的内心是安宁的；这一刻，世界方是属于她的。

二十七岁，程灵燕仍然保持着单身，她经济独立，不依附于人。她不想过早地迈入婚姻生活，她似乎天生就对婚姻有着惧怕与排斥心理。

成年人个性心理的形成，似乎总与童年及人生经历有纠葛。

童年，对于一个人的性格形成，常常是起决定作用的。

由于特殊的家庭原因，程灵燕过早形成了坚毅的性格，而她性格的复杂化，也是常人难以捉摸的。断层的爱，很难修复她那颗孤独而受伤的心。

四

一岁时，程灵燕渐渐脱离了刘旺媳妇的奶水喂养。

刚开始，程大娘熬些米油和面汤来喂养她，渐渐地，小灵燕也能吃些软馒头和面条。在"娘傻奶疼"的呵护下，小灵燕健康地成长。只是，她的心灵深处总是缺少一层爱的滋养。为此，小小的她常常会感到莫名的孤独与烦躁，对未知世界充满了恐惧与害怕。

在程灵燕的心里，童年、村庄，这些磨灭不掉的记忆不是美好的，它们更像是一张撒开的大网。她时时想彻底地逃离，然而却不知逃离的方向！她常常为此而怅惘。

程灵燕三岁那年，患有精神病的母亲又为她添了一个弟弟。

弟弟的降生，使这个家更贫困了！

父亲要下地干活，要养家，要时时看顾精神病的妻子。忙而累，使父亲程文斌的脾气变得非常暴躁。

年幼的程灵燕，便主要由她的奶奶疼着。

小灵燕降生后，为了能更多地照顾他们一家，她的奶奶程大娘，就没再搬去其他孩子家。

此后，程大娘也一直住在小儿子程文斌家，直到老死。

五

在农村，种地、放牛、割草，永远都是这些没完没了的活儿！

随着年岁的增长，小灵燕便不得不干些农活。农闲时，她便要放牛。

放牛是在南边的磨盘山上，离家有五六里地。

青山如黛，嫩绿长溪。牛在或远或近处吃草，随着牛嘴左右摆动，牛脖上的铃铛叮叮当当地响。牛吃牛的草，自不必去管它。

此时，小灵燕便惬意地躺在一大块快被风日沐浴成纯白色的石头上。她静静地看着蓝色的天，白色的云。小灵燕总想着，在白云深处，该住着一位白衣仙女吧！然而此刻，那个仙女在干什么呢？

瞧，那云多像一大坨柔软的白棉花。"我若能睡在那上面，该是多么舒服啊！"小灵燕不禁感叹道。

这石头平整而倾斜着，恰似一张垫了枕头的床，舒适而惬意。此时，小灵燕一边享受着山风与白云的洗礼，一边默默思索着琐碎的事情。

　　就这样，时间如一艘破船，虽然摆动着费劲，但它却仍在飞快地摆渡着。

第四章　盈盈情愫

一

十三岁, 程灵燕长成了一个清秀的女孩。她的眼睛像深潭汪泉似的, 黑亮黑亮的。程大娘随意为她剪的短发, 衬得她更加灵动。有些瘦弱的身体, 使她看起来比同龄人略小, 她像是一只美丽而灵动的小燕子。

小灵燕是抗拒放牛的。虽然她喜欢蓝天白云, 喜欢躺在石头上让风带着思绪飞翔, 可是, 她更害怕放牛回来时路过那段必经之路。

在那条路上, 小灵燕常被流氓堵截。当她赶着两头老牛和一头牛崽经过那条路的时候, 有几个流氓就如鬼魂似的早早守候在那里, 强要抚摸、拥抱她, 她常常被吓得魂飞魄散。

小灵燕内心对放牛充满了恨意。她想, 总有一日, 我要离开这个鬼地方, 一辈子不再放牛。

二

农闲了, 牛不用再到地里拉套耕种, 农人们便把牛赶到山上放养。

放牛的人也基本上是老弱妇孺和一些无用的男人。

在曼陀村这个光棍汉云集的地方，有一个哑巴老光棍。不知道他聋不聋，只见他逢人就咿咿呀呀地说着一些别人听不懂的"鸟语"。对于这个老哑巴的手势和语言，只有和他生活在一起的家人能够明白。

老哑巴五十多岁，一辈子无妻，父母已死，跟着他哥哥一家生活。他成了哥哥家的长工和牧牛者。一年四季，田间地头，山上山下，便成了老哑巴的主战场。他许是因不会说话而感到寂寞难耐，见了人，总是咿咿呀呀地叫个不停。

这个该死的老哑巴，似乎还有着旺盛的生理需求。

这日，在山上放牛时，老哑巴见只有小灵燕一个人，他四下张望，确定无人，便掏出阴茎，对着小灵燕上下晃动，还咿咿呀呀地叫着。小灵燕第一次知晓男人的这个东西，看着半截肉棍似的东西直直地晃动，她感到无比恶心和害怕。

隔三岔五，这个老哑巴只要一见小灵燕一个人，就会掏出他的阴茎上下晃动。有时还有一股白色的液体哧地飞出来，吓得小灵燕抱头乱窜。

对于放牛，小灵燕愈发痛恨了。父亲让她放牛时，她总是推托。有时，她干脆就将牛赶到离家最近的平山处，那儿的草虽然不够好，可能不能吃饱，那是牛的事了。

无聊时，小灵燕便看云听风，常常陷入深思。

小灵燕整日如惊弓之鸟。她的童年，就像是一艘破船，在惊恐中摆渡着。

而这样的事情，小灵燕是无法，也不能告诉别人的。

三

刘栓柱也是个光棍，但他把程灵燕当女儿般疼爱。在他心中，似乎跟灵燕有一种悄然生长的情与缘。这，也许是源于灵燕四岁时失踪的那一次吧,小灵燕孤独脆弱的身影刻在了刘栓柱的脑海里,惹他心疼。

　　他是个勤奋的光棍。他总喜欢早上起来后在院里洒上水,把整个院子打扫得清清爽爽。每天早晨,他总要给自家的水缸担满水,洗涮、喂养畜生,够用一天。

　　爱玩是小孩子的天性。一天早上,小灵燕一个人蹲在村口,无聊地抓石子玩。这时,两三个大她几岁的孩子跑过去,一下子就把她摆成"米"字的石子给踢飞了。孩子们也是欺软怕硬的,他们看到小灵燕就总想欺负她,还唱着"我娘是个神经病,不会缝补不做饭,整日村南窜村东"。

　　望着这群捣蛋的小孩儿,小灵燕无助极了,泪水在她的眼里打转。在心里,她恨起了这群小破孩儿。

　　这日早上,正巧,刘栓柱去村南的井里担水,远远地,他就看到几个孩子在欺负小灵燕。他担着水飞走几步,待近时,放下担子就要去追赶这群小破孩儿。

　　"叔,别追了!"小灵燕稚嫩的声音传来。

　　转过身,刘栓柱看到了小灵燕委屈的泪水在眼眶里打转。他蹲下身子,轻轻拭掉了她滚烫的泪水。

　　"燕子,以后谁要是再欺负你,叔给你做主。"刘栓柱愤恨地望着那群小孩儿逃走的方向说。

　　"好了,别哭了。瞧,都快哭成小花猫了!"刘栓柱安慰着小灵燕,环着她小小的身体。

　　再见着刘栓柱,小灵燕会有一丝羞涩感,但是,她的心和他却是近的。

四

　　农村人是围着日头过活的,日出而作,日落而息,成了他们的生活状态。在这里,农人们是很少看钟表的。

这一日，日头已沉落了许久，只是在挨着西山边的天际处，仍有一丝红色未褪。

年幼的程灵燕，此时还在地里拔着瓜蒌秧子。

瓜蒌秧满田都是，扎扎的。灵燕拔了一会儿后，她的手就针扎般地疼。她火气一下子上来了，"去你娘的！"她抬起脚踢了一下，然而，瓜蒌秧子却不甘被欺负似的，缠住了灵燕的脚脖子，顿时她的整条腿火辣辣地疼。

灵燕疼得流出了泪水。对于农活与庄稼，她不仅不喜爱，而且生了恨。

村里只有一所破败的小学。十几个孩子挤在两三张破旧的长条桌上，一个年轻的代课老师在给他们上课。

待灵燕上到小学四年级时，村里这所唯一的小学也被一个更大的村子里的学校兼并了，孩子们便不得不跑到五六里外的另一所新学校上课。

一天早上，程灵燕早早地就醒了，想着要去上学的事。谁知窗外却有淅淅沥沥的雨声，不一会儿，声音更大了。为了不耽误学业，灵燕起来饭也没吃，背上奶奶为她缝制的帆布书包，撑着一把破伞，冒雨向学校赶去。

黄豆般大的雨点噼噼啪啪地打在油纸伞上，这把破旧的油纸伞根本就遮不住风雨，不一会儿，灵燕浑身都湿透了。索性，她合起了伞，脱掉鞋袜，光着脚丫，深一脚浅一脚地在泥泞的道路上艰难前行。

"啊！"一不小心，灵燕踩在了路边的一处虚土上，差点儿顺着土坡滑到沟下。她急忙爬起来，只抹了一下脸上的雨水，就继续向学校行进。

来到学校，校门竟然还没有开。到上课时间时，还是没人开门。她又足足等了一个小时，才有老师来开校门。

在新小学，有几个男孩子总是爱欺负灵燕，不仅耻笑她母亲是个精神病，还总是嬉皮笑脸地打趣和侮辱她。灵燕委屈又愤怒，积了一肚子的恨意，她觉得自己快变成了一头咆哮的母狮。

一个看起来还算老实的姓"司"的男孩子，坐在程灵燕的后边。有一天，在灵燕不注意时，那个男孩竟然在她的后背上擦拭钢笔上的墨水。听到窸窸窣窣的声音，灵燕回头一看，那个男孩竟然还对她做着鬼脸。

这让灵燕忍无可忍。她憋着一肚子的怒气，终于挨到了下课。

还没等下课铃响完，她就两步踏到教室的后排，从坏了的方凳上拽下一条凳子腿，愤愤地来到这个司姓男孩的身旁，劈头盖脸地朝他打去。

瞬时，男孩头上的血像蚯蚓似的流了下来。

事情发生后，班主任把程灵燕叫到办公室，狠狠地批评了她，并让她写出深刻的书面检讨。

农村的娃儿，生下来是苦的，上学也是苦的，更何况是那样一个家庭呢！在风雨与坎坷中，小灵燕读完了她的小学。

五

程灵燕上初中了。但初中学校距曼陀村更远，在十几里外的一个镇上。

开学第一天，住宿和吃饭都是问题。下过雨后，虽说天晴了，但农村的道路仍然满是泥泞。当天，没有带铺盖的灵燕只能回十几里外的家。路上深一脚浅一脚，泥土总是把她的鞋子粘掉，没办法，她只好脱了鞋袜，赤着双脚走路。

回到家时，她累坏了，心里对上学充满了厌倦，连奶奶特地给她留的饭菜都无心吃。

夜晚，灵燕躺在床上难以入睡。想想家里的情况，她觉得只有自己努力，才有可能改变这一切。可是，该怎样努力？怎样创造一番属于自己的生活呢？这个问题在她心里生了根。

上课时，她认真听老师讲课，对于老师在课堂上提出的问题，她很少发言。当她很想回答老师提出的某个问题时，会迟迟地、羞怯地举起右手。但是发言的机会,常常被活跃的同学抢了去,她失望地把手放在双腿上,又复归沉默与安静。

他们班的语文老师姓杨,同时也是班主任。杨老师看程灵燕不管上课还是下课,总是一个人静静地坐着,一副稚嫩的愁容。他觉得自己的这个学生,是一个内向的人!

小小年纪,这是何苦呢?开开心心地多好哇!杨老师便想着找个机会劝劝自己的这名学生。

一日,下课的时候,杨老师把程灵燕叫到操场一角,问她为啥不能像其他孩子一样无忧无虑,难道是家里有什么事情吗?对于杨老师的问话,程灵燕只是摇头,说自己没有不开心,只是不喜欢动罢了。

杨老师二十四五岁,但头发却已经白了不少,别人说,这是"少白头"。

随着时间的推移,杨老师尖长的脸、略白的头发,在程灵燕的心里越来越清晰,她觉得杨老师越来越帅气了。对于这个青春期的小姑娘来说,杨老师的白头发都能使她心动。

杨老师请假的那几日,灵燕居然十分想念他,总盼着他快快回到学校。

十几岁,是女孩子情窦初开的年纪。灵燕渐渐喜欢上了她的这个老师。

程灵燕初尝喜欢一个人的滋味!

六

上学确实是太苦了,灵燕常常缺吃少穿。由于离家远,又没有人给她送钱送粮,接济不上时,她就不得不饿着肚子。

又是一个周五下午,灵燕与往常一样,晚上七点左右赶到家中。她饿坏了,匆匆嚼了几口冷馒头,喝了几口奶奶为她凉凉的白开水。

"先垫垫，晚饭一会儿再吃。"程大娘说。

程大娘年纪越来越大了，虽然身体还算硬朗，但干起活来总感觉力不从心。以前，她还可以去割些草喂牛喂猪，这几年却是完全做不了。程文斌既要种地又要顾及牲畜，肩上的担子越来越重了。而程大娘的儿媳妇，却是精神越来越恍惚，几乎整天不说话。

糟糕的家庭，使程灵燕这个十几岁的小姑娘，过早承担起家务。做奶奶的程大娘心里很不是滋味，可是又没有好的办法！

不上学时，灵燕便要割草喂牛，拾柴担水。

繁重、琐碎的家务，时常压得这个小姑娘透不过气。

她许是太累了！有一天，灵燕与父亲在场里碾秋作物，因缺少农具，父亲便让她回家拿。许久也不见灵燕回来，父亲便让儿子小乐回家唤她。谁知，小乐回家后，却看到姐姐倒在床上呼呼大睡，推了她好久都不醒，就像死了一样。

在繁杂的生活中，程灵燕考上了高中。可是，不到两年，她便萌生了退学的念头。父亲和奶奶劝她不要退学，程灵燕却并不听他们的，仿佛铁了心一般，毅然坚持退学。

第五章　悄悄出走

一

打猪草、担水、喂猪、放牛，便成了程灵燕退学后的生活。

每天，天刚蒙蒙亮，程灵燕便要起床去打猪草。喂完猪后，她又要到一里外汲一担井水回家。

日日繁重的家务，在打磨着这个女孩儿，程灵燕的身心日渐成熟。

渐渐地，程灵燕长到了十六岁，出落得亭亭玉立。

如果名叫"燕子"，那就终有一颗要飞翔的心。虽然农务总也没有停歇的时候，但程灵燕始终在计划着怎样离开这个穷僻的村庄。

老天生我，定不是要我受磨难的，他一定会给我安排一种更好的生活! 程灵燕时时这样想。

二

一年中，雨季是最烦人的。雨也不大，但总是淅淅沥沥地下个不停。

连日的雨水浸泡，使曼陀村的道路泥泞不堪，人们行走在上面，鞋子总是被黏泥粘掉。每每这时,程灵燕便赤脚而行,她常在这样的泥泞中,干她必须干的家务。在这样的环境中,她不偷懒也不屈服。

成年人总是难以理解孩子的心思,觉得幼稚可笑。可是,有些孩子却有着厚重的心思,程灵燕就是这样的一个女孩子。

阴雨天的夜晚,最难成眠。听着外面淅淅沥沥的雨声,程灵燕总会辗转反侧。她会把头深深地埋进被子里,看蓝色粗布被里幻化出的七彩颜色。她幻想着未来,构想着将要实现的一千个人生目标以及一万种新世界的样子。

三

这日下午,程灵燕又在对窗沉思。"燕子,看你那出神的样儿,干啥呢?"同村的姚萍走到灵燕身旁,灵燕竟然没有察觉。

"你现在也不上学了,不如我们一起出去打工吧?"姚萍凑到程灵燕的耳边小声地说。

姚萍比灵燕大五岁,在外面待过。来找灵燕,是想让灵燕与她结个伴,再到外面闯荡。

"可是,我不知道出去能干啥?我现在年纪还小,如果出去找不到活儿咋办?再说,我还不知道我家人会不会同意呢!"程灵燕说。

"你先给他们说说看,如果他们不同意的话,我们再想办法啊。"姚萍狡黠地边笑边说。姚萍又与程灵燕聊了一会儿后,便起身离开了。

吃晚饭时,程灵燕试着对奶奶说了自己的想法。

"燕子啊,奶奶不是不让你到外面去,是怕你年纪小到外面吃亏啊!"程大娘继续语重心长地说,"俺知道你在家吃了不少苦,小小年纪,不得不干这没有头的家务。可是,奶奶不也是没办法吗?你说你娘又干不了什么活,你爹一个人种地养活我们一家子不容易啊,也只能亏着你了!"说着,程大娘的眼圈儿便红了,她赶紧拿沾满油污的围裙去擦。

"奶奶，你别伤心了行吗？我和我爹商量一下再说。"

接下来，程灵燕又找时间与她的父亲谈。

"你那么小出去能干啥？还是过两年再说吧，刚好你在家也可以帮我干些活。你看你娘那个样，你弟弟还小，咱家光靠我也不行啊。"程文斌抽着他的旱烟说。

父亲不但拒绝了她，还想让她继续在家里给他干活，程灵燕感到难过极了。

没过几天，姚萍又来了。

灵燕对姚萍说："姚姐姐，家里人不同意我出去。我想，还是再过些时日再说吧，毕竟我现在年纪还小。"

"你对我说实话，你到底想不想出去？"姚萍不高兴地说。

"当然了，在我心里，还是想出去的。不过，他们不会同意的！"程灵燕阴郁着脸小声说。

"我们可以想办法啊！"姚萍的脸上马上现了笑。随后，姚萍伸过头，对着灵燕耳语了几句。

四

今天，程文斌没有下地，坐在门槛上抽着旱烟，与他的老母亲拉着闲话。姚萍又悄没声地过来找女儿，这让程文斌极其反感。

姚萍，小学没有上完就辍学在家。

家中姊妹五个，姚萍排行老四。她的父亲是个老实巴交的农民，但她的母亲有些"神悠悠"，就是类似于农村"神婆"一样的人。

姚萍的母亲整日烧香拜佛，游东走西。她自己东家一顿西家一顿地蹭饭，更别说给家人做饭了。所以，姚萍也是一个吃苦的女孩儿。

姚萍的父亲是一个不大会干农活的人，虽然他也和别人一样每年种两季庄稼，但他种出来的麦子瘦小，玉米也是扁扁的，收成竟比别人少了四成。这样，姚萍他们一家总是吃不饱肚子。

姚萍有一位姐姐，嫁人已久。前些年，姚萍的两位哥哥，因为家中贫困，到外面自谋出路了。一年前，姚萍曾到外面打过一段时间工，后来不知什么原因又回村里来了。

姚萍还有一个十几岁的弟弟，家人都走后，他便孤孤单单的了。但姚萍的父母是不管这些的，对于自家的孩子，从来不多加干涉，也不照管，是属于放养状态的。

由此，姚萍干什么事都是自由的。

但村人竟然带着世俗的眼光谣传姚萍在外面不务正业，是被男人甩了才回来的。由此，姚萍在村里落了一个"疯"的名头。

农村人口中的"疯"就是"不正经"，这是专门针对一些未婚女子来说的。

程灵燕的父亲自是听到了些什么。因此，他自是不同意自己的女儿与姚萍出去。

当灵燕送姚萍出来的时候，他自是没有给她们好脸色看。

程文斌黑着满是皱纹的脸，在鞋底子上吭吭地敲着抽乏了的烤烟叶。随后，他又快速从一个变了色的脏布袋里，捏出一撮早先揉碎的烟叶，娴熟地装进烧成黑色的铜烟锅里，嚓的一声点燃一根火柴，引着了旱烟。他吸了一口，冷冷地说："萍儿啊，我给你说，我们家燕子还小，她出去是啥也做不了的，就麻烦你不要再来找她了。再说，我们家还有好多活儿要干呢，她根本就走不开的。"

他又深深地吸了一口，吐出一串烟圈，接着说："不上学，她还不想在家干活。到外面去，就不怕被人卖掉啊。"

一连串抢白的话，让灵燕和姚萍听起来很不自在。姚萍也没说话，只好灰溜溜地走了。

见奶奶和父亲坚决反对，灵燕知道和他们多说无用。

程灵燕想：待到合适的时机，我一定要离开这里！

五

初秋，仍是炎热不减。一天下午，程灵燕独自挎着篮子去地里摘豌豆，返回途中，听到有人喊她。

"燕子，等等！"姚萍不知从哪里冒出来截住了她。"你们家人不是不同意你出去吗？不如趁早按我们的计划进行吧！我想我们还是先走出去再说。"姚萍小声对程灵燕说。

"我奶奶会生气的！我爹也不会同意的！"虽然灵燕很想附和姚萍的话，但是她嘴上还是这么说着。

"我们先出去，等你挣了钱拿给他们，看他们高不高兴！我们总不能和他们一样，在这里受一辈子穷吧？"姚萍这样开导着灵燕。

"那我再考虑一下，两天后给你回信吧。"程灵燕说。

"两日后你要是同意了，我们第三日就出发，好吗？"姚萍急切地问程灵燕，大眼睛一眨一眨的。

程灵燕犹犹豫豫地点点头。

六

这一日，早上不到五点，程灵燕就起来帮奶奶烧水做饭。

程大娘年纪大了，两只小脚颠簸一天，一睡下，浑身的骨头都是疼的。孙女起来替她做饭，她就难得多躺一会儿。再说，她也不想过早起来，惊动熟睡中的小孙子。

在烧水间隙，程灵燕偷偷地走进自己房间，打开两扇破旧的衣柜门，拎出她昨晚整理好的包袱，仔细检查是否遗忘了什么东西。之后，她又悄悄地来到母亲的房间，看着熟睡中的母亲嘴角流下的哈喇子，程灵燕的眼里顿时蓄满了泪水。这一刻，她多么留恋母亲！

父亲在前一日有事外出了。此刻，她的胆子突然大了起来，她隔着窗大声对奶奶说："奶奶，你再睡一会儿。粥已经煮好了，我出去打点儿猪草就回来，如果我回来得晚你就别等我吃饭了。"操着一口稚嫩的家乡土话，程灵燕心里充满着对奶奶的眷恋与不舍。

含着眼泪，她挎着包袱，三步并作两步，来到与姚萍约定的地点。

此刻，姚萍正引颈张望。看到灵燕后，她的脸上顿时露出喜色，说："你总算来了！"

"我们终于要自由了！"两个女孩欢呼着，她们几乎是一路小跑着离开了曼陀村。

走了两三里地后，姚萍与灵燕遇到了同村的韩老头。他问："你们这俩闺女，一大早的，这是往哪儿去啊？"

"大爷，我们赶集去啊。"姚萍笑嘻嘻地说。

第六章　初涉世外

一

姚萍与灵燕，两个一二十岁的姑娘，肩上各挎着两个小包裹，脚下步履匆匆。此时，这两个姑娘的心里，就像是揣了只小兔子，怦怦乱跳。她们先是步行了十几里，然后拦了一辆进城的机动三轮车，好心的农民搭了她们一程。

到达县城后，两个姑娘又一路询问着，步行到了汽车站。

城市上空的日头白晃晃的，非常刺眼。

两个小姑娘心中迷茫，不知该去向哪里。

此时，一辆破旧的大巴正在突突地发动着，车后面的排气管里，冒出一股青蓝色的烟。

"就它吧!"姚萍拽着程灵燕便上了这辆大巴。

这辆大巴上，有不少乘客，他们大多是农民，座位旁放着大小不一的行李，有的还是装化肥用的编织袋。其中一个人脚旁的袋子上破了一个小口，露出一截白胖的花生。

在这辆车上，也有几个穿得像样的人，从他们干净的衣物和洁净的面容来看，应该是城里人。其中一个男子梳着很时尚的背头，指间夹着一支香烟，一口一口地吸着。不一会儿，呛人的烟雾充斥着整个车厢，车上有几个人不停地咳嗽。

"咳，咳。"刚上车，这两个农村姑娘便忍不住咳了起来。姚萍在找座位，程灵燕盯着男子手中的香烟看，一副不耐烦的表情。

此时，程灵燕想起了家里父亲抽的旱烟锅。

在曼陀村，灵燕从未见过这样白净的香烟卷儿。村里的叔叔大爷们也都是抽旱烟的，讲究一些的年轻男人，也只是从孩子们废旧的作业本上撕下一张纸，卷上揉碎了的烟叶，做成一个长十来厘米的烟卷，茶余饭后吞云吐雾。

"燕子，坐啊。"把行李放到座位旁边后，姚萍招呼着愣神的程灵燕。

姚萍与灵燕即将离开的这个县城叫夏城，曼陀村在行政关系上隶属于这个县。

农村人生活的自给自足，使他们远离着县城的喧嚣与繁华。对于夏城县，程灵燕是陌生的，坐上车后，她东张西望，充满了新鲜感。

大巴缓缓驶离，高楼和树木都向后移动着。车子一晃一晃的，程灵燕有一种眩晕的感觉。她望向窗外，仔细地寻找她可能熟悉的地方。猛然，她看见一个蓝色的路牌上，写着"南关街"的字样。

"这地方我来过的！"程灵燕睁大眼睛，兴奋地指给姚萍看。

"我们马上要到一个比这更好的地方，到时你再好好瞧吧！"姚萍不屑地看着窗外说。

二

上午将近十点，程大娘仍没见孙女打猪草回来。她的心里慌了，便赶紧让程灵燕的母亲出去找。

灵燕的母亲王婶傻傻的，她没有弄明白是怎么回事，只是呆呆地向外走去。

约一个小时后，王婶孤独地回来了，程大娘问她有没有找到灵燕，她只是摇头。此时，程大娘的心里更慌乱了。她皱着眉脱口而出："燕子不会就这样走丢了吧？会不会再也找不到她了？"程大娘说着便呜呜地哭了出来，她在心里胡乱地猜测着，尽往不好的地方想。

"啥？燕子走丢了？"王婶第一次这么快速地听懂了程大娘的话。

"我不要她走。呜……呜……"此时，王婶孩子般大哭起来。

"好了，好了，你不要哭了。烦死了，真是个神经病！"儿媳妇的哭闹，更加重了程大娘的烦恼，她便狠狠地奚落着王婶。

程大娘是个裹了脚的小脚女人，她的脚只有成年男子手掌那么长，所以走起路来，总像脚下垫了什么似的，需踮着脚走路，这使她行走非常困难。

儿媳妇没有找到孙女，程大娘便自己找。她拄着一根树枝，喘着气绕村子找了一圈又一圈，仍不见孙女的影子。

"你见我们家燕子了吗？"程大娘逢人便着急地问。

"没有！没有！"大多数人都是这样回答。

听了别人的答话，程大娘的心里又一紧一紧的。但她还是不放弃，继续找，继续问。

正准备下地干活的韩老头，看见程大娘着急忙慌地兜圈，便上前问道："老嫂子，你在这里干啥？"

"我找我孙女燕子啊。老韩，你见着我们家燕子了吗？"程大娘焦急地问。

"哦，你找燕子啊。今儿一大早，我从外面回村时，看到她和姚萍那闺女一起进城赶集了。"

"啊，赶集？"程大娘讶然道。

三

驶离县城后，大巴便长时间行驶在一个空旷的田野上。道路两旁尽是树木和庄稼。田里一人多高的玉米,棵棵碧绿。红白相间的须子挂在尚且瘪穗的玉米棒上,引来馋嘴的儿童竞相掰取。

望着一棵棵空了的玉米秆,农民们只能狠狠地叫骂"日他娘的鳖崽子",却别无他法。

车上,程灵燕倚着姚萍熟睡。

姚萍扭动着上半身,想活动一下被压麻了的肩膀,而灵燕仍然熟睡不醒。

"我的姑奶奶,你是多久没睡觉了啊!"姚萍无奈地自语。

约三个小时后,汽车把她们载到了闫良市。

这个城市,姚萍是来过的,这也是她最初开启梦想的地方。

下了车后,她们来到车站附近一个僻静的地方,姚萍打开包裹取出了两个馒头,递了一个给灵燕,说:"喏,先吃点儿吧,我都快饿死了!"

灵燕接过后嚼了几口,可喉咙干涩,如被钳住了似的,哪里咽得下。

红日西沉,预示着一天的时间将要结束。夜晚,也会如约来临。

"我们去哪儿呢?"灵燕问姚萍。

"咱们先去一个饭店看看吧,那个店的老板我是认识的。早先老板让我过去干,我一直没去。"此时姚萍似乎没了底气,虚虚地对程灵燕说,"不如我们就先去那儿落脚吧?如果将来有好地方了,我们还可以再换地儿。"

四

姚萍与灵燕说的,是一个路边店,坐落在闫良市南郊一条宽敞的大路旁边。这条大路贯穿南北,是闫良市物流运输车辆经过的一条主要通道。

饭店是一家夫妻店,面积不大,上下两层。姚萍与灵燕来到后,老板很热情地接待了她们。

"还没有吃饭吧?"秦老板满脸堆笑地问姚萍。

"没有呢!"姚萍不好意思地说。

"小王,做两碗面条。"秦老板大声地向后厨吩咐。

不一会儿,胖胖的厨师便端上了两碗茄汁面。灵燕与姚萍实在是饿坏了,两碗面瞬间被风卷残云般吞下。在饥饿面前,她们没有了丝毫的矜持与羞涩。

晚间,饭店老板娘让服务员小红给新来的两位姑娘收拾出一张高低床,安排她们睡下。

虽然疲惫至极,但第一次出远门的程灵燕还是难以入睡。她躺在床上,思绪浮动,想到了那个偏僻的村庄,想到了奶奶和父母,甚至还想到了疼爱她的栓柱叔。

翌日一大早,姚萍便唤灵燕起床。灵燕睡眼惺忪地洗脸、刷牙。

按照秦老板的吩咐,姚萍、灵燕与服务员小红,主要负责为客人上菜、倒水,打扫整理包间。

"路边店的生意通常是不太稳定的,有时可能会忙些,但大部分时间都不是太忙。生意的好赖,主要看我们的服务态度以及我们会不会招揽客人。"秦老板向这两个年轻的姑娘灌输着生意经。

五

秦老板与几个姑娘说话间,轰,轰,一辆满载着货物的重型卡车停在了"香满园"饭店的门口。

"您好!欢迎光临!"小红热情地招呼着从大卡车里走出来的三个男人,并带领他们来到二楼包间。

"老板,今天吃什么菜啊?"小红满脸堆笑地问着显然不是第一次来这儿吃饭的三位客人。

"你这儿有什么好菜和新菜呢?"落座后,其中一位嘴上留着胡子的大肚子客人笑着说。

"哟,老板,您可真会说笑,我们这儿什么时候不都是又好又新的菜呢,更别提是您来了啊!"小红笑嘻嘻地说,并在与客人的一唱一和中记录着客人所点的菜品。

"红焖鸡块一份、青椒炒大肠一份、鱼香肉丝一份……""大肚子"一连点了六个菜。

"老板,喝点儿什么啊?"

"嗯,来两瓶啤酒。张聪就别喝了,下午你开车,我和老胡喝点儿。""大肚子"对两个同伴说。

小红为他们倒着水,并侧耳听着他们说话。

"哎,小红,你们新来的那个妞是哪儿的?十几岁吧?看着挺嫩的。""大肚子"淫笑着问。

"我怎么知道啊。你们这些男人,都是喜新厌旧的,没一个好东西!你要喜欢,待会她上菜时自己问去。"小红没好气地对"大肚子"说。

"嘻嘻,我只是问问嘛。""大肚子"继续淫笑。

"红姐,菜来了。"程灵燕端着一盘红焖鸡块怯怯地说。

"好的,放这里吧。"然后把程灵燕拉到一旁,小声说,"待会儿第二个菜上来时你就这样挨着圈儿放。客人的水喝完了你要给他们及时续上。等会儿你就自己在这里招呼着,我还要去忙其他的。"小红老练地安排着程灵燕的工作。

第二个菜上来了。"大肚子"他们依然没动筷子。他们仨人抽着烟聊着天,满屋的烟雾,呛得灵燕喘不过气来。

第三个菜上来时,"大肚子"斜眼瞟了一眼额头上冒汗的灵燕,说:"第一次出来吧小姑娘?"

"是,我今天第一天上班。"程灵燕怯声地回答。

"过来让我看看,两个馒头还挺大的。"说着"大肚子"就对程灵燕动手动脚,他的同伴们也在嘿嘿地笑。

"我出去端菜了。"程灵燕红着脸挣脱了"大肚子"肮脏的手，跑了出去。

"上菜啰——"后厨厨师在召唤着程灵燕，要她给"大肚子"那桌端菜。

"让红姐去吧。"程灵燕走到后厨门口，对厨师王师傅说。

六

连着三日，程大娘夜晚都睡不着。她巴巴地等着，黑天白日地想着自己的孙女，不停地念叨着她的名字，希望她能突然出现——扛着一篮子猪草，或是担着一担不满的水，甜甜地叫着"奶奶"。

王婶也总是哭哭啼啼的，扰得程文斌心里更乱了。

"你们都别哭闹了，弄得跟家里死了人似的。"傍晚，程文斌没好气地抢白着他娘和媳妇儿。"

停了一会儿，程文斌叹了口气，说："这样吧，我明天一早进城找二虎，让他和我一起出去找这死妮子。

晚间，程文斌先去姚萍家，向姚萍爹打听了她们可能会去的地方。

翌日一早，程文斌带上老娘连夜做的干粮，又倒了一杯温开水，向夏城县赶去。

来到袁二虎的诊所时，门还没有开。城市的大钟咣咣地敲了八下，程文斌忐忑地想着寻找女儿的事情。

"吁……吁……，哟，斌哥，你咋在这儿呢？我还以为看错人了呢！"袁二虎吹着口哨，骑着一辆二八自行车晃晃悠悠地来了。袁二虎棱角分明的脸白白净净的，头发向一边分着，明显是喷了摩丝，支棱棱地倒向一边。

"我……我……，是这样的……"袁二虎开着卷闸门，程文斌条理不清地向二虎讲述了女儿出走的事。

"老弟，得麻烦你跟我出去找找啊！"程文斌脸色阴郁地说，"家里你婶子她们都过不成日子了！"

"幸亏你来得早，诊所现在还没病人。否则要是有人来输液了，一时半会儿我可真是走不开了。"袁二虎说。

"好，我们这就去吧！"开门不一会儿，袁二虎便又将卷闸门拉下，把刚刚写好的"休息两天"这几个大字，贴在了卷闸门上。

七

时间就像是一首音乐，你喜欢了就会觉得它特别短，你不喜欢又会感觉它特别长。

程灵燕在"香满园"待的这几天里，她感觉时间就像凝固了的冰块似的很不容易化。每一日也不算太忙，但总是要从早上7点起床熬到晚上11点以后才能睡觉。虽然她在这里天天都能吃上肉，比家里的生活条件好太多。可是，她要笑脸相迎，应付各式各样奇奇怪怪的客人。于一个十六岁的小姑娘来说，这样的生活状态与自己的理想人生真的差得太远了。所以在这里，日子对她来说就是一首不好听的音乐，使她感觉时日漫长难熬。

立了秋，早间已不似夏日那般炎热，程文斌和袁二虎乘着微微凉风，搭上了开往闫良市的公共汽车。

二人到达闫良市时，已是中午时分。下了车，太阳映射着城市的高楼，耀花了他们的眼睛。

农村人没事时是不太到城市来的，所以对于闫良市，文斌与二虎都不熟。

文斌拿着纸条，向车站附近的黄色面包车司机打听地方。

"这个地儿啊，离这儿有十几公里远呢！这样，给十元钱，我直接给你们拉过去得了。"司机为了揽客，显得很是殷勤。

"能少点儿吗师傅？这太贵了，我们都没坐过这面包车。"程文斌低声与面包车司机讨价。

"好吧，好吧，看你们也不容易，那就少两块吧。八块钱，要拉你们将近十五公里的路程，这是最便宜的了。"司机说。

面包车缓慢出城后便一路飞驰。过了二十来分钟，在一家饭店门前停下，司机说："大约就是这个地方了，具体是哪一家，你们还得找找。"

袁二虎谦让着替文斌付了车费，二人一起来到一家饭店门前。在一个半椭圆形的朱色吧台里，坐着一位二十来岁的姑娘。

"麻烦问一下，你们这儿有个叫程灵燕的小姑娘吗？"二虎问。

"程灵燕？没有的。"吧台里的女孩抬起头看看二虎后，慢腾腾地说。

"那姚萍呢？"文斌接口问。

"也没有。"姑娘不耐烦地回答。

没办法，二人只好地毯式搜寻。只要是饭店，不管大小，他们都要进去询问。俗话说"秋后加一伏"，下午两三点，正是秋老虎示威的时候。毒辣的太阳灼烤着他们裸露的肌肤，二人的衣衫早已湿透。

"咋办呢哥？你看我们找了这么多家店，沿着路边都走五里了还是没有找到，这样找下去不行啊！"二虎首先打起了退堂鼓。

"你看，前边还有一家饭店，我们进去看看再说吧。"文斌惊喜地指着"香满园"说，似乎知道女儿就在里面似的。

"好吧，那就再看看这家，没有的话，我们俩可得另想办法。"二虎擦着脸上的汗说。

二人进到里面，程文斌斜眼扫视了一下不大的厅堂，然后又瞟向二楼。

二虎操着不太流利的普通话说："小姐，您这店里有叫灵燕的小姑娘在这儿干活吗？"

"你是谁？"小红此时正在吧台里算着一天的收入，抬眼看了一下便又低下了头，没好气地说。

小红是老板娘的远房侄女，但凡店里需要可靠人做的事情，老板娘都会让小红去做。比如收银、算账。

"我是她叔，那是她爹。"二虎指着仍在楼上巡视的程文斌说。

"你们稍等。"小红说着，跑向楼梯南边老板娘的休息室，喊道，"姑姑，你快出来！"便叫出了老板娘鸾玉。

"喏，他们二人要找程灵燕。"小红看了一眼二虎，"这是我们老板娘，你们问她吧。"她说着又回到吧台，继续低头查看账簿。

"老板娘，您好！"说着，二虎竟伸出手要和老板娘握手。

"有啥事你说吧。"鸾玉斜眼看了他一眼，却没有握手的意思。

"是这样的，我的闺女名叫灵燕，几天前她和我村的姚萍姑娘一起出来打工，但她们出来我们事前也不知道。灵燕年龄小，怕她受不了外面的苦，她奶奶和她娘都在家哭。所以我们想把她找回去。"农村来的程文斌竟然耷着胆子一口气说了这么多话。

"灵燕，灵燕——"老板娘瞥了一眼满脸汗水的程文斌，向楼上大声喊着。

此时，程灵燕正和姚萍在楼上各自分管的包厢里擦拭着玻璃餐具，对父亲他们的到来一点儿都不知情。

听到老板娘的喊声后，程灵燕急急向下小跑。看到父亲的一瞬，楼梯下到一半的她愣住了。

"你看看这两个人你认识不？"鸾玉指着站在面前的两个人问。

程灵燕浅浅地看了父亲一眼，也不说话，红着脸低下了头。

"死妮子，还敢偷偷跑出来，看我不打断你的腿！"说着，程文斌就要跃上台阶打女儿，但他抬起的手始终没有落在女儿身上。实际上，在见到女儿的这一刻，程文斌的心里还是惊喜与激动的。

第七章　回村之后

一

从"香满园"出来后，程灵燕随着父亲，又回到了村子里。

程灵燕是极不愿意回来的。她不喜欢自己的村子，她讨厌和害怕这里的一些人。

回家后，奶奶更爱护她了。父亲也没有责骂她。出走的事儿就像从来没发生过似的，这户农家的一切，尽显着风平浪静。

母亲虽是有病，对女儿却也表现出了十二分的爱怜。看到母亲对自己笑，给自己倒水，程灵燕的内心变得柔软，涌起了深深的自责。

他们给了我生命，能回报时就尽力回报吧！程灵燕这样想。

在家里，程灵燕主动承担起了大部分的家务。望着奶奶年老佝偻的身影以及母亲呆滞的面容，灵燕知道她们能做的只会越来越少，自己累点儿苦点儿又有什么关系呢？

田地里的活，程灵燕也极力替父亲去做。外出回来的灵燕，似乎一下子长大了许多。

早出晚归，年少的程灵燕在繁重的农活中，尽力寻求身体与心灵的平衡。但在日日的忙碌中，她仍然在心里为自己树下了一个坚定的目标。她告诉自己：面对生活的困难绝不低头；要坚韧地面对生活予之的种种磨难与不幸；要微笑着迎接幸福与黎明！

二

岁月就像一只善跑的兔子，飞跃着就过去了。

待在农村的程灵燕，似乎把日月看作自己的敌人，她一日日奋力地与其对抗。她想，毕竟多努力一分就会多收获一分，我的这个家啊，为了你我情愿粉身碎骨！

秋雨绵延无限，一下就是十多天。父亲外出做零工了，照顾牛和做家务几乎都落在了程灵燕的肩上。牛的干草眼看不多了，还有冬日要过。灵燕就学着大人，在雨天打着伞，把牛赶到南山上放养。

虽然只是秋日的霏霏细雨，山上却也是透着极致的凉。身穿单薄衣衫的程灵燕几乎不能抵御这风雨的寒冷，瘦弱的身躯被冻得瑟瑟发抖。

抬眼望去，自己家的三头牛前后不一地在低头吃草。多日未着青草的味道，牛似乎馋极了。它们不像往日似的，啃几口就往他处乱跑。

风雨中，程灵燕冻得牙齿打战。她小声嘀咕："这样下去岂不是要冻坏了！"她看向别处，想寻一处能够躲避风雨的地方。

不远处，有一堆石头，随着岁月的更移而纵横交错。风雨把石头侵蚀成了玉白色，远远望去，就像是一个白色的碉堡。

撑起雨伞，程灵燕跑了过去。

"嘀，还真是一个好地方。"望着足可容身的大石孔，她惊喜地感叹。

再向上望，只见头顶是一块巨石，横卧在两堆石头中间，缝隙处恰能供人容身，里面十分干燥。

合上雨伞，程灵燕走入石缝内。她倚着石头，斜卧在地。地面上枯黄的荒草仿佛是一层地毯，温暖着她的身体，抚慰着她的灵魂。

微闭双眼，程灵燕仿佛在享受着这个美妙的时刻!

片刻，她又缓缓睁开眼睛，从怀中掏出一本《钢铁是怎样炼成的》。翻开书，很快，程灵燕便沉浸在书中的故事情节与人物形象里。

主人公保尔，早年丧父，母亲替人洗衣、做饭，哥哥是工人。保尔十二岁时，母亲把他送到车站食堂当杂役，受尽了凌辱。他十分憎恨那些仗势欺人的店老板和花天酒地的有钱人。保尔怀着满腔热忱从军报国，没想到勇于冲锋陷阵的他却被种种伤病缠身，加之艰苦的生活环境和忘我的工作，他的身体越来越糟。保尔一次又一次与死神搏斗，一次又一次跃过死亡之门。在全身瘫痪、双目失明的情况下，没有任何写作经验的他却以超人的毅力完成了小说的创作。

这是什么? 这是保尔精神! 自己的这点儿苦又算什么呢? 最起码我还是四肢健全的，我还可以行走于任何地方。程灵燕在心里给自己打气，她想做一个像保尔一样不屈的人!

《钢铁是怎样炼成的》这本书，程灵燕不知道看了多少遍，这是她上初二时老师推荐的书。听了老师对主要内容的介绍后，她十分感动，虽然她当时连吃饭都困难，但还是省钱买回了这本书。

"是啊，我一定要通过努力，争一个美好的未来!" 灵燕坚定地说。随着对书本知识的吸收，她的思想不断升华。

三

石缝中，程灵燕忘却了寒冷，她几乎把带来的书又啃了一遍，才感觉肚子已经很饿了。

站起来，程灵燕揉了揉倚麻了的臀部，走出去看了一下，牛仍在远处吃草。

重回石缝中，她拿出布袋里的干粮，就着带来的水吃了一些。填过肚子，困意顿时袭来，程灵燕闭上了眼睛。

片刻，她便进入梦乡：奶奶给她煮了鸡蛋并剥了壳，白白的，在她眼前不停晃动。她似乎还闻见了一股熟蛋清的味道。睡梦中的程灵燕，脸上洋溢出幸福的微笑。

但是，好像确实有什么东西在她脸旁磨蹭，是梦吗？程灵燕一下子睁开了眼睛。

"啊，该死的哑巴，你个老流氓！"程灵燕吃惊地喊道。她挣扎起来，挥舞着双手，要撕打这个不知廉耻的老东西。

原来，这个老哑巴不知在什么时候走近了灵燕。此时，他的裤子已褪到了脚脖子，他的阴茎直挺挺的，上面滴流着丝丝黏液。他老树皮般的脸涎笑着，见灵燕醒了，却并不急于穿上裤子，而是仍然拿着他的阴茎，在灵燕面前晃动。

哇！灵燕像吃了苍蝇般呕吐不止，她撇下了她的干粮袋子和伞，急急抓起书本跑了出去。

四

雨变得如奶奶缝被的线那般粗，气温仿佛一下子迈入了寒冷刺骨的冬天。

程灵燕浑身都湿透了，衣服紧紧地附着在她单薄的身躯上，显示出高挺的乳房。虽然瘦弱，但十六岁的她却有着玲珑的曲线。

程灵燕的脸上，流着屈辱的泪水，她已记不清自己是怎样将牛赶回家里的。

"你……你咋回事啊燕子？"看到她这副模样，奶奶恐慌着问。

"没事的，奶奶。就是伞坏了，撑不住，我给扔了。"她撒了谎。

没等天黑，程灵燕便烧了些热水洗洗上床了。晚饭是奶奶让母亲端给她吃的。

晚上，程大娘又给孙女熬了一碗姜汤，让她趁热喝了下去。

这一夜，程灵燕倒是什么也没想，她的身子就像灌了铅似的，睡得沉沉的。

早晨，灵燕没有像往时一样早起。程大娘自己起来烧水做饭。

待饭熟了，见孙女还没起床，程大娘便进屋叫她。

"燕子，燕子！"连着叫了两声她也没答应，程大娘拿手摸摸孙女的额头，"啊，好烫啊！"

"燕子，你发烧了！"程大娘大声地、恐慌地叫着。

五

身体一会儿如羽毛般，一会儿像躺在一团柔软的棉花上，一会儿又似在半空的白云上，总之，程灵燕感觉特别舒服。

灵燕喜欢天空中的云。特别是天湛蓝湛蓝时，半空中就会悬挂着大朵大朵白色的云彩。她想无论是睡在上面，或者是钻进去，都会很舒服很惬意的。

此时，程灵燕徜徉在自己的精神世界里，舒适的感觉溢满全身。

似乎是谁在叫着她的名字，她的意识在一点点苏醒。

"燕子，燕子。"迷迷糊糊中，她仿佛看见了奶奶焦灼的眼神和布满皱纹的脸庞。

在程大娘的呼喊中，程灵燕终于缓缓地睁开了眼睛。

"奶奶，我这是在哪儿啊？"看到吊着的输液瓶和乱糟糟的病房，她问道。

"你昏睡了整整两天两夜！燕子，你可把奶奶吓坏了！"程大娘说着，忍不住眼睛一酸，泪水流到了嘴角两边深深的纹沟里。"燕子，我苦命的孙女，醒了就好！你说你要是有个三长两短，你让奶奶怎么活啊！"程大娘絮絮叨叨地说，眼泪仍不停地流。

"我这不是没事吗奶奶，看把你紧张的。"

"你看,姐姐醒了。"母亲王婶顶着一头凌乱的头发,指着躺在白色病床上的女儿,对十来岁大的儿子小乐说。

"小燕子,吃香蕉。"弟弟举着刚刚母亲剥给他,他还没来得及吃的一根香蕉送到姐姐的嘴旁。

"好,姐姐吃香蕉。"程灵燕酸了眼,赶紧把目光撇开了众人说。

程灵燕艰难地吃完了香蕉,说:"小乐,把皮扔了,乖。"她勉强让自己缓和了神情。

"你们都在这儿,家里的牛咋办?"程灵燕看着奶奶说。

"给你王大爷说了,让他先帮我们照看两天。你就不要管那么多了,牛算啥,你身体好了比啥都好。"程大娘极力安慰孙女。

王大爷是村里的一位老好人,程大娘有事时,总免不了麻烦他。

六

"婶子。"袁二虎提着一网兜水果走进了病房。

"二虎来了!"程大娘急忙招呼他。

"燕子啊,我给你说,这次要不是你二虎叔帮忙,我和你这疯娘可真不知道如何是好。哦,还有,你栓柱叔。他们可都是好人呢!"程大娘对孙女细数着他们的恩人。

原来,程灵燕那日昏迷不醒时,刘栓柱恰巧来到他们家。他是想来看看,他们家的水缸里缺不缺水。

在阴雨不断的日子里,刘栓柱时不时会给程大娘家的水缸里,担上两担水。他知道对于灵燕这个小姑娘来说,在这样的天气里干农活,实是苦了她。

当听到程大娘的呼喊后,刘栓柱慌忙跑进屋里了解情况,然后立即回去套好了自家的牛拉车,并在上面铺了厚厚的一层褥子。返回程大娘家后,刘栓柱让程大娘简单收拾一些灵燕的衣物,他则用被子卷着灵燕,把她抱到了牛车上。

刘栓柱赶着牛车，程大娘坐在车帮上，一道儿往县城的医院奔去。

对于县城，刘栓柱与程大娘俩人毕竟是陌生的，更别提县城里的大医院了。程大娘建议，先到二虎的诊所，让二虎陪着他们一起去医院。

赶巧进入县城后，走不远就是南关街二虎的诊所。见着了二虎，向他说明了情况，二虎二话没说，立马让病人散去，同程大娘他们一道，把程灵燕送到了夏城县人民医院。

"谢谢你，二虎叔！"听了奶奶的话后，程灵燕感激地望了一眼袁二虎。

"傻丫头，跟我还说啥谢！"二虎微微笑着，露出了一口雪白的牙齿。

程灵燕还从来没有如此近距离地看过二虎的脸。原来，二虎竟然有着和电视里男主角一样的棱角分明的脸。

第八章　走出家门

一

一周后，医院为程灵燕办理了出院手续。

回到家后，也没有将养，灵燕又恢复了她一贯的勤劳。家里活、地里活，她都抢着干。然而，程大娘的心里却有了想法：总不能让孙女一辈子待在村里吧？让孙女干这样那样的农活，那不是苦了她吗？

程大娘看到孙女小小的身影不时地忙碌着，心里不是个滋味。那次见到二虎后，她就有了让灵燕到县城二虎的诊所里帮忙的想法，只是还得跟儿子文斌商量。

雨过天晴，太阳暖暖地照着曼陀村。程大娘的心里，也活泛出一种久违的快乐。她托人给在外打工的儿子文斌捎了个信，让他抽空回家一趟。

前些日子，程文斌跟曼陀村的几个人，在邻村姓冯的小工头的带领下，到一百里以外的一处山上，做金矿工人了。

金矿上的活很苦，并带有一定的危险性。文斌与工友们，常常要顶着塌方的危险，一寸一寸地，在坚硬的石山上开凿。然后，将含金的矿石凿出，用带斗的小推车，一车一车地推到山洞外的平地上。这期间，洞会随着开采的进度，一点点变深。

秋雨微寒。这段时间，秋雨经常赶着滚儿下，好像要把天气早早地给赶到冬日里去。金矿上的活儿，也就随着天气的好赖，干一段停一段。

下雨时，离家近的矿工便回家躲雨；而离家远的矿工，则像狗似的蜷缩在工棚里，无事可做。

雨水日日浸泡着山坡，开采时，危险系数相对于晴天，便大了很多。这一点，金矿老板是丝毫不敢忽视的，所以，下雨天是矿工们最清闲的日子。

因为一旦出事，必是伤亡惨重，可能让他赔得血本无归。在当地，有很多金矿老板都栽在了事故上。

这天晚饭后，程文斌正在简易的工棚里，无聊地与三五个工友一起打纸牌，同村的工友小王走近他说："文斌哥，俺大娘让你抽空回家一趟，听说前几天燕子病了。"小王刚从曼陀村的家中回来，这是程大娘让带的信儿。

"啊，病了！没啥大碍吧？"程文斌焦急地问小王。

第二天一早，程文斌便跟工头请了假，急急地往家中赶去。

二

到达镇子上时，程文斌特意拐到水果摊前，买了一些水果。一进家门，他便大叫："娘，娘，燕子没事吧？"

"哦，你回来了？"程大娘平静地招呼着儿子，"燕子刚出去，一会儿就回来。"

"啥？出去了！她不是病了吗？"程文斌的脸上带着焦急与不解。

程大娘却并不理儿子的焦急，而是与他寒暄起来。她问儿子在金矿上累不累、苦不苦，吃得好不好……

程文斌略显焦躁地说："俺很好。娘，您不用为我操心，您看好燕子就行了！"他对母亲表现出了稍稍的不满。言语中，女儿的病，完全是因为母亲的失职。

程大娘并没有怪罪儿子出言不逊，说："是这样的斌儿，你看咱们家燕子也不小了，总让她在家放牛也不是回事儿啊。所以，我想啊，不如让她到县城二虎的诊所里帮帮忙，总比在家跟我们耷拉着过日子强吧！"

"她到那能干啥啊？总不能跟着二虎学医吧。"程文斌并不赞同。

"那就先让她过去，看看能干啥就干点啥呗！哪怕是帮二虎看门、扫地，也比在我们这个鸟不拉屎的村子里待着强吧！"程大娘没好气地说。

二人说话间，程灵燕回来了。

"爹，您回来了？"分离了一段时间后，亲人重逢是令灵燕惊喜的。所以，她微笑着跟父亲打起了招呼。

"身子现在没大碍吧？"文斌怜爱地问。

"没事，早就没事了。"灵燕腼腆地笑着回答。

"看，我给你带什么了？"说着，程文斌从案板上拿过来一袋金黄色的橙子。

程灵燕解开袋子，先给奶奶拿了一个。然后，又到别屋递给她娘一个。"剩下的这几个给小乐留着吧，明天周六，他就该回来了。"她将剩下的几个橙子小心地放好。

前些年，从上至下刮起了撤校合并之风，把原来每村皆有的零零星星的小学合并到大一些的、交通便利的村子里。这样，农村孩子们的上学条件明显得到了改善。

考虑到山区有些孩子可能家离得较远，学校还专门设立了食宿服务。

小乐便是学校的寄宿生。十三岁的他目前上小学五年级，只有在每周六早上，他才会从学校回到家里。

程灵燕很是疼爱她这个唯一的弟弟，有什么好东西，总要给他留些。

"那就按您说的意思办吧，我们和燕子商量一下。"文斌去牛屋看了一下家里的牛后，回来对程大娘说。

程灵燕是一直都想去外面的，她在心里感谢奶奶和父亲为她做出的这个安排。虽然她不知道自己到二虎那里能够干些什么，更对医疗上的那些个血淋淋的场面感到恶心与害怕，但是她想，我最起码要先走出去。

三

天空放晴，秋高气爽，曼陀村村道上连日的泥泞被秋风和秋日吹晒了几日后，地上的泥土呈现出一块块网格般的干裂状。

在家待了几日，天一晴，程文斌便又赶回了金矿干活。

这日，程灵燕早早地起来，她把家里的脏衣服一股脑儿都拿去河里浆洗干净。

洗完回家后，她又忙着给水缸里担满了水。到牛屋里，她为牛添了草，并依依不舍地看了它们一眼。

王婶前几日犯了病，一个人在村里游逛，不知道怎么被一个二十来岁的男青年撕扯，然后她狠狠地咬了一口男青年的左臂，并倒在地上哭着撒泼。当灵燕赶到时，男青年已无踪影。她极力安慰王婶，但王婶却哭个不停，鼻涕、眼泪全都粘在了程灵燕的前襟上。

王婶呆滞了好几天没说话。女儿今日要走，王婶却拉着女儿的包袱孩子似的问她："你要去哪儿？你要去哪儿？"

程灵燕不放心娘，也不放心奶奶。她的心，总不能潇潇洒洒的。虽然秋后农村已相对清闲，不用再拉犁耕种，可想着家里几头牛和吃水的问题，灵燕还是犯了愁。

"奶奶，回头我爹再回来时你同他商量一下，咱家的牛不用时可以卖掉，来年再买。这样你和我娘也能轻松一些。"程灵燕懂事地对奶奶说。

终于上路了，程灵燕提着包袱，特意拐到村子上面的刘栓柱家，让他有空时帮忙照看一下她的家里。

四

程灵燕来到了二虎的诊所里给他帮忙。她像个成熟的大人似的,勤勤恳恳,任劳任怨。

每日,这个小姑娘都把诊所打扫得干干净净,把诊室物品擦拭得一尘不染。她处理起杂务事来,也不用二虎操心。二虎慢慢适应了有这个小姑娘的日子。

二虎三十好几了,却没有一个很好的婚姻归宿。

二虎在二十八岁时,和在银行上班的姑娘小玉谈过恋爱。小玉到诊所里拿药,看上了儒雅俊朗的二虎。后来她有事没事都爱到诊所来,时间一长二人便有了话说。相处了一段时间后,小玉便邀二虎上她家中玩。

小玉的父母都是金融界职员,他们只有小玉这么一个宝贝女儿,对于小玉和二虎的未来他们并不看好,这段感情自然遭到了他们的极力反对。

虽然二虎不想做一个受尽白眼的女婿,可是他禁不住小玉对他的温柔与哀求。就这样,二人还没有结婚就偷吃了禁果。几个月后,小玉怀孕了。

眼看小玉的肚子越来越大,她的父母又恨又急。父母二人又都是极爱面子的人,没办法,他们只好为小玉和二虎简单置办了两桌酒席,算是给小玉完了婚。

婚后,小两口在小玉的单位附近租了一套两居室,他们在柴米油盐中期待着孩子的降生。

小玉是独生女,大学一毕业就被父母托关系安排进了国企大银行。对于家务活她没兴趣也懒得干。很多时候,都是二虎下班后回去收拾一天的家务,饭呢,他们也是凑合着吃。

几个月后,他们的儿子降生了。

孩子的降生为这个新家带来了短暂的欢乐。做了爹的二虎除了惊喜与感动外,变得更加勤奋与努力。家里的事、诊所的业务,常常让他忙得不可开交。

一台新机器的齿轮经过时日的磨合后会越来越契合，但二虎与小玉这个新组建的家庭，经历时日的浸泡后，矛盾却是越来越多。两个人的新鲜劲儿都过去了，常常为生活中这样那样的琐事吵闹，家里时时弥漫着一股火药味。

小玉一个人哄不住孩子时，便开始抱怨。二虎整日忙，却挣不了几个钱，这也惹得小玉不高兴。日子一长，小玉便觉得二虎处处不顺眼。

由于二人的关系本身就不被小玉父母看好，所以对于女儿婚后的事，小玉的父母是不愿多尽心的。他们就想看看，在柴米油盐中，他们年轻人的爱情能撑多久。

"什么叫爱？真正过日子她就知道了！你再有爱，没有米不行，没有油不行，没有人带孩子更不行。"小玉的母亲在厨房煲着汤，隔着门对坐在客厅沙发上看报的丈夫说。

"这个死丫头，不让她吃吃苦，她就不知道谁才是真正为她好！到现在了，那个二虎连个房子都买不起，看他们还能在一起撑多久！"小玉的母亲继续对丈夫抱怨，她似乎预见了女儿的婚姻不会长久。

一年后，小玉抱着儿子离开了二虎，回了娘家。

二虎是实诚人，他想着孩子小离不开娘，所以在孩子的抚养权问题上，没和小玉争执，任由她抱了去。

但小玉的父母可不这么想。"带着个孩子，将来女儿的选择就会降低三分之一，甚至说不是自己选人家而是人家选我们。"小玉母亲一边做家务，一边同丈夫和女儿说。

小玉的母亲，算得上是金融界元老级人物，她就像算账一样计算女儿可以再嫁个什么样的男人。虽然女儿有过一段婚姻生活，但在法律上女儿还是单身的。在女儿跟二虎时，这个做母亲的，故意不提醒他们去领结婚证。而两个年轻人，也没有把问题想得那么复杂。

为了不耽误女儿再择良偶，母亲极力说服小玉把孩子送给二虎抚养。

而小玉虽然有些不舍，但从小在蜜罐里长大的她想，要是带着个孩子再嫁，肯定不容易，而且自己可能还要再和别人生孩子……她实在没有勇气负责起眼前这个孩子的将来。

就这样，小玉把孩子还给了二虎。

二虎不得已只能把孩子抱回农村老家让父母养着。他隔一段时间回去看看，并带回些钱和奶粉。

一开始，二虎颓废了很长一段时间，后来，他便霍然想开了似的，积极投身到诊所的业务中，变得比以前更勤奋了。

对于自己这段短暂的婚姻，他也做了个总结，他在日记中写道：生活是什么？生活就是你准备好了再去做。你得先把房子买好，钱存够，然后再想着结婚生子。否则，你的人生只能是半截子幸福，半截子艰苦。

往事如烟，过去的事，二虎甩甩头将其抛在了脑后。

五

早间，朝霞把半边天映红。"嘘，嘘——"吹着口哨，二虎春风满面地走进了诊所。

"燕子，你可真是个勤快的人啊！这么早就起来搞卫生了。"看到一大早就在擦抹诊桌的程灵燕，二虎心里充满了愉快。

自从程灵燕来到后，诊所的里里外外都被擦抹得明亮洁净。二虎看在眼里，喜在心上。今天，二虎好像是特意来验证程灵燕的勤奋似的，故意早到了些。

"俺是来给你打工的，哪敢不勤奋啊二虎叔？"程灵燕调皮地说。

"别，别，你可别这么说啊！"突然间，二虎在这个小姑娘面前觉得不好意思起来。

"收拾好了我带你出去吃好吃的。"二虎正了正脸色。

二虎用他那辆骑了多年的老二八自行车，载着程灵燕，晃晃悠悠三公里多，来到了古城墙边上一家专做油茶的老店。

"老板，来两碗油茶，多泡麻花。"二虎向油茶店的老板招呼着。

不一会儿，老板端上来两碗热气腾腾的油茶。白雾氤氲，麻花翻卷，被浸泡过的麻花周身湿润油亮，泛着少女嘴唇般的浅红，显得秀色可餐。

程灵燕肚里的馋虫，立马爬了出来。她迫不及待地夹起一截麻花放入嘴里，就着顺滑鲜香的油茶，吸吸溜溜地吃了起来。

看着程灵燕的吃相，二虎的笑容浮上了嘴角，他很欣赏她的纯洁与天真，也喜欢看到她吃东西时的馋样儿。

第九章　一缕情丝

一

岁月就像穿针引线，琐琐碎碎的。每日也没什么大事，日子就在平凡与平常中一日日穿过。

诚实勤劳的程灵燕，来到城里后，就像是一个虔诚的基督徒，她尽心地帮助二虎打理这个小小的诊所。但她所能做的，也只是简单的打扫与整理。她曾奢望地想：如果我能像二虎叔一样，给病人们看病，那该多好啊！

想归想，但灵燕终究是做不了医生的。她从小就有晕血的毛病，见了血就哇哇地吐。在诊所里，她只要见到一些外伤包扎的病人，就忍不住胸中翻腾，直犯恶心。

看到这种情况，二虎就忍不住摇头，但同时又在心里心疼起了这个远房侄女。

说是侄女，但二虎只单纯把她当作一个给他帮忙的女孩儿。看着她清纯到傻傻的样子，他的心情竟会莫名地好起来，好似他在婚姻里所经受的一切磨难，只要看她一眼，便可安然释怀了。

二

诊所的杂事远不止抹抹扫扫,还有进货买药等,时间久了,二虎便想让灵燕代他去办这些事。

灵燕是个很细心的女孩儿,她认真地记下了二虎对她说的药品名称和别名:阿莫西林又叫羟氨苄青霉素、诺氟沙星又叫氟哌酸、必嗽平又叫溴己新……她怕忘记,每日都要抄写一遍和背诵几遍,以便去药品批发部拿药时,能够更准确、快速地说出药名。

岁月如梭,不知不觉程灵燕来到诊所已三月有余。在这段日子里,她不仅熟悉了诊所的各项业务流程,还成了二虎的好帮手。二虎觉得这个女孩儿让他感到快乐与踏实。

"燕子,液体和病毒灵没了,你明天要去大明批发部拿一些啊。以后就固定在这家拿吧,他们老板来找我聊过几次,我觉得这人还行,而且他给我们的价格也比其他家稍低一些。"

"好嘞,老板。"灵燕打趣地应着二虎。

"嘿,你这个丫头,能给我好好说话吗?"二虎看了灵燕一眼,笑着说。

一唱一和中,二人的关系更近了,像是知心朋友。

二虎也觉得奇怪,不知在什么时候他和程灵燕说话的语气变得柔软了,是用商量的口气说的。他不可否认自己在心里,对她存着好感。

第二天一大早,程灵燕按着二虎给的单子,如数拿回了药品,足足一纸箱子。她不会骑车,也舍不得坐车,就抱着箱子走了二里多路。回到诊所时,她满头大汗,脸通红通红的。

二虎爱怜地看着她问:"你就这么抱着回来了啊?真是个傻妞!"

农村出生的孩子无论在什么时候,或者去到哪里,他们总是带着纯朴、勤奋与善良的天性。程灵燕虽然渐渐习惯了城里的生活,但她的勤奋与善良却一丝未减。在诊所里,她能多干就多干,绝不偷懒,她把诊所当成自己的事业般爱护。

这一日，程灵燕又去拿药了。前段时间二虎教会了她骑自行车，她便想趁此练练手。虽然二虎给了她打车钱，可她坚持要骑二虎的二八自行车。

这次，她拿的药不多，用黑塑料袋装着挂在前车把上。当她骑车要穿过马路返回诊所时，一辆黄色面包车由南而北飞驰而来。

"吱——"一声长长的刹车声，不仅打破了程灵燕这段时日来平静的生活，也打破了她构想的人生轨迹。

随着面包车的紧急刹车声，平滑的柏油路中间出现了一道数米长的刹车印。顺着油亮的刹车印望去，程灵燕小小的身影与自行车一起，倒在十米开外的马路中间。

此时，程灵燕就像做梦似的，身上没有感到疼痛，只是耳边嗡嗡地响。

路边不知什么时候围了一圈人，这些人叽叽喳喳地说："小姑娘估计不行了。"

一抹斜阳照射着程灵燕瘦弱的身躯。她躺在地上一动不动，意识迷迷糊糊的，但仍能清晰地听到路人的议论。

不一会儿，程灵燕的意识逐渐恢复。她睁开眼看看那抹血红的斜阳，撑着身子想要站起来。

"小姑娘，不要动！也许你的骨头已经伤了！"一个骑摩托车的中年男子迅速把车支在了路边，急速上前摁住她说。

这个中年男子还好心地替灵燕出头，硬要面包车司机拉她到医院进行全面检查。在这个好心男子的强烈要求下，面包车司机只好把程灵燕带到了夏城县人民医院进行检查。

坐在面包车里，男子让灵燕的头枕着他的腿。灵燕没有在意身上的疼痛，她仔细端详着恩人的面容：这个男子应该在四十五岁左右，面容慈祥，身形微胖。她想，无论需不需要报恩，我都要记住你。

两个小时后，检查结果出来了。程灵燕的左侧肋骨断了两根，需要立即住院手术。

躺在洁白的床单上，程灵燕方感到了身上的疼痛。不一会儿，她竟哎呀哎呀地呻吟起来。

站在一边的中年男子笑着说："你早先一声都不吭，现在才知道疼啊？你可真是个有意思的小姑娘！"

程灵燕直愣愣地看着他笑了。与他萍水相逢，他竟这么尽心地陪着她，她只能对他连声说着谢谢。

"能帮我拿一下纸和笔吗？"程灵燕望着男子说。

待男子拿来纸笔后，程灵燕以娟秀的字休迅速写下了二虎的地址，让这个男子帮她去找袁二虎。

三

二虎在诊所里焦急地等待着。按照往时推算，这个时间，程灵燕早该回来了。

"今天是怎么了？这么久还没回来！"二虎的心里有一种不祥的预感。

"袁二虎在吗？"男子一边看着纸条上的地址，一边对照着门牌号。"没错，是这里。二虎医生在吗？"他又叫了一声。

"在的，在的。"二虎一连回应了好几声。

"您好，是这样的，有个小姑娘被车撞了，她让我来通知你。她在人民医院28号病房3床。医生说她需要手术，您过去看看她吧。我的车还在前面，就不过去了。"说完，男子转身走了出去。

二虎心里怦怦乱跳，他小声嘀咕："灵燕不会有啥事吧？这个孩子，怎么这么不小心呢！"

二虎简单收拾了一些物什，急匆匆地赶往夏城县人民医院。

人民医院坐落在夏城县中心区，是20世纪60年代建造的，气派的大楼,可见设计者的超前眼光。

夏城这个十多万人口的小城,本地人口居多,他们过着闲散与舒适的生活,享受着小城四季分明的自然风光。这个县城不像其他大城市,繁华全是靠着流动人员集聚起来的。

然而,夏城县人民医院的周边,却人流如织、车水马龙:开着汽车的、骑着摩托车的、赶着毛驴车的、蹬着自行车的;提着锅碗瓢盆儿的、扛着扎满各式各样糖葫芦叫卖的。这一切,使医院上方的这片天空显得污浊与混沌。

二虎找了个地儿把他的二八自行车停妥,然后将包袱举过头顶,侧着身子挤进了人群。他顺着楼梯上到了五楼,向迎面而来的白衣护士打听28号病房所在的位置。

"喏,在那儿。"漂亮的女护士侧转身给二虎指了方向,还没忘盯着他的脸看上一阵。

在紧挨东走廊的倒数第二间病房里,程灵燕紧闭着双眼躺在床上。此时,她想起了母亲,想着一个精神病女人竟然可以把自己健健康康地带到这个世界上,而且还拥有着清醒的头脑与敏感的心。这颗心能感到孤独,甚至能感到头发丝般分量的爱恋与幽怨,又抑或是无奈与哀怨。

她又转念一想:不知那个人有没有给二虎捎到信?二虎会不会来看我?还是他仍在诊所里焦急地等?

"燕子,燕子!"她听到了二虎的声音。

"啊!"程灵燕咧着嘴叫出了声。她下意识地扭了下身子,没想到竟钻心般地疼,她这才想起自己受了伤的现实。

"你没事吧燕子?可吓死我了!"二虎焦急地看着她,额上沁出了细汗,眼神中透着担忧与爱怜。

忍着疼,程灵燕说:"没事的,二虎叔,就是医生说我骨折了,需要手术。"

"好,好,不要紧的,你稍等一会儿。"说着,二虎就急匆匆向门外走去。

动了一下后，像在伤口上撒了盐，阵阵剧痛向她袭来，程灵燕只好又闭上了眼睛。

"医生，你们先给这个病人看看，我们需要马上手术。"二虎的声音再次传入程灵燕的耳膜。她睁开眼，感激地看了二虎一眼，眼泪顺着她的脸颊滚落下来。

"好的，这个病人的检查结果我们已经看过了，她的左侧肋骨断了两根。"外科王主任一边说一边举着手中的片子给二虎与实习医生看，"喏，就是这儿，你们看，两根肋骨断裂还是蛮严重的。"

"我们马上去准备手术，你让病人做好思想准备，不必紧张，这并不是什么大事。"向二虎交代过后，王主任踏着大步转身离开。

四

在护士的协助下二虎把灵燕推进了手术室，并在医生的要求下在手术告知书上家属一栏签下了自己的名字。

手术室厚重的不锈钢大门被缓缓关上，冰冷的器械连同大门都泛着森冷的光。几名手术医务人员，忙碌地整理着手术器械，他们不知是男是女，一律都戴了蓝色的口罩。

程灵燕很想瞅瞅这其中有没有先前给她检查的那个王主任，可是此时，她紧张得记不起王主任的面目了。她甚至不敢睁眼看手术室，脑海里萦绕着自己已经下到地狱的情景……

"一小时二十八分，这个手术进行得还算挺快。""本身也不是什么大问题，只是两根肋骨碎裂得有些严重。"程灵燕清醒后，听到了医生们的对话。她已记不清自己是怎么睡着的，只记得医生告诉她要打麻药了。

"现在还没醒，这个小姑娘可真能睡！"医生的话一字一句地传到了程灵燕的耳朵里，她想睁开眼睛看看四周，可眼皮却像是被铅封了似的。

此刻，程灵燕的脑子晕沉沉的，她想让自己再睡一会儿，睡一会儿……

"燕子……燕子……"躺在3号病床上的程灵燕缓缓睁开了眼睛，二虎棱角分明的脸上露出惊喜，但明显还带着一丝担忧。

"我好了吗二虎叔？"望着二虎，灵燕怯怯地一笑，两滴晶莹的泪珠滚落到她的酒窝处。

"好了！好了！你没事了燕子！"二虎像个婆娘似的一连串说着。

护士过来叮嘱："四小时内不能让病人吃东西，也不能让病人睡觉。"作为医生的二虎对于手术后的这些流程自然是完全清楚的。

五

二虎为了稳定程灵燕的情绪，便给她讲起了故事："那只母鸭的宝宝都很漂亮，只有一只是例外。

"'真是可惜！我希望鸭妈妈你能再孵一次。'

"'那不可能，'鸭妈妈回答说，'它不好看，但是它的脾气非常好，游起水来也不比别人差，甚至可以说，比别人游得还好呢，我想它慢慢会变漂亮的。'

"'我要飞向它们，飞向这些高贵的鸟儿！可是它们会把我弄死的，因为我是这样丑，居然敢接近它们。不过这又有什么关系呢？被它们杀死，要比被鸭子咬、被鸡群啄、被看管养鸡场的那个女佣人踢和在冬天受苦好得多！'

"于是它飞到湖里，向这些美丽的天鹅游去。天鹅看到它，马上就竖起羽毛向它游来。

"'请你们弄死我吧！'这只可怜的'鸭宝宝'说。它把头垂得低低的，等待着死亡的降临。但是它在这清澈的湖面上看到了什么呢？它看到了自己的倒影！那不再是一只又丑又令人讨厌的鸭子，而是一只美丽的天鹅!

　　"它告诉自己: 只要你曾经在一只天鹅蛋里待过, 就算你是生在养鸭场里也没有什么关系。

　　"燕子, 你现在多像一只丑小鸭啊! 但是我相信你会坚强起来, 越来越好的。"二虎微笑地看着灵燕, 温柔地说。

　　虽然丑小鸭的故事程灵燕以前看过很多次, 但当二虎用他磁性的声音娓娓道来时, 灵燕的内心顿时柔情四溢, 甜甜蜜蜜的。

　　医生在灵燕的腰间固定了一层厚厚的石膏。虽然做了手术, 但她仍然动弹不得。买饭倒水、添水喂药, 便都是二虎来做了。二虎毕竟是有过婚姻生活的人, 在照顾人方面, 他已不像毛头小伙子那般浮躁, 相反, 他表现出了极大的细心和耐心, 这使程灵燕感到十分温暖与舒服。

　　术后经过两个多星期的治疗后, 医生跟二虎说程灵燕可以出院了。

　　俗话说, 伤筋动骨一百天。程灵燕出院后, 接下来还要进行三个月的休养。灵燕住院期间, 为了不让家人操心, 没让二虎告诉他们。那灵燕去哪儿休养呢? 二虎在心里犯起了难。接到家里吧, 人家毕竟是女孩子, 不太方便。该怎么办呢? 诊所的里屋! 对! 就在那里给她收拾个床吧。

　　为了不让灵燕进行过多的移动, 二虎特意交代医生, 让病人晚出院一天。

　　二虎呢, 就火急火燎地赶到杂物市场, 为程灵燕购置了床具、被褥等生活物品。他回诊所将这一切安置停当后, 才赶到医院接回了程灵燕。

第十章　初心如月

一

十六七岁，是一个女孩儿最容易做梦的时候，她们向往生活的美好，向往在美好的生活中遇到一场美好的爱情。

生病的这段时间，程灵燕着着实实感受到了二虎的体贴，她甚至觉得小玉是一个很没眼光的女人，像二虎这么好的男人，小玉为什么就不要了呢？

诊所重新营业后，附近的居民大都像陌生了似的不怎么来看病。这些天来，二虎为了照顾灵燕，诊所也常常是处于歇业状态的。

也好，落得清闲吧！也能好好地照顾灵燕。看着冷清的生意，二虎内心释然，毫不纠结。

夜幕渐渐地笼罩了夏城县的天空，又一天结束了。

"晚饭想吃些什么呢？"二虎微笑着问躺在小床上看书的灵燕。闲来无事，她便以书本来打发时间。

"我想喝些粥。"灵燕甜甜地说。

"经常躺着，吃东西也难消化，喝些粥是好的。那我回去给你做吧？街上的粥总是不大好吃的。"二虎柔声地对程灵燕说。

望着二虎如水般柔情的眼睛，程灵燕的心轻轻地颤了一下，她羞涩地点了点头。

于是，二虎推开门回去做饭了。卷闸门总是不便，程灵燕回来后，为了方便频繁出入，二虎就干脆找来师傅，装了个玻璃推拉门，并把原来冬夏常用的塑料透明门帘也摘掉了。

看着二虎的背影，程灵燕想，将来我要是有一个这样的男朋友就好了，蛮温柔体贴的。她的脸上洋溢起笑容，闭上眼，她在心里编制着自己另一半的模样。只是此刻，她是以二虎为参照的。

"粥来了。"过了一会儿，程灵燕被二虎的声音唤回了现实。

打开不锈钢饭盒的盖子，饭菜的香味扑面而来。最上面的菜碗里，是带着绿头的豆芽菜。知道灵燕这段日子不便吃辣，二虎便以少许姜丝入味。在菜碗下端的饭盒内，盛着黄澄澄的小米粥，是比街头卖的稠了一些，闻起来有股浓浓的香味儿。

"谢谢你了，二……"程灵燕本想说"谢谢你了二虎叔"，却生生地把后面几个字吞了回去，快速改口道："谢谢你了！"脸上随即飞出了一抹红晕。

"傻丫头，跟我还客气！你这不是给我打工才受的伤嘛！"二虎微笑地看着她，打趣地说。

二

为了便于照顾灵燕，二虎从他的出租屋里搬到了诊所。夜里，他在外面支起一张简易床睡，白天再收起来。

二虎在里间准备了一个便盂，以便灵燕起夜。在程灵燕刚受伤的那段日子，她若需方便时，二虎总是把便盂给她放到一个合适的位置，再转身出去。等她方便完后，他再进去收拾。

一个多月后，程灵燕终于可以试着下地了。

这段日子以来，二虎对程灵燕照顾有加，灵燕打心底里感动。只是，他们的关系，并不只是男女关系那么简单，她是管二虎叫叔的，这层扯不断的亲属关系总是使她觉得难堪。

　　在男女的相处中，时间本身就是一粒催情的种子。在她与二虎相处的这些时日，她渐渐意识到自己爱上了二虎。二虎的温柔，二虎的帅气，乃至他身穿白大褂的身影，都使她感到着迷。

　　"二虎……"有时夜里，她想起二虎的时候，竟会轻轻念叨起他的名字，心里也扑通扑通乱跳。

　　一天夜里，"咣当"一声，程灵燕起夜时重重地踢到了板凳腿。她是摸黑儿起来的，怕吵着外面睡觉的二虎。可是，这一声响还是把睡梦中的二虎惊醒了。

　　"燕子，你没事吧？"

　　"哦，没，没事的二虎叔。"她对他说话时心里怦怦地跳。

　　"你起来时得把灯打开，可别跌倒了啊。"二虎关心地说，并随手拉开了外间的电灯。随后，他披了件衣服，走到里间看望程灵燕。

　　二虎扶起程灵燕刚起了一半的身子，看着凳子旁的便盂说："我把它给你放好吧。"

　　"嗯。"程灵燕红着脸点了点头。

　　二虎弯下腰，从凳子旁边移过便盂，说："一会儿我进来收拾。"程灵燕的脸更红了。

　　他转身走了出去，轻轻地替她关上了里间的房门。

　　"哎哟！"向下蹲的时候牵动了一下伤口，程灵燕不由得大声叫了出来。

　　"咋了？"二虎紧张地一把推开门，结果看到程灵燕把裤子褪到了臀部，他尴尬地转身，欲急忙离去。

　　"二虎！"程灵燕下意识地叫住了他。

　　听到她的呼唤，二虎一顿，体内似有一股电流经过，刚跨出门的一只脚又收了回来。

"咋了燕子？"二虎背对着她问。

"你过来扶我一下。"

"你自己不可以吗？"

"我起不来了！"

其实，她要是努力努力，还是能够起来的，毕竟她的身体已比先前好了很多。但是，不知怎么了，她就是想在今晚叫住二虎。她已抛去了少女的羞涩，在这个男子面前，不知羞耻地裸露着臀部。

二虎把头转向一边，走过去扶她。

程灵燕轻微地呻吟着，不知是出于疼痛还是什么，她不先把裤子拉上，而是双手拉着二虎的衣襟，缓缓地、艰难地向上站起。

其实，此刻她的呻吟声并不是疼痛引起的，而是由内而外的一种情感宣泄。

快要站直时，她把手慢慢地松开，整个身子都倚在了二虎的怀里。

二虎杵在那里一动不动，双臂向下耷拉着。

她丰满的胸脯贴着二虎的胸膛，二虎的心里像打鼓似的咚咚直跳，被她听了个真真切切。越听得真切，程灵燕的心里就越发惶惶不安，呼吸也变得急促了，她的双手不禁搂紧了二虎的脖子。

慢慢地，二虎搂紧了她的腰。他的手逐渐地向下，摸到了她冰凉的臀部，他轻柔地把她的裤子拉了上去。

程灵燕与二虎贴得更紧了，两颗心都在狂烈地跳动。

二虎也明显感到了自己呼吸的急促。过了一会儿，他把灵燕的手轻轻地拨开，扶着她躺在了床上。

程灵燕斜靠在床上，双手重新环上他的脖子不愿意松开。二人的唇离得那么近，她热切地望着二虎。

二虎觉得体内似有一粒火种在快速燃烧，这是一种难以抑制的冲动。

此刻，灵燕想起了年少时，老哑巴在她面前裸露的阴茎。那时她觉得那玩意儿就像个怪物，吓得她拔腿就跑。可是此时，她又觉得那玩意儿是无比神秘的，并带有一种引力，她真想好好看看它。

二虎的呼吸越来越急促，而程灵燕更觉得体内激情涌动。

程灵燕抱着二虎时，本是闭了眼睛的。不一会儿，她便睁开眼，直直地瞪着二虎。她的黑眸如深潭，在夜晚的灯光下泛着蓝光，那分明是一团燃烧着的火焰，烤得二虎浑身燥热。他咕噜咕噜地咽下两口唾沫，便再也忍耐不住了。

二虎目光一片火热，把唇迅猛地贴在了灵燕的唇上，舌头在她的口内游动。她感觉那么新鲜、刺激，随之，下体流出一股热乎乎的液体。

血气方刚的二虎疯狂地吻着她，勾起她青春期所有的情欲。她生硬地迎合着，体内那股喷薄而出的欲望，愈加使她难抑难耐。

此刻，二人就像是干柴与烈火，情欲的火种一旦被点燃，顷刻间便要熊熊燃烧。

三

今夜，月朗星稀。"情欲"二字把灵燕与二虎紧紧地缠绕在一起。他们激吻着，越搂越紧，连呼吸都困难了。

二虎伸手拉灭了电灯。瞬间，黑夜像一块幕布似的遮住了二人的羞怯与道德。二虎不再顾及什么，他一只手伸到了程灵燕的腰部，开始解她的裤子。她没有阻止，其实她倒是希望二虎能快些解开的。可是此刻的二虎又是那么笨拙，她真想自己动手解，可是，少女的羞涩与自尊又使她磨不开面子。所以，她只好忍耐着二虎偻偻卒卒的摸索。

又过了一会儿，他终于解开了她的皮带，并将她的裤子一点点褪去。接着，二虎开始脱自己的裤子。其间，他仍然一只手搂着她的脖子，嘴巴还不时地像小鸡啄食般轻啄着她的唇。

"啊！"程灵燕痛苦地喊了一声，她的下体火灼般疼了起来。

听到她的叫声后，二虎更加小心了，他像在探索一个宝物似的，更慢更在意了。

早上，一缕阳光从窗外悄悄地射了进来，照在简易小床上躺着的这对热血男女身上。女人此刻仍闭着眼睛，面目安详，像一个熟睡中的孩子。男人盯着女人的侧颜，用手抚摸着她的发丝，眼神中充满了温情与爱恋。

四

夜晚的温情像长腿跑了似的，一连几天，程灵燕都躲避着二虎。见了二虎，她就会脸红，二虎与她说话，她也是转过身去应着的。

女人的心事总比男人的要重，在生活面前，她们总是不能轻松地接受，总把问题想得复杂而难以承担。

那夜之后，程灵燕便开始自责了，她怪自己太轻浮，失去了女孩子应有的自尊。

她是管二虎叫叔的，侄女与叔叔发生肉体关系，若被外人知道了，是要被耻笑的。所以，程灵燕感到了沉重的压力，她觉得没办法面对家人，也没办法面对二虎。越是这样想，她便越想躲二虎。最后，连二虎都觉得他们在一起相当别扭了。

"燕子，你受伤的事我觉得还是得和你的家人说一下。"为了使程灵燕开心起来，二虎便想着让她的家人来看看她。

"你看吧。"她说。

"这可不是个小事，将来万一你家人知道了，岂不是要埋怨我吗？"

"那好吧。"程灵燕轻轻点了点头。

在征得程灵燕的同意后，二虎便托人给她的家人捎去了信。

五

这日一大早，程大娘、程文斌以及灵燕的疯娘王婶都来了。

"燕子，乖，你没事吧？"程大娘关心地询问。

"奶奶，没啥事儿！"程灵燕带着羞涩，脸上泛起了潮红。同时，不好意思地看了一下她的爹娘。

"傻孩子，这么大的事，怎么不早点儿告诉我们呢！这幸亏没事，要是有事，你让我们怎么办啊？"说着，程大娘的眼睛竟然酸酸的，她赶紧转过了身，不去看孙女的脸。

"我哪里有事呢！你们看，我这不是好好的吗？"说着，程灵燕转动了两圈身子。

"瞧你能的！快坐下！"程文斌不自觉地吼起了女儿。对一个男人来说，这可能就是他对女儿表达爱的方式吧！

"燕子，你好了吗？"王婶似乎比灵燕还要羞涩，傻傻地冲女儿笑，并把手里的香蕉举到女儿的面前。

"娘，我没事的，都是我不小心才连累了二虎叔。"说着，程灵燕脸红地看了一眼二虎。

"说啥呢，傻丫头！"二虎也不好意思起来。

"没事就好，乖，没事就好。"程大娘新近又掉了两颗牙，说起话来唾沫星直飞，溅了程灵燕一脸。程灵燕却并没有拿手去擦，她的双手仍然握着奶奶的双手，她们像一世未见似的，久久不愿松开彼此的手。

片刻，程大娘望着孙女的眼睛说："这伤筋动骨一百天，你总在这儿也不是个事儿，会耽误你二虎叔做生意的。不如你先跟我们回去，让奶奶照顾你，等你养好了伤再回来，好吗？"

程灵燕是一个晓事的女孩子，奶奶的建议她先前也是考虑过的。虽然她不大相信康复需要一百天，但是医生和大人的告诫，她还是要遵守的。特别是和二虎有了那层关系后，她的自责感日渐加深，在心里，她是很想离开这儿的。

灵燕要走了，二虎的内心涌起了深深的不舍，他小心地替灵燕收拾着简单的行李。那份小心，似要拉长他与灵燕共处的时间一样。

待收拾完后,二虎转身出去了一趟。回来时他说:"燕子,这是2000元钱,你拿上,需要用钱时可以救下急,或者给你和家人买些营养品吧。"

"二虎叔,我不要钱,我用不着的。"程灵燕红着脸望着二虎,眼睛里流露出这些日子以来少有的温柔。

"傻孩子!钱总会有用得着的时候,拿着!"二虎硬把钱塞进了程灵燕的衣兜里。

"手中有钱,才能不惧万事嘛。等你好了,想再来我这儿时,也得有路费啊!"二虎望着程灵燕一笑,又恢复了他平日的风趣。

就这样,程灵燕跟着家人,又回到了曼陀村。

第十一章　岁月如歌

一

深秋时节里，空气中似乎总夹带着一丝潮气，遇到变天，这种潮气便转化为了丝丝的凉冷。

天冷了，人仿佛也容易变得慵懒，这几日来，程灵燕是能不出去就不出去，能用电话采访的工作，就用电话，这样，她一下子空出了很多时间。

在写稿子寂寞难耐时，她便学会了抽烟，不过，她只是在独自一个人时偷偷地抽，有人在时她是不抽的。

此时，坐在办公室里，程灵燕又点起了一支细长的"摩卡"牌香烟，缓缓地抽了起来。烟雾一丝一丝地从她那丰满的唇间吐出，然后在空气中交织成了一个又一个圈儿，屋子里氤氲着魔幻的气氛。音响里放的是她特意挑选的一首古筝纯音乐，使她连日来紧绷的神经能够得到一些放松。

古筝的声音绵远悠长，似把她带到了一个很远很远的时代。她微闭双眼静静地听着，用心去享受着这个悠闲的时刻。

可是，程灵燕又是一个不能专注于一件事情的人，她的大脑总也静不下来，一静下来，便要想很多很多的事。这不，在音乐营造的柔情蜜意下，她的神儿刚得到片刻的安闲，可不一会儿，就又飞了，飞到了曼陀村，飞到了她奶奶死去的那个晴暖而痛苦的日子。

二

初冬时节的曼陀村，在天气晴暖的时候，风是温和的，太阳挂在半空中，暖融融的，给农家小院洒上了一层金辉。

那次车祸后，程灵燕便从二虎的诊所回到了曼陀村养伤。白天，她坐在厦屋的屋檐下，一任初冬这种温暖的阳光，洒落在自己的身上，一层暖、一层柔地怀裹着自己。

程灵燕没事时喜欢看小说，读到一段符合她心意的句子时，她便会特别欢喜，总是反复朗读。

程灵燕双手捧着夏洛蒂·勃朗特的《简·爱》，如饥似渴地朗读着，咀嚼着书中的文字，她仿佛看到了主人公简·爱坚毅而多情的面容，并铁了心要做她这样的女子。

两个月零二十天了，她合上书本，将思绪收回到现实，计算着自己受伤后恢复了多少日子。

距离一百天还有多久？她天真地想，若满一百天，就可以远走高飞了。

二虎过得怎么样呢？有两个多月没见到他了！程灵燕又想起了二虎。此刻，她在心里呼唤的是"二虎"，而不是"二虎叔"。她拨弄着书页，想起了那段时间二虎带给她的温暖，想起了二虎大笑时露出的洁白牙齿。

女人心海底针啊！那时，她分明是不想与二虎说话的；这时，她又是这样牵挂他。这份感情对她来说，是痛苦大于喜乐，可是此刻她仍然不愿割舍。即便这样，也只能把它深埋心底。

三

程大娘最近身体一直不好，干什么事都觉得有心无力。

前几年，干活时可是不知累的，怎么这一转眼，自己就老到干不动活了呢？唉，这日子比磨盘转得还快啊！程大娘在心里感叹着自己已逝的年华。

年轻的时候，程大娘一个人种着五亩多的田地，还要照顾几个半大的孩子，像头驴子似的转着。夜晚一挨到床，她便呼呼入睡。这辈子，她很少被失眠折磨过，就是因为太累了。

可是，程大娘毕竟是个女人，年轻时那份来自灵魂深处的寂寞，有时像虫子似的啃噬着她的心。这时，她便要失眠了！她会觉得夜晚是如此长，黑夜是如此静，静得只听得见墙上那座老挂钟嘀嗒嘀嗒的走秒声。

大概都是因为缺了个男人吧！她想，没有男人的日子真是比黄连还要苦！

刚强的程大娘，愣是含辛茹苦地把几个孩子抚养长大。在那个吃要耕种，穿要纺麻的年月里，真不知道她一个女人家吃了多少苦！好在时间是最能抚平人的伤口的，随着时日的推移，孩子们渐渐长大了，能替她干些活，也能与她说些知心话，这多少使她的内心得到了些慰藉。

现在，看着孙女灵燕逐渐出落成一个大姑娘，程大娘打心眼儿里高兴。小儿子文斌是程大娘最心疼的，现在看着灵燕能够伴着他，她也就放心了。

从年轻至老，程大娘一直笃信上帝会永远保佑他们一家子平平安安的。

她甚至想，自己受了一辈子苦，上帝早早地就在天国里为她安排好了金屋玉食，甚至还有可以聊天的老姊妹们呢！所以，有时程大娘便想着，让上帝赶快把自己接到天国里去享福。

四

七月的日子里,天空中时不时会淅淅沥沥地下起小雨。

这段日子,程大娘吃不下饭了。她赖好吃点儿东西,胃里便翻江倒海般要吐。程大娘想:上帝可能真的要来接我回天国中的家了!

从闰七月的第二日起,程大娘已是滴水不进,靠着打点滴勉强维持着生命。

渐渐地,程大娘的意识清一时昏一时,连人都快认不清了。

文斌和他的几个哥哥慌了,他们想要把老娘送到县里的医院诊治,可是程大娘说什么也不愿意去。她说:"我可不想老了老了死到外面。"儿子们看她的态度坚决,便不再勉强。

昨日,程文斌到城里,把表弟二虎叫了回来,让他给程大娘诊治。二虎查看了一番,说程大娘没有必要再诊治了,安慰这一家人道:"那么,你们就好好地守着她,尽几日孝吧!"

程灵燕哭得跟个泪人儿似的。这些日子,她寸步不离地伺候在奶奶床边,已经明显消瘦了。

二虎回来后,程灵燕看到他,也没有心生喜悦,她所有的心思都被奶奶将要离去的事儿给攥住了,她不能对着二虎笑,也不能时时想着他。此时,她是多么悲痛啊!

二虎呢,也只能闲暇的时候偷偷去看看程灵燕,让她别太悲伤了,多注意自己的身体,毕竟,她自己也是受过伤的人。

可灵燕哪能听得进二虎的劝?她只是想:这次,奶奶可能真的要跟自己天人永别了!此时,她唯有悲伤。只有在悲伤中,她才能感到奶奶仍然存在,至少是存在于她的心中。日日的悲痛,使她的两只眼睛肿得跟核桃似的。

"你真的不能太过悲伤了,这样对身体不好的。"这日,二虎见灵燕肿胀的眼睛很是不忍,便又走过来劝她。

"你别管我。"程灵燕凄凄楚楚地说着，眼泪不由得又落了下来。

五

灵燕是奶奶从小一手养大的，奶奶在她心里，比亲娘还要亲。

看着奶奶很快就要永远离开自己了，此时的灵燕，真是一刻也舍不得离开奶奶。

"我要看着她走，我要她在天国里也记得我的模样。奶奶不总是说，去天国是去享福的吗？希望有一天，我在那里还能找到她，到时我们就再也不分开，再也不受苦！"程灵燕红着双眼，泪流不止地说。她在奶奶的旁边支起了一张小床，和衣而睡。

"燕子！燕子！"半夜中，程灵燕听到了一丝儿微弱的呼声。

程灵燕一下子坐了起来，把耳朵贴到奶奶的嘴边，喊着："奶奶，奶奶，我在呢，您有话就说吧！奶奶，燕子在这儿，燕子不会离开您的！"她紧握奶奶干瘪的手，眼泪早已流了一脸。

一会儿，程灵燕擦干了泪水，睁大眼睛端详着奶奶的脸。只见奶奶的脸上，泛着久违的慈祥，似乎病痛对她的折磨，已经不复存在了。

这时，程灵燕看见奶奶艰难地动了动腮帮子，缓缓张口说："燕……燕子，奶奶要走了，要……要到天国去了，你要听你爹的话……要……过好自己的日子，过上好日子……"程大娘用尽全身的力气，对孙女断断续续地说着。程灵燕趴在奶奶的身上，再次崩溃地大哭起来。

程大娘说完话后，费劲地抬起干瘪的手，想为泣不成声的孙女擦干眼泪。可是她的手却无力地垂下了！

过了一会儿，程灵燕抬起头，却发现奶奶已然魂归了天国。

程灵燕不知道奶奶具体是哪一刻走的。当她再也叫不醒奶奶的时候，她看了看表，是凌晨3点41分，日历上显示为农历七月初四。

奶奶走了，程灵燕似乎并没有流多少眼泪，只是她很长时间都沉浸在内心的伤痛中。

　　时日，是最能抹除哀伤的，程灵燕记不清自己是怎样从失出奶奶的阴影中走出来的。只记得，她告诉爹，她要出去，并且短时间内不会回来了。

第十二章　友情年岁

一

"叮叮，叮叮叮叮……"手机铃声在不停响着，震得桌子乱颤。

程灵燕只好举着湿漉漉的手，走过去接听。谁知刚走到跟前，铃声却断了，她拿起手机一看是闺密梦瑶打来的。

"喂，梦瑶小姐，这大早上的，你能不能让人清净会儿啊？我这三魂七魄才刚刚休息回来！"程灵燕拿起手机回拨给梦瑶，在电话中半真半假地奚落着她的好友。

"哟，我的大小姐，你看看现在都几点了，日头没晒着你的屁股？"梦瑶嘻嘻哈哈地说，她的声音比程灵燕的要高出八倍。

"去，去，有事说吧。"程灵燕不耐烦了起来。

"燕子，是这样的，我今天呢约了个朋友，你得跟我一块儿去。"电话中梦瑶一下子正经了起来。

"不去！不去！什么朋友那么重要，让你这个东山老妖来消磨我这难得的周末时光？"

"好灵燕，乖燕子，你一定要去嘛！"梦瑶拖长声音，撒起娇来。

"好好好！我去行了吧！真拿你没办法。"程灵燕思虑了一会儿又对梦瑶说，"你等一会儿吧，我一个小时后到，你把地址发给我。"

挂掉了梦瑶的电话，程灵燕迅速把水盆里的衣服漂了出来，然后开始洗脸化妆。

二

一个小时后，程灵燕如约来到了曼德广场。

曼德广场是琅屏市最大的商场，这儿的物价不算太高，并且时常搞些打折活动吸引人群。姑娘们没事时便爱到这儿来逛逛。程灵燕和梦瑶也爱来。

"瑶小姐，我到了，你人影呢？"瞅不见梦瑶，灵燕就拿出手机呼叫起了她的好友。

"有点儿耐心啊，乖燕子！稍等，瑶瑶就来。"梦瑶又不正经了。

不一会儿，梦瑶提着一堆袋子，伴随着食物的香气跑到了程灵燕的面前。

"什么好吃的？"程灵燕迫不及待地从梦瑶手中抢过食物袋子。

"烟熏三文鱼比萨！我最喜欢吃了！"伴着一声惊呼，程灵燕一下子来了兴致。

"小姐，还有呢，喏！"说着，梦瑶又递给她两串关东煮和一杯酸奶。

"说吧大小姐，我知道你无事不会献殷勤的。"程灵燕咬了一口比萨说。

"哎呀，大小姐，你太小瞧我了吧，就咱这关系！再说，你又不是第一次吃我的了。"梦瑶娇嗔地笑着说。

"来！"梦瑶拉起程灵燕的胳膊，要借一处说话。

"有什么你就在这儿说呗，又没外人。"灵燕挣脱了梦瑶，继续咬着比萨。

"喏!"梦瑶嘟起了嘴,示意程灵燕看向别处。

顺着梦瑶嘟嘴的方向,程灵燕这才看到,在她们三米之外,还站着一个戴眼镜的男子。

灵燕和梦瑶有一个默契,就是对方邀请陪同时,如果不主动说是什么事情,对方也从来不主动询问。干什么、到哪去都行,只要给个地址即可。这源于双方的高度信任!

"我们先去逛街,中午再一起吃饭。不过呢,你可别只顾吃,你今天的任务是帮我相亲。"

"相亲!"程灵燕惊呼起来。

"嘘!淑女点!"梦瑶喝止了她的惊叫。

三

十点多时,曼德广场才熙熙攘攘涌来了大批逛街的人,三两个结伴而行,间或也有一个人匆匆而过。

随着人流,推着偌大的玻璃旋转门,梦瑶挽着程灵燕的胳膊,走进了商场。眼镜男跟在二人身后,从旋转门的另一个玻璃隔区走了进去。

梦瑶她们只顾往前走,也不回头看看。不了解情况的大约会认为,后面的那位男子与她们是不相识的。

"看起来还挺文雅的嘛!"程灵燕睃了一眼身后的眼镜男,向梦瑶夸了起来。

"但是不能光看外表,本质很重要啊。"她拿手指捅了一下程灵燕说。

"哎,走快点儿,跟上我们呀!"程灵燕转过身子,招呼仍在她们后面跟着的眼镜男。

"嗨,你好,我叫郝俊德。"听到招呼声后,眼镜男紧走两步赶上她们,准备和程灵燕握手。

"不必客气，梦瑶是我的好朋友。你和梦瑶认识后，也是我的好朋友了。"程灵燕笑着说，却并不向他伸出手。

四

在一处"玛莎"女装店门前，她们停住了脚步。

"走，我们进去看看。"程灵燕拉起梦瑶向里走。

"欢迎光临！"身着黑色西服套装的女店员从里面拉开了玻璃门，并热情地引着她们向里走。

"二位随便看看吧，有什么喜欢的可以穿上试试。"另一个店员也热情地招呼着她们。

"嗯，你们家的衣服我穿过的，还不错。这是我的朋友，你们帮她挑挑吧，看看有没有合适的。"程灵燕指着梦瑶对店员说。

"好的，您看看这件吧。"店员转向梦瑶说。

"这件衣服穿上效果特别好，很适合您穿的。您看这个做工和面料都是很考究的，而且这个款式既有着职业装的修身感，又不失时尚。您可以试试看！"店员微笑着向梦瑶介绍着这件衣服的优势。

"试试吧，大小姐，今天我要给你挑一件最适合你的衣服。"说着，程灵燕向梦瑶的身上瞟了一眼。

梦瑶平时喜欢穿休闲装，而且她超喜欢麻料的。她说，这是为了方便自己上山下乡。但程灵燕看到好友一坐就变得皱巴巴的衣服，总要奚落她的着衣风格。

"好，好，我试试，我知道你这个'高妓'总是看不上我的衣服！"梦瑶拿着衣服进试衣间时，还不忘扭过头来白了一眼程灵燕。

"嘿，你！真是狗咬吕洞宾。"灵燕指着好友的背影，故作生气地骂道。

这两个人在嘴上从来都是不愿饶过对方的。看着她们俩斗嘴，店员在一边笑，坐在沙发上的郝俊德也在笑。

"'高妓'，看看吧！"穿上新衣服的梦瑶在程灵燕面前转了两圈说。

"哇，原来你这个男人婆还有女人的一面啊！"看着被梦瑶撑得滚圆又不失线条的裙子，程灵燕打趣地说。

"什么叫瑕不掩瑜？这就是你没眼光了！"梦瑶扶了一下脸上的黑框眼镜，欣赏着镜子里的自己。

"就这件吧，买了！"程灵燕豪气地说。

"等等，等等，多少钱呢？"梦瑶把头扭向左边，要看衣领里面吊牌上的标价。

"380元，女士，对于老顾客我们是打九折的。"店员笑着露出了一口洁白的牙齿。

"什么？"梦瑶盯着店员的牙齿，尽量不让自己过于吃惊，但内心却已pass（淘汰）掉了身上的这件衣服。

"好好，不贵，不贵！"程灵燕像个款姐似的应着店员，以掩饰梦瑶的失态。

"优惠点，八折！"灵燕趁着梦瑶进试衣间时和店员讨价。

"女士，我们这是统一价的。不过看在您是我们的老顾客，我就给您按我们内部人拿货的价格吧。但是这个价位您可不能出去说哦！"店员说话时总是微笑着，显得特别真诚。

"怎么样，拿上吧？"程灵燕把嘴努向店员正在折叠的衣服，询问从试衣间走出来的梦瑶。

"噢，不要了，不太合适。"梦瑶回应程灵燕，但还是拿眼望了望店员手中的那条裙子。

"怎么不合适了？你别管了。"程灵燕知道梦瑶是不舍得花几百元买一条裙子的。

"叠起来吧！"程灵燕扶着收银台，瞟着郝俊德说。

程灵燕的意思很明显，她是想让郝俊德过来替梦瑶付这条裙子的钱。可是，他不知道是小气还是没有领会程灵燕的意思，只顾看他手中的画册。待到程灵燕要结账了，他仍然坐着，还微笑着看了她们一眼，然后又把眼移向了画册，连身子都没有移动一下。

在他又低下头的时候，程灵燕把款付了。

"什么臭男人，一毛不拔的货！"当郝俊德再次抬头看程灵燕的时候，灵燕恰好在狠狠地瞪着他。他觉得不好意思，低下了头。

"大小姐，你对我可真够大方的，不过有言在先，我可没钱还你啊。"梦瑶挽着程灵燕的手臂，走出了商场。

"谁要你还了！"程灵燕嗔怪着好友。

梦瑶与灵燕是曾经的同事，她们在几年前一起应聘进了《晨报》。不过，灵燕应聘的是采编的职位，梦瑶应聘的是广告部的业务员。

灵燕与梦瑶两个人性格上有着极大的差异，却成了最要好的朋友。

五

作为报社的一名广告业务员，梦瑶当时的底薪只有1500元，完成了广告部下发的广告任务后，加上提成，她能拿到2800元左右。

发了工资后，梦瑶要把大部分钱寄往家里，以供她弟弟妹妹读书和养活高位截肢的爹。

梦瑶家在东北的一个农村，青春年少的她，总是被她的家庭负担拖累着。说来，她也是一个十分可怜的女孩子。

梦瑶父亲原是一名大车司机，一次重载出行中，由于雪天路滑，他为了躲避一辆刹车失灵的大巴撞向了山崖。车祸后，虽然她的父亲捡回了一条命，却做了高位截肢手术。

父亲是家里的顶梁柱，他倒下了，梦瑶便不得不站起来。

当时，梦瑶正在读大专，听到这个不幸的消息后，她要立马退学，是母亲坚持要她读完大专的。

"我们又不会立马就饿死,你必须要拿到毕业证!"母亲坚持着自己的意见。她的母亲虽是一个农村妇女,但深知文化与文凭,对于女儿将来立足来说,是何等的重要!

为了尽量减轻家里的负担,梦瑶便勤工俭学。

那时候,她的父亲一天的医药费都在千元以上。肇事车辆由于没有投保而得不到保险公司的赔偿。大巴司机是一个农村人,在车祸中也受了伤,实在无力赔偿梦瑶的父亲。这突遭的巨变,使两个农村司机面临着同样窘境。

"不断咬牙坚持,你对苦可能也就习惯了!这时,你反倒觉得苦已不是那么苦了!"梦瑶承受着来自家中的苦难,对此,她进行了这样的总结。她常常这样告诫自己,忍着点儿,再勤奋点儿,总有苦尽甘来的时候。

梦瑶在报社做广告业务时,认识了一家广告公司的老板,老板把梦瑶挖到了他们公司,工资比她在报社做广告业务员时多了500元。为着这多出的500元,梦瑶辞去了报社广告业务员的工作。

除此,周末梦瑶又兼了两份职。一份是做一个九岁男孩的英语家庭教师,这份工作很轻松,只需每周六上午到男孩的家里给他上两节课。另一份是周日,到一家大型超市推销巧克力,需要在超市站上八个小时。

六

梦瑶挽着程灵燕,郝俊德跟在后面,他们一行三人从"玛莎"女装店走了出来。

"中午吃什么?"郝俊德跨步向前,追上她们俩问。

"嗯……你说呢?"梦瑶想了一会儿后,征求程灵燕的意见。

"要不,我们去熙街吧?到那儿看看再说。"程灵燕望着他们俩。

熙街是琅屏市最有名的小吃杂耍街。程灵燕心烦的时候,喜欢一个人去那儿逛逛。她总是在东家刚吃过牛排，又到西家再吃碗米粉。在烦闷的时候，吃上一顿美食，把自己的胃撑到爆，然后再一家接着一家地逛小玩意儿，这成了程灵燕消烦解闷的法子。

"好啊，我很久没有去那里了。"听到要去熙街，梦瑶一下子来了兴致。

熙街可真是一条热闹的街道，音乐声、说话声、嬉笑声、揽客声此起彼伏。本是奔着它的热闹来的，可是到了这儿后，灵燕他们仨却都想在此寻找一处安静的地儿，静静地吃上一顿美食。

"看，这家挺清静的，我们就去这儿吧。"走到"慢享食屋"门前，梦瑶便要拉着程灵燕进去。

这是一家小型的西餐店，三个人推开门走了进去。厚重的仿古木门一下子隔离了外面的嘈杂，顿时，这里变成了一处安静的世界。

餐厅里，一首《暗香》以低低的声音飘扬着，婉转而优美。

"反正有人请客，我们今天也来一次高消费。"程灵燕趴在梦瑶的耳朵边嬉笑着轻声说。

"想吃什么就点什么，不必客气，也算是报答了你给我买衣服的情意。"趁郝俊德上洗手间的间隙，梦瑶嘻嘻哈哈地与程灵燕打趣起来。

"点，点，点，你快点儿啊！"梦瑶笑着双手把菜单举到了程灵燕的面前。

"好的小姐，绝不辜负你的美意。"灵燕看着梦瑶大笑。

过了一会儿，郝俊德回来了，叫来了服务生准备点餐。

"菲力牛排一份，要八成熟，外加一份凯撒沙拉。"程灵燕对站在身后的男服务生说。

"看看你要些什么？"说着，灵燕把菜单推到了梦瑶面前。

"同样的牛排来一份，要十成熟，不要胡椒，要一杯鲜榨橙汁。"

"你呢，吃什么？"梦瑶看着菜单对郝俊德说。

"都行，都行。"郝俊德说。

"哦，这儿没有'都行'，那还是你自己点吧。"说着，梦瑶把菜单推到了郝俊德的面前。

郝俊德为自己点了一份意大利空心面，并向服务员要了一杯白开水。

"女士，您的牛排。"不一会儿，服务员端着精致的盘子走了过来。

"好的，谢谢！"程灵燕对服务员说。

"你们聊啊，不好意思，我自个儿先吃了。"程灵燕望着热气腾腾、油滑鲜嫩的牛排说。她切掉一小块牛排后放入口中，细细咀嚼着。

郝俊德不爱说话，腼腼腆腆的。在他面前，梦瑶也安静了许多。

程灵燕只顾低头吃喝，并时不时偷睐他们一眼。

"你最近忙吗？"梦瑶问郝俊德。

"还行，就是工作感觉挺枯燥的。"

七

眼镜男郝俊德和梦瑶的老家是一个市的，他是梦瑶姑妈家的远房亲戚。

梦瑶的姑妈是一个肥胖的女人，早年凭着几分姿色嫁到了城里。由于哥哥遭遇了不幸出了事，她倒是隔三岔五地回来看望哥嫂一家。

有一次，姑妈回娘家时和梦瑶母亲拉话，说到梦瑶这些年一直在琅屏市，也老大不小了，为她没对象的事犯愁。

"孩子好不容易上了个学，也不忍心让她再回山窝里来吧！"梦瑶母亲叹了口气，对梦瑶姑妈说。

"嫂子，说到这儿我倒想起来了，俺孩他爹有个表侄也在琅屏市，干什么工作来着我倒是忘了，听说也是二十好几了没对象。等我回去问问，合适了就给瑶瑶说和说和。"

"那敢情好，他们都在一个地儿，如果合适了，将来说不准还能在城里买房呢！"听了妹妹的话，梦瑶母亲满是皱纹的脸上，顷刻间舒展了许多。

这不，在梦瑶姑妈的介绍下郝俊德认识了梦瑶，这才约她出来的。

八

"慢享食屋"内，一曲完后，服务生又换了一首纯音乐。古筝声如流水似的缓缓流动，把这个小西餐厅营造得颇有情调。

但美食摆上桌后，年轻人都会觉着"吃"才是首要的。许多年轻人认为，用美食填饱肚子，是世间最美好的事，如此方不负美好时光。

"嗯，味道还不错。"程灵燕把她的牛排和沙拉吃得一点儿不剩，梦瑶想从她的盘子里夹一块儿尝尝，她都不许。

"你们赶紧吃啊！"程灵燕吃饱了之后，望着俩人面前的盘子里还有许多食物，不免催促道。

梦瑶吃得很慢，和郝俊德有一搭没一搭地聊着。

程灵燕想，梦瑶这是在装淑女啊！看着梦瑶一小口一小口地往嘴里送着食物，她就着急。

"赶紧吃吧二位，吃完了我们就走人，或者去外面继续逛逛。"程灵燕说。

梦瑶却没有搭理程灵燕的话，只是对郝俊德说："赶快吃吧。"

"服务员，买单。"吃完饭后，郝俊德吆喝着服务生前来结账。

"哦，我来吧。"程灵燕佯装着对郝俊德说。

"哪能让女士买单呢！"郝俊德用大方的口气说。

"先生，请收好您的零钱。"结完账后，服务生双手把找回的零钱递给了郝俊德。

"走吧。"程灵燕拽起梦瑶走出餐厅。

出了餐厅后，程灵燕说要和梦瑶去逛逛小玩意儿，看看有什么喜欢的可以顺便买点儿，问郝俊德要不要去。

"你们去逛吧，我先回去了。"郝俊德看着她们二人说。一会儿，他又把眼睛看向了梦瑶，像是在征求她的意见。

"好的，你先回去吧，我们俩去逛逛。"梦瑶说。

九

"瞧这什么人啊！简直就是个三棍子打不出个屁的人。"程灵燕望着郝俊德的背影说。

"喏，瑶小姐，我说你不会对这种人感兴趣吧？"程灵燕见梦瑶不搭话，瞪着一双大眼诧异地问。

"嫁人可是要天天对着他的呀！你要日日同他吃一锅饭，睡一张床……咦，人家还要和你接吻哩，还要和你那个那个……你受得了吗？"程灵燕不等梦瑶回答，就放起了"连珠炮"。

"你既然让我陪你相亲，我就点评一下对那个人的看法啊。说错了，你也别生我的气，这毕竟是你自己的事。"程灵燕仍然不给梦瑶说话的机会，继续打开了她的话匣子，"你看啊，第一，这个眼镜男太小气。如果他真的想和你处对象的话，在服装店给你买衣服时，他就会主动前去付款。第二，这个人性格不好。你看，我们不主动与他说话，他连一句话都没有，由此证明这人没有生活情趣，更缺乏幽默感。第三嘛，我讨厌他戴着眼镜，而且过了青春期的人脸上还长着痘痘……

"哎，我可从一本书上看到过，如果三观不合的人，你和他睡觉不仅会没有兴趣，还会霉气一辈子的。

"你不是说他只是小企业里的一个检验员吗？就他现在的样子来看，将来也不可能有多大改变，这样的话日子会过得很没劲儿的！瑶小姐，我可先给你打下预防针啊，你回去考虑和回味一下，你们是不是属于三观不合的人！"程灵燕侧身撞了一下和她并排行走的梦瑶，大笑着说。

梦瑶虽然是大大咧咧的性子，但是内心毕竟有柔弱的地方。她拿不准的事情常常去请教程灵燕，而程灵燕，恰是填补梦瑶内心柔弱的一块砖。

第十三章　悠悠往事

一

人啊，不都得有个奋斗的起点吗? 梦瑶、灵燕，这些个来自农村的女孩子，她们在家乡通往城市的路上，都有一部奋斗的血泪史。这，在以后，将会成为她们成长的闪光点，继续照耀着她们前行的路。

那年，程灵燕辞别家乡和父母后，揣着不足一百块钱，独自踏上了去城里的路。

她用奶奶在世时给她做的背包，简单地装了几件衣物，步行到夏城县。近二十里的山路，走得她脚上都磨出了血泡。

赶到汽车站时，程灵燕迷茫着，不知该去往何方。突然，她看到一辆汽车的前挡风玻璃上贴着红字: 夏城县—闫良市。"闫良市"，好熟悉的字眼! 她情不自禁地跳上了那辆车。

破旧的汽车突突地开着，马达声比拖拉机的噪音还要大。阵阵的汽油味儿使程灵燕几欲呕吐，她用全部的精力，抵御着胃肠里的千转百滚。最后，她实在忍不住了，打开车窗哇哇地吐了起来。

吐过后，脑袋又是千旋万旋地晕，她不知道此刻自己的眼中有几个世界，只觉得眼前的画面一会儿是平静的，一会儿又如毁天灭地般。

平静时，她的内心也是平静的。那一刻，她一任车窗外的风吹着自己的头发、脸颊和肩头。但司机是不能踩刹车的，只要一踩，她的胃里就又翻江倒海了。

下车后，头晕和呕吐还不能停止。末了，程灵燕觉得自己连胆汁都要吐出来了，呕出的黏黄的液体中泛着黑红，她看了后不禁又泛起一阵恶心。

"妈的，就这德行我还怎么出来混！"程灵燕狠狠地骂着自己，并顺势坐在了水泥台阶上。

此刻，她的头撕裂般疼，程灵燕拿出纸巾擦拭脸上不时流下的眼泪。她告诉自己，这是过度晕车造成的生理眼泪，与悲伤无关。

二

"哎，你怎么了？是不是遇到什么困难了？"程灵燕正在难受地抹着眼泪，一个年轻男子上前微笑着问她。

"我晕车晕的，我没有哭。"她仍然在抹着不时涌上来的泪水。

"你要有什么困难我会帮你的。你需要找工作吗？我是职介所的，我们办公室就在前边不远，你跟我过去看看吧。"陌生男子向女孩儿兜揽着业务。

此时，程灵燕才想起自己身处一个陌生的环境，是出来找工作的。她是需要一份工作的！否则，今晚她可能就要露宿街头了。

"嗯，去看看吧。"她擦干难受的泪水，眩晕着脑袋跟着男子走。

男子领她走了几十米，就来到他口中说的职介所。两扇不大的玻璃门一扇开着，一扇闭着，上面贴着各种各样的招聘信息，有些字迹已被雨水洇得模糊不清。

"你看你想干什么工作，我们给你招聘信息，你直接过去报到就行了。"

"你这儿介绍的活儿可靠吗？"程灵燕看了一眼狭小的职介所，望着男子说。

"当然可靠了，我们这儿都是跟人家说好了的。"这时，坐在职介所办公桌前的另一名男子说。

程灵燕望着这两张年轻的脸，想着：都是年轻人，必不会是什么歹人！就要了招聘单位的地址。

临走时，她还微笑着对他们说了声"谢谢"。

三

拿着写着单位地址的纸条，程灵燕大方地雇了一辆脚蹬车拉她前去。

红日西沉，预示着夜幕将要降临。程灵燕的内心，生起了一股烦躁，并伴有一丝忧愁！

脚蹬车车夫大约是不认路，摸摸索索地询问了好些人，方找到了纸条上的7号院。

灵燕仔细地看了看门牌号，又反复对照了纸条上的数字。

"没错啊，是这儿。可怎么是一家美发店？说好的让我到食品商店做店员的。"此时，程灵燕意识到，自己可能是上当了！

"不管那么多了，进去问问再说。"程灵燕鼓足勇气，看了一眼美发店玻璃门上贴着的招聘信息，推开门走了进去。

"你好，请问你们这儿在招聘店员吗？"灵燕推开门后，看到一个装扮时尚的女子，正在对着镜子往脸上抹粉。

"你会做什么呢？"女子对着镜子问。

"你看，这是一个职介所给我介绍的，说是你们这儿要招聘店员。"说着，程灵燕便把纸条递给了仍在抹粉的女子。

"你弄错了吧? 我们这儿从来没有委托过什么职介所。你给他们交钱了吗? "女子问。

"交了, 我给他们交了30元。"程灵燕赶紧说。

"那你可能是上当了! "女子边往嘴上涂着鲜艳的口红边说, "我呢是这个店的老板, 你能干什么活? 行了你就留在这里, 刚好这段时间我们店里也在招人。"

"我……我不知道自己能干什么! "程灵燕扭捏地说。顷刻, 她好像被什么吸引了似的, 盯着女老板的后背看。

太白了, 皮肤真好! 她在心里惊叹。

一件碎花的紧身上衣, 一根细细的带子从脖子上绕过。前面是抹胸的款式, 而后面整个背部完全裸露了出来。

程灵燕从来没有见过女子这样穿衣, 虽然露了点, 但实实是好看的。

"我看这样吧, 天不早了, 你晚上就住到店里吧。"女老板的话, 唤回了程灵燕的神。

"小雪, 你出来一下。她是刚过来的, 你晚上招呼她吃点儿饭。你们晚上就一同住到店里吧。"女老板从里间唤出了一位女孩, 二十多岁, 细高细高的。

吩咐过小雪后, 女老板看着程灵燕说: "我晚上还有事, 你呢就先在这待着吧, 其他的事等我明天来了再说。"

四

灵燕愣愣地看着女老板出门, 当女老板从她身边经过时, 香扑扑的。

太阳的光辉渐渐褪去, 店内的光线暗淡下来。

这个店面不大, 里外两间。一部旧空调挂机, 呼呼地向外吹着冷风, 刚进来时的一身汗, 已经消完。此刻, 灵燕觉得寒冷难忍, 裸露的胳膊上起了一层鸡皮疙瘩。

"你好，我叫小雪，你是过来应聘理发师还是学徒呢？"

"我什么都不会，只是过来看看的。"在小雪面前，灵燕仿佛大了胆子，收回了刚才的羞涩。

"哦，那晚上，我们自己做饭吃好吗？"小雪虽然个子高高的，但性子中透着柔弱，这反倒减轻了灵燕在陌生环境中生出的别扭情绪。

晚上是小雪做的粥。夜里，灵燕与小雪脚对脚同睡在一张床上。

五

虽然身处陌生的环境，但疲倦浓浓地挟裹着程灵燕年轻的身心，使她根本就没有心力去想其他的事。

眩晕感还没有完全退去，头仍然很疼。躺在床上，程灵燕不去想明天的事，她只想让自己的意识沉下来，抑或像在家乡放牛时一样，仰望白云，使自己的意识飘上天去。此刻，程灵燕告诉自己，没有什么能比美美地睡上一觉来得更痛快！

这个夏日的早晨，倒不是很燥热，反倒有着清爽的风。

迷迷糊糊中，有一阵风夹带一股河腥味吹进了屋里，程灵燕贪婪地吸着，感觉像家乡河岸边的味道。

睡醒，程灵燕晃动了一下自己的脑袋，看看是否还有眩晕感。嗯，好轻松啊！昨天身体的不适，已一扫而去。

在床上，她伸了一下懒腰，脚踝触着了小雪的乳房，而脚趾快要蹬着小雪的下巴了。

"讨厌！"小雪被她弄醒了，并顺口骂了她一句。

光线明晃晃地射进房间里，原来是女老板从外面开了店门。

"二位小姐还挺能睡啊。"看到灵燕和小雪都没起床，女老板也没有生气。

"7点半了，快起啊！"小雪看了一眼墙上的挂钟后，催促灵燕。灵燕利索地穿上衣服，先从里间走了出来。

"不好意思啊，我们起晚了。"灵燕诚恳地望着女老板，并盯了一下她的面容。昨天女老板的衣服吸引了她，只顾看女老板的背了。

今天，女老板又换了一件衣服，是鹅黄色的雪纺连衣裙。袖口快到手肘处了，缝着一转儿荷叶边，似喇叭状蓬开。裙子的上身紧裹着身体，下身却宽松而飘逸。

着实美丽，她的脸多么精致。灵燕在心底赞叹。

"没关系的，年轻人总是很能睡的，小雪也常常起不早。"女老板和蔼地说。

灵燕不好意思地点点头。

"待会儿让小雪带你出去吃点儿早点吧，这附近的早点还是很不错的。我来时在外面已经吃过了，就不跟你们一起了。"女老板说。

六

早间，太阳橘红色的光，从天上洒向这个城市。穿过门前的马路，下面是一条河堤。在河堤上方，有一排青砖的房子，古朴味儿十足。

房子内有卖稀饭、豆腐脑、咸汤的。房子外也有在小推车上支着烙饼摊子，现做山东煎饼的。

早市上，人们熙熙攘攘地涌来，闲暇的大爷喝着豆腐脑，还不忘逗一下他脚边笼内长嘴的鸟儿。

小雪买了一个煎饼，从中间掐开一半递给灵燕。她又在摊上买了两碗面鱼儿，让用一次性饭盒装着。

"我们去河堤上吃吧，那儿凉快。"小雪提着两份面鱼儿对程灵燕说。

微风吹着河面，泛起了粼粼清波。岸边栽着两排柳树，千丝万缕地垂了下来。

在青石筑建的河岸上，小雪拣了一地儿招呼着灵燕："来，过来坐到这儿吧。"

吃着面鱼儿，小雪又问灵燕："哎，你真的什么都不会吗？"

"是的，我没有干过这行，我才从家里出来。"程灵燕对小雪说。

"我在这儿都快两年了，也没有学到啥。只是每天给客人洗头、染发。"小雪的言语中透着无奈。

"实际上，做我们这行也是很没劲的，听说过'三年学徒，五年出师'吗？要想在这行出人头地，那是很难的。"小雪扬起了眉毛说。

小雪是女老板的表妹，由于家里穷，就想着学一门手艺。前年她表姐开店时把她叫了过来。

"可是两年了我还是什么都没有学会，好烦啊！"小雪闷闷地向灵燕吐槽，两条大长腿上下踢腾着。

七

店面不大，来理发的人也不多，多数的老顾客，都是冲着女老板的美貌来的。

快10点钟时，一个夹着黑色皮包的男子走了进来，说要洗头。

"请坐这儿吧。"小雪招呼着这位顾客。

"好的，好的。"这名男顾客应着小雪的话，在脖颈处塞着白色的衬衣领子。

"我来吧，您坐下就可以了。"小雪看着男子说。

"好，好。"男子仍然在侍弄着衣领没有就座，"哎，你们老板娘呢？"男顾客漫不经心地说着，眼睛却在向内巡睃。

"有客人吗，小雪？"老板娘掀开门帘，从里间走了出来。

"是你啊，牛哥！"她弯着腰辨认出这颗被小雪按在水槽里的肥硕的脑袋。

"阿琼啊,谢谢你还记得我,我这不出差刚回来,一大早就来看你了。"他想睁开眼,白色的泡沫却滑到了他的眼里,"哎,快,眼睛,眼睛!"他嚷嚷着。

阿琼,是女老板的名字。琼不是她的姓氏,她的大名叫刘琼云,而大伙儿习惯叫她"阿琼"。

在美发界,你叫什么,就索性在前面加个"阿"字,这样的名字被认为是洋气的,也能证明你不是美发界的"雏儿"。如果直叫刘琼云,大伙儿从名字上就会看出,你是土得掉渣的人。

小雪用清水帮牛老板冲干净了眼和头。不等小雪帮忙擦干头发,他自己就抓起垫在衣领上的毛巾,擦着脸上和头发上的水渍。

牛老板头发稀稀疏疏的,浓密处的几撮留得最长,覆盖着头顶光秃秃的地方。

刚擦过,他就急忙把几撮长头发向右边扒拉扒拉。

"牛哥,我帮您吹干吧。"阿琼把他按到了黑皮转椅上。

"阿琼啊,我有好久没来你这儿了!唉,这段时间都忙死了。"他笑眯眯地瞅着女老板,继续说,"你真是越来越漂亮了哦。"

"您可真会说话啊,牛哥。"阿琼堆起了一脸的笑应承着牛老板。

"您是不是又发福了啊,牛哥?"阿琼放下吹风机,按捏着他肥硕的肩膀问。她盯着镜子里的牛老板,狐媚地上眺了一下眼睛说:"估计您的生意是越做越大了。"

"唉,没办法啊,生意成不成,应酬总是少不了的。不过还行,我这次从缅甸带回来不少好东西,回头挑一件最好的送给你。"

"我可不敢要啊,牛哥,您的东西都贵重!您啊,能多到这儿照顾我的生意,我就很感激了。"阿琼媚笑着说。

"今天给您做按摩吧?您也不能光挣钱累坏了啊。"阿琼讨好地说,"让小雪给您做,她现在手艺好着呢。"

"嗯，还是你做吧。"牛老板停顿了几秒说，"我可是冲着你来的哦。"

八

"牛哥，您说缅甸的玉真比我们内地的玉好吗？"按着牛老板的背部，阿琼和他拉起了话来。

"什么啊，缅甸的玉名头大，但并不一定比我们内地的好。哎，你让我转过来吧。"牛老板说着翻转了身子。

"我告诉你啊，阿琼，我做玉几十年了，什么玉没见过啊，里边的道道深着呢！"他得意地挑挑眉，继续说，"比如我们内地有些铺子吧，说是缅甸货，其实都是把玉带到缅甸走一遭再带回国内卖的。这就比如把你的孩子送到国外读书，过几年回来了，或者在国外入个籍什么的，只是沾沾洋味罢了。这是专门用来骗外行人的。"牛老板向阿琼道着业内的隐情。

"阿琼，我这儿不舒服，你帮我按按。"他压低了声音，同时把阿琼的手从他的腹部向下面推着。

"牛哥，你真坏！其他地儿我都没给你按呢，你就那么急！"阿琼把手又移到了他的肩膀处按。

"按什么啊，哥哥都想死你了！"牛老板说着，一把抓住了阿琼的双手，把她揽入了怀里。

"别，别这样啊，牛哥！"阿琼用手指了指外面，附在他的耳边说。

"乖，听话点儿。"他压低了声音，把阿琼温润的手再次推向他的腹部下面。

九

来到这儿的客人，有正经按摩的，也有像牛哥这样撩骚的。遇到他这样的,阿琼总要想着法子应付。

"想要老娘怎么着?做梦去吧!"牛老板走后,阿琼狠狠地骂了起来。

"琼姐,你怎么给他说我会按摩呢?"小雪满脸狐疑地看着表姐问。

"嗨,我那不是让你糊弄糊弄他嘛,你就照我教你的法子,给他按就行了。现在的男人,有几个是来正经按摩的!"阿琼往嘴巴上涂着口红,不屑地说。

阿琼是本地姑娘,由于退学早,就学了理发的手艺。家里本不富裕,学了几年徒后,就自己凑些钱开了个小店,也算是自己能养活自己。

二十九岁的她至今未婚,她本想在美发界钓个金龟婿,可是她遇到的这些男人啊,都是让她失望的。

"你叫灵燕是吧?"自昨晚起,阿琼还没有时间和这个新来的小姑娘好好聊聊。

"是的,琼姐。"程灵燕也跟着小雪对女老板改了称呼。

"你昨天说你没干过理发这行是吗?"阿琼问。

"嗯,是的。"程灵燕轻轻地回答,没敢拿眼看阿琼。她随手拿起靠在墙角的扫帚,扫着地。

"要不你就先在这儿待两天适应适应吧,要是待得惯的话,你就先学习洗头,让小雪教你。"

善良的阿琼见灵燕仍穿着长衣,怕她热,晚间带着灵燕到夜市上买了一套短裙。

十

程灵燕在这里待了下来,但是这个行业,她却是难以适应的。在这里,进进出出的客人让她觉得奇怪,对客人要笑脸相迎也让她觉着奇怪。

在家里,她的情绪都是摆在脸上的。不高兴了还要让自己笑,这是灵燕所不能忍受的。所以，她只在这里待了三天。

尽管女老板阿琼和小雪对自己都很好，可灵燕还是坚持要离开这儿。

离开美发店后，迷茫再一次袭扰着灵燕。浓浓的失落感，像在新生的伤口上撒了一层盐似的，痒疼痒疼的！

但是，程灵燕又告诉自己，十七岁，这仅仅是一个开始，让所有的倒霉和失落都滚蛋吧！只要自己够努力，一定会云开雾散的。目前，该想的是去哪儿、干什么，得先有个落脚的地方，待稳定了再一步一步计划。

程灵燕在心里不断给自己打气，自说自话地宽慰着自己。

第十四章　事儿不大

一

乌云仿佛要挨着头顶似的，黑压压的。风像雄狮般咆哮着，间或带着一丝呜咽声，如泣如诉。

"我们得赶快找个地方躲避一下！"程灵燕对坐在副驾驶座位上的秦素素说。看到这样的天气，灵燕从心底里生出了害怕。

早上，头儿让她带一个实习生去调查鸢鄩村失地农民上访一事。上午去时还是好好的天气，没想到回来的路上，却赶上了狂风大作。这是暴雨来临的前奏。

"风都来了，雨还远吗？"此刻，程灵燕像念诗一样自顾自地说。

"姐，都这时候了，你还恁有情调！"素素调侃着灵燕，眨巴着眼睛笑。

甭管是作诗还是解闷儿，都是程灵燕为了缓解此刻忧惧不安的心情。面对这肆虐的狂风和即将袭来的暴雨，她真害怕自己和素素会消失在这样的鬼天气里。

"这鬼地方，前不着村后不着店的，能到哪儿去呢？"程灵燕像是在自言自语，又像是在征求素素的意见。

"回去的话还有50公里呢，如果就这样走，我怕我们的小命就要搁在这儿了。"程灵燕紧握方向盘，斜看了一眼素素说。

说话间，大雨一股一股地泼了下来，像有人从空中倾倒下来似的。此时，有几辆车打着双闪灯停在路边。程灵燕也效仿他们，把车停在了路边。

风呼啸着，像要把车顶掀翻似的呼呼作响。这几辆轿车停在路边，一任风的咆哮，雨的洗濯。

"灵燕姐，这样的天气，我回去要做噩梦的！"然后，秦素素从包里掏出耳机戴上，说不想去听这风声雨声，要睡一会儿。

"害怕仅仅是对于一些未知的事情，如果真的知道发生了什么，反倒就不再害怕了。"此时，程灵燕也不再去看车窗外肆虐的风雨，而是像一个哲学家一样，总结着对于这场风雨的感悟。

"求求你们给我们农民做主啊！"此刻，程灵燕的脑海中又浮现出了一张张失地农民的脸。

一亩地200元，那可是上好的水浇地啊，这些人可真会糊弄农民！她愤愤地想。

鸢鄂村距离省城100多公里，群众上访并不是什么大事，可是如果由此演变成了恶性事件，那就值得新闻界关注了。

鸢鄂村农民大部分是不同意征地的，但是当地在历史上是古渡口，当地政府为了发展古渡口旅游经济，通过招商引进了一个企业。这次征地不到100亩，是要用来建设游览入口和停车场的。

按说当地发展旅游经济对农民来说是好事，可是当农民还没有磨开事儿的时候，企业就迫不及待地要进行建设。这不，在征地与护地的博弈中，一户农家半夜被人从窗口扔进了炮子，炸伤了熟睡中的一对夫妻。

虽然山高路远，但报社的领导可从没把程灵燕当作女人，在别人都不愿意去的时候，把这事儿派给了她。

该死的老头儿，总是把别人不愿意做的事情交给我。程灵燕在心里，愤愤地骂着自己的上司林详。

作为《晨报》的首席记者，对于领导安排的任务，程灵燕是从来不加拒绝的。她告诉自己：越是困难的事情，越是能把自己锻炼得更强大。

生于农村的程灵燕，天生带了一股子倔劲与韧性，凭着勤奋与好学，她正一步步向自己的目标前进。

二

今天的天气多么具有戏剧性啊！自己的人生不也是这样吗，一会儿遭遇狂风暴雨，一会儿又复归了平静。

那天走出理发店后，迷茫与恐惧充斥着程灵燕的内心。她的脚步像灌了铅似的沉重，心情骤然低落到极点。

这个小姑娘站在人生的十字路口，不知道何去何从，每一条路似乎都布满了荆棘，让她无从着脚。

选择，艰难地摆在了这个农村小女孩的面前。我该怎么办？我要去哪儿？她在心里反复地问着自己。

"卖报了，卖报了，姐姐买份报纸吧？"一个胳膊上搭着一摞报纸的小男孩，拦住了呆然而行的她。

"啥报？"程灵燕茫然地问了一句，并随手拿起报纸翻看着。

程灵燕其实是没有打算买报的。从理发店走时女老板阿琼给了她一百元钱，加上她身上剩的三十多元，是程灵燕此时全部的资产。目前，她能做的，便是节省每一分钱。

在显眼的分类信息下面，写着"达升印刷有限公司招聘打版女工五名、业务员数名，要求吃苦耐劳……"。

"给你钱。"程灵燕像发现了命运的钥匙一样激动，微笑着，把一元钱递给了卖报的小男孩。

"就到这儿看看吧!"程灵燕打定主意,摊开了刚刚合上的《晨报》,再次仔细查看方才看过的那条招聘信息。随后,程灵燕在街边找了个公用电话亭,按着报纸上留的电话打了过去:"喂,你好,请问你们这里在招聘业务员吗?"

"是的,你要想干就过来看看吧。"电话那头,操着一口好听的普通话的男声回应着程灵燕。

"可是,现在有些晚了吧?"灵燕看电话上显示的时间为17点20分。

"我等着你,我相信你能按时赶过来的。"男子仿佛朋友般鼓励了她。

"好的,我尽量在18点钟之前赶过去。"此时程灵燕倒有些急于想见到电话中,拥有一副磁性声音的男子。

三

喧嚣的都市,每一处对于程灵燕来说都是陌生的。

喧闹的车声、人声,刺激着程灵燕的神经。"18点钟"的字眼,在她的心里,变成了个蝌蚪的形状,上下跳动着,瞬时变成了她头脑中一个紧张的代码。

为了先弄懂地理方位,在公交站牌边的地摊上,程灵燕买了一张城区地图。按着地址,她在地图上急急地寻找着通往那家印刷公司的公交。

在18点钟前,程灵燕居然赶到了那家印刷公司。

在一个略显老旧的大门上,用红色字体写着"达升印刷有限公司"几个大字。

大门是虚掩着的,一个门卫老头儿,右耳边放着一个巴掌般大的黑色收音机,正惬意地仰卧在一把破旧的竹篾藤椅上听着戏曲。

"您好大爷,您好……"见他没有反应,程灵燕加大了说话的音量。还没等她把后面的"大爷"说出来,老头儿就睁开了眼睛。

门卫老头儿不急于回答程灵燕，而是先伸了一下懒腰。

程灵燕拿眼盯着他，见有了空儿，便赶紧向他道明来意。

在门卫老头儿的带领下，程灵燕来到了印刷公司二楼的一间经理室。

房间门是开着的，一个男子坐在凌乱的办公桌前，正聚精会神地写着什么。

"闫经理，这个小姑娘是来应聘的，我带她上来了。"门卫老头儿说。

"好的，先坐吧。"经理没有抬头，仍在继续他手中的工作。

"那我先下去了。"老头儿恭敬地退去。

这间经理室有20平方米左右，在二楼最靠南端的房间。这个楼房坐南朝北建着，是这个院子中最高的一处建筑，有五层楼。

这个楼前的院子约有400平方米，地面没有经过水泥的硬化，是用石子与沙土混合后踩实的。印刷工人们纵横交错地踩踏，这儿的地面，便呈现着渣土般的黑色。

闲来无事，坐在经理室的程灵燕，便上下睃视着这个房间。

经理室的陈设相对简单，进门后靠墙的一端，是一张朱红色的办公桌。桌上凌乱地堆放着资料和文件，上面覆了一层薄灰。

在这张办公桌的对面，是一张三人座的黑色皮革沙发，程灵燕此刻正坐在上面。室内的另一端，倚着墙壁，放着一个两米多高的书架，也是朱红色的。

"你想应聘什么职位？"约十分钟后，闫经理放下手中的笔，抬起头问程灵燕。

"嗯，业务员好做吗？"程灵燕怯怯地问。

"你没有经验吧？"闫经理问得很直接，"不过没关系，我们有三天的培训期。相信这个对你来说，也不会很难。"还没等程灵燕回答，闫经理已替她挽回了尴尬。

"你要想干呢，就留下来。培训结束后，会有一个月的试用期。"闫经理看着程灵燕说，"试用期的底薪是一个月300元，试用期后的底薪为一个月500元。试用期内和转正后的业务提成都是一样的。"

程灵燕直愣愣地轻点着头。

"一张身份证复印件，两张一寸照片，明天提供过来。要是觉得合适了，我现在带你下去看看厂区环境。"程灵燕还没来得及思考，闫经理已先起了身。

程灵燕跟着闫经理下了楼。闫经理高大的身躯走在前面，时不时地遮挡着程灵燕的视线。

四

程灵燕没想到自己的应聘会是如此的顺利。接着，公司便要安排新招的人员进行业务培训。

"首先，要明确你是做什么的。你对你的公司、你公司的产品了解多少？你来跑业务，我接见你，你要怎样向我介绍你们的产品？假如，我现在想做一批广告宣传页，那么我拿出一张样品给你，我接下来要问的就是'一张多少钱'；或者我们公司想做一批笺签，我会问你'一本多少钱'。那你要怎么回答我？"培训老师周晓梅停顿了一下，望着培训室内仅有六个学生问。

培训室很静，空气仿佛凝固了一般。学员们谁也不肯开口回答老师提出的问题。

停顿中，见没有人回答提问，周老师便潇洒地扭过身子，在黑板上写下了"了解、学习、熟练"这三个关键词。

"那么，我们就先从了解自身的产品，学习、熟练业务技能做起。"周老师自己回答了向学员们提出的问题，并一一进行了剖析。

周老师每扭转过身子在黑板上写字的时候，总是动作利落，快速而夸张。她窈窕的身形,连同她有着雀斑的脸,都一一印在了程灵燕的脑海里,以至于这个影子在以后,也时时出现在她的眼前。

三天时间,程灵燕学得很用心,老师讲的每一句话,她都细心地记在了笔记本上。周老师还告诉他们:做业务,经验不是最重要的,重要的是你有没有一双勤奋的腿和一张会说话的嘴。

三天的培训时间,很快就结束了。

"老板只能给你一个位置,不能给你一个未来。人生的舞台,取决于你的努力程度与奋斗的程度。"最后这句话,是周晓梅老师,为学员们奉上的课堂"宝典"。

五

达升印刷有限公司,是本地一对父子共同经营的小型印刷公司,只有二十多个人。

在这次一起培训的六个人中,只有程灵燕与小梅是女生,其他的都是男孩子。

周五下午,培训课程结束了。接下来便是周末。

印刷公司的员工,只有周日一天休息。由于培训后这些新员工还没有正式进入工作程序,所以,这个周六、周日两天,程灵燕与新招的这几个人,都是无事的。

吃住和被褥都由厂里安排提供。趁着休息日,灵燕和小梅结伴去买了些日用品。收拾完后,程灵燕觉得自己这次可以安定下来了!她的心情,顿时轻松了许多。

第十五章　隐于起点

一

"明天就是周一了，我们该出去跑跑了吧？"在吃晚饭的时候，小梅端着碗凑到程灵燕的面前说。

小梅是一个陕南姑娘，一张尖瘦的脸颊，衬得她更加瘦弱。她说起话来，在半熟的普通话中，夹带着浓浓的陕南口音，常常把"我"说成"额"。

小梅的意思是说，她们要开始出去联系业务了。

据小梅说，她曾做过一段时间的业务员，是那种背着肩包满大街转悠，推销电子按摩仪产品的。以前，她们每天早上从公司拿货出来后，就开始在街上转悠。每天，他们都要在街头巷尾，窜上十来个小时，见到人就要推销。

一天下来，嗓子都干得快冒烟了，腿都跑得要断了。可是，累成这样每天也只能挣个三五十元。

"不过，也算是积累了一点儿工作经验。"小梅腼腆地笑着，对程灵燕说起自己的工作经历。

二

周日一大早，程灵燕与小梅各自提着一个印有"达升印刷有限公司"字样的无纺布手提袋，从印刷公司的大门一起走了出去。

由此，程灵燕开始了人生中第一天的销售工作。

出门后，步行300多米，来到一个公交车站牌，程灵燕便与小梅分了手，她们坐上了不同路线的公交车。业务经理给她和小梅，推荐了两处可以前去推销业务的地方。只不过，一个在南，一个在北。

公司规定，出去跑业务时，只有坐公交车的钱才给报，其他的费用要自掏腰包。所以在前期，省钱成了他们这些业务员的第一要务。

业务经理告诉他们这些新来的业务员：出去做业务时，你就别想着找伴儿，谁拉的业务算谁的工作量，不可能有两个人同时谈成的。否则人家谈成了，跟你一点儿关系都没有。所以，你们还是要自己做自己的。

坐在公交车上，程灵燕的心里，忐忐忑忑的。望着偌大的城市，她觉得自己是那么渺小，像根浮萍，随时都可能被城市的浪潮冲得不知去向。

小小年纪的程灵燕，在心里哀叹着人生的不易。难道人生下来，就是到世上受苦的吗？

上午10点钟，程灵燕坐着一辆T20公交车，来到了雅索大厦的楼下。

"哇！好高的楼啊！"她仰望着因日光的照耀而熠熠生辉的大楼。赞叹的同时，又不免心生怯意。

大楼的外墙，贴的都是墨绿色的玻璃，在太阳的映照下，散发着刺眼的光，照得程灵燕几乎睁不开眼睛。

程灵燕蹑着脚走入大厅，尽量避开正在低头看着什么的保安，然后迅速挤在等电梯的人群中。

业务经理告诉他们：在出去做业务时，尽量不要与保安发生正面冲突，尽量避着他们，否则业务员们会被保安给轰出去的。

电梯开了，程灵燕一个跃步抢过人群，先跳了进去，心里不由得怦怦怦跳了起来。

不知道该上几层，上电梯时程灵燕居然没有按下数字按钮。当看着别人一个个按完楼层相继下了电梯后，此时的她，内心犹豫极了。

犹豫、焦躁、迷茫充斥了这颗年轻的心。这时，在电梯上只亮了"17""28"两个楼层的数字。

就在28楼下吧！程灵燕像抓阄似的，在短短数秒内，在心里为自己选定了一个吉祥数字。

三

电梯门开了，程灵燕定了定心神，缓缓地走出电梯。

迎面的墙上，用蓝色的字体，粘着很多家单位的名字。其中，"××咖啡公司"的字眼较为醒目。就这一家吧，程灵燕告诉自己。

咖啡对于这个从农村走出来的小姑娘来说，可是个新鲜而洋气的东西。她想去推销她的业务，也想去看看那些做咖啡业务的人。

于是，程灵燕迈入了这间经营咖啡的公司。在一个褐色的写字台前，坐着一个穿着深蓝色西服的姑娘，短头发，小巧的鼻子，白而精巧的面容。真好看！程灵燕愣愣地盯着那位姑娘多看了几眼。

"您好，有事吗？"姑娘正忙着做她手中的报表，抬头看了一眼站在她面前的程灵燕说。

程灵燕第一次被称呼为"您"，她觉得这位前台姑娘，不仅人长得漂亮，还很有礼貌。

"您好，我是达升印刷有限公司的。"说着，程灵燕赶紧递上了一张自己的名片。

为了方便工作，印刷公司给他们印了名片。因程灵燕没有自己的电话，名片上留的是公司的电话。

"嗯，您稍等一下好吗？我处理完手头的活儿再和您说。"姑娘仍有礼貌地回应着。

五分钟后,姑娘停止了她手中的活儿,拿起了手边程灵燕的名片。

"哦,达升印刷有限公司,这个公司好像原来有人来找过我们。这样吧,我把您的名字和电话做个记录,等有需要的时候我就给您打电话。"说完,姑娘对程灵燕甜甜一笑。

"哦,这是我们的新品,您尝尝吧。"说着,姑娘从办公桌旁边的盘子里,顺手抓起了几袋咖啡和巧克力糖递给程灵燕。

程灵燕捧着小袋的糖果,心里生起了一股蜜意。她剥开其中一块巧克力糖的锡纸包装,把糖放入了嘴里。苦中带甜,还真好吃!

这是程灵燕第一次吃巧克力糖,以后,她便喜欢上了这种味道。

"时间还早,我总不能就这样回去啊,我应该再去其他公司看看。"第一天出来做业务,程灵燕觉得,自己还是应该勤奋点儿。

按照自己的想法,程灵燕按了电梯向下的按钮。

进入电梯,她筛选着梯壁上的数字。"16",就这个吧!她在心里期待着,这样一个吉祥的数字,能够为自己带来好运。

小小年纪就这么迷信!这都赖她的奶奶程大娘。程大娘信基督,每每有事总要进行祈祷。程大娘在祈祷过后,还要进行占卜,占到好的数字,就认为会有好的运气。所以现在,程灵燕也有着极大的敬畏心,她和奶奶一样,认为吉祥的数字就是好的,并能带来好运。

四

16层是一家建筑公司,一层楼都被这家建筑公司包了下来,装修得富丽堂皇。

程灵燕推开楼层入口处的玻璃门,怯怯地走了进去。

这家公司的前台处空无一人,但在靠着侧墙的一张茶桌前,坐着几个胖胖的男子。看到有人进来,他们却没有反应。

程灵燕也不理这些人，而是观望着墙壁上的一幅字：诚实守信。

"龙飞凤舞，写得还不赖！"程灵燕不由得赞叹。

她正看得出神，一个戴眼镜的胖男子问："你找谁？"

"我，我是印刷公司的。"程灵燕紧张地说。

"有事吗？"看面前的小姑娘神情紧张，胖男子的声音变得柔和了一些。

"我是印刷公司的，来看看你们有没有印刷的需要。"程灵燕对这个胖男子说。

"到那边去吧，我介绍别人跟你谈。"说着，胖男子起身引她向里走去。

"这是肖经理，专门负责公司宣传和资料的，有什么事你和他说吧。"胖男子对程灵燕说。

"肖经理，这个小姑娘是印刷公司的，你跟她聊聊吧，看看我们这边有什么能跟她公司合作的。"胖男子将双方相互介绍后，便继续回到他的茶桌上。

肖经理年纪不大，但在业务上却是个老奸巨猾的人。他问的每一句话，都透出专业性。对程灵燕报出的价位，他都要拿其他家来进行比较、压价，犀利的话语让程灵燕难以招架。

最后，肖经理以极低的价格，与程灵燕谈成了一笔2000元的订单。

从建筑公司出来，程灵燕感觉疲惫极了。但在心里，她为自己能完成第一笔小业务而窃喜着。

"怎么着也算是首战告捷了！"程灵燕为自己打着气。

此时，程灵燕的肚子咕咕地叫了起来，她看看腕上的手表，已过了中午12点。饥饿，像蚂蚁似的啃食着她的胃。

她想：去吃点儿什么吧！这既是对自己的庆贺也是对自己的安慰。

下午时分，程灵燕回到了印刷公司。她的脚上磨出了好几个泡，身子也疲惫不堪！

五

一周的时间很快就过去了，主管让业务员们做一周的总结。这时，程灵燕犯了难，她不知道该写些什么。一周下来，她只拉了两单小业务。

小梅还比她多拉了两单，她感觉自己已经输给了小梅。

谈业务时，在与他人的交锋中，程灵燕感到自己的专业知识特别不足。对于客户的问话，有时她会觉得应付不来。

要怎么做才好？程灵燕在心里打起了小鼓。

这是她第一次写总结，弃学后已经好久没动笔了，在学校里虽说有一定的写作基础，但是也经不起长久的懒散。在动笔前，程灵燕真真是犯了难。

她想，还是向别人请教吧！那个大眼睛的小个子男孩，听说他已经交过了，去找他问问。

于是，程灵燕便去男生宿舍找那个小个子。

男生宿舍与女生宿舍在同一栋楼。女生宿舍在北端，男生宿舍在南端。程灵燕向那边观望时，看到那个小个子男孩手扶着楼梯，在向对面张望。

今儿是周日，大伙儿都不用上班。对面一轮新升的红日，染红了整片天空。

"你叫小伟吧？"看到他后，程灵燕便快步走过去，直爽地问他。

"嗯。"他用他的大眼睛不屑地瞪了程灵燕一眼。

"你给我说说总结怎么写，"程灵燕带着命令的口吻，并挑衅般地看着他说，"听说你已经交上去了？"

"是的。不过我为什么要给你说怎么写？我又不认识你。"

"你是男人吗？怎么这么小气！"程灵燕生气了。

"嘿，你说我是男人吗？难道我会像你一样是个女人？"小伟更加不屑了。

"你!"程灵燕手指着小伟,红了脸,看起来气得不轻。

"好,我教你,"小伟扳下她的手指继续说,"不过我有个条件!"

"什么条件?"程灵燕问。

"你得在我的耳朵边说'我是男人'!"小伟狡黠地一笑。

"好,没问题!你把耳朵凑过来。"

"你是男人!你是一个小男人……"程灵燕恶狠狠地说出了前半句话,后半句声音提高了八度,仿佛要把小伟的耳朵震聋似的。

在小伟的帮助下,程灵燕顺利地完成了总结,并在周一上午交给了业务主管。

六

说是业务员,也并不仅仅是跑业务。由于这家印刷公司小,人数少,常常会有积压的活。活多了的时候,程灵燕与其他的一些业务员,便不用再出去跑,而是帮着装订工人们完成印刷后的装订工作。

装订的活,许多是要折页。也就是将印刷出来的杂志或书籍的散页,按着页码和规定折叠成书,然后交与专人,或胶印或线装为成品。

在折页的过程中,程灵燕看到一本高中二年级语文复习资料。她随手拿起翻了翻,里面的一些内容迅速地吸引了她。她试着对资料里提出的问题进行解答,没想到有些问题居然能答对,她兴奋极了。

由此,程灵燕爱上了给书折页。闲暇时,她便从成堆的印刷品中抽取出感兴趣的东西,用心学习咀嚼。这样,她竟养成了看书的习惯。后来,她便到当地的图书馆去借书看。

印刷公司的人说:"整日看见那一堆纸就烦,没想到你却像个书呆子似的喜欢看。"

程灵燕最喜欢看的是语文和经济方面的资料。语文可以使她掌握丰富的词汇,使思想变得充实而深邃;经济资料可以使她从中了解不少经济政策。

很长一段时间，程灵燕沉迷在印刷公司如山的资料中。说是干活，她往往是趁着这个机会偷懒。

达升印刷有限公司的业务员在公司内干活是不计件的，而是按天领取补助。所以，程灵燕并不管自己一天干了多少活，只要身边没人监督，她就拿起一页纸，待看完了再慢慢地折。

在业务上，程灵燕倒是松懈了许多。每次出去，都跑得腿脚生疼。有时赶上穿的鞋子不舒服了，她的脚上就会磨出许多泡，疼得她夜里哎哟哎哟地叫。每当这时，她便发誓，等自己有能力了，这一辈子都不再做业务员！

七

印刷公司的工作是单调而机械的，好在程灵燕养成了爱学习的习惯。在零散的资料中，她总是搜寻着能给她思想带来养分的东西。她也常常把片断的知识做成笔记，然后自己进行加工整理，这样一来，对她提升自己产生了很大的帮助。

印刷公司内，那些寂寞的人，包括小个子的小伟在内，常常在夜里吼叫着唱歌。

"一下班，那群苦逼的男生，便会觉得无聊难耐。"听到男生鬼嚎后，小梅总要这样对程灵燕抱怨。

男生唱歌，声音很大，他们似乎要把全身的力气倾出，把全心的寂寞洒向寂寥的夜与空寂的厂房。

隔着几间屋子，女生寝室里的人，个个都听得清楚，小伟最喜欢唱的是《离家的孩子》这首歌。

"离家的孩子流浪在外边，没有那好衣裳，也没有好烟……"歌词如泣如诉，从小伟的嘴里唱出来，显得更为悱恻与动听。

身高不到一米五的小伟，有一双忧郁的大眼睛，看人时满含幽怨。他单薄的身躯、幽怨的眼神，似乎印在了程灵燕的心里，每每想起小伟，程灵燕便觉得心酸与痛楚。

若听到小伟唱《离家的孩子》这首歌时，程灵燕会更难受！小伟会不会有一个很凄苦的身世？否则，他为什么总喜欢唱这首歌？小伟的歌声似是感染了程灵燕，她竟对小伟起了探索欲。

小伟看着小，实际上已经过了十八岁。

小伟家在云南省镇雄县。由于家里实在太穷了，他于一年前跟着表叔来到了这个城市。小伟的表叔是在建筑工地上做泥瓦工的，他本想让小伟跟着到工地上做个小工，一天也能挣个几十元钱，可工头见了小伟后，说："他顶不下这个活！"

"那可不一定！先让他试一段时间吧。"表叔哀求着工头。

建筑工地上都是一些力气活，搬砖、筛沙算是不太重的活儿了。即便如此，一天活干下来，小伟还是觉得相当吃力。晚上躺在床上，他的胳膊和腿像被人撕扯了似的疼。几天后，他告诉表叔自己不想在工地上做了。

辞了工地的工作，小伟就晃悠到街上看看有没有适合的活儿。可是，一连找了几日，他喜欢的、稍好些的工作，都没能应聘上。

由于小伟身矮惹人眼，主聘人员在问话时，都会装作不在意的样子看上他一眼，然后便会对他说："这个工作你不适合！"

找工作连连碰壁，小伟几度心灰意冷。在他连着赶了三场招聘会，决定放弃最后一场的时候，他看到了达升印刷有限公司的招聘启事，他便抱着试试看的心理前去应聘。最后，这家印刷公司录用了他。

好在找着了一份工作，小伟终于松了一口气，因为家里的五个弟妹还等着他挣钱往家汇呢！

虽然这份工作挣不了多少钱，但小个子的小伟却干得很用心。

大概这些贫穷人家的孩子，能够找份有吃有住的工作，一个月再多少给些钱，都会感到很满足吧。

八

青春期的孩子,身体内的荷尔蒙尤其旺盛,似有一种药在催促着他们发情。

处于青春期的程灵燕,就时时受着体内荷尔蒙的侵扰。

在夜间或是无人的白天,她看到小伟会有一种冲动感。这是一种肉体与青春的冲动。

那一次下雨,小伟赤裸着身子在被窝里躺着的时候,程灵燕居然想钻到小伟的被窝里。

"他会不会还是个处男?"看着小伟那小小的身影,程灵燕在心中充满了占有欲。她极度渴望把小伟给上了!

但是渴望归渴望,她终于没有上小伟。

后来,程灵燕在心里想:小伟永远是她的弟弟。作为女孩子,要保持矜持。不能随便地抛弃自己的青春与肉体,更不能抛弃人们与生俱来的道德感。

九

时光荏苒,岁月如梭。转眼,程灵燕来到达升印刷有限公司已经半年有余。

工作半年,程灵燕的业务提成并没有拿到多少,除去支出的200多元外,她算算自己这段时间内挣的钱,还没到4000元。

可是,程灵燕却想走了。她想,这里不是她永久待下去的地方。

上周,程灵燕给闫经理写了一封辞职信。她在信中感谢闫经理这段时间以来对她的照顾。闫经理呢,也同意了程灵燕的辞职,并让她于这周内,到财务上领取剩余的工资。

要走了,内心竟没有生出多少留恋,程灵燕只是放不下小伟。晚上,她来到小伟住的男生宿舍，与他们告别。

　　"悄悄的我走了，正如我悄悄的来；我挥一挥衣袖，不带走一片云彩。"临走的前一个夜晚，在男生宿舍的墙壁上，程灵燕用彩色粉笔，当着小伟和其他男生的面，写下了这句话，算是与小伟道别。

第十六章　铺垫人生

一

燕子虽是一种小小的生物，但它向往自由，向往着飞得更高。

鱼儿虽是一种小小的生物，但它渴望无拘无束，渴望游弋于海洋深处。

燕子以"飞"来完成自己的生命历程；鱼儿以"游"来完成自己的生存轨迹。

印刷公司，程灵燕认为那不是自己实现梦想的地方。所以，她选择了离开。

在印刷公司工作的那段时间，程灵燕一直思考着：自己应该学习一门技术，以便将来能够更好地立足社会。当时，计算机刚刚在内地流行，阎良市有很多家计算机培训机构。

在当地一所知名的大学内，也有一家计算机培训机构。程灵燕选择了在那里报名，并交了800元的培训费。培训周期两个月，每周三节课。

上下课出入于大学校园内，程灵燕的心中充满了优越感。这可是她第一次接触大学校园啊! 程灵燕一边勤奋地学习着计算机，一边努力着找一份新工作。

为了方便学习，程灵燕在学校附近，与一名女大学生合租了一个小单间。那个女生在校园内贴了一张约人合租的启事，说是限女生，程灵燕看到便联系了。

有了住的地方，算是落了脚。程灵燕算算口袋里的钱，紧巴着还能过一段日子。

找份什么样的工作呢？得自由些的，能够多赚些钱的，而且还能使自己有时间学习的。程灵燕把寻找目标放在了那些自由度较高、提成较高的工作上。

二

夜晚，大学附近街道上，"酒吧"两个字在灯红酒绿中闪烁。

酒那么难喝，难道大家没事了都要到那种地方去喝酒吗？以前，程灵燕只在电视上看到过客人到酒吧喝酒的场景，而在现实生活中，她从未踏进去过。此刻，看到"酒吧"这两个字眼，程灵燕好奇心顿起。

第二天傍晚，程灵燕闲来无事，当游逛到一处张贴着"招聘酒吧工作人员"的大门边时，她停下了。她推开两扇虚掩着的古铜色大门，翘首向里张望。里面光线昏暗，看不分明。

"你找谁？"一个声音从暗影里传了过来。

循着声音的方向，程灵燕看到一个打扮时尚的女子，倚在一把竹椅上。

"没事，我来看看的。"程灵燕赶紧对女子解释说。

"哦，你进来吧。"女子拖动着微胖的身子站了起来。

"你想不想在这里干活？"待程灵燕怯怯地走进门时，女子问她。

"在这干什么呢？是端酒还是卖酒？"程灵燕天真地问。

"既要端酒也要卖酒。"女子仰脸看着她说。

"哦,那要喝酒吗?"程灵燕又问。

"一般情况下不喝。"

"那,我就试试吧。"程灵燕扬起嘴角笑着说。

三

好奇心使然,程灵燕应聘到这家"KM"酒吧上班了,成为这里的一名酒类侍者兼卖酒人员。

酒吧的上班时间为下午5点,有事时是可以请假的。为了与学习计算机的时间不冲突,程灵燕愿意试试这个她从未做过,而且大家对其颇有微词的行业。

上班的第一天,领班K哥递给新来的程灵燕一张酒水单,要求她牢记上面的酒品名字。"当客人点单某种酒品时,要在头脑里像计算机似的,快速地为该酒配上价位和其他相关信息。"

几十种酒名,程灵燕整整用了两天时间熟读、背记。然后,她在心里一一提问自己。

夜深了,程灵燕仍然一遍一遍重复着酒品的名称与价位。直到自己说出一种酒名时,心中能够快速地蹦出这个酒的价位,她才觉得满意。

两天后,程灵燕正式上岗了。她穿着前面带着两个大兜的黑色工装。鞋子要求自己买,为统一的白色皮鞋,鞋跟不能超过3厘米。

夜幕降临,"KM"酒吧内陆陆续续地上着客人。

每天上班后,程灵燕便会与其他工作人员排成一排,站在离门口不远的地方候着客人。

当有客人进门的时候,就迎接客人,并问他们有几位,然后带领客人到满意的位置上坐下。客人落座后,接下来便是客人点单,询问价位。

在点单时,有些客人,也不看酒水单,而是问过一种酒的价位后又问另外一种酒的价位。问过好几种后,才决定要中等价位的酒,或者是要价位稍低些的酒。这类客人，往往是三个人以上同来的，并且相互比较熟悉。

自己哥们相聚或者是带着女朋友来的这类客人，酒吧里居多。酒吧内，也是靠着这些人捧场热闹的。

而有些客人，点单却相对利落大气，他们往往有指定的酒品，说出什么就要什么，不轻易因为价位而改要酒品。这类客人，往往是带着新女友，或领导或其他生意上的伙伴。酒吧的工作人员，是最喜欢这类客人的。遇到这样的客人，他们要比平时多收入好几倍。

"KM"酒吧的工作人员，基本上都是靠提成挣工资的。他们一个月只有300元伙食补贴，没有底薪。

"在酒吧内，只要你干得好，你照样可以一个月拿几千元钱。"这是一名老员工告诉程灵燕的。

女员工冉彤告诉程灵燕："总之，遇到利索和大方的客人，你的提成就会高。如果遇到来这儿纯休闲解闷儿的两三个男士，这时，你有可能还要陪他们喝一杯的。要是遇到单独一个来解闷儿的男人，你可要小心了，他们往往会挑漂亮的女服务员前去为他们服务。有的还想着占你的便宜呢！"冉彤张开两只手，装作要摸灵燕，然后哈哈大笑了起来。

四

"三哥，今天……喝什么？这里面的酒你随便点，弟弟……弟弟我请！你喝过瘾！"三个已经明显喝高了的男女，走进"KM"酒吧。这个醉酒男子说话时，嘴里还打着磕巴，脸通红通红的。

"您好，里面请！"程灵燕引着这几个人向前走。醉酒男子仍然搭着这个"三哥"的肩，搂着他向里走，并不搭理一旁的程灵燕。

"我们就坐这儿吧。"在一处光线适中的地方，三个人中的女人停下来说。

女人选定的那处座位后面，是个精致的柜形鱼缸。女人看着缸里五彩缤纷的鱼，心生了兴致。"好美啊！"她赞叹道，并轻轻地敲着缸壁，嘘嘘地逗起了鱼儿。

　　"坐，坐，三哥。"醉酒男子招呼着三哥坐下。

　　"别客气老弟。"三哥谦逊着让座。

　　"来，你坐这儿。"醉酒男子对女人喊。

　　"那玩意儿有啥好看的，回头我给你买一筐。"醉酒男子拖着腔对女人说，"快，给三哥点酒！"

　　"您好，请点单。"程灵燕听到醉酒男子的话后，便把酒水单递给了那个女人。

　　"嗯，蓝喜吧。"女子指着一款啤酒头也不抬地说。

　　"不行，不行，我们不喝这个酒！"醉酒男子赶紧说。

　　"蓝喜30元一瓶，他们要喝十瓶的话，可是300元。"程灵燕在心里为他们算着账。

　　"那你点吧。"女人不高兴地把酒水单推给了醉酒男子。

　　"三哥，你来点。弟弟我……我说过了，三哥你今天一定要喝好！你……就往贵了点，咱……咱不差钱！"醉酒男子结巴着说。

　　三哥谦虚地说："这地方我不常来，老弟，还是你点吧。咱也不必喝很好的，一般的酒就行。"

　　"哥哥……不点，那……我点。"醉酒男子说话好像总是不能连贯，不知道是天生的结巴还是酒精刺激的缘故。

　　"人头马……XO……就这……"醉酒男子指着酒水单说，"要……要特优的。"说完后，这名男子仍然低着头看酒水单。

　　"好，好，就这吧。要一般的就行。"三哥说。

　　那个女人许是怕醉酒男子再往贵的点，便赶紧嘱咐站了许久的程灵燕："去，赶快把这个酒上来。"

　　"700毫升的，1198元，您看怎么样？"程灵燕把酒端上来后，特意问了一下清醒着的三哥。

"好的，就这吧。"三哥点头同意。

在三哥和程灵燕说话的当儿，醉酒男子趴在桌子上呼呼地喘气。几分钟后，他说："三哥，我上一下洗手间。"然后，便摇晃着起身。

"您好，洗手间在那边。"程灵燕用手指着洗手间的方向对醉酒男子说。

"我带你去吧。"看他起身后走路不稳，他身边的女人便抢在了前面，扶着他走。

十多分钟后，醉酒男子从卫生间走了出来。此刻，他明显清醒了不少。

"三哥，来，干杯。"他端起面前倒满酒的杯子，要和三哥碰杯。

"来，老弟。"三哥没有推辞，爽快地端起了酒杯，一下子便喝了大半杯。放下酒杯，他说："老弟，有啥事，你说吧。刚才饭桌上人多，有些事也不方便细谈。"

"是这样的，哥哥，原来我跟您说过的那块地，您看什么时候能正式走程序？我想啊，既然哥哥您负责这块儿，这地啊，我还是希望哥哥能优先照顾到我。"醉酒男子说这些话时，突然利索了许多，好像压根就未曾醉过。

"老弟，那可是一块宝地啊，不一定好操作。但是哥哥答应你，如果挂了，就一定是你拿，这样你放心了吧？"三哥两杯酒下肚后，慷慨地对找他办事的醉酒男子说。

"好嘞，哥哥。有您这句话，弟弟……我就放心了，来……喝酒，我们今天不谈工作，来了就是要让哥哥您……喝好的。"说话间，这名男子似乎又醉了。

"来……你陪……哥哥喝两杯。"醉酒男子要他身旁的女人陪三哥喝酒。

笑语喧哗，觥筹交错，一行三人从晚上九点一直喝到第二天凌晨一点才离去。加上干果等其他物品，他们这桌共消费1811元。

按10%的提成算，程灵燕当天只服务了这一桌客人就赚到了一百多元钱。虽然她受不了那些人的支使，但是一天下来能够挣到这些钱，她还是很开心的。

五

计算机课程需从最基础的操作系统学起。在学习根目录时，程灵燕常常被一些术语搞迷。为此，她上课时，总是战战兢兢的，生怕老师提问她时，答不出来。

上一次上课，老师提问程灵燕，她没能回答出来，而另一个女同学答了出来，程灵燕感觉自己很没面子。她是个自尊心较强的女孩子，知道了自己的弱处，以后上课时，便更认真地听讲。遇到不懂的地方，她会私下向其他同学请教，然后自己再琢磨。

程灵燕的同桌阿豪上过大学。男孩子在复杂问题上总比女孩子要领悟得多些，阿豪比她学得快，而且阿豪也愿意帮她。

三个月下来，程灵燕竟也学得有模有样，基本的操作她都会。后来，在老师的要求下，每个同学都要编制一个小程序，她竟然也能编出来一些小星星。

程序完成后，程灵燕对着屏幕上一闪一闪的小星星笑了。自己多像这些小星星啊，虽然小，却能用跳动来发亮。她在心里默默地祈祷着：但愿我真的能像它们一样，从无到有，然后亮晶晶地闪耀着。

程灵燕仍在酒吧工作着，虽然边学习边工作很辛苦，可是想到自己不仅能学到一些知识，而且还能存一些钱，她心中就充满着幸福感，同时，她对未来也充满了期待。她想，只要再努力一下，美好的未来一定会离自己越来越近的。

社会进步日新月异，发展的浪潮总是推动着知识快速更新换代。

在程灵燕与阿豪他们学习完计算机DOS（磁盘操作系统）后，计算机的Windows（微软视窗）系统又悄然兴起。

有一日，阿豪对程灵燕说："社会上都说，DOS无用了，以后将是Windows的天下，要想靠这行吃饭，我们还得跟着时代走。你学不学Windows？学的话我们就一起报名。"

后来，阿豪打听到一家很不错的Windows培训班，费用很优惠，一个月的培训期才200元钱，所以，程灵燕就和阿豪一起报了名。

由于有了先前的计算机基础，学习Windows对程灵燕来说就容易多了。她跟着老师的指令单击、双击，办公软件的应用、程序的设计，对她来说都不是问题。一个月下来，她便能熟练掌握和使用计算机的Windows系统了。

六

不知从什么时候开始，社会上悄然刮起了文凭风。人人都说，文凭是金字招牌，是敲门砖，这可一点儿都不假。

当程灵燕想换个更好的工作的时候，文凭又成了摆在她面前的一道坎儿。她试着去找了好几次工作，除了洗盘子、扫地等纯体力劳动无须文凭外，其他工作都是要拿着"红本本"才能越过那道门槛的。

于是，程灵燕在心里琢磨，怎样才能成为一个有文凭的人？在实现目标的道路上，怎样砍掉那些枝枝蔓蔓的荆棘？闲着没事的时候，她就在网上搜索着如何获取文凭方面的信息。

七

最近，在印刷公司和程灵燕一同工作过的小梅，也辞了工作。这天，小梅到程灵燕的住处找她。

"我在美容学校学美容，你回头有空找我去吧，我给你做做脸，让你也尝试尝试做贵妇的感觉。"小梅得意扬扬地说。

辞去印刷公司的工作后，小梅便住到了市区她的一个远房亲戚家。小梅喊那个远房亲戚三爷。

隔三岔五，小梅便邀程灵燕去她三爷家里做客。据小梅说，她父亲与她三爷还没出五服。早些年，三爷因为工作原因，便定居在了闫良市。

后来，小梅到此打工，她父亲便特意嘱托小梅的三爷关照小梅。

小梅的三爷近八十岁了，腿脚硬朗，耳不聋眼不花。程灵燕一到他家，他总要给灵燕和小梅做黄焖鸡块、小酥肉等可口的饭菜。所以，为着有口好吃的，灵燕便常常去小梅的三爷家做客。

前几日，程灵燕回老家看望家人，走时没有来得及告诉小梅。她在家统共待了五六天时间，走时，给爹娘留下了1000元钱。

程灵燕回来时，刚一打开出租屋的门，就看到门缝前的地上躺着一张纸条。她捡起一看，是小梅写的。上面说，小梅来找她几次，但都没见着人影，蛮想她的。让她回来了去小梅的三爷家里。

程灵燕一看表，才下午五点钟，她便想着要去看看小梅。

到小梅的三爷家需要坐7站的公交车。虽然路程不算远，但中间要经过两所学校，这个点坐车，赶上学生放学，经常会堵。

等程灵燕赶到小梅的三爷家的时候，已是晚上快八点了。

对于到小梅的三爷家的路线，程灵燕已不陌生。她下车后，绕过一条小街，进入一个古老的单元楼里，然后再经过两栋红色的砖楼，便来到了他家楼前。

这是一个旧式的楼房，已显破旧。红色的砖构外墙已斑斑驳驳，爬满了绿色的爬山虎。

小梅的三爷在二楼居住。他家的外面是一个铁纱的防盗门，铁纱是锈迹斑斑、稀稀疏疏的模样。它的稀疏是指在敲门时，可以把手穿过铁纱，敲到里面的木门。这样，里面的人可以听到更清楚的敲门声。

"小梅，小梅。"到达后，程灵燕在门外唤着。

"咣，咣……"程灵燕敲着三爷家的门，里头的木头门发出顿挫的声响。

约三分钟后，里面还没有反应。程灵燕想，三爷这个时间都是在家里的，屋里应该有人。她便举起手再敲。

"咣，咣……"程灵燕加重了敲门的声音。

"谁呀？"门里面，终于传来了小梅的三爷细弱而苍老的声音。

"爷爷，我是灵燕啊，我来找小梅的。"她回应着。

"哦，你等一会儿啊。"又过了两分钟左右，小梅的三爷才慢悠悠地打开了木门。

八

小梅的三爷颤颤巍巍地扒开铁纱向外看着，然后把铁纱门打开了。门开后，程灵燕看到小梅的三爷满是老年斑的脸上泛着红色。

"燕子啊，小梅今天和朋友出去吃饭了，说要晚会儿回来，你坐下喝点儿水等等她吧。"小梅的三爷和蔼地对灵燕说。

"好的，爷爷，我等她一会儿吧。"

几天没来，程灵燕像个生客似的左右睃视着。

忽地，程灵燕好像看到西边那个次卧的门缝里有一个女人的身影。她不知道是不是自己看错了，便走过去推开了门。

床上，被子凌乱地堆着，一个女人用被子的一角盖着身体。她斜倚着床头，上身穿了一件低胸的黑色背心，一张国字的胖脸上，潮红未褪。

"燕子，你坐这儿吧，那是你姑姑，刚从外地过来。"看到程灵燕推开门，小梅的三爷赶紧解释。

这屋平时都是小梅住着，程灵燕一来，小梅总要把她迎到这屋玩儿。所以，看到门没关严，她才大胆地推门而入。

"知道了爷爷。"听了小梅三爷的话,程灵燕不高兴地回答。

程灵燕认为,这俩人肯定趁着小梅不在,做了见不得人的事。想到此,程灵燕也不等小梅回来了,对小梅的三爷说:"爷爷,我先走了,小梅回来您告诉她一声。"说完便推门而去。

离开了小梅的三爷家,一阵恶心袭上心头,程灵燕顿时觉得天旋地转,身子像被掏空了似的疲惫。

程灵燕没有吃饭,一任自己饿着肚子。去时,她本想着要在小梅的三爷家蹭饭的,没承想会是这样的结局。

她不想坐车,步行到公交车站牌后任由一辆辆公交车从自己身边驰过。此刻,程灵燕更想以脚步来丈量人生的距离或人与人之间的关系。

小梅知道这个事吗?她以后还能不能安然地住在那里?程灵燕为小梅担忧着。

走了两站路,程灵燕更感疲惫,由于连着坐车赶路,累了一天的身子骨像要散架似的。

夜晚的街道已不似傍晚时拥挤,街上稀稀落落的车辆飞驰着,间或一两声喇叭声,打破着这宁静的夜晚。

程灵燕站在路边,犹犹豫豫地想拦截一辆的士。此刻,她真的是没有再走一步的勇气!可是打车吧,她又嫌贵,所以,站在路边的程灵燕露出一副犹犹豫豫的模样。

远远地,程灵燕看到一辆亮着"空车"灯的的士飞驰而来,赶紧举起手招呼。

"嘎——"的士停在了离她十多米远的地方。可还没有等她举步,一个化着妖艳浓妆、着装暴露的年轻女子,便一个箭步拉开车门,坐上了副驾驶的位置。

这一切发生得那么快,程灵燕愣了半天神,愤懑渐渐升上了她的脸。

"妈的,婊子!"程灵燕憋了很长时间,对着绝尘而去的车辆,破口大骂那名陌生女子。

九

愤愤地站在路边，程灵燕等着下一辆的士的到来。

这次不等招呼，一辆黄色的的士在程灵燕面前停了下来。还没等司机开口，她拉开了后排的车门坐了进去。

"小南街。"她向司机抛出了三个字。

的士的音响里飘出悠扬的歌声，程灵燕无心聆听。她摇下车窗，一任夜晚的风吹拂着自己的脸颊和头发。

街上，流光溢彩的霓虹灯闪闪烁烁，不停变换着颜色，把城市的夜晚装扮得更加魅惑。

"师傅，到北湾广场。"在快到达目的地的时候，程灵燕让的士司机变换了方向。

下了的士后，程灵燕开始心疼起十几元的打车钱。要知道，她平时是连坐公交车的钱都要省着的。为了节省一元钱，她常常要走很长很长的路，可是今天竟冲动地花了十几元钱打车！

"都是那个老家伙闹的！"她骂起了小梅的三爷。

十

袅袅的烟雾飘浮在北湾广场的上方。小吃摊一家挨着一家，在宽大的马路中间，这样的小摊摆成了长长的一排。客人们坐在马路中间的小桌子旁，颇有乡下人在十里长街上吃酒的意思。

下馄饨的、做米线的、卖凉皮的、做鸭血粉丝汤的，都在小车上进行。一个小车并着一个小车摆放，小车内的白炽灯个个明亮，像连起的长龙似的。整个北湾广场好生热闹！

有人在这里吆五喝六地喝了起来，三五个一群的，几乎每个摊位上坐满了人。这里什么人都有，有上班族，也有做生意的，他们都是想来这里吃上一口带着烟炭味的烤串的。素菜有五毛一串的, 有一元一串的; 荤的有一两元一串的, 也有三五元一串的。反正只要是你想吃的, 这儿什么都有, 价格上也绝对让你承受得起。

程灵燕在最里面找了一处相对僻静的位置坐下。她向老板先要了一听可乐, 咕咚咕咚地喝了下去。

"来5元的素菜, 再要一碗粉丝汤。"她向老板吩咐着。

不一刻, 要的东西便端了上来。程灵燕大口地吃着, 填补着她那早已饿空的胃。

填饱了肚子, 程灵燕顿时感觉心情好了许多。

付了钱, 程灵燕站起来甩了甩头, 像是要把疲惫和不开心甩掉似的。然后, 她哼着小曲, 步行回到了她的出租屋。

第十七章　低飞亦是飞

一

"你昨天怎么不等等我呢?"第二日,小梅来到程灵燕的住处问她,"我回去时听说你来找我了。"

"我等你干吗!"程灵燕没好气地对小梅说,"哎,小梅,我问你,你三爷家那个女人是谁?她去了多久了?你三爷一看就是个老不正经的。你老实告诉我,他是你家多远的亲戚?老家伙看起来可不是什么好东西,你可别上了他的道儿。"

"我的大小姐,你怕他会强奸我啊?那他得有那劲儿!"小梅把"强奸我"几个字压得很低。

"三爷家那个女人来了有十来天了,我早看出他们中间的关系不正。不过,这关我什么事啊大小姐?你没看那个女的是个拐巴腿吗?一个老得掉牙,一个拐着腿,他们两个能做什么事啊!所以,你就别担心我了好吗?"小梅望着程灵燕,半娇半嗔地说。

"那你要不要搬来跟我一起住?"程灵燕转了笑问小梅。

"喂,就你这巴掌大的地儿还让我来和你住?你有没有搞错啊!再说了,我在老头家里有肉吃、有奶喝,在你这里有吗? 来了你给我做饭啊? ” 小梅不屑地扫视着程灵燕的房间说。

"小梅小姐,瞧你堕落到只知道蹭吃蹭喝了,我真替你惋惜。"程灵燕看着小梅,半生气半认真地摇了摇头。

二

不相信命运的人,总要想尽一切办法改变自己的命运,哪怕为此付出很多很多。

"KM"酒吧为了扩大在当地的声誉,前段时间,酒吧老板特意高价雇了一个黑人调酒师。黑人小伙子给自己起了一个中文名字,叫小晖哥。

小晖哥是内地某学校的一名留学生,会说一些汉语,但他说英语是顶呱呱的。为此,程灵燕很想与小晖哥拉近关系,以便能跟着他学习英语。

酒吧工作不忙的时候,程灵燕有事没事总喜欢缠着小晖哥。她有时拿汉语逗小晖哥,小晖哥一着急便会以英语来还击。可是,当程灵燕听不懂小晖哥说的英语时,她便也着急了。为此,她想:如果我能说一口流利的英语,那该多好啊!

有一天,程灵燕正式对小晖哥说:"你能教我学英语吗? 我想拜你为师。"

"我要的学费可是很贵的,你能付得起吗? "小晖哥操着一口很不标准的普通话对程灵燕说。

"那你就别要钱了呀,求求你了好吗? "说着,灵燕竟拉起小晖哥的胳膊向他撒娇,并狡黠地看着他笑。

实际上,小晖哥一开始就对程灵燕有好感。在他刚到这里的时候,程灵燕没有像其他人一样刻意疏远他这个黑人男生,而是有事没事地往他跟前凑,也帮了他不少小忙。小晖哥因为喜欢她,也为了报答她,便同意了教她英语。

三

程灵燕的英语学习开始了，除了工作时小晖哥会有意点化程灵燕几句外，闲暇时程灵燕还把小晖哥约到她的出租屋里进行英语教学。

小晖哥是个血气方刚的男子，孤男寡女地待着，他有时竟欲火难耐。

这日上午，小晖哥又到程灵燕的出租屋来了。可是，他刚刚翻开课本就又合了起来，然后一下子把坐在他旁边的程灵燕摁倒在床上。

"小晖哥，你要干什么？"灵燕惊慌地问。

"我爱你，我要你的！"小晖哥喘着气，把黑黑的嘴唇凑到了程灵燕的唇上。程灵燕的嘴被他亲得生疼。

"你干什么？"程灵燕愤怒地推开了小晖哥，一下子坐了起来。

"我给你说，你要有这样的想法的话，我就不让你教我了。"程灵燕显得很生气。

小晖哥尴尬地说："我，我是真的喜欢你啊小程。"

"你真的喜欢我吗？"程灵燕考虑了一会儿后，眨巴着眼睛问小晖哥。

"是的。"他瞪着黝黑的大眼睛望着程灵燕回答。

"我跟你在一起，没有未来的，所以，我不能让你对我做其他的。这样吧，你要真忍不住了可以亲我，但不能对我做其他的。"程灵燕对小晖哥做出了让步。

"好吧。"小晖哥考虑了一会儿后，无奈地点了一下头，并在程灵燕的额头上轻轻吻了一下。

至此，在教学的日子里，小晖哥大部分时间都是绷着脸正经做老师的。偶尔，他也会搂抱一下程灵燕，在她的面颊或是嘴巴上轻轻地吻着。

在这段日子里，程灵燕的英语突飞猛进，都能和小晖哥熟练地进行日常对话了。

小晖哥还教程灵燕学习了英语语法，为她以后顺利考学和职场升迁打下了良好的基础。

四

酒吧是形形色色的人聚集的地方，有的是来买醉的，有的是来谈事的，有的是来解闷儿的。反正，客人们总是有理由来到这儿。

客人既然来到这里，酒吧的服务工作者就得笑脸相迎。酒吧领班K哥，在给服务员训话时总要说："客人进门后，我们要露出八颗牙，以甜美的微笑说：'您好，欢迎光临！'"程灵燕听到这话时，常常想闭上自己的耳朵。

程灵燕从小就脾气倔强，见人不会低头。现在，要让她不管是好心情还是赖心情，每天对这些人微笑，她真的很难做到。见到有些无聊的客人，她恨不得骂他们祖宗八辈，更别说要向他们笑了。

"不想向别人笑，那你就别干服务行业呗！"有一天，K哥对一个拉着脸抱怨客人的女服务员说。

不干就不干！程灵燕倒是不服气了。可是她转念一想，假若不在这个酒吧干了，我又能去做什么呢？此刻，她的心里又出现了一个大大的问号。

心生离意的程灵燕，越来越受不了领班K哥了。他整天戴着一副无片的黑眼镜框装B（卖弄、做作），动不动就训人。

昨天，程灵燕端酒时不小心脚下打滑，把客人要的德啤弄洒了近半杯，为此，K哥说要扣她的工资。程灵燕现在一见到K哥的那张脸，就觉得心中不快。

程灵燕的计算机课程学完了，小晖哥也把自己能教的英语知识都教给了她。她不想与小晖哥谈恋爱，所以，近段日子以来，程灵燕总是有意地躲避着小晖哥。

五

这段时间，程灵燕决定在社会上报个PETS(全国英语等级考试)课程的英语培训班，这样，她就可以更系统地学习英语知识。

程灵燕还到处打听如何获取学历。阿豪对程灵燕说："你若是想边打工边学习的话，建议你最好还是报个自考，这个也是全国通用的学历。"但程灵燕不大想听取阿豪的建议，她特别想做一名在校大学生。

"这样的话，你抽个空到教体局去咨询一下吧。"阿豪又给程灵燕出着点子。

酒吧的这个工作，在上午时都是无事的，程灵燕他们是下午1点钟才上班。

周一上午，程灵燕早早地起来梳洗、吃饭，然后按着她早就查好的公交线路，坐上了通往闫良市教体局的公交车。

下了公交车，步行不到200米，便是闫良市教体局的办公大楼。程灵燕按着楼层指引，找到了二楼的招生办公室。

"您好！"程灵燕向正在伏案工作的一名男同志打着招呼。

"嗯，有什么事请说吧。"男同志头也没抬地说。

"我想咨询一下大学入学考试的事情。"程灵燕把自己的事情，简单地向这名男同志做了介绍。

"那你到职教处具体了解吧，出门右转第三间。"男子抬起头看了看程灵燕。

"好的，谢谢您！"程灵燕向他娇柔一笑，然后转身向外走去，并轻轻地带上了办公室的门。

职教处的老师姓苏，办公桌上放着他的桌签。

"您好苏老师，我想问一下怎样才能重考大学？"程灵燕又把自己的情况向苏老师介绍了一遍。

"哦，你这种情况啊，我建议你上自考或是成教。自考是宽进严出，成教是严进宽出。也就是说，自考不需要进行入学考试，报名后自学，按时参加学校组织的考试。一门及格了，教育部门会发给你一门的课程合格证，当你考完全部的课程并取得了所有课程的合格证时，你便可以获得大学文凭了。不过，像你这种情况，想参加自考的话，是要先考取大专文凭的，然后，你才能再往上考，取得本科文凭。"苏老师很细心地向程灵燕介绍着，"另外，你还可以选择成教。这个成教呢，属于严进宽出，也就是说，你要通过我们教体局组织的入学考试，达到学校设定的分数线，你才能报考相关的专业课程，进入学校学习。这个上课是全日制脱产学习，也就是类似于在校大学生的生活。"

"谢谢你啊，苏老师！"末了，程灵燕很感激地向苏老师致谢。

"不用，不用，年轻人有梦想总是好的。你回去后好好考虑一下自己的实际情况，然后再做决定吧。"苏老师友好地说。

回去后，程灵燕在脑海中反复思考着苏老师的话。实际上，在她内心深处，还是想进入大学学习的。这样，不仅能够系统地学习知识，而且可以圆自己的大学梦。

为了不再不断调换工作与学习的时间，也为了自己有一个更轻松的心理和学习的状态。反复思考后，程灵燕决定报考成教，通过考试进入大学，进行全日制脱产学习。

为此，程灵燕又想辞职了。

六

"千磨万击还坚劲，任尔东西南北风。"程灵燕背起了郑板桥的这首诗。越是在困难的时候，越是需要你坚忍的时候。程灵燕忘不了自己找工作时四处碰壁的情景，忘不了自己曾经的屈辱与泪水。

没有一股子韧劲儿，你想找一份体面的工作，体面地生存于世，谈何容易！她狠狠地告诉自己：不就是一个狗屁的文凭嘛，我就拿一个给你们看看。她与自己较上了劲儿。

校园始终是程灵燕最爱的地方，若不是生活给她制造了千万种艰难险阻，若她有一个条件好些的家，她想，自己是不会那么早就退学的。

在学习计算机的那段时间，程灵燕重温了学校的生活，她的脑海中，刷新了对学校美好生活的记忆，她感到大学生活的熏陶更能充分塑造一个全新的自己。

同时，她还有点担心：休学这么多年了，我能通过入学考试吗？一个接一个的问题困扰着她，有时，她真的很想放弃自己的梦想！

"唉，不是有句话说：'行动了再看结果吗？'我只顾一个人在这瞎想有啥用？"程灵燕在心里驱除着障碍。

下定决心后，程灵燕迅速辞掉了酒吧的工作，并连续跑了多趟教体局，向苏老师咨询请教。

"距离报名时间还有两个多月呢，这段时间你应该买些学习资料，好好复习一下语、数、外。"苏老师说。

在苏老师的指导下，程灵燕购买了成人高考所需的复习资料。

目前，她把复习看成了她人生最主要的事儿。她还告诉小梅，这段时间不要来找她，不许打扰她。

七

两个月间，程灵燕废寝忘食，挑灯夜战，啃噬着各科书本知识。

转眼，成人高考的时间就要到了。考试之前的三五天内，程灵燕的心里就像有个小鼓在咚咚地敲，紧张的情绪充斥着她的内心，不时地，她竟会失眠。

失眠竟如此地折磨人！她整个人都显得颓靡了。

"不能再这样下去了，我一定要有一个好心态！不好好睡觉，哪有精神应对考试！"程灵燕在心里给自己打气。

在考试的前一天，她特意休息了一个上午，并去澡堂洗了个澡。中午，她又在街上的饭馆里饱饱地吃了一顿。饱餐、睡眠，再加上一个清爽的身体，程灵燕顿时充满了自信。

第二天，程灵燕早早地来到考场。考试入场时间还没到，大伙儿都站在校门口的红线外等待。

参加成人高考的人还不少呢！队伍像长龙似的排了起来，其中夹杂着不少前来送考的人。曼陀村的程灵燕，便孤孤单单地夹杂在这些人中间。

上学考试，程灵燕觉得是自己的事，她没有把这件事情告诉父母。再说了，就算是告诉了家里，父母也帮不上任何忙，反而徒添了许多担忧与烦恼。所以，只要是她自己决定了的事，便不和人商量，只管努力去做。她不愿意将自己的心事告诉任何人，就像是田间的一棵野草，倔强地生长着。

有的家长还给孩子买了汉堡包，孩子吃着时，母亲还在一旁给孩子喂水。"矫情！"看到这一幕，程灵燕不屑地说。

而她程灵燕呢，背着一个黄色的双肩包，扎着马尾的头上，戴着一个绣着黑色"ABC"英文字母的白色运动帽。她步履轻盈，神态轻松。为了这个时刻，她不知道熬过了多少个不眠之夜。现在是要上战场打仗的时候，她才不会让自己一脸的苦闷相，输在气场上。

八

"丁零零——"进场的铃声长长地响了起来。红线一放，考生们鱼贯而入。有父母前来送考的考生们，便与他们的父母挥手道别。此时，他们父母的眼神中，透露着满满的期许。父母们大约认为，这是孩子的第二次选择，希望自己的孩子能够紧紧地把握住这次机会。

随着队伍缓缓而行，程灵燕目视前方，把双手插在裤兜里，一脸的轻松愉悦。

"哎哟！"程灵燕不由得叫了一声，原来是一个冒失鬼慌慌张张地撞上了她。她刚想发作，就听对方说："对不起！对不起！"

欲发作的程灵燕，抬头看了一眼撞她的人：一张英俊的红脸汗水涟涟。程灵燕看向他时，他向程灵燕微笑着，露出了一对好看的酒窝。

"没关系的。"看着这张英俊的脸，程灵燕的怒火烟消云散，转而对他莞尔一笑。

进入考场后，按着座位号，程灵燕坐到了教室中间第四排七号的位置上，她前排坐着的竟是刚刚撞了她的那位男生。程灵燕想往前边黑板上看上一眼，却被前排男生直挺挺的身躯挡住了视线。

"冤家路窄。"程灵燕嘟囔着说。

坐定后，一名男老师进来宣布考场纪律，跟着又进来了一名女老师。男老师宣布过考场纪律后，两个老师各自从讲桌上抱起一摞试卷，依次为座位上的考生发放。

看着发到别人手中的试卷，程灵燕的心怦怦跳了起来。不一会儿，女老师走到程灵燕面前，轻轻地把试卷放在了她面前的课桌上。她的心跳更快了，额上沁出一层细汗。

女老师只管发卷，却并不刻意看任何人一眼。程灵燕抬起头，看了一眼女老师的模样：三十多岁，头上扎着一个马尾。程灵燕盯着女老师的马尾，看着她的身影慢慢移动。

"希望同学们遵守考场纪律，沉着冷静，不要搞小动作。"发完试卷后，女老师发话了。此时，女老师的脸上升起了一副严肃的表情。

第一场考语文。试卷发下来后，程灵燕快速浏览了一遍试题。题目对她来说不算太难，看着试卷，她轻轻舒了一口气。

卷面上公布的考试时间为150分钟。望着试卷，程灵燕却并不急于做题。

考前，程灵燕上了20天的成人高考辅导班。此时，她想起了成人高考辅导班上，教语文的俊逸老师曾教授的考试经验：答题时应先易后难，要保持卷面整洁，最后不管会与不会，都要把卷面答满，不留空白。这样，改卷老师看到你的试卷时，就会对你有一个好印象。

不紧张，不紧张……程灵燕在心里默念着，并深深地吸了一口气。她微闭双眼片刻，终于，怦怦跳跃的心脏，平静了下来。

"沙沙"，程灵燕先在卷子的顶端按照标示填上了自己的姓名、考号等信息。然后，她拿着笔，像侠士挥舞宝剑似的，在卷子上挥洒着她连日来学习的成果。此时，她仿佛在舞一地梅花，绘锦绣前程。

一天半的考试下来，程灵燕似乎用尽了自己一生的精力。在考完最后一场后，她步行两公里回到了出租屋。一进门，她便狠狠地将双肩包摔在了床上。

"去你妈的高考！"她狠狠地骂了一句。过后，她便躺到床上，摆成了个"大"字。疲惫袭击着程灵燕，她浑身虚脱无力。

"小梅，期待我的重生吧。"程灵燕在床上躺了整整两个小时后，拖着慵懒的身躯到电话室给小梅打电话，让小梅为她庆贺。

九

参加成人高考是紧张的，等待录取通知书的过程更紧张。考试过后，明明知道通知书不会那么快发下来，可程灵燕还是一日一日地焦急等待，她就像一个刚刚知道自己怀孕了的孕妇一样，期待腹中的骨肉能够快快降临。

在痛苦的等待中，程灵燕告诉自己：希望就在不远的将来！

可等待的日子实在是太煎熬了，越着急，越觉时间长。

人在很多时候会走两个极端，在你特别期待一件事情，而它又迟迟没有影子的时候，你反而会不再那么期待它了。"爱怎么着就怎么着吧！"程灵燕给自己焦急等待的心情画上了一个句号。

闲来无事时，程灵燕便去找小梅聊天解闷儿。"你现在又没事可做，就来我们店里跟着我学习美容吧。"小梅所在的美容店正缺人，她极力怂恿着程灵燕。

"可是我不想做服务行业了。"程灵燕拒绝着小梅。

"小姐，你现在还不是大学生啊，怎么就看不起人呢！"小梅不依不饶地说，"服务行业怎么了？为人民服务，我劳动我光荣！你躺下我给你洗个面，让你感受一下被服务的感觉。"小梅把程灵燕按在了美容床上。

"喂，喂，我不做！我不做！"程灵燕挣扎着想起来。

"躺下，你什么时候变得这么老土！"小梅很看不惯程灵燕此刻的模样。

"我又不是贵妇，做什么美容啊！"程灵燕欲起。

"谁说只有贵妇才可以做美容呢？再说了，我又不向你收费。"小梅喝止着程灵燕，又按下了她半起的身子。

十

时光如静止了一般，只剩小梅的手轻柔地在程灵燕的面部滑动。

"小梅，没想到你的手这么柔软！"程灵燕像梦呓似的说，"你做得真舒服啊！"

此刻，小梅正细心地给她按摩脸部，并不答她的话。

"燕子！燕子！"半晌没有听到程灵燕絮叨，小梅便唤她。谁知，这人竟然呼呼睡着了。

"真不知道她是会享受呢，还是累成了这样！"看着熟睡的好友，小梅感慨地自言自语。

"女士，该醒醒了！"小梅像对待顾客似的，轻轻地拍醒了程灵燕。

"你还蛮会享受的嘛！"望着护肤后程灵燕那张光洁的脸，小梅笑着打趣她说，"你整整睡了40分钟，这可是一个超级美容觉啊。"

"怎么样，跟我学吧？"小梅说，"让我做你的老师。"

"小样儿，就你还做我的老师！"程灵燕白了小梅一眼。

不过，程灵燕还是决定先在美容店干一段时间，她跟着小梅学起了美容的手艺。小梅告诉她，干这行，首先要把双手练得灵活和柔软。不能留长指甲，手上不能有硬茧子。动作要轻柔，手在顾客的脸上，要像丝绸般滑过，要像燕子般轻巧。

"刚上去，动作可能会硬一些，不过时间一长就好了。"小梅像个老练的老师一样，处处悉心指导着程灵燕。

反复地练手势，反复地在双手上揉搓护手霜，小梅的脸也成了程灵燕的试验田。

姑娘家本身就是细皮嫩肉的，加上不干粗活，没几天，程灵燕的手就变得柔软而嫩白。

一个星期后，小梅让程灵燕试着服务店里的顾客。

刚开始，程灵燕的心里是胆怯的。不过，小梅已为她打好了前站。

十一

刘姐是小梅的老顾客，与小梅非常熟络。

这日，刘姐又来找小梅做美容。小梅趋前笑着说："刘姐，这是我新来的朋友程灵燕，这次让她为您服务好吗？她刚来不久，还请您多担待啊！"

前段时间，小梅做了店里的领班，现在她说起话来，温柔中不乏领导气势。

刘姐五十来岁，丈夫原是开煤矿的。不幸的是前两年她的丈夫出了车祸，命丧一辆大货车的车轮之下。

刘姐和小梅聊天时说过，她的丈夫生前同一个合伙人有纷争，他们为了一个子矿并购的事情发生了很大的争执，其中有近一个亿的资产存在分配不均的问题。对于丈夫的死，刘姐家人曾怀疑内里有问题，但是报案侦查后，也没能查出什么。最后，车祸一案也就不了了之了。

刘姐的丈夫死后，给她留下了一大笔财产。女人本爱美，再加上刘姐又无事消遣，所以，她便隔三岔五地到美容店消费。她本就豁达，小梅也有意笼络她这个有钱的主儿，时间一久，小梅与她竟像老朋友了。

刘姐躺在美容床上，小梅拿毛巾将她的头发包好。刘姐操着一口方言味很浓的普通话说："没问题的，没问题的，就让你这个新来的朋友给我做吧。"

古罗马大哲学家西刘斯曾说过："想要达到最高处，必须从最低处开始。"能够俯得下身子，方能成就自己。在小梅的怂恿与教授下，程灵燕做起了一名美容师。她每天的工作就是为前来的顾客做美容、敷面膜。

十二

清晨，一缕阳光柔和地洒在美容店里。今儿，程灵燕仍然是第一个到达店里的员工。

小梅喜欢睡懒觉，知道程灵燕是个闲不住的人，而且也把程灵燕当作左膀右臂，就为她配了美容店的钥匙。作为朋友，程灵燕没有辜负小梅的信任，每天，她总是第一个来到店里。打开店门后，她便开始擦拭玻璃门、打扫卫生、整理美容用具。早上，她像个陀螺似的，总要忙上一两个小时。

每天，程灵燕都重复地做着这些同样的事情，生活如水，波澜不惊。炎热的夏季，便这样过去了一个多月。

在美容店的日子，程灵燕服务次数最多的顾客就是刘姐，她几乎每周要来做三次美容。

这日，程灵燕正在为刘姐敷面膜，有个邮差骑着一辆绿色的二八自行车，摇晃着来到美容店门口。

"你好，程灵燕在吗？"邮差放好自行车后，探头向美容店里问。

"请签收一下通知书。"见没有人回应，邮差又补充了一句。

"燕子，快，邮差大哥送信了！"小梅激动地推门而入。

"哦。"程灵燕慵懒地应了一句，"什么？"随即，她像想起来什么似的惊呼了起来。

"小程，干吗呢？"被面膜遮住了眼的刘姐问。

"刘姐，可能是我的通知书到了。"程灵燕撞开小梅跑了出去，内心抑制不住地狂喜起来。

邮差递给程灵燕一支圆珠笔，她看也不看，便沙沙地在签收单上签下了"程灵燕"三个字。

程灵燕居住在一个小巷里，她怕邮差找不到，便特意到教体局把收件的地址与电话改到了美容店。

程灵燕颤抖着手撕开了信封。

"真的是通知书哇！"程灵燕高兴地抱起了身后跟来的小梅。

第十八章　久违的心愿

一

烫金的红色通知书上，赫然印着"程灵燕同学被琅屏师范大学录取"的字样。耀眼的阳光照在上面，那几个手写的大字愈发夺目。此时，程灵燕感觉通知书上的字，像火一样炙烤着她的心，她小心翼翼地抚摸着，看了一遍又一遍。

快开学了，灵燕又要辞职了。

收拾着简单的物品，看看需不需要添置点儿什么。这样琐碎的事情，程灵燕整整忙了两天。

深夜，程灵燕在脑海中计算着这些日子赚来的积蓄：在美容店干了一个多月，底薪加提成约有2000元，加上之前在酒吧打工赚的钱，如果省点儿花的话，这些钱够几年的学费了。程灵燕满足地笑了。

钱是程灵燕目前最需要考虑的事，在收拾物品的时候，她就在想：只要能把学费的问题解决了，就没有什么可怕的了。在寒暑假的时候，不是还可以打工吗？只要能完成理想，吃再多的苦也没什么！想想未来一片光明，她此刻非常激动。

二

秋天,是一个收获的季节,而程灵燕,却像是一个在秋季开始耕种的人。

要走了,程灵燕留恋起了这个出租屋,她深情地扫视了一遍这个小屋。这个小小的房间,是带给她太多梦想的地方。再次检查一下是否遗漏了东西后,她把铺盖卷了个卷儿,用床单包住,又提了提早已收拾好的袋子,感觉还算结实,才背上包袱、提着袋子出了门。

走出巷子口,程灵燕扭头看了一眼,两滴晶莹的泪珠滑落。这两滴泪中,包含了她太多的心理元素:有孤独,有奋斗,有坚强,有屈辱……

三

9点了,小梅怎么还没来?站在巷子口,程灵燕引颈张望。

"真是个懒蛋,估计又睡懒觉了!说好9点钟过来的,怎么到现在还不到?"程灵燕嘴里嘟囔着。对于小梅爱睡懒觉的这个习惯,程灵燕常常表现出无奈。

程灵燕是最了解小梅的,一沾着床,就什么都忘了。起来后,她还要磨磨唧唧地收拾打扮,每次出门,都要等她老半天。

程灵燕便这么站着,舍不得放下她身上大大小小的包袱。她就这么张望着,希望小梅能够快快到来。望着望着,她的脖子便酸痛了。她将大小包袱调了个肩,晃动了一下酸痛的脖子,继续张望。

远远地,小梅的身影映入程灵燕的眼帘:她骑辆自行车,为了避让行人,一扭一扭的。

"乖燕子,不好意思啊,我又晚了!"看到程灵燕后,小梅急忙吱的一声刹住车,趔趄着停了下来。

"你什么时候才能不这么冒失?"望着好友一脸急切的表情,程灵燕叹了一口气说。

停稳车子，小梅急忙从程灵燕的手中接过大小包裹，分别放置在自行车的前把手和后座上。

小梅把最大的被褥包裹放在了自行车的后座上。由于体积太大，后座上的支架根本就夹不住，程灵燕便一手提着塑料袋，一手扶着包裹，跟着小梅的自行车，缓慢前行。

四

分别，似一股阴云，笼罩住了这两个姑娘的心。

小梅在前面推着自行车，程灵燕在后面扶着自己的包裹。一路上，她俩谁都没说话，生怕谁先开口，悲伤便先归了谁。所以，二人只管埋头向前走，一任脚步声沙沙地响。

火车站距程灵燕住的地方有三公里左右，二人就这样走着。

"小梅，歇歇吧！"走了一公里多后，程灵燕的两条胳膊酸疼难耐。

听到说话声，小梅没有吱声，她小心地把自行车推到路边，艰难地立稳。然后，她转了身子，一手扶着自行车把手，一手替程灵燕扶住了后面车座上的行李。

"你歇歇吧！"小梅轻轻地说，细小的汗珠沁了她一脸。她的脸上，无笑！

"小梅，瞧你那样子，跟永别似的！"程灵燕望着小梅，仿佛生了气。

"哪有啊，我是嫉妒你！"小梅的脸上，强堆了笑。她说着，拿手指刮去了额上欲滴的汗珠。

"我答应你，等我将来有出息了，好好报答你还不行吗？"程灵燕挑动着眉毛，对小梅撒起了娇。

"你都是大学生了，谁知道你将来还会不会记得我呢！"小梅幽幽地说，哀怨地看了好友一眼。

"那我们拉钩钩好吗?"程灵燕仍然挑动着眉毛,她似乎在以这种不屑的方式反对小梅的话语。

在程灵燕的心里,朋友便是一辈子的,所以,程灵燕是不喜听小梅说那样的话的。

"好啊!好啊!"小梅脸上堆了浓浓的笑,她喜欢这种简单而纯洁的承诺方式。

望着小梅的脸,程灵燕也笑了。俩人便就着包袱把手滑到了一起,小拇指紧紧相扣,口中喊着:"拉钩上吊,一百年不变!"稚嫩的声音久久回荡在闫良市的上空。

小拇指相扣时,二人仍然笑望对方,可不一会儿,这两个女孩儿的脸上,同时滑落下晶莹的泪水。她们就那样看着,看着,又过了一会儿,这两个女孩儿竟然像孩子似的哧地一下破涕笑了。

五

火车的鸣笛声仿佛在催促着送行的人们赶快离开,一声紧似一声。

闫良市火车站小小的站台上,挤满了各式各样送行的人群。人挨着人,行李挤着行李,拥挤不堪。

小梅和程灵燕拣了块干净的水泥地儿,把行李放在了上面。俩人顾不得活动一下累了半天的胳膊,迅速勾肩搭背在一起。

"此一去山高水长,希望你格外珍重!"小梅望着程灵燕的脸认真地说。

"小梅,你电视剧看多了吧?连台词都背会了!"程灵燕故作大惊小怪,伸手捏了一下小梅的脸,大笑起来。

"滚,疼死我了!哦,差点儿忘了!"小梅从程灵燕的肩上抽回了手,打开了肩上的黑色小背包。"你闭上眼。"小梅把手伸进包里一半后突然说。

"好,好,跟婆娘似的啰唆。"程灵燕说着,拿双手遮住了自己的眼睛。

"当当当当——"小梅像个铃声似的叫着，并拿手移开了程灵燕盖眼的手。

"棒棒糖！"程灵燕兴奋地叫了起来，从小梅手里抢走了一个。

"喂，傻妞儿，你要的是这种！"说着，小梅把菠萝味的递给了程灵燕，并夺回了红色的草莓味的。

剥开糖纸，吮着不同颜色的棒棒糖，幸福的甜味瞬间涌在了两个女孩儿的心间。

分别的时刻越发近了，两个女孩儿同时低头看了看自己的腕表。再次相望时，她们竟同时酸了眼，泪水涟涟。

片刻，她们俩都不好意思地低下了头，没有笑，也不说话。

"呜——呜——"鸣笛声一声长过一声。

开往琅屏市的火车嘎的一声停下了。火车刹车的声音震动着月台，使地面一阵颤抖。

"你该走了，车来了。"小梅对程灵燕说。

"小梅，你要保重啊！"程灵燕红着眼说。

"嗯……我们都保重！"小梅郑重地点了点头，并抢先把行李拿到火车车门口。

"送人的都不要上去了啊，该分别的就在这儿分别吧。"检票的列车员操着一口东北话拉高了音说。

程灵燕上了车。小梅仍不走。

程灵燕放好行李落座后探出头寻找小梅，小梅看到了她，她也看到了小梅。

火车缓缓启动，哐当哐当的声音震动着人心。

"等等！"小梅低头，伸手在包里摸索着，"拿着燕子。"她跑到窗下，递给程灵燕一个菠萝味的棒棒糖。

车轮快速地转动着，隆隆声掩盖着小梅的声音。"记得真知棒的味道啊！"小梅紧跑了两步，高举起自己手中的一个棒棒糖说。

六

气派的大楼，庄严的校园，行走在这儿，程灵燕的心中充满了新鲜与自豪感。她终于如愿成了一名在校大学生！

与统招的大学生一样，成教生也需要进行为期两周的军训。

"立正……稍息……起步跑！"骄阳似火，在教官的口号下，学生们整齐地绕着操场一圈一圈地跑。秋老虎吐出毒辣的火焰，炙烤着日光下训练的学生。

几天下来，学生们一个个都被晒成了黑娃儿。裸露在外的皮肤，有的竟被晒得起了皮。程灵燕跟着他们一起，接受着日光与强度训练的洗礼。

半个月的军训时间，对于从没有进行过强度训练的新生们，充满着挑战。程灵燕从小生活在农村，又是个不怕吃苦的人，军训时，她便拿出了平时干农活时的那股子韧性与倔劲。训练虽然辛苦，但在与同学、教官相处的新鲜氛围中，她倒也觉得时间过得飞快。

琅屏师范大学坐落在范家嘴村，程灵燕被该校的汉语言文学专业录取。这儿的汉语言文学专业颇具知名度，程灵燕是在他人的推荐下报考的。在这里，她将度过四年的大学时光。

军训刚一结束，琅屏市的天空，便淅淅沥沥地下起了小雨。小雨只下了一两天，就催来了微寒的秋风。

这日，琅屏师范大学校园内可谓金风飒飒，秋高气爽。伴随着音乐与掌声，新生们的开学典礼在学校体育场隆重举行。校园上空，旗帜鲜红，迎风飘扬，激荡着师生们嘹亮的宣誓声。

七

开学典礼后的第二日，就是学生们正式上课的时间了。

第一堂课课前，同学们陆陆续续走进教室。他们望着或熟悉或陌生的面孔，来回扫视寻找座位。此刻，程灵燕也犹豫着，不知道该坐到哪里，因为她听说大学生是不排座位的。

程灵燕并不想坐得太靠前，她性格内向，生怕坐在前面会成为老师注意的对象。然而，程灵燕又不想坐得太靠后，对她听课造成影响。最后，她选定中间第四排的一个座位，走了过去轻轻落座。

上课了，教室突然间安静了下来，静得仿佛能听到男同学发出的浓重呼吸声。

第一节课是语言学概论。一位穿着长衫的男老师，踏着上课铃声走进教室。这位老师看上去五十多岁，双鬓夹杂着些许银发。

"同学们，上午好！我叫尚博，是你们语言学概论的老师，同时兼任你们班的辅导员。以后，我们要相处很长时间，希望你们能喜欢我，信任我。这是我的电话号码——"说着，他在黑板上沙沙地写下了他的名字和电话号码。接下来他说："时日，是最能检验师生情谊的，同学们以后遇到学习上的问题或是生活上的困难，都可以随时找我。"

"起立！"介绍过自己后，尚老师便向同学们发出严肃的号令。全体同学齐刷刷地站了起来，异口同声道："老师好！"

"同学们好。请坐！"尚老师摊开双手，示意同学们坐下。

正式开始上课了，尚老师打开课本，讲了起来："语言学，顾名思义，它是以人类语言为研究对象的学科，研究范围包括语言的性质、功能、结构、运用和历史发展，以及其他与语言有关的问题。语言是人类最重要的交际工具，是思想的直接体现，它在生物或心理层面上，反映了人类高度演化的心智能力；在社会文化层面上，反映着人类文明进步的发展。所以说，这门课程，将是你们汉语言文学专业的学生学习其他学科的基础。你们要认真学习……"

程灵燕心里想：这是一节训话课吧？好啰唆的老师！好长的一节课啊，怎么还不下课？她有些坐不住了，悄悄晃动了一下臀部，看看手表，老师已经讲了一个半小时。

又过了几分钟，仍然没有听到下课的铃声。但见尚老师抬起手腕看了看表，说："同学们，下课！"

程灵燕所在的班级，一周安排了八节课。课时的长短，也是不同的。

在大学里，拖堂，似乎已经成了一些老师的习惯。教中国现当代文学的李教授，每次上课，几乎都要拖堂近二十分钟。每每拖堂了，他也不向同学们道歉，而是笑着说："时间过得真快，我的时间，我做主。你们的时间，在课堂上，我也只好做主了！"

程灵燕渐渐习惯了课堂，习惯了校园的生活。对于大学老师们的幽默，她也是喜欢的。

第十九章　梦是一个点

一

校园中的时光是愉快而飞快的，程灵燕幸福地陶醉其间，迅速汲取着知识带给她的养分。

闲下来的时候，程灵燕想起自己已有很长时间没有回家看望父母了。出来的这些年，她很少向家里说起自己的事情，父亲若问她，她只说一切都好。

过几日，便要国庆放假了，程灵燕想趁这个假期回家一趟，看望父母与弟弟。

在放假的前一天下午，程灵燕乘坐公交车，来到百货商场，为父亲买了一件长袖衬衫；为母亲买了一个红色的套头毛衫；给弟弟买了一些他爱吃的糖果，五颜六色的。

第二日，收拾好东西，程灵燕便乘坐开往夏城县的汽车，辗转往家赶。

家，是一个她离不开却又不愿想起的地方。因为在那儿，留有程灵燕的欢乐、迷茫与哀伤。

二

秋风,惬意而温柔地吹拂着程灵燕的脸颊。

蹚着稻埂上绿色的野草,望着田地里将要成熟的玉米,她轻呼:"家啊,我回来了!"

此刻,程灵燕的内心激动了起来。远望四野,青的山,绿的水,掩映在一片白色的云雾中。"好美啊!"离家已久的她,不由得生出感叹。

家中,生锈的大门虚掩着。程灵燕轻轻推门而入,像不愿惊动谁似的。

进到院落中,没有看到家人的身影,程灵燕便再推推房屋的小木门,是锁着的。她又看了其他房门,都没落锁,灶火门也是半开着的。

"娘,娘!"程灵燕在院中喊着,没有人应。

娘会不会在菜地呢?她想。

院墙南边不远处,便是程灵燕家的小块菜地。她走过去,看到王婶正弯着腰,摘着菜地里稀疏的几个茄子。

程灵燕默默地站在娘的身后,盯着她的背影。此刻,她的疯娘王婶是那样安静,好像从来就没有患过病似的。

"你摘茄子呀?"几分钟后,程灵燕操着家乡话问。

王婶艰难地起身,缓缓地转过了身子。她的头发乱蓬蓬的,还夹杂了那么多白发。程灵燕看到娘正脸的那一刻,好像不认识她似的。

"燕子!"突然,王婶咧嘴笑了,一个小小的青茄子,从她的手中掉了下来。

王婶疾步走到女儿身旁,拉起她的手,说:"走,燕子,回家。"

王婶扯着程灵燕就往前走,地上的菜篮子也不要了。

"娘,你慢点儿!"程灵燕回转身,提起篮子,慌忙赶上王婶,拉起她的手一起向家里走去。

进了家门后,王婶的手哆嗦了半天,也没打开锁着的屋门。程灵燕从

梦是一个点   157

她手中抢过钥匙，开了门。

"吃，燕子！"一进屋门，王婶便从馍筐里拿出了两个白馒头，递给女儿。

"娘，我不饿。"程灵燕带着撒娇的腔调说。

程灵燕如水的眼，温柔地看着王婶的白发。此时，王婶看着女儿嘻嘻地笑了起来，说："吃，吃。"硬将馒头往她手中塞。

程灵燕接过一个馒头，从上面掰下了一小块，把剩下的又放回了馍筐里。她嘴里嚼着馒头，问："娘，爹呢？"

对于女儿的问话，王婶没有回答，仍是傻傻地笑着看她。

程灵燕见王婶没有回答，便提高了说话的声音："娘，爹去哪了？"

片刻，王婶好像反应了过来，说："他……放牛去了。"

三

"姐，你回来了！"向晚，弟弟小乐推着一辆半旧的二八自行车走进了院里。

"你从哪儿弄的车子啊？"程灵燕望着小乐流着一道道黑汗的脏脸说。

"咱爹买的啊！你看，就这破车子还一百多块呢！"弟弟惊叹地说着，把车子推得离程灵燕近些，让她看。

"赶紧洗把脸去，瞧你的脸脏的！"说着，程灵燕爱抚着小乐的头。

"嗯，等我把车子推到厦屋里。"小乐笑着说。

"姐，我给你说，我现在都快学会骑自行车了。不过，不小心时还是会摔跤的，你看我的腿上！"从屋里走出来后，小乐撸起裤腿给程灵燕看。

"青的地方都是摔的吗？"程灵燕心疼地看着小乐腿上的伤痕问。

"嗯，不过不疼。"小乐点头后又摇头，语气里充满了自豪感。

"快洗脸去，瞧，都脏成啥样子了！"程灵燕拿手指刮了一下小乐脸上的汗，又催他去洗脸。

洗过脸后，小乐的脸白净了，但他的身影却更显瘦弱了。

"瞧，我给你带了什么！"程灵燕从屋里拿出糖递给小乐。

四

山头上只剩下一抹余晖，程文斌赶着牛回来了。

这头牛还是之前的那头老公牛。去年，程文斌把那头老母牛卖了。近日，他又买了一头小母牛，想着它长大后，可以生小牛崽卖。

程文斌疯着的妻子不能完全自理，老母亲不在了，他便需要在家中照顾她。现在，他不再出去打工了，而是买了牛崽，悉心地伺候着，想以牛生财。

"你咋回来了？"看到女儿后，程文斌略带惊讶地问。

"我回来看看你们哪。"程灵燕似乎不高兴父亲的问话。

短暂的陌生后，快乐渐渐在这个农家院落中升腾。

"我给你说，我现在又上学了，在琅屏师范大学上。"程灵燕把自己考上大学的事儿告诉了父亲。

"啥，你又上学了？"程文斌惊讶地说。

过了一会儿，程文斌感慨道："早些时候，让你上学你说啥也不上，现在知道作难了吧！不过，现在上学还不迟。"他对女儿的做法表示欣慰。

"姐，你上大学了？"小乐笑着跑过来，仰起脸兴奋地问。

"是啊，姐姐为什么不能上大学？"她嘟起嘴假装不满。

"上大学好哇！将来，我说不准还能跟着你到大城市里去呢！"小乐显得更加兴奋了。

"燕子，你……你又上学了？"王婶的反应迟钝了许多，听了他们的对话后，半天才愣愣地问了女儿一句。

"你知道啥！"程文斌抽了一口烟，抢白自己的疯妻。

五

在家的这几天里，程灵燕感受着家庭的温暖与父亲的温和。

可王婶却是越来越痴了！程灵燕看着母亲，心内幽怨地想：自己都疯了，还有什么好愁的呢？瞧她头上的白头发，又添了不少呢！

刚开始的一两日，王婶见到女儿，总有着许多的快乐，在听到程灵燕对小乐说过两日便要回城后，她便心生了离愁。

短暂的相聚，又要别离！

在家中待了五天后，程灵燕便要回城里上学。

程文斌倒是不太留恋女儿，他只想让女儿到大一点儿的地方，奔一个好前程。王婶虽然不是正常人，但毕竟母女连心，知道女儿要走，她还是舍不得，看见女儿拿起包，她便流下了眼泪。

程文斌为程灵燕提着包，送她上路；小乐跟在后面，拉着脸，显得十分不高兴；王婶躲在屋中，独自流泪。

程灵燕也不去管母亲，不去向她道别，她生怕在母亲面前，会流更多的泪。

从家里到城里的路是一段土路，需要步行十多公里。在这条路上，程灵燕不知穿了多少个来回。她用年轻的脚步，丈量了从家到城的距离，这距离，亦是人生的距离。

现在，这个农家女孩离家更远了！从家里到城里，她要走更多、更远的路。

"你们回去吧！"程灵燕轻轻地对父亲说。

"你要好好学习哦！"程灵燕强堆出笑，轻轻地捏了一下小乐的耳朵。

别过父亲与弟弟，程灵燕一个人背着包，行走在这段尘土飞扬的黄土路上。

向前走着，走着，程灵燕的眼前闪现出弟弟与母亲哀伤的神情。此刻，她绷不住了，眼泪夺眶而出。

六

从家步行到夏城后，程灵燕想着应去看看久未见面的袁二虎。所以，她便走到南关街二虎的诊所，但曾经熟悉的那间屋子，卷闸门却锁着。

程灵燕走到隔壁的商店里，向一个上了岁数的妇女打听："阿姨，您好！请问那个诊所怎么关了门啊？"

"关了好久了，听说不干了。"

"您知道他去哪儿了吗？"程灵燕想从妇女的嘴里，打听出二虎的下落。

"不知道啊。人家去哪里我怎么晓得啊！"妇女说完后，忙着织她手中的毛衫，不再看程灵燕一眼。

程灵燕虽然也明白那个商店里的妇女是不可能知道二虎的去向的，可她还是想问一声，可问过之后，期许彻底变为了失望。

怎么在家也没听父亲说一声呢？程灵燕低下头闷闷地走着，又想，也许父亲根本就不知道二虎的事呢！

清爽的风，吹着程灵燕的齐耳短发。

程灵燕心中又想起了小梅。从夏城县到琅屏师范大学，客车有直达的，若是绕经闫良市的话可以去看看小梅。程灵燕转念一想，见了小梅免不了别离时伤心难过，相见时难别亦难！唉，还是不见了吧。

于是，程灵燕提着行李，向夏城县汽车站走去。

七

程灵燕赶到琅屏师范大学时，已近傍晚。

学校里也有放假没回家的学生，但比起正常上课时，校园内明显冷清了许多。

在程灵燕住的7号楼301宿舍里，放置着三张高低床，共住着六名女生。程灵燕睡的是东边靠门的下铺，她的上铺是宿舍里年龄最小的杜冉。

程灵燕提着行李霍霍地上到三楼。宿舍的门半开着。

程灵燕对面的上铺上，坐着长发美女苏倩倩。此时，她正一手拿着小镜子，一手往脸上扑着粉底。她的嘴好像擦过口红似的，红艳艳的。程灵燕盯着苏倩倩，看了半天。

程灵燕在心里赞叹着：倩倩确实漂亮！她的皮肤这么白，还要擦粉！

"你咋这时回来了？"操着方言的苏倩倩边照镜子边问程灵燕。

"嗯。"程灵燕轻轻地应了一声。

"你要出去吗？"停了一会儿后程灵燕问苏倩倩。

"是的。我出去见个朋友。"

"还有谁在吗？"程灵燕面朝墙，从包里往外倾倒着乱七八糟的东西。

"你上铺的杜冉在呢。她出去时说她把钥匙弄丢了。你不出去吧？你可别锁门啊。"苏倩倩嘱咐程灵燕。

"嗯，嗯，我知道了。"程灵燕回答。

打扮停当后，苏倩倩爬下了床。临出门时，她从包里取出了一面小圆镜，侧着脸照来照去，确定完美后才飘然离去。

余晖透过窗户洒向房内，此时的宿舍楼少有的宁静。疲惫席卷着程灵燕，她倒在床上，随手拉开薄被，不一会儿就呼呼睡去。

饥饿，像条虫子似的，把程灵燕从睡梦中啃食醒了。肚子咕噜噜地叫着，她只好下了床，拿上饭票，准备去吃饭。一拉门，却发现门从外面上了锁。

"谁这么可恶？竟把门锁上！"她愤愤地骂了起来。

此时，天还没有完全黑。程灵燕拉了把凳子站在上面，趴在门头的窗户上向外扫视着。

半天，也没人经过宿舍。程灵燕忍不住了，便扯开嗓子喊："有人吗？有人吗？"她连着叫了好多声。

一会儿，杜冉从隔壁宿舍里慢吞吞地走了出来。

"是你把门锁住了吗？"程灵燕没好气地向小个子杜冉发问。

"嗯，我想着屋内没人，便把门锁了。"杜冉红了脸说。

"你晕啊？我这么个大活人，你居然没看到？还把我锁在屋子里，真是服了你！"程灵燕愤怒地对杜冉吼叫，"快开门啊，别愣着了！"看到杜冉仍呆呆地站在门外，程灵燕催促着她。

"我……我没钥匙。"杜冉尴尬地小声说。

"你！"程灵燕指着杜冉，将后面的牢骚话咽了下去。

程灵燕也没钥匙，由于宿舍里每天都有比她先回来的，所以她便没配钥匙。

"我饿了，去，给我打饭去！"程灵燕用命令的口吻对杜冉说。

"那你从里面把你的饭盒递出来吧。"杜冉理亏了似的低声说。

"给，我没饭票了，你替我付！"程灵燕跳下凳子取了饭盒，白了杜冉一眼，把饭盒递给了她。

八

不锈钢饭盒内，盛着稀稀寡寡的半饭盒小米汤。杜冉嘘嘘地端着，似乎很烫手的样子。

饭盒上的小碗内，盛着半碟子腌白菜和一个不太白净的馒头，不过，馒头的个头还算大。

"你就请我吃这啊？"程灵燕顺着窗户，从杜冉手中接过了饭盒，掀开看了一眼后说。

"就这些了。"杜冉笑了笑说，"你就别挑了，将就着吃吧。"她不会说普通话，拖着她那拗口的家乡口音。

真是个腼腆的女孩儿！程灵燕啃了一口馒头后，看了一眼杜冉小小的身影想。

杜冉是个很内向的女孩儿，平时都不怎么说话，与人说话总是脸红。而程灵燕是个内心相对孤傲的女孩儿，在宿舍内，她也从不主动与别的女孩儿搭讪，却能平衡处理好与同宿舍女孩儿们的关系。因此，大家都不远离她，亦不小瞧她。

杜冉很少回家，她的爷爷每隔半个月会来一次，给她送一些馒头、咸菜什么的。

杜冉每次见着她的爷爷，显不出半分热情，总是横着一副冷漠的脸。每次，她的爷爷把东西放下后，在宿舍站个一两分钟便走了。

经过那次锁门事件后，程灵燕对杜冉和气了许多。程灵燕觉得杜冉是弱小的，出于对弱者的保护，在心里，她便拿杜冉当作小妹妹。

时间久了，程灵燕就逐渐了解了杜冉的身世。

杜冉来自一个偏远的小山村，跟着爷爷奶奶长大。

然而杜冉却不喜欢她的爷爷，她说："我很痛恨我爷爷。"所以，她每次见着爷爷，总没个好脸给他。

据杜冉说，她恨爷爷的主要原因是爷爷对杜冉的母亲不好。杜冉的爷爷从中作梗，使她的父母离了婚。

"我记得有一次爷爷还打我母亲，提着棍子追她，把棍子都打断了。"杜冉陪着灵燕一起去校外吃饭时，曾幽幽地对程灵燕说。

杜冉的节俭，是其他女孩子无法相比的。她每日买些腌菜，就着爷爷送来的馒头吃，不肯多花一分钱买些有营养的饭食。

有时，她的室友们看不下去，也会给杜冉一些细微的帮助。程灵燕便常常让杜冉陪着她，到学校外面的小吃街，吃上一碗馄饨或者烩面。

杜冉尤其喜欢伴着浓浓的辣椒，吃那家小店的炒酿皮。每次她吃完后，嘴都会被辣得红红的。此时，灵燕就打趣她是个"馋嘴猫"。

杜冉也只有一个弟弟，在老家的镇子上上了寄宿制学校。杜冉很少回家，她与弟弟也常常要好几个月才能见上一面。

杜冉说："父亲六年前去了大西北打工，这一去竟然再也没回来过，也很少有信给我。"

离婚后，杜冉的母亲也去了南方打工，走后也极少回来。

偶尔，她母亲也会从外地回来，到隔壁王村的外婆家住上三五天，但杜冉却是极少见到她的。杜冉记得六年中，母亲只把自己与弟弟接到外婆家一次。

每次，杜冉和程灵燕一起走着的时候，杜冉总像讲别人的故事似的与灵燕说上一段自己的身世，然后，她就低下了头，不再吭声。

九

教中国现当代文学的教授真有趣，程灵燕最喜欢听他的课。他总戴着一副圆镜片的老花眼镜，在低头看课本的时候，那眼镜就滑落到了鼻子的中部。为此，他常常要一手托着书，一手把眼镜向上扶了又扶。

来教室上课时，这位教授会在衣服外面罩上一件古时的长衫。他总是左腋下夹着教科书，边系扣子边向教室里走，往往到了讲台时，长衫上的扣子还没有系完。这时，那个爱拍马屁的男生王全，便会跑到讲台上，弯着腰帮教授系住长衫下面的布制长扣。

"咳，咳！"这时，教授会轻咳两声清清嗓子，然后以慈祥的微笑扫视全班同学，再扬着腔说，"同学们好！"

同学们只要一看到教授的微笑，便齐刷刷地全体起立，异口同声地说："老师好，老师辛苦了！"然后，教授便摊开两手，掌心向下按压，示意同学们落座。接着，他才正式开始讲课。

教授讲课喜欢引经据典，往往把文学中某些片段摘取出来，将它绘制成一个故事，进行讲解。因此，同学们都喜欢听他的课，包括程灵燕。程灵燕常常听得入迷，很多时候，都是教授说"下课！"后，同学们嗡嗡地推开板凳站起来时，程灵燕才回过神来。

傍晚的时候，程灵燕总是喜欢去一个地方——英语角，那地儿在学校操场的南边。晚上6点半以后，同学们吃过了晚饭，不用出去约会的，便会陆陆续续聚到那儿。他们大都是不认识的，即便是结伴而来的，到了英语角后，他们也要分开了找人。他们操着或生或熟的英语句子，跟其他同学问候交流。在英语角，英语说得不好也没人笑话你，但若你说得好了，则可能被别人欣赏，从而两人做了好朋友，或是交了男女朋友。程灵燕凭着黑人小晖哥教她的英语知识，成了英语角最受欢迎的人。

十

在班里，程灵燕新结识了一个同学薇儿，俩人很能谈得来。

薇儿的家境也不富裕，为了勤工俭学，程灵燕与薇儿一起，找了个周末在超市促销饼干的活儿。一天站八个小时，每人能得30元钱。周末时，两个人便一起过去，这样，也算是路上有个伴，工作上相互有个照应。

程灵燕从不伸手向家里要钱，实际上也没得可要。所以，在课余时间，她想的最多的还是怎样赚钱。

薇儿是单亲家庭的孩子，跟着母亲过，家里还有一个十多岁的妹妹。

薇儿的母亲爱打牌，天天打，年年打，极少照顾孩子。

薇儿的父亲因为薇儿的母亲的这个毛病，与她离了婚。离婚后约定，薇儿的父亲一个月给她们母女三人800元抚养费，其他的，便要靠她们自己努力了。

薇儿的母亲打牌手气不好时，常常要输钱。为此，薇儿家的生活过得窘迫极了。

薇儿在高中一年级之前，年年被评为班里的"三好学生"，她卧室的墙壁上贴的一墙的奖状就是她品学兼优最好的证明。

"成也母亲，败也母亲。"薇儿在回想起自己的家庭时，总会这样叹息地说。

　　父母没有离婚时，薇儿学习特别用功，她说："我只想通过学习离开这个讨厌的家庭，离他们远远的，不再听他们的啰唆与争吵，眼不见心不烦！"

　　当时，薇儿打定主意要考到北京去。所以，父母争吵时她就戴上耳麦、关上房门奋力学习。

　　可是，薇儿的父亲对薇儿的母亲积怨已深，而薇儿的母亲又不思悔改，仍然高高地盘着头、抹着大红唇，整日出去打牌。

　　有一天，薇儿的母亲没有抹口红也没有盘头发，不再哭哭啼啼，而是带着泪痕在厨房做饭。此时，薇儿才觉得母亲原来也是这么柔弱。有什么事会使她哭呢？当时薇儿并没有在意母亲的异常，而是继续埋头学习。

　　薇儿的母亲做好了晚饭，薇儿的父亲也不吃，而是夹着磨破了边儿的皮包走了出去，说是要加班。薇儿的父亲从来没这样过，他是一个机械厂的会计，晚上会加什么班呢？薇儿趿拉着拖鞋追出大门，望着父亲远去的背影沉思。

　　薇儿的母亲是一个爱哭的女人，真讨厌，扰得薇儿的心都乱了，原来也不见她动不动就哭。跟死了男人似的！薇儿在心里暗暗地骂母亲没出息。

　　不久，薇儿的父亲便向她们摊牌，说要与薇儿的母亲离婚，还对薇儿与薇儿的妹妹说："你们姊妹俩要好好学习，不要学你们的母亲。当然，我也不是一名好父亲，希望你们不要记恨我。"之后，薇儿的父亲就再也没有回来过。

　　后来，薇儿知道，她的父亲与一名摆地摊卖烟的单身女人结了婚。

　　薇儿的母亲挽留不住薇儿的父亲，便像出气似的经常支使薇儿干这干那。薇儿时时被打扰着，不能安心学习，她的学习成绩一天不如一天。

　　在高考的时候，薇儿落了榜！

　　但薇儿却不想复习，等来年再考个好学校，她说："考学顶个屁用啊！

能嫁个好男人才是最重要的。"于是，第二年，薇儿报了个琅屏师范大学的成人教育，轻轻松松地就考上了。

薇儿说："家把我的心搞乱了，理想离我越来越远了，而且我也没了心气儿，就这样晃着混日子，拿个文凭挺好的。等毕业了，碰到个有钱的男人，我就结婚。"

第二十章　薇儿有了情人

一

　　"灵燕，你尝尝这个椰子味的饼干。"一天，薇儿托着一个放置着碎饼干的盘子，悄悄地走到程灵燕身边，用牙签扎起了半块举到她的嘴巴前，"尝尝吧。"

　　"嘘，小声点！"程灵燕伸出食指放在嘴边示意薇儿小点儿声，并指了指头顶上方的黑色摄像头，然后拉着薇儿躲过了摄像头。

　　"嗯，好吃！你是不是经常偷吃啊？"程灵燕吃着饼干，做着鬼脸，低声笑问薇儿。

　　"偶尔有了新品尝尝而已，谁会经常吃这个啊，又不顶饥的。"薇儿故意拉了脸说。

　　程灵燕眨巴着眼睛，笑着问："真的吗？"

　　薇儿故作正经地使劲点了点头。两个女孩儿又嘻嘻哈哈了半天。

　　"下班后我们一起回学校吧？"程灵燕一边往货架上添放着饼干一边对薇儿说。

　　"哦，你自己回吧，我可能还有点儿事。"薇儿漫不经心地应着。

好奇怪啊,平时都是我们一起回的,怎么这几天薇儿都不与我一起走呢? 程灵燕在心里犯着嘀咕。

站立一天的滋味可真不好受,快下班时,程灵燕蹲在地上,揉了揉酸痛的脚脖子。她扭头瞟了一眼那边的薇儿,见她夹着包正要走。"薇……"她终于没有叫出薇儿的名字,而是无奈地看了一眼薇儿离去的身影。

晚上,程灵燕躺在床上难以入睡,她在想着薇儿,思索着薇儿为什么独自离去。

二

"丁零零——"上午8点钟,上课铃打响时,同学们才急匆匆地赶往教室。此时,大伙儿你挤着我,我挨着你,大有在街上赶集买菜的味儿。

"讨厌,每次都被这小子挤。"程灵燕坐到座位上,狠狠地瞪了一眼后排的那个男生,没想到,那男生也在看她。程灵燕愤怒的眼神根本就刺激不了他,他反而向程灵燕挤了一下眼,咧开嘴傻笑。

程灵燕便不再看那个男生,而是装作埋头看书。她胡乱地翻了几页,却一个字也看不进去,心怦怦地跳。

"同学们好,我们开始上课了。"郝老师清了清嗓子,停顿了一下说。郝老师是一位四十多岁的女性,戴着一副厚片眼镜,显得文弱而和蔼。她来到教室后,并不让同学们起立致敬,而是先向同学们问好,然后便直奔讲课主题。

上课后,渐渐地,同学们的嗡嗡声停下了。程灵燕转过头看了一眼薇儿的座位,怎么还是空的? 看不到薇儿来上课,她焦躁了起来。

"同学们,我们今天讲'自然美与自然丑——自然主义与理想主义的错误'这一章,请同学们翻开课本。自然美就是自然界事物本身的美及它的形态多样化,比如江山的秀丽、朝霞的绚烂。自然美侧重于形式美,它的内容较为朦胧、含蓄,它是通过外在的形式唤起人们的审美感的。

"卢梭认为,自然本身就尽善尽美,有了人,于是有社会,有文化,那么丑恶就跟着来了……"

郝老师的声音很柔和,但音量恰到同学们都能听见。她的声音似流水一样流过,把程灵燕的心浸得润润的。

薇儿来了吗?蓦地,程灵燕又想起了薇儿,便马上扭头看她的座位。

不知什么时候,薇儿已坐到了她经常坐的座位上。她的脸有些红,一副急急慌慌的样子,大约是她来晚了,从后门悄悄溜进来的吧。

程灵燕向后看时,薇儿向她微笑示意。

"咳……"郝老师轻轻地清了一下嗓子,教室内又响起了她流水般的声音。

三

"薇儿,你是怎么回事啊?最近不是迟到就是早退!"下课后,程灵燕急迫地问薇儿。

"没啥,最近有时会有点儿小事情。"薇儿眼神飘忽,躲闪着程灵燕的目光,说话也是欲言又止。

"放学后,你等着我!"程灵燕对薇儿下了命令。

"嗯!"薇儿轻轻点了一下头。

下课了,薇儿与程灵燕并肩走出教室,薇儿说:"我……我可能要搬到学校外面住了。"薇儿吞吞吐吐地说完后,便低下头去。

"你要搬去哪儿?"程灵燕停止脚步,吃惊地问。

"嗯,回头再告诉你吧,我现在还说不定。"薇儿轻描淡写地说,我今天不能多陪你,一会儿还有事呢!"

"你哪来那么多事?原来也没见你这样啊!"程灵燕生了薇儿的气。

"好了乖,你别生气嘛!"薇儿见程灵燕真的生了气,便搂着她的肩膀撒了娇。

"我走了啊，你送我到门口。"不由分说，薇儿拉着程灵燕就往学校大门口走去。

到了校门外，薇儿的眼睛向路边睃视着，随之，她把目光停在了一辆牌照为"888"的黑色汽车上。看到汽车后，她转过头对程灵燕说："我走了啊，你回去做你的三好学生吧。"

程灵燕想再与薇儿说些什么，却看到一个肥嘟嘟的脑袋从车窗里向外探看，那目光分明是看向她们的。

程灵燕看着薇儿上了那辆黑色的汽车，车门关上后，车子缓缓离去。在车子开出几米远时，薇儿在前排副驾驶座上打开车窗，扭头看呆站着的程灵燕。薇儿先是脸色阴郁地看向程灵燕，继而嫣然一笑，向她抛出一个飞吻。

汽车的排气筒冒出一股呛人的尾气，转个弯儿后，飞速地离开。

四

"瞧，就是那个薇儿，听说被一个大款包养了。"有一次，程灵燕与薇儿一前一后地走在校园中，听到一个女同学对另一个女同学说。

一个多月后，薇儿被人包养一事，在校园内传得沸沸扬扬。

听说工商管理系的一个女孩，是薇儿情人的表妹。她是最早盯上薇儿与她表哥在一起的，并把这事儿在校内宣扬出去。

程灵燕自从那次睃了薇儿肥嘟嘟的情人一眼后，就再也没有见过他。而薇儿就这个问题，也没有再与程灵燕多说什么，她们俩心知肚明般，谁也不愿再往深里说这个事情。

对于此事，程灵燕很想问，薇儿很想说，只是她俩谁都不愿意先开口。程灵燕确实不知道该怎么开口，她生怕哪句话说得不对了，会伤害到薇儿。而薇儿呢，也确实想把自己的心事告诉好友程灵燕，可是，她又怕好友小瞧了她，看不起她，甚至担心她的生活。就这样，两个人见面仍然和和美美的。

"今儿下午放学，我们一起出去吃饭吧？"课间休息时，薇儿来到了程灵燕的身边，坐下后望着她说。

"嗯，好吧，你请客啊。"程灵燕故意逗薇儿。她直直地看着薇儿的眼睛要她回答，又像是要从薇儿的脸上看出什么秘密似的。

"你别这样盯着人家看了，我脸上有花儿啊？"薇儿被程灵燕盯得不自然起来。

"哎，还别说，你的皮肤似乎比原来好了很多。哦，痘痘不见了！"程灵燕像发现了新大陆一样，夸张地说，"听说……激情是可以消灭痘痘的。"程灵燕故意拖了声音，逗着薇儿。

"是吗？"薇儿不由得摸了一下自己的脸，羞着地一笑，低下了头。

五

"蟹蟹"是琅屏市东部最知名的饭店，一到晚上就座无虚席。相传到这儿吃饭的人，不提前一天预订的话，是订不到包房的。薇儿与程灵燕二人，也是在上午有人提前帮她们预订的情况下，才有了个大厅的座位。

这是一家中式装修风格的饭店，里面的墙壁用漆红色的木头雕成了镂空的。黄褐色的水晶珠帘垂在两扇大大的落地玻璃窗上，在水晶吸顶灯的映衬下，泛着金光。整个大厅，充斥着使人陶醉的金碧辉煌，像被镀上了一层金子似的炫目。

店内的光不是太亮，恰是人眼能适应的亮度。

程灵燕从来没有到过这样的场合，她觉得哪儿哪儿都很晃眼。此时，大厅内氤氲着食物的热气，面红耳赤的食客们咀嚼着粗壮的蟹腿，发出嘎吱嘎吱的声音。

"来，坐吧，我们到那边去坐。"在服务员的引领下，薇儿拽着程灵燕的胳膊，向靠着珠帘窗的一个空位走去。

落座后，服务员为她们递上了菜单。薇儿接过菜单后先点了一锅大闸蟹，并交代服务员，一定要上那种又大又鲜的正宗货。然后，薇儿把菜单递给程灵燕，问她想吃什么。

"你看着点吧，我又不知道什么好吃。"程灵燕说着把菜单推给了薇儿。

"嗯，那我们就再要一个广式狮子头，外加一个板栗味的甜点，其他的一会儿再要。"薇儿说着看了一眼程灵燕，像是要征求她的意见，"哦，对了，我们再要一瓶红酒。"薇儿对服务员补充说。

"你经常来这儿吗？"程灵燕问薇儿。

"哪呀！我只是偶尔来，在这地方吃饭很贵的。我和你一样，穷学生嘛！"薇儿说话间微微地垂下了眼睛，并轻轻地叹了口气。

"您好，我们可以上菜吗？"约二十分钟后，女服务员在薇儿的身旁半弯着腰问。

"好的，上吧。"薇儿轻轻点头。

不一会儿，服务员端上来一锅金黄的大闸蟹，一股鲜香味扑鼻而来，诱人极了。

"好香啊！"程灵燕深深地吸了一口气。

"小姐，吃吧！好好地喂喂你肚子里的馋虫！"说着，薇儿递给程灵燕一双筷子。程灵燕也不推让，接了筷子，夹起一只大闸蟹就要往嘴里放。

"哎，哎，这是要剥开吃的啊，程同学！"薇儿赶紧制止了程灵燕，并从她的嘴边夺下了大闸蟹。

"不能囫囵吞枣，要像庖丁解牛。"薇儿做起了示范，夹起一只螃蟹放到面前锃亮的盘子里，然后，再用手拿起，剥开了蟹盖后，方开始吮吸里面的蟹黄。

"瞧，就这样。"吸了一口蟹黄后，薇儿把撕开的螃蟹放到盘子里，摊开两只油乎乎的手，望着程灵燕笑。

六

"你们吃得好香啊！"程灵燕正与薇儿一边啃蟹腿一边聊天，一个声音传进了她们的耳朵。这时，一个肥胖的中年男子微笑着朝她们走来。

好熟悉的一张脸！程灵燕极力在脑海中搜索着他的影子。

"来，坐这儿。"薇儿笑着招呼他。

"行，行，你们吃！你们吃！"男子说着，把皮包放到了座位上，并在薇儿身旁坐了下来。

这是什么人？"吃"字都能说走音。程灵燕在心里想着，仍低头吃着她的蟹。

"酒怎么没打开？"男子看了一眼桌上完好的红酒，问薇儿。

"来，服务员，把酒打开。"他高声向正在远处忙碌的服务员吩咐。

"来，来，喝点儿酒吧。"他先给程灵燕面前的杯中倒上了酒。

"我不会喝酒的。"程灵燕不去看他，轻轻地说。

"没关系的，红酒嘛，女孩子少喝点儿是没事的，还能美容哦！"说着，男子脸上堆起了笑，显得殷勤备至。

"来，你也少喝点儿！"接着，他又拿过薇儿面前的酒杯，斟上了酒。

随后，他给自己也斟上酒，端起高脚杯说："来，我们干一杯！祝你们学业有成，美丽如花。"说着，男子咕咚一下喝了一大口。

见两人都没有动杯，男子又举起杯说："来呀，别见外，都是自己人！"他把头转向程灵燕，说道："你叫灵燕吧？我经常听薇儿说起你，很荣幸，今天能有机会见到你。"

"来，燕子，我们干一杯！"说着，薇儿端起酒杯，碰了一下对面程灵燕的杯子，然后继续说，"我们今天要放开，别见外！"薇儿自己先喝了一口酒。

程灵燕也端起酒杯，浅浅地啜了一口。一股酸苦中夹着甜的味道，顿时刺激着她的舌头，并由喉部缓缓注入胃里，程灵燕微微皱起了眉头。

这个男子便是薇儿的情人。他是个广东人，在琅屏市做瓷砖生意，是他们公司的大区经理。

男子有家庭有孩子，远离家乡，一个人来到琅屏市工作。

七

昨晚一起吃过饭后，薇儿便把那个男人的底细向程灵燕和盘托出。

"是不是因为他很有钱，你才跟他的？"程灵燕率直地问薇儿。

"他具体有多少钱，我是不知道的！不过，他每月给我5000元零花钱，还说，要替我交学费。"薇儿看着程灵燕，仍是一副纯真的模样。

"那你将来会不会跟他结婚？"程灵燕又问。

"我先过好现在就行了，谁还想将来的事啊！再说，他都没有离婚，我怎么能嫁给他呢？"薇儿满脸不屑地说。停了一会儿，她轻轻地叹了一口气，怅然地说："你知道我家里的情况，我妈爱打牌，妹妹还小，我们一家总不能喝西北风啊！我不想办法谁想办法？我不下地狱谁下地狱？"

"哎，他有一个表妹在我们学校上学呢，是工商管理系的。上次他送我来学校的时候，被他表妹看到了。"走在校园内，薇儿挎着程灵燕的胳膊对她说。

"哦，我说呢！难怪有人在学校里八卦你的事，原来是奸情泄露了呀。"程灵燕瞅着薇儿，拿这话寒碜她。

"瞧你说的什么话！我们还是不是好朋友了？"薇儿红了脸瞪着程灵燕说。

第二十一章　有人爱上了她

一

"燕子姐，我爸爸彻底不要我们了。"周末这天，程灵燕正在校园南边的水龙头下洗衣服，杜冉拿着脸盆跛拉着鞋子过来说。她的眼睛红红的，明显哭过了。

"啥意思？听不懂你的话。你爸爸不是一直都没在家吗？"程灵燕揉搓着衣服问杜冉。

"他写信给爷爷，让我们以后自己照顾自己，他以后可能不会再给我们钱了，他说他要结婚成家，也是要花钱的。我妈妈今天来了，她是特意来看我的，她说她要去很远的地方打工，在走之前来看看我们。她给我留了一百元钱，然后就哭着走了，她还说对不起我和弟弟。"杜冉泪水涟涟地说。

"燕子姐，你说他们都不要我们了，我和弟弟以后该怎么办啊？我……我真恨我的那个家……我一辈子都不愿意回去……"说话间杜冉又呜呜地哭了起来。

"好了，乖，别哭了，你看那儿有人在看着我们呢！"说着，程灵燕用湿手抹去了杜冉脸上的泪水。

"那个傻帽儿，你看到了吗？"程灵燕向对面的楼上努嘴让杜冉看。

"哦，他啊，那不是法学系的秦克吗？前两天他还向我问你来着。"杜冉抹了一下湿湿的脸说。

"他问我？"程灵燕指着自己的鼻子惊讶地问，"他是法学系的吗？那怎么上郝老师的课时我总能遇到他？"

"那谁知道啊，没准他也喜欢听郝老师的课，去蹭课的吧。"杜冉漫不经心地说。她又想了一会儿，说道："原来我也不认识他的，有一次我在校门外的商店里买东西，他走到我旁边，问我是不是成教汉语言文学班的，还问经常跟我一起的那个皮肤白白的女孩儿是不是叫程灵燕，他说他总是看到你和我在校园内亲密地走着。他还问你最近好不好，前两天感冒有没有好。"

"噫，他怎么知道我感冒了？再说我好不好关他屁事啊！"与杜冉说着话，程灵燕便忍不住向对面楼上瞟了一眼。

不看还好，谁知这一看后，正扶着栏杆往这边望的秦克竟向她们吹起了口哨。

"流氓！"程灵燕小声骂了起来。

二

周一上课时，程灵燕在她的课桌里发现了一张字条，纸张是从数学作业本上撕下来的，上面洋洋洒洒地写着：阳光女孩，你好，我们能交个朋友吗？崇拜你的阳刚男孩。

"谁呀？真他妈无聊！"程灵燕嘟囔了一句，并将字条揉成一团不予理会，但心里却怦怦地跳了起来。

随后的几天里，程灵燕照常上课，偶尔想起此事时也会翻翻课桌，看看有没有新的"收获"。

然而，连着几天都是风平浪静的，并没有什么新鲜事发生。程灵燕的心很快复归了平静，她像把这件事儿忘了似的。

"喏，给你的。"约半个月后的一个周末上午，程灵燕正在操场上兜圈儿，杜冉悄悄地在她背后拍了一下，递给她一封没有邮戳的信。

"谁的？"程灵燕问。

"你打开看看啊。"杜冉说完调皮地走开了。

操场上，习习的微风伴着柔和的阳光，天空中挂着一朵朵白色的云。此时程灵燕没心思欣赏这些东西，她只想找个地方把信封打开，看看是谁写给她的。

程灵燕很想现在就把这封信拆开，可是她又怕有人看见。她就像做了亏心事似的犹豫不决，拿起被自己揉皱的牛皮纸信封看了一眼，又向操场其他地方望了望。

"那边有人，杜冉好像也在那群人中，我还是回寝室吧！这会儿寝室里应该没人。"程灵燕自言自语地说。于是，她三步并作两步快速地向宿舍走去。

回到宿舍，门没有落锁，推开后，里面没人。程灵燕快速地闪了进去，反锁了宿舍门。此刻，她就像做贼似的紧张极了。

程灵燕小心翼翼地沿着边缘把信封撕开，拿出了信，上面用遒劲的字体写着：

尊敬的程灵燕同学，我心中高贵的女神，自从见到你的第一眼起，我就被你深深地吸引。你身上有一种气质，开朗中带着忧郁，成熟中又略带羞涩，你的神韵特别使我着迷。哦，还有，记得有一次，你从我身边飘然而过，我嗅到了你携带的一股淡淡的香风，那种滋味与感觉使我神魂颠倒。我想，你已不知不觉中住在了我的心里，我无法也难以抗拒。我曾经认为，自己的内心纯净得如汨罗江一样，只允许像屈原那样的圣贤进驻，可是，我真的控制不了自己……相信，你已经感到了我的存在，只是，我不知道你能不能接受我，能不能让我像一个侍者一样服务你，让我像一个使者一样保护你。

崇拜你的法学系男生秦克

合上信，折好后重新装入信封，程灵燕的心此时极其平静。"秦克"，她在脑海中搜索着关于这个名字的一切。

瘦削的身影，穿着白T恤，下颚有些尖，眼睛挺有神，皮肤不黑可以说有些白……秦克的影子在程灵燕的心里越来越清晰，似乎，她并不太讨厌这个影子。

三

三天后的一个晚上，程灵燕在公共自习室复习。她找了一个僻静的角落坐下，打开书本。很快，她便沉浸在知识中。

这是一间很大的阶梯式教室，能容纳数百人，但通常晚上去学习的也就六七十人。晚上9点半左右，教室里学习的学生便会陆陆续续离开，回到各自的宿舍。

学生们也是很机智的，他们知道怎么统筹兼顾，知道怎么节约时间。所以，他们晚上来教室学习之前，都会事先提上空的暖水瓶，到茶水房将热水灌满提到教室，学习完后再提回去。

这天，程灵燕便提了一个灌满了水的暖水瓶走进教室。她看了一会儿书，把困倦的双眼抬离书本，看了看腕上的手表。晚上9点45分，该走了，她想。

收拾好书本，程灵燕提上脚边的暖水瓶，悄无声息地离开了教室。

路灯，散发出橘黄色的光，映照着校园内老树的枝蔓，有一种凄迷的美。

此刻，程灵燕左肩挎着书袋，右手提着暖水瓶，缓步而行，一边走一边想着自己及他人遇到的纷纷扰扰的事情。

"程同学，我帮你提水瓶好吗？"冷不丁地，一个男生快步走到程灵燕面前，不由分说地要从她手中接过暖水瓶。

"我自己来。"程灵燕看了一眼这个男生，认出了是秦克。

"我可以和你一块儿走吗?"秦克温柔地问程灵燕。

"随你!大路这么宽,又不是我家的,谁管得着你!"程灵燕抢白着秦克,并自顾向前走去。

秦克先是愣了一下,然后跟在程灵燕身后慢慢地走。随即,他像想到了什么似的,紧走两步撵上了程灵燕。

校园内昏黄的灯光下,两个人并排行走,水泥地面上,有两个长长的影子。

"我来帮你吧!"秦克又一次自告奋勇。这一次,程灵燕没有拒绝,把暖水瓶递给了秦克。秦克提着暖水瓶,无声地跟在程灵燕身后。

"谢谢你!"快到门口时,程灵燕侧身对秦克说。

"不客气!"秦克微微一笑,灯光下,他的脸上似乎浮起一丝红晕。

四

"哎,哎,美女,听说你恋爱了?"周末,程灵燕和薇儿在超市促销饼干的时候,薇儿见周围没人,便凑上来嬉皮笑脸地问。

"听谁说的?八婆!"程灵燕抢白着薇儿,装作不高兴的样子。

"你别管谁对我说的,我就想亲耳听你说。"薇儿摇着程灵燕的胳膊,非要她承认有了男朋友。

程灵燕仍不吭声,任薇儿摇晃。

"你们都牵手散步了,还给我装!"薇儿不依不饶地说,"有没有那个啊?"薇儿说话时故意把嘴嘟成一团,仰起脸,做亲吻状,把嘴巴向程灵燕凑了过去。

"喂,喂,你变态吧!"程灵燕笑着红了脸,一把推开她,转过身去。

"瞧瞧,瞧瞧,脸都红了,还嘴硬!"薇儿说着转到了程灵燕的正面笑着逗她。

"哎,我说你真的很像个八婆,这么喜欢打听别人的隐私。"程灵燕故意看了薇儿一眼，摇着头叹了一口气，说，"好，好，我承认。"她不再对薇儿隐瞒，"你不是最喜欢看人家打球吗？你或许认识，他叫秦克。"

"秦克，秦克……"薇儿在脑海中搜索着秦克的身影。

"哦，我想起来了！"薇儿惊呼道，"白衣3号男，统招生，法学系的男神啊！"薇儿在程灵燕的提示下，在头脑中搜索到了秦克在球场上矫健的身影，兴奋地大叫起来。

"嘘！"程灵燕赶紧制止了她，"姐妹儿，你小心点儿，我们在工作，我可不想被罚款！"

"大眼、尖下巴、个高、肤白。靠！你是怎么挂上法学系这个男神的啊？"薇儿缠着程灵燕，要她交代与秦克认识的过程。

"看得还挺清楚嘛！"程灵燕酸酸地嘟囔了一句。

薇儿喜欢看男生打篮球，没事时总往球场跑。有一次她硬是把程灵燕也拉了过去，并指着白衣3号球员对程灵燕说："瞧见没，你家那个帅哥的球技最棒，他可是我们学校球场上的科比，他的进攻和防守都是独一无二的！"

"哎，我跟你说啊，下周我就不来了，你自己在这小心待着！"刚才还嘻嘻闹闹的薇儿，此刻一下子表情阴郁了起来，低下头，不再去看程灵燕。

程灵燕没有搞明白薇儿的意思，所以没有及时回答她，但程灵燕看到薇儿红了双眼，并背转过身子。

程灵燕思索了片刻，扳过薇儿的肩头，看到了她湿漉漉的眼睛。

"好了，好了，你有钱了，就不愿意再受苦了，这不是好事吗？你哭个鸟啊！"程灵燕与薇儿说话，从来都是半开着玩笑，她们都属于不拘小节的人。

薇儿不再在超市做促销的活儿了。

薇儿的情人——老肖，在下午下班的时候，开着一辆黑色的吉普车，把薇儿接走了。这一次，他们光明正大。

五

深秋风起，有些寒冷。快中午了，阳光从树叶的隙缝中洒下来，给林间涂上了一层柔柔的黄。

程灵燕的右手，被秦克紧紧地攥着，汗湿了她的手心。

"你别这么用力好吗？把人家的手都搁疼了。"程灵燕羞涩地看了一眼秦克说。

"我不是怕你走丢吗？"秦克打趣地笑着说。

"嘘，你说什么哟，这么不吉利的话！"程灵燕赶紧制止了秦克。

风阵阵地挟裹着程灵燕的单衣，她的身上一阵一阵地凉。她缩着肩，把身子向秦克靠了靠。

"冷吗？"秦克的大眼睛温柔地看着程灵燕问。

"嗯，有点儿。"程灵燕点了点头。

"我的外套给你吧？"说着，秦克便要脱下他的蓝色夹克。

"不用了，"程灵燕赶紧制止，"你感冒了怎么办？"

但秦克还是坚持脱掉了他的外套。

在给程灵燕披的时候，秦克顺势抱住了她。"瞧你的身上都冰冷了。"秦克说着，紧紧地搂住了程灵燕。

"你干什么呢！"她羞涩地挣扎了一下。

"别动，我给你暖暖。"秦克调皮地说。

风好像停住了似的，秦克的身躯瞬间阻住了寒冷，程灵燕感觉自己的体温逐渐恢复到了舒适的程度。

"你的心别跳好吗？"在秦克的怀中，程灵燕能够听到秦克的心跳，怦怦地跳得厉害。

"我的心是热的，怎能不跳呢！"秦克说着，把程灵燕抱得更紧了，一下子拿嘴堵上了她的嘴。

猝不及防，程灵燕的嘴巴被秦克的嘴巴堵得出不来气了，她也推不开他。秦克粗喘的呼吸声,似在刺激着她的神经。顷刻,程灵燕不能自已地放弃抵挡,把舌头给了秦克。

六

女孩儿的心是多么柔软啊!在接下来的几天,程灵燕常常会回忆起秦克的吻,那温度,仿佛要把她的舌头融化掉,那感觉是那么甜蜜。

程灵燕恋爱了,这是一种独有的感觉。

在少女时代,程灵燕虽然对她的老师动过心,与二虎也有过接触,但那毕竟是一种懵懂的感觉。可是她与秦克,是实实在在地相恋着,这感觉是那么不一样。程灵燕觉得,被爱包裹着的感觉好神奇、好幸福!

第二十二章　兔儿般的时光

一

　　时间像梭子似的，一梭一梭地穿过岁月的经纬。

　　春去秋来，暑寒更替。转眼，程灵燕在琅屏师范大学的四年读书生涯即将结束。

　　"我们马上要毕业了，你有什么打算？"这天，程灵燕与秦克在他们经常约会的竹林旁的草地上坐着，她歪在他的腿上闭着眼，秦克抚着程灵燕的黑发问。

　　"我想留在这个城市，你呢？"程灵燕沉默了一会儿后问秦克。

　　"嗯，我觉得我的专业留在这里的话，在发展上可能会受到桎梏。所以，我想到广州那样的大城市去看看。"秦克一下一下地抚摸着程灵燕的黑发，说出了他的打算。

　　"我们的专业不比你们的专业好找工作。你们可以找教师啊什么的，选择的机会相对会多一些，但是我们就不行了。你看啊，现在的琅屏市虽说看起来还算不错，但是在经济上还是很不发达的，特别是我们这个专业，要想发展得好一些的话，在这里根本是不可能的。所以，我想到大城市去闯荡闯荡。"秦克继续说，"我就是怕我们分开以后，那么远的距离，我管不住你。"秦克换了一副调皮的表情看着女友。

"谁要你管啊。"程灵燕说着�’起了嘴。

想想马上就要与亲爱的人分开了，程灵燕的心里瞬间涌起了一股失落感，连眼睛也感觉酸酸的了。

"我发誓，我会永远想着你的，永远把你放在我心里最重要的位置。"看女友不高兴了，秦克赶紧把右手举过头顶，手指向天空，表情严肃地发起了誓。

"谁要你的保证！"看着他故作惶恐的样子，程灵燕扑哧一下笑出了声。

"好了，那就是夫人批准了。"秦克笑着把手放下，捅了一下程灵燕的胳肢窝说。

"滚！轻薄的男人。"程灵燕故作生气地低头骂道。随即，她又抬起头，幽怨地看着男友的眼睛说："你说，哪有男生长一双这么大的眼睛的？"说着，她抚摸起了秦克的脸颊，眼泪不争气地如断线的珠子一样向下滚落。

二

6月中旬，天气似蒸笼般热。这个热从早上起来便能感觉到，到中午愈甚。

琅屏师范大学的校园里，种着遮天蔽日的法国梧桐，间隔十几米便有一棵，像伞盖似的，把整个校园的道路遮蔽得好生凉快，据说某些树的树龄已超过千年。

毕业季，校园内随处可见出双入对的男女同学，因为即将到来的别离，他们旁若无人地依偎在一起，久久不愿分离。

一个阴凉的角落里，一个女孩儿流着眼泪，一个戴着眼镜微胖的男孩儿，双手扶着女孩儿的肩，盯着她的泪眼默默地看着。片刻，男孩儿拿手指拭去女孩儿脸上的泪水，一下子把她拥入怀中。

程灵燕站在旁边，手里拿着一本《茶花女》无心地翻着。对眼前的情景，她装作没有看见的样子，但眼睛却舍了书本，偷偷地瞄。她认出了那个女孩儿是工商管理系的，在学校搞活动的时候她曾上台做过演讲。

"真是儿女情长！"程灵燕看了一会儿，便失去了兴趣，把眼睛移向了别处。

有一个男孩子，推着一辆直梁的自行车，车把手上挂着盆啊罐啊什么的，后座上放着一个小山一样大的包袱，一个女孩儿在后面费力地扶着。行走时包袱左右摇摆，女孩儿怕掉下来，不得不双手扶住，而她的肢体动作也愈显艰难。

"这哪像是离校啊，简直就是搬家！"程灵燕看着他们的难受劲儿，自言自语地说。

"哎，哎，你慢些！"走着，走着，放在自行车后座上的包袱突然斜向了一边，女孩儿赶紧吆喝男孩子停下来整理，然后，他们继续艰难前行。

那边还有一群女生，五六个人，她们手拉手环成一个圈儿，叽叽喳喳说个不停。不一会儿，她们又像个人墙似的叠抱在了一起。

程灵燕合上书，看看手表，嘀咕道："12点多了，他怎么还没到？"她继续把书打开，看着书上的文字，内心却仍然想着那个人。

程灵燕在想，若和秦克分别的那一天，自己会不会也如工商管理系的那个女生一样儿女情长，哭哭啼啼。"不会的！"她微微一笑，摇摇头对自己说。

程灵燕是最讨厌小儿女情结的，她虽然有一颗柔弱的内心，但外表却总装出一副坚强、镇定的样子，即使内心早已汹涌澎湃。

"那么出神，在想什么？"秦克快步走到程灵燕的身边，搂着她的肩膀说。秦克穿着他的白色3号球衣，在校园中显得那么耀眼。

秦克的手在后面背着，对程灵燕说："你闭上眼睛。"

"干吗呢！那么神秘！"程灵燕不乐意地闭上了眼睛。

在她闭上眼睛的五秒钟内，秦克什么也不说，而是静静地看着女友的脸。

"你好了吗?"程灵燕催促着秦克,此时,她的心怦怦跳动得厉害。"好了,乖。"秦克用细弱的声音,柔情地说。

程灵燕仍然闭着眼睛,一抹淡淡的花香袭入她的鼻子。"好香啊!"她翕动着鼻翼。此刻,秦克拿花瓣摩挲着她的脸,任花瓣扰乱着她的神经。

脸上一股痒痒的感觉,程灵燕睁开了眼睛,看到秦克用手指夹着三枝鲜艳的玫瑰。

"喏,还有这个。"秦克说着,又从彩色的塑料袋里掏出了一盒黑巧克力、两个牛皮纸包裹着的烤翅根。

"饿了吧?"秦克柔声问。

"嗯。"程灵燕点点头,从秦克手里接过烤翅根吃了起来。

咽下一口后,程灵燕接过秦克递给她的纸巾,擦了擦嘴,问:"三枝玫瑰代表什么呢?"她仰起头看着秦克的眼,并迅速从他手中抢过了玫瑰。

"三生三世啊。"秦克不假思索地说。

"你想啊,百年修得同船渡,老天让我遇见你,对我必定不是只经过了一世的拣选。所以呢,你既然让我逮到了,我就不会这么轻易放手,我要折磨你三世方才过瘾!"

"变态!"程灵燕轻轻地骂了男友一句。

"你怎么也不换个衣服呢?"程灵燕望着男友的白色3号球衣说。

"哦,我的那几个哥们儿10点多的时候,邀我去打球,我一看时间不早了,可他们却迟迟不愿结束。所以呢,我就没来得及回去换衣服。"

"你是准备月底走吗?"程灵燕幽幽地问

"是的,我同学上个月已经过去那边了。他父亲在当地做生意,帮着联系了一个很知名的律师事务所,同学便让我过去一同发展。"

"嗯,那是好事,你过去了就有落脚的地方,也不用再顶着日头跑出去找工作了!"程灵燕平静了表情说。

"是啊，可是，我会想你的！"秦克把嘴凑到她的耳边小声说，他的呼吸搔得程灵燕的耳膜痒痒的。

"我也会想你的！"这次程灵燕没有羞，而是认真地说。阴郁的表情，随着她的话语，立刻爬上了她的脸。

"没事的，乖，现在通信越来越发达了，我们可以写信，还可以打电话。我会想着你的，我是不舍得让你一个人孤独终老的。"秦克柔声说，"等我们发展好一些了，可以立足时，要么我回来，要么你过去，好吗？"

"嗯，嗯。"程灵燕似乎感到了他们的好日子已经不远了，望着秦克，重重地点头。

三

"灵燕姐，我找着工作了，是在一家公司做主任助理。实际上，也就是做一些文字处理及报表方面的杂活。"这天上午，杜冉兴奋地把她被一家公司聘用的消息，告诉了程灵燕。

"那是好事啊，甭管干什么，刚开始你要沉下身子去干。慢慢地，一步一步都会好起来的。"程灵燕像一个工作经验丰富的长者，循循地对杜冉说。

"中午我们一起去吃饭，我请你吃好吃的，算是给你庆祝一下。"程灵燕笑着对杜冉说。

"好呀，谢谢燕子姐这么照顾我，等我发财了，一定孝敬您！"

"哟，哟，还孝敬呢！您呀，别忘了我就行！"程灵燕赶紧截断了杜冉的话。

"姐，怎么会呢，你永远都是我的好姐姐！"说着，杜冉挽住了程灵燕的胳膊。

琅屏师范大学坐落在范家嘴村的地盘上。由于范家嘴是一个城中村，这里商贾集中。又由于城中村房租便宜，这里的房东们便把大大小小的房间都租了出去。人多的地方，做生意的就多。但这儿大都是做小生意的，小饭馆、小店铺，还有零零碎碎地支个摊的、推着车做小营生的……小商贩充斥着这个村庄的角角落落。一到高峰时段，这里便变得拥挤而嘈杂。

"瞧，那家饭店还挺干净的，我们就去那儿吃吧？"马路上，程灵燕指着一家饭馆给杜冉看。

"好吧！就去那儿吧，看着是挺干净的。"杜冉不加挑剔地附和着程灵燕。

这两个女孩儿便手拉手穿过马路，进入这家快餐式的小饭馆。

"您好，欢迎光临！"身着黑衣的男服务生为程灵燕和杜冉打开了门。

此时，饭馆内已经坐了很多人。程灵燕她们拣了一个靠角落的地方坐下来。

"你想吃什么？"程灵燕问杜冉，并从服务生手中接过了菜单。

"我看看吧。"杜冉从程灵燕手里接过菜单后盯着看。

"嗯，我想要一份咖喱鸡煲饭。"杜冉选定后，望着程灵燕说。

"别要鸡煲饭了，我们点几个菜吧？"说着，灵燕从杜冉手中拿过菜单看了起来。

"嗯，就这个吧。"程灵燕指着菜单，对服务员说。

"别要那么多菜了，就我们俩吃不了多少的。"杜冉怕程灵燕多点菜乱花钱，便要制止她。

"没关系的，就当是为你庆祝了。"程灵燕微笑着对杜冉说，"你看这儿的菜多便宜啊，麻婆豆腐才三元钱，我们点四个菜就行了，花不了多少钱的。"

四

"燕子姐，听说苏倩倩找了一个广播电台的工作，你说她长得那么漂亮，没准将来要做一号女主播呢！"杜冉的语气中充满了羡慕。

"是啊，能找着广播电台的工作是不错，不过你呢也要好好干，只要你干好了，哪一行都是不错的，你没听说过行行出状元嘛！"程灵燕安慰着杜冉。

"听说倩倩家挺有钱的，你说人家长得漂亮，家境又好，怎么就那么好命呢！"杜冉不接程灵燕的话，唉声叹气地说着，眼神中充满了羡慕。

"哎，燕子姐，你呢？我们都找着工作了，你有什么打算啊？"杜冉盯着程灵燕的眼睛问。

"嗨！我呀，我想做……暂时不告诉你……"程灵燕咽下没说完的话，狡黠地看着杜冉笑了。

"瞧你还保密啊，莫不是你要到国安局去工作，不敢告诉我们，怕我们泄密？"杜冉用酸酸的语气说。

"不是的，不是的，咋会呢！"程灵燕摇着手，看着杜冉的神情发了笑说，"小小年纪，你身上什么时候染了一股醋味？"

"你弟弟好吗？"程灵燕转了话头问杜冉。

"他呀，当兵去了，去年年底走的，到青海去了。"杜冉表情茫然地说。

"你父母给家里来信了吗？"杜冉低着的头使劲摇了摇，算是回答了程灵燕的问题。

"那你爷爷还好吗？"程灵燕没完没了地打听着杜冉的家事。

"他就那样呗，还不是靠着低保过日子。一个老头儿家，能干什么！燕子姐，我觉得我的家庭没有一丝前途，我看到的仿佛都是黑暗。"杜冉说话时仍然低着头，但程灵燕看到她的眼睛已红了。

"好了，好了，瞧又惹你伤心了。是姐不好！是姐不好！"程灵燕向杜冉一连声地道歉。

"不过，凡事你也要往好处想，没有什么事是一成不变的！说好了啊，以后不许再为这种事伤心了！"说着，程灵燕擦去杜冉脸上的泪水，并把小拇指勾起，去拉杜冉放在腿上的手，要她拉钩保证。

"瞧你，我们又不是小孩儿，动不动就要拉手指。"当两个人的手指勾在一起时，杜冉扑哧一下笑出了声。杜冉眼眶中晶莹的泪珠与她那天真的笑，让她看起来如天真的孩子般。

五

薇儿怎么样了？好几天没见她了。这天晚上，程灵燕正在宿舍里整理衣服的时候，想起了薇儿。她放下东西，不再整理，跑去宿舍管理处，拿起电话便拨给薇儿。

"喂，薇儿在吗？"程灵燕问。

"哦，薇儿啊，她刚出去，一会儿她回来后，我让她打给你。你是程灵燕吗？"电话那头的一个男子试探地问。

"嗯，是的。"程灵燕想，这一定是薇儿的那个胖男人。

晚上，程灵燕一直在等薇儿的电话，可是薇儿却没有打给她。

第二天中午的时候，薇儿来到了程灵燕的宿舍找她。程灵燕看到薇儿，拉着脸说："大家都忙着找工作，你倒好，学校内连你的影子也不见，整日在家忙着做你的富太太！"在毕业季，程灵燕看到薇儿事不关己的样子，生了气。

"唉！我说你说话别那么酸好吗？人家不喜吃醋的。"薇儿拿手指捅了一下程灵燕的胳肢窝，调皮地说。

"那就说正经话，毕业后你打算干什么呢？"程灵燕仍是一副严肃的表情。

"我想考研。反正现在有那个老家伙养我，我不愁钱花，不趁这个机会多学点儿知识，我将来能干什么呢？总不能给人家做一辈子二奶吧！"薇儿脸上的欢笑荡然无存，取而代之的是一种肃穆般的幽怨。

"算你还有自知之明，没有辜负我的一片期望。"程灵燕指着薇儿的鼻尖,恨铁不成钢地说。

六

天气仍然很热,一波一波的热浪让人感觉特别不舒服。

时间像马蹄似的踏过,你只能听到"嗒嗒"的声音,却摸不着它的痕迹。

自从上次秦克与程灵燕约会后,他们就很少见面。秦克在忙着办理他的毕业手续以及准备远去工作的事情。程灵燕也在忙着她自己的琐事,但秦克的影子每天都在她的脑际飘忽,整理物品的时候,学习的时候,她都会想起:此时的秦克在干什么呢?他是否也会如自己一样想念着我呢?

是的,秦克是在想程灵燕的。这些天,他除了和同学们进行最后的球技切磋外,还要办理学习及生活上的一些杂事,但在闲暇的时候,他总会想起女友,想起与她在一起的美好时光。

可是,见了面,便是近在咫尺的分离,分离后不知何日方能相见。这世间的男女啊,一旦动了真情,一时一刻的分离,都是那么煎熬,仿佛是老天对他们的惩罚。

秦克因为要与女友长久地分离而心生黯然。半个月来,秦克仅仅去看过程灵燕两次,并带了她爱吃的黑巧克力。他不敢在她身边长时间逗留,怕看到她那忧愁的眼神,怕他的离开会惹得她伤心难过,也怕自己心软了不想走。

原来男子的心也是这么柔弱的!秦克一想到要离开程灵燕,他的心里便好生难过,他还在半夜落过泪呢!谁说男儿有泪不轻弹?

"男儿有泪不轻弹,只因未到伤心处!"连日来,秦克都在感叹着自己即将与女友的别离,他像世间最多情的情郎似的,心中满满的都是离愁别绪!

明天就是分别的日子,程灵燕在等着秦克来向她道别。等待仿佛将分秒拉长了,等待中的每一分一秒,对程灵燕来说,都是那么煎熬,那么令人恼怒。该死的! 她在心里愤愤地骂起了秦克。

傍晚,宿舍里一个人也没有。饭后无事,程灵燕便歪在床边看她久未看完的小说《飘》。书中女主人公斯嘉丽对待爱情的态度使她很反感,而女主人公在生活中一直追求向上的精神,却又时时地刺激着她。程灵燕觉得:无论在什么时候,女人都该自立、自强!

“当当当”的敲门声传来。

这么晚了,会是谁呢? 程灵燕在心里疑惑着来人。蓦地,她放下书本,迅速跑过去,一下子拉开了房门。

“我能进来吗,灵燕小姐?”秦克站在门口,面带笑容,彬彬有礼地说。

“当然了,先生。”说着,程灵燕把手向里,做出了“请”的姿势。

“你没看见只有我一个人在这里吗? 你就爱装!”进了屋后,程灵燕背转了身,假装不高兴。而实际上,她的内心是喜悦的,心怦怦地跳个不停。

“哟,亲爱的,你怎么就爱生气呢? 跟你开个玩笑不行啊!”说着,秦克从后面一只手环住了程灵燕的腰,一只手从背后举出了一朵玫瑰,举到了她的眼前。

“好香啊!”程灵燕接过后嗅了嗅,并贪婪地吮吸了几口玫瑰的花香。

“外面月色皎洁,你换上鞋子,我们出去走走吧。”秦克看了一眼女友脚上的拖鞋说。

七

这是一个月朗星稀的夜晚,在橘黄色的路灯下,过往行人的影子被长长地投映在水泥地面上。

琅屏师范大学的校园内,凉风习习。

秦克与程灵燕的身影,先是一前一后,过了一会儿,他们两个人的影子便并排了起来。水泥地面上,映出他们俩一高一低的身影。

秦克牵着程灵燕的手,自然而然地向着学校后面的那片竹林走去。

"我们别去那边了,阴森森的。"程灵燕拉着秦克的胳膊,向别处走去,"听说前段时间,那儿有对情侣被打劫了呢!"程灵燕挎着秦克的胳膊对他说。

"哦,这事不一定可信,也没见有人报警啊。"秦克安慰女友说。

"那段时间我们班传得老神乎了,听说那个被打劫的女生与我们班的一个女生熟悉,她亲口对我同学说的。"程灵燕为了证明此事属实,再次向秦克强调。

"好,好,听你的,那我们就找个开阔的地方去谈一场恋爱。"秦克淫笑着搂紧了女友。

"别怕,乖,我虽然瘦,可也是一个肌肉男,没有人敢对你怎么样的。"秦克说着,温柔地在女友的脸颊上吻了一下。

在皎洁的月色下,程灵燕挎着秦克的胳膊,来到了学校附近莱顿河的岸边。在这里,二人拣了一处清幽的地方坐下。

岸边的草是柔软的,仿佛是为谈情的人们铺上了一地毯子。秦克搂着程灵燕的肩不曾松开,他们就势席地而坐。

在莱顿河的水面上,可以看到从学校宿舍楼上投射到河水里的绰绰灯光,秦克便与程灵燕一起痴看着。

很长一段时间,他们谁也没有开口,就那么静静地坐着、看着,彼此感受着对方灼热的呼吸。河面好似被他们的呼吸吹动了似的,水波一圈一圈地纹动着。

"瞧,今晚的夜色多好!"程灵燕打破了宁静的夜。

"是啊,皎洁的夜,清美的水,两个相爱的人,多美的一幅画面!唉,若能时时和你这样静坐着,欣赏如画的美景,岂不是人生的一大韵事。"

秦克发出了长长的感慨。

"你都快变成诗人了！如果你是画家就好了，这样，你就可以把你想象的美景画下来。"程灵燕说，"这样，我便能时时地欣赏到，也能读懂你的心了。你走后，我也不会寂寞了！"程灵燕顿时又一脸哀伤，又朝秦克身边倚了倚，二人的脸贴得更近了。

"这么美的夜，如果我们就这么傻坐着，岂不是辜负了这美好的时光！"秦克说着，把女友搂得更紧了，迅疾，他便把灼热的唇凑到了她的唇上。

"哎，我说你一学法律的男生，怎么这么多花花肠子，一点儿也不理性！"程灵燕挣扎开了，怒骂着秦克。

"小姐，我不是理科生好吗？所以我也不需要理性，只要跟着自己的心走就好了！"秦克再次把他的热唇凑了上去。

八

皎洁的月光，像是从天上洒下一层光晕，投射到莱顿河的水面上。河面上月光与灯光交相辉映。河岸边的柳树，不远处的高楼，以及宿舍楼房间内一盏盏的白炽灯，都清晰地倒映在水面上，使莱顿河看起来五彩斑斓，魅惑异常。只不过这美，是虚幻构筑起来的海市蜃楼，就如眼前这对年轻人未来的情路，留下的，是短暂的美丽。

莱顿河的岸边，坐着两个年轻人，一个低着头，一个仰着脸。仰脸的双手攀着低头这人的脖子，一会儿偎到他的怀中，一会儿又与他四片唇热烈地相对。

黑夜划过时空，时间不知道过去了多久，直到他的颈酸疼了，她的臀部坐麻了，他们才想到要看一看时间。

"呀！11点多了，时间过得真快！"秦克缓过神来，掏出怀表看了一下时间，向女友报了一下时。

"我们得回去了吧?学校快关大门了。"程灵燕懒懒地应着。

"不要紧,我们再坐一会儿。"秦克说。

"关了门我可翻不过去!我不像你们男生,整天翻墙越院,干些偷鸡摸狗的事。"

"嘘!别瞎说,要是门关了我们就不回去了。"秦克制止了程灵燕说话,又把他的唇热烈地凑到了她的唇上。

时间如凝固了似的,两个热恋中的年轻人,全身骚动着,只听得见彼此的心跳声。程灵燕的舌头游离在秦克的嘴内,他们的呼吸逐渐变得粗重起来。

"乖,我们不回去了好吗?"秦克的声音,柔得要化掉程灵燕的灵魂。

"不,我……要回去。"程灵燕抽出了她的舌头,梦呓似的答着秦克。

"好,好,回去。"秦克说着,继续把他的嘴凑了上去,迅速地含住了她的舌头。

九

"我们该走了!"程灵燕一下子惊醒了似的,从秦克的怀中直立起上半身。

"好,我看看时间。"秦克从裤兜里掏出怀表。此时,带着夜光的怀表时针指向了"12"。

"宝贝儿,学校已经关门了,我们回不去了。"秦克面露遗憾地说。

"都怪你!没完没了。"程灵燕嘟起了嘴说。

"好,好,怪我!怪我!"秦克迭声承认着错误。

"这样吧,为了表示我的歉意,为了向你赔罪,我今晚把自己交给你,任凭你处置好吗?"秦克正经中透着狡黠,说着又蜻蜓点水般吻了一下女友的双唇。

"哎，我看你是憋着坏呢啊，一肚子坏水！"程灵燕捶打了一下秦克的胸说。

　　"别闹，说正经的，我们去哪儿？"秦克说着搂住了程灵燕的肩。

　　"你说吧，我把自己交给你。"程灵燕发了恨似的咬着唇说。

　　"那，你就听话乖乖跟着我走。"秦克转身，替女友拍掉了衣服上的杂草，拉着她行走在夜幕中。

第二十三章　恋了爱了

一

夜晚，行人稀少，稀稀疏疏的汽车穿越在空旷的街道上，间或一两声汽笛声，扰闹着夜晚的宁静。

范家嘴村一反白日的热闹与嘈杂，此时也沉浸在夜晚的静谧中。

街巷上，一两辆收了摊的脚蹬车摊主，在小小的车斗内放满了桌子板凳等杂物，吃力地蹬着货物堆得小山般高的三轮车，穿行于黑夜中。微弱的夜灯，映着小摊主孤独而疲倦的身影。他们带着一天中或多或少的收入，回到他们那简陋的出租房中，经过短暂的休息后，第二天继续早起，为着心中的美好生活而辛苦耕耘着。

秦克牵着程灵燕，灯光映出他们亲密的影子。他们并没走远，就在学校附近寻觅着栖息的房间。

范家嘴村周边的大街小巷内，开着很多个小旅馆。房东们会把大些的房间收拾成多个单元，然后租给在附近做生意的商贾，或者在校大学生。

改革开放后，随着经济和时代的发展，人们的金钱观念和性观念超前。人们不再保守地遵守"婚后性"，而是由着性子，情到浓处便没了约束，找一处僻静的地方，任你浓我浓，尽意言欢。

"为你守候"是一家旅馆的名字。小小的旅馆，被店主装点得别出心裁，温馨而浪漫，成了最受在校大学生青睐的地方。

据说，店主是琅屏师范大学的一名毕业生，他与女友在此相爱，于是他便从别人手中接过了此店经营。

"这个名字吉祥，我们就住这里好吗？"秦克指着旅馆的牌子问女友。

"随你吧，我说了把自己交给你的。"程灵燕说着，娇羞地笑了一下，露出一口整齐的牙齿。

"老板，一个单间。"秦克拉着程灵燕，对坐在吧台内打盹的男子说。

"好的，身份证。"男子望了他们一眼，说，"你们是琅师大的吗？"

"是的。"秦克回答。

"嗯，这样的话，要一个人的身份证就行了。"男子拿着秦克的身份证在本子上登记着说。

二

男子为二人登记了三楼靠里的一个单间。房间不大，却很干净。一张双人床置于正中，两个厚实的枕头齐齐地并排放置。

平整的白色被单上，有两条被叠成鹤的模样的毛巾，它们引颈相对，昭示着"比翼齐飞"。

"这个店还挺会做生意的，瞧，他们还用毛巾折两只鹤。"说着，程灵燕把毛巾拿起来拆开。

"人家主要是吸引年轻人的，这家旅馆在我们学校可是很有名的哦。"秦克望着程灵燕说。

"哦，你是不是来过？"程灵燕心生醋意。

"哦，不，不，我是听我们班同学说的。你又不跟我来，我哪敢造次啊！"秦克赶紧拥抱程灵燕示好。

见男友紧张的样子，程灵燕的脸上方升起一抹笑容。

"把拖鞋换上吧。"秦克望着女友脚上的高跟鞋说。

程灵燕说："好，你也换上吧。"她指着桌下的男士拖鞋吩咐秦克。

秦克望了一眼那双男士拖鞋，倒显得不好意思起来，他的脸上随即飞上了一片红晕。

程灵燕看着秦克的样子，觉得他娇羞的时候很可爱。她微笑地看着他迟疑地换鞋，迟疑地进了洗手间。

过了一会儿，秦克从洗手间出来了，拿起刚刚程灵燕拆开的毛巾擦了擦手。他不好意思地趋向程灵燕，揽她入怀说："亲爱的，过了今晚，我们就真正结为一体了！我们要一生一世都在一起，哦，不，是三生三世。我绝不会辜负你，也相信你不会辜负我。"秦克说着，把女友搂得更紧了。

"好了，好了，我透不过气了！我不想听你这一大堆废话。"程灵燕挣脱了秦克，豪迈地抖动了一下身子说。

未来太远，程灵燕从来都不敢想得太多。在这个瞬息万变的时代，她甚至不敢设想自己前方的路。她唯一能做的，便是一日日不停地努力，一日日与命运抗争。

三

床头，一束微弱的光照耀着裸躺在床上的一男一女，橘黄色的灯光把女性的皮肤染成了古铜色，幻化出一种古典美。

秦克侧转身搂着程灵燕，轻轻地咬着她的耳朵，柔声说："我美丽的新娘，我会永远爱你！"

此刻的程灵燕，似是没有听到秦克的呢喃，她闭着眼，沉浸在刚才与秦克交媾的情景中。

此时，她的下体仍然隐隐地疼。

在刚才的"激战"中，最开始，程灵燕的下体竟撕裂般地疼。在那种境遇下，她多么想退却啊！可是，那种感觉又分明带着超强的吸引力，使她欲罢不能。她的身体里，呈现出痛苦与极乐的两种境况。可她的心里，竟涌出一种深深的悔意，她不知道秦克会不会是她最终的男人，所以，她的自责感便随着秦克最后的冲刺而哗然上升。

事后，她像一个做错了事的孩子，不想承认错误，也不想接受现实，就那样闭眼躺着，不理会秦克在她耳边说些什么。

此时，程灵燕想起了与二虎的那一次，也是那么激情，那么令她心旷神怡。然而，所有的"现在"，都要接受"以后"的考验。在漫长的时日中，她不知道怎样面对二虎，便选择了逃离。

回忆与现实的交织，使程灵燕有种怅然若失的感觉。

秦克见女友一直不说话，便把她的头扳到他的臂弯里，把她搂得更紧了。

"我会好好爱你的！"秦克说。

四

天空闷沉沉的，没有一丝风。天空中云的三分之二都是灰云，预示着今天不是好天气。

昨晚缠绵的那对恋人，在宾馆的电视中，观看了天气预报，知道今天会有中到大雨。

年轻人啊，如干柴烈火般烧了一夜。早上，两个人像一对死猪，躺在床上久久不愿起来。然而，秦克要走，分离就在眼前，他们只好拖着疲惫的身躯起床，然后各自离开。

秦克要回去收拾收拾，如果有时间，他想自己最好能补个觉。而程灵燕呢，也是全身酸疼，要不是想着秦克今天要出远门，她真想赖在床上一个上午。

睡眼惺忪，程灵燕就那样回到了学校。然后，她夹着书本，来到了教室上自习。

真是毕业季啊，教室里三三两两的，统共也没有几个人。爱学习的永远就是这么几个人。程灵燕跟这些人不太熟络，见他们都在低着头看书，程灵燕便不与任何人打招呼，找了个僻静的地方坐下。

打开书本，《古代汉语》中的文字在她的眼中变得深奥，程灵燕完全没有心思看下去。

盯着书本，程灵燕头脑中又出现了秦克的影子。从操场上跳动的白色身影，到他们不知多少次相依相偎的情景，再到秦克拥着她在床头的呢喃。这一切，就像电影中蒙太奇镜头，一幕一幕地呈现在她的眼前。

叽叽喳喳，两个女同学说话的声音，把程灵燕的思绪唤回现实。她盯着书本，继续看《古代汉语》。

"什么狗屁文字，这么生涩！"程灵燕不知是在骂古人还是在骂书的作者。

原来程灵燕并不这样，对于《古代汉语》中的文字，她还是很有探索和研究意识的。遇见不认识的字，她都要查字典搞懂意思；遇见难记而不好写的文字，她会在本子上练习多遍。可今天是怎么了？怎么看着这些文字，像一颗颗黑豆似的不知就里。

算了，根本就是"身在曹营心在汉"嘛！程灵燕合上书本，拿出了一个小小的收音机，戴上了耳机。

她自然而然地把波段调到了音乐台上，这是她最喜欢听的一个电台。

此时，一首歌曲罢了，程灵燕只听了个尾巴。接着，电台男主持人以颇具磁性的声音，介绍着毛阿敏的歌曲《相思》。

这首歌对程灵燕来说，是一首新歌。很快，她便被优美的歌词和歌者动听的声音所打动。"最肯忘却古人诗，最不屑一顾是想思，守着爱怕人笑，还怕人看清……"

秦克要走，程灵燕要去送他。

"啊，该回去了！"抬起手腕，程灵燕慵懒地看了一下手表，合起书本夹在腋下，飘然走出教室。

五

秦克是12点半的火车，说好了中午不与程灵燕一起吃饭，各自饭后，在学校的南门相见。

秦克的宿舍距南门近，而程灵燕的宿舍则距北门近，中间是长长的校区。

秦克说他带上行李在学校南门等程灵燕，这样，他们去火车站更方便。

中午，程灵燕懒得出去吃饭，就着开水泡了一盒方便面。匆匆吃过，刷了牙，她用手指理了理头发，照了照镜子后便往约定的地点赶去。

校园中的林荫道，此时是那么静谧。程灵燕由北而南，穿越在她和秦克经常行走的路上。思绪伴着行走，一路浮了上来。时间过得真快啊！转眼，与她相恋两年的秦克便要远走南方离开她；而她，也将要离开守候了四年的大学校园。

都说要追梦，可是梦在哪儿呢？此时，程灵燕的心里涌起了一股迷茫与感伤。

一程路，一段思绪。虽然思绪万千，但此刻程灵燕却在刻意回避着想一些事物，比如与秦克分离时该是何种情景。

可是想却是难免的！与爱人的分离，像梦魇似的攥住她的脖子，使她感到呼吸困难。分离会是什么情况呢？自己要流泪吗？还是紧紧抱着他，不让他离开？

"分别，一定会很痛的！虽然自己是一个不常把悲伤写在脸上的人，可是，毕竟贴心贴骨地与他在一起两年！两年啊！人生又有多少个两年？"程灵燕喃喃自语。

"哎，这儿！"秦克远远地向程灵燕招手，大声地招呼着她。

程灵燕见了秦克，先是脸一红，问："你吃了吗？"

"吃过了。"秦克用空着的左手拉起了程灵燕的手。

"我来拿吧！"程灵燕从秦克的右手中夺过一个行李袋子。

"我们就在这附近叫辆车。"秦克拉着程灵燕来到了路边。

"我们还是坐公交车吧，不是有直达的吗？"程灵燕看着男友说。

"还是打车吧，我们带着行李呢，公交车上人多不方便。"秦克四顾看看，在程灵燕的脸上吻了一下。

六

学校门前宽阔的四车道上，机动车像梭子似的来回穿行。

载人的士一辆辆穿梭而过，秦克与程灵燕手牵着手，伫立于路边等车。

秦克背着一个巨大的军绿色包裹，像士兵背的那种，能把被褥什么的都装进去。同时装进包裹里的，还有这个刚毕业的大学生的梦想，以及对女友的不舍与牵挂。

终于，一辆黄色的的士在秦克的挥手下停了下来。他先是把包裹放进的士的后备厢，继而，拉着女友坐进了后排的座位上。

车内，秦克的右手拥着女友的肩头。默默地，二人谁也不说话，任凭的士载着他们飞驰。

快到车站了，二人都想对彼此说些什么，可是，又怕有声的语言扰乱了他们心中所构想着的种种美好。

若什么都不说的话，对方怎么会明白自己的心意！随着的士离车站的距离越来越近，秦克与程灵燕同时感到了有话却没有时间说出口的危机。

"燕子，我走了你会想我吗？"秦克向前方的后视镜看了一眼，并拥紧了女友说。

"你说呢？明知故问！"秦克的这句话明显惹怒了程灵燕。她在气秦克这个笨男人，为什么就不能说些好听的话呢，反而说出这么无知的言语！她把什么都给了他，又怎么能不想他呢！

"宝贝儿，我知道你会想我的。我会把你当作我心脏的一部分，用我的热血将它与我粘为一体，使你的灵注入我的魂，我会生生世世地想你，爱你！"

"行了你！"程灵燕活动了一下被男友搂酸了的肩膀，并向的士司机的后背看了一眼。

此时，秦克方想起来车里不止他们两个人，他微微地红了一下脸，又望了一眼后视镜。

七

下了出租车，秦克牵着程灵燕的手，急急地向火车站候车大厅奔去。这一路上，他的手都不曾松开女友的手，好像一松开，她便要飞走了似的。

在候车大厅门口，程灵燕被拦了下来。检票员告诉他们，送行的人需要购买站台票才能进站。

秦克把程灵燕拉到了靠边儿的地方，把行李安置于她的脚旁。

"你在这等我一会儿，我去去就来。"说着，秦克忍不住在女友的脸上吻了一下。

"去吧。"程灵燕红着脸推开了秦克。

购买站台票的人像长龙似的排着，秦克过五关斩六将，不一会儿便挤到了最前面。

程灵燕低着头,脚尖轻轻地踢着秦克的包裹。此刻,她仍然在想,秦克上车的一刹那,她会不会流泪?

　　真是奇怪啊!这么简单的问题还用想来想去。不由得,程灵燕心里焦躁了起来,同时,她觉得自己是个很无聊的人。

　　秦克红着脸,气喘吁吁地跑了过来。程灵燕抬起手腕看了看表,秦克离开了十五分钟。

　　"我们进去吧。"秦克背起行李,又牵起女友检票进站。

　　真的要分别了!此刻,程灵燕只愿通往站台的路长一些,再长一些……

八

　　离站台越来越近了,程灵燕的腮帮子竟不争气地酸了起来,眼睛也跟着酸了起来。她知道,这是要流泪的先兆。

　　程灵燕趁秦克不注意,拿指甲狠狠地掐了一下自己的臀部,想以此转移自己的注意力。她在心里告诉自己:我是不会流泪的,我是没有小儿女情结的!

　　向前再走几步,程灵燕感觉脚步愈发沉重,腮帮子和眼睛更酸了。

　　看着K485次绿皮列车上上下下的人群,不知何时,程灵燕已蓄了一眶眼泪。此时,她再也抑制不住了,一任眼泪如决堤了的河水,滚滚而下。

　　秦克看到了女友脸上的泪水,没有说出安慰的话,只是用牵着她的手,紧紧地捏了捏她的手指。

　　"送行的人不能上车啊!"乘务员用大喇叭喝止着挤在车门口送行的人。

　　秦克把程灵燕拉到人群边的空隙处,把行李放到地上,揽她入怀。此时,他们默默无语,紧紧相拥。而程灵燕,眼泪像瀑布似的倾泻而下。

　　站台上,人声顿时静了下来。K485次列车的乘务员,正准备收起脚踏板。

"我要走了!"秦克看了一眼列车说。

"走吧。"程灵燕拿袖子抹了一下眼睛,轻轻地推开了秦克。

秦克提起行李,转身不再看女友,一个箭步,便踏上了即将关门的列车。

随着一声长长的鸣笛声,列车缓缓启动。

隔着车窗,程灵燕看到秦克向她不停挥动着手臂。她望着车窗向秦克微笑,持续地笑。

程灵燕想让秦克看到她高兴的样子,同时,她也想让微笑赶走自己此时的失落与寂寞。

视线越来越模糊了,程灵燕眨了一下眼睛,再次望向列车离去的方向。此时,只听见轰轰的车轮声,一浪高过一浪。

可她,仍然那么笑着,直到秦克与列车都无影无踪。

第二十四章　求职这点事

一

毕业了，熟悉的或不熟悉的人都散了。程灵燕成教班里的同学，有的继续升学，有的到异乡求职，家境好一些的便都在本地进了机关单位。

唯独程灵燕，此时仍迷茫着。毕业一个多月了，她仍然在超市做着促销饼干的活儿。前段时间，她找超市的主管谈了谈，说自己这段时日空闲较多，可以做一段时间的全职，主管同意了她的请求。

从此，程灵燕从周六、周日的兼职促销员，变成了一个全天候在超市上班的职工。

对这个漂泊于异乡的姑娘来说，原来校园便是她的家，那儿有宿舍可以立足，有食堂可以吃饭。毕业了，她便又成了一个无家的人。

得找个住的地方啊！她想。

大家都走了，校园和宿舍都是空的，只有那么几个没有办完手续的女学生，仍晃荡在校园中。宿舍管理员也没有撵她们，而是让她们几个都卷起铺盖卷儿挤在了一个宿舍内，说是这样便于管理。

程灵燕不认识那些女生，也不愿意与她们重新处关系。她觉得，都毕业了，不能老赖在学校里。

此时，租房，便成了程灵燕下班后首要的事情。

二

习惯的，便是舒服的。程灵燕习惯了范家嘴村，就想在范家嘴村租一间房子。

可她的钱越来越少了，必须得从房租上节省！所以，找了好多地方看了又看，程灵燕都难以与房东统一房租。

所以，她便一个门户接着一个门户看，一连又找了三日。最后，在一个偏僻的小旮旯院里，她租下了一间民房。

房子很脏，她是一个爱干净的人，所以下班后她就忙着打扫。又是擦，又是抹，一间小小的房间，程灵燕竟折腾了三日。

窗明几净后，程灵燕想着该给这个空落的小屋增加一点儿生气。她趁中午的时间，匆匆跑到花店里买了些绿植，提过去寄存到超市，下班后一并提回了她狭小的新家。

终于收拾好了，程灵燕长长地舒了一口气。她由远及近地观看房屋，为自己连日来的努力打分。"嗯，还行！"她对自己这些天的劳动成果，给予了肯定。

终于搬离了宿舍！程灵燕想，从此以后，再也不用看那些女生那一张张讨厌的白粉脸了。

三

超市的工作是单调而乏味的，然而紧张的工作节奏又像磨刀石似的，一日一日打磨着程灵燕将要锈住了的心。

是啊，十年磨一剑，到了该亮出的时候，总不能心生退却吧，难道要在这里做一辈子促销？你想做一辈子，可人家还未必要你呢！程灵燕笑着摇了摇头，否定了自己心中幼稚的独白。

可是，当初的激情到哪儿去了呢？当程灵燕怀揣着红彤彤的毕业证时，竟然没有欣喜若狂，而是自心底产生了一份沉甸甸的重量。"明日""前程"这些字眼，更像是一个个炸弹袭击着她脆弱的心。她在心里默默承受着"获得"与"拼搏"二者之间的决斗与博弈，为未知而害怕着。

激情、抱负，你们哪儿去了？你们回来！我愿意重新拥抱你们！我未老，尔不走！我待老，尔犹存。此时，程灵燕像一个神经病似的，想重新拥有她奋斗时的初心；她就像是一个做了坏事的、良心未泯的恶人似的，祈祷着心底那份善良进出。

连日来，程灵燕觉得自己真的要神经了！此时，她想起了她的母亲，心里害怕极了：我会不会真的神经了，像母亲一样成了疯子！她在心中遗留下了自己要得神经病的暗影。

"不会的，不会的，我是一个聪明的女孩儿，凭着自己的努力，我已完成了人生一半的理想，在最后的时刻，我不能退缩！不能退缩！"程灵燕大声地对自己说。她在心中反复思索着自己去留的方向。

离开吧，明日就去找工作！程灵燕突然下定了决心。

程灵燕是个决定了就不回头的女人。当日，临下班的时候，她洋洋洒洒写了千余字的辞职信，放在了主管的案头。

她也不等主管的批复，第二日竟没有再到超市上班。反正，她在超市只有一百多元的工资没结，她想先走了再说。时间对程灵燕来说，是一天都耽误不得的。

四

人才市场是招聘人才最直接的地方，程灵燕就把目标锁在了那里。

人才市场内，人声鼎沸。在一个个小方桌的上方，贴着各类用人单位的招聘广告。程灵燕一家一家地看,却没有她中意的。

这样的人才招聘会,连日来程灵燕一连赶了四场。她已失去了兴趣,觉得在这样的人才市场上,有种"按斤称肉"的感觉。

"姐姐,你要找工作吗?买份这样的报纸看看吧。"

一个戴着眼镜的小胖孩,从他脖颈上挎着的绿色帆布包里,拿出了一份招聘类报纸,他的手肘上,还搭着一沓《晨报》。他稚嫩的声音及渴慕的眼神,使程灵燕停住了脚步。

"把这个也给我拿一份吧。"程灵燕买了一份招聘类报纸,然后又向小男孩购买了一份《晨报》。

拿上报纸后,她也并不急于观看,而是把两份报纸折起一同放进了背包里。此时,程灵燕已不想再看到处张贴着的招聘信息,而是悠悠地向她的小屋走去。

五

夜晚,瓦数较低的钨丝灯若明若暗地照着这间温馨的小屋。夜晚9点钟,洗漱过后,程灵燕趴在桌子上给秦克写信。

"克,你离开了四十七天了。这段时间,我无时无刻不在想你。其实于'想念'这个字眼,我始终是刻意回避的,我不愿意让自己做一个只用'想'来缅怀我们感情的人,我更喜欢你实实在在地存在于我的生活中。我喜欢听你微弱的叹息,喜欢你怀中冷暖相宜的温度。可是,四十七天了!我看不到你的人影,如今,唯以想念来安慰自己孤独的心灵……"

写着写着,不由得,程灵燕的一滴泪珠滚落在了信笺上,洇湿了信中"想念"二字,使它们看起来模糊不清。

晚上10点钟,她折起写好的信,小心地压在书本下面,然后伸了一下懒腰,方想起要把包内的报纸拿出来看看。程灵燕先是拿出了刊载满招聘人才信息的报纸,浏览了一遍,没看到有什么吸引她的工作。"都是些乱七八糟的事情，唉！"她叹着气把报纸扔在了一边。随后，她又拿出了《晨报》翻看。她忘不了数年前与它的渊源，所以在购买招聘报纸时，她就买了一份《晨报》。

翻开《晨报》，报纸头版上刊印着一个少数民族的妇人，头戴花冠，笑靥如花。程灵燕继续翻看其他版面，新闻版，没什么大事，她也不太感兴趣，她把重点放在了综合信息的版面上。她有意无意地浏览着，看到招聘信息，便会着重留意几眼。

报纸上一些小的、零零碎碎的广告，分散着程灵燕的注意力，她随意地浏览着。她想，若是有好的招聘单位的话，该是用加黑的大号字体印刷招聘信息的，所以，程灵燕把重点放在了大块广告上。

"咦！《晨报》重磅招聘！"她瞪大眼睛看着《晨报》显眼位置刊登的一则招聘信息，招聘要求为：大专以上文凭，新闻或中文专业。这个自己是不是可以去试试？程灵燕在心里揣度着。

程灵燕认为自己并不是一个吃不了苦的人，毕竟她心中种着一个梦想，而且现在，她为了这个梦想做了那么大的铺垫，付出了那么多时间。仔细想想，若不是有梦想支撑着，自己何以走到今天？

程灵燕打定主意，明天，她就要去《晨报》碰碰运气。

夜晚，躺在床上，程灵燕难以入睡。她敏感的神经，像只小鹿似的怦怦地跳，使得她无法放松下来。

由于紧张而带来的失眠折磨着她。"嗨！什么事啊，还没到战场，自己就吓成了瘫子，真尿！"程灵燕愤愤地骂起了自己。

你若睡好，明天的一切都将会是一个好的开始！在心里，程灵燕这样安慰自己。

六

早上，程灵燕揉着惺忪的睡眼起来了。她伸了个懒腰，对着穿衣镜观看自己是否有黑眼圈。还好！她对着镜子中的自己微笑。

梳洗、化妆，匆匆地吃了些早饭。由于地点不熟，她便拦了个的士赶往《晨报》应聘。到了《晨报》的大门口，程灵燕被门卫拦了下来。她向年轻的门卫说明来意，但门卫执意要向办公室通报，在获得准许后，方让她进去。

招聘在会议室进行，当程灵燕赶到时，已有三五个人在走廊内等候了。

等了约一个小时后，有人喊："程灵燕，请做准备，五分钟后到会议室。"

听到声音后，程灵燕的神情顿时紧张了起来。随之，她告诉自己，要镇定些！再镇定些！

程灵燕用一分钟的时间到洗手间整理了一下头发，出来后，只见她微笑着，脸上荡起了一层光晕。

"请程灵燕进来。"叫她的声音再次响起。此时，她竟没有紧张，脚步像鹅毛般轻，推开门，落落大方地进门落座。

七

《晨报》的招聘会设在一间大会议室。上首坐着三男一女，女的胖胖的，面容祥和；男士中，有两名年龄在五十岁以上。这几个主招人员的脸上的表情并没有很肃穆，这使程灵燕轻松了许多。

还有一名年轻的男子，二十七八岁的年纪，留着一撮小胡子，戴着个黑框眼镜。透过镜片，能看到他那双小眼睛里射出的狡黠的光。

这可能是今天最难对付的主，程灵燕在心里告诫自己，对他要分外小心！

招聘进入了程序，先是胖女人问程灵燕前来《晨报》应招的意愿，问她为什么会对此行业感兴趣。程灵燕一一作答。她微笑着，表现出应聘者良好的心理素质。

　　接下来是男主招人员的问话，那两名年龄大些的男同志并没有问程灵燕特别难回答的问题。对于他们提出的问题，程灵燕都能轻松作答。末了，其中一个人说："这是一个吃苦的行业，要想入这行，需要做好吃苦的准备啊！"程灵燕向着说话的这人，郑重地点头。

　　"请问，你对薪酬的期望是多少？对于一个月两千元的工资，你能满意吗？""小胡子"果然是个"爆辣品"，程灵燕在心里骂起了他。片刻，她看了"小胡子"一眼，微微一笑说："我想，干任何工作，收入与付出都是对等的。我若能加入贵单位，我一定会加倍努力，通过努力来提高自己的收入。"

　　程灵燕顾左右而言他，从侧面回答了"小胡子"提出的问题。

　　"小胡子"的表情很难揣摩，只见他对程灵燕狡黠一笑，用手向上扶了扶他的黑框眼镜。

　　最后，主招人员让程灵燕回去等通知。程灵燕没有电话，便留下了她房东的电话。

八

　　下午，程灵燕把给秦克写的信寄出。闲来无事，她便又侍弄起了她的小屋。

　　她把旧窗纸揭掉，把从门口杂货店里买来的紫色碎花窗纸，小心翼翼地贴了上去，又将买回多日的绿植浇了浇水，并把叶子上的灰尘一片一片地拿毛巾擦净。

　　如此打发着时光，程灵燕似把希望寄托在小屋中的一花一草之上。

　　连日来，程灵燕出门回去后，总要先看看她的花草。"嗯，吊兰长得最好！"她欣赏着自己的杰作，表示很满意。

　　"程灵燕，电话！"楼下的女房东高声喊叫。

"好的,知道了。"程灵燕大声应道。

会不会是《晨报》打来的电话?程灵燕的头脑中猛然蹦出了这个念头。随即,她趿拉着拖鞋,急急向楼下跑去。

电话听筒被搁在一边,女房东正在纳鞋垫,上面绣的是两只展翅高飞的鹤。

"快接吧!都半天了。"女房东抬头看了一眼程灵燕说。

程灵燕抓起电话,神经紧张了起来,声音颤颤地说:"喂,你好!"

"是程灵燕吗?我是《晨报》的。"电话那头是一名男子的声音,"领导让我通知你明天上午到报社来一趟,记住了啊,明天上午8点到办公室。"男子说完便挂了电话。

当电话里嘀嘀声响起时,程灵燕仍然拿着话筒没有放下。

"干吗呢?愣啥神?"女房东问。

"哦,没事。"程灵燕赶紧放下听筒,欢喜着向楼上跑去。

九

翌日上午8点,程灵燕如约来到了《晨报》。这次,年轻的门卫竟没有拦她,并向她微笑,露出了一口白牙。

寻到了一楼的一间办公室,程灵燕停顿了一下后敲响房门。一名年轻的姑娘正弯腰冲着咖啡,她问:"你找谁?"

"哦,我叫程灵燕,昨儿有人电话通知我来办公室。"

"嗯,你稍等一会儿吧,这会儿领导还没到呢!"办公室的姑娘拿着刚冲好的咖啡,向程灵燕莞尔一笑说,"哦,你喝吗?"

"不用了,谢谢你!"程灵燕向她点头致谢。

这是一间放着四张红漆桌子的办公室,面积挺大的,每张桌子旁都置着一把黑皮的圈椅,显示出硬朗作风。

闲来无事,程灵燕随手从沙发旁边堆积如山的报纸中抽出了一份,慢慢地翻阅着。

　　快9点了，怎么还没有人过问我？程灵燕抬起手表看了看，心里发了急。

　　"再稍等一会儿，领导们都来得晚。"姑娘也在低头看报，拿余光扫了一下焦急的程灵燕说。

　　"当当"，伴着高跟鞋的声音，一名胖胖的女人走了进来。

　　"9点半上三楼开会。"胖女人对办公室的那名姑娘说着。

　　"你有事吗？"胖女人转而问了一下低头看报的程灵燕。

　　"哦，我是……"

　　"哦，是你呀！"胖女人笑着打断了程灵燕的话，"你跟我来吧！"

　　跟着胖女人，程灵燕来到了二楼的主任办公室。胖女人示意她坐下，并给她倒了一杯白开水。

　　"是这样的，经我们单位领导研究决定，你被录用了。首先呢，我向你表示祝贺。"胖女人坐在她的办公桌前，喝了一口水，对程灵燕说，"你呢，并不是第一学历，但我们负责招聘的几位同志经过研究磋商，认为你的综合素质还是不错的。所以说，你也算是被破格录用了。"胖女人顿了顿，继续说，"你呢，暂时会被派给一个主任记者做助理，你就暂时跟着他学习新闻采编吧。我看你学的是汉语言文学专业，它与新闻在本质上还是有一定区别的。所以呢，你就认真跟着老师学吧！"胖女人说完后呷了一口水。

　　"我是咱们单位办公室主任，叫甘玲。你呢，以后叫我甘姐就行了。往后在工作中有什么困难，只管给我说。"说着，甘玲主任友好地向程灵燕伸出了手。

　　"谢谢你！"程灵燕感激地望着甘主任说。

　　"你回去收拾收拾，明日就正式来上班吧。"甘玲说。

第二十五章　跟着"小胡子"

一

世上就有这么巧的事，程灵燕被派给做助理的不是别人，正是前几日她应聘时遇见的那个"小胡子"。

"瞧，就那个房间，你进去向郝主任报到就行了。"昨日办公室的姑娘小娟，探出身子，指着一个漆红的办公室门对程灵燕说。

"怎么是你呀？"程灵燕敲门进去，正在翻着文件柜的"小胡子"主任郝骞，望了她一眼说。

"您好郝主任！是甘主任让我来向您报到的。"程灵燕紧张地望了一眼"小胡子"，对他说。

"这么说是你被派到我这儿了？""小胡子"表情狡黠地说，"我还想着会给我派一名男生呢！谁知是个小丫头。"他语气中尽显傲慢。

"小丫头怎么了？小丫头不是也照样给你干活吗？"程灵燕小声地顶撞着"小胡子"。

"哎哟，有性格！""小胡子"笑了笑，指了指他办公桌对面的一张桌子对程灵燕说，"行，你就坐那吧。"

程灵燕望了"小胡子"一眼，怯怯地把桌子面前的凳子移了移，坐了下去。

二

刚开始的一段时间，"小胡子"只是让程灵燕做一些杂活。要出门，他自己提着包便走，也不理会他这名新助手。

直到有一天，"小胡子"要去参加政府的一个会议，他需要一个人提着相机与他配合，他这才想起了新助手程灵燕。

"明天你跟我到市民政局参加一个会议。"临下班时，郝骞对程灵燕说。

第二天上午9点钟，程灵燕按时与郝骞主任一起来到了市民政局。

他们被工作人员热情地迎进了民政局的会议室。

在民政局会议室的墙上，悬挂着"移风易俗倡新风——关于农村殡葬改革制度'大家谈'活动"的红布条幅。

"你呢，待会儿坐到后排拍照就行了，一会儿会谈中我会采访民政局的领导，到时候你注意学习。"郝骞这样吩咐他的助手程灵燕，"哦，那个相机会用吗？来，我给你说说简单的用法。你只要把焦对好，按这儿就行了，其他按钮都是设定好的，你不要动。"

对助手说完，郝骞便坐到了前排为他准备的采访席上。

程灵燕刚刚在后排坐定，便见几个领导模样的人从前门走了进来。三个人次第在前排落座，其中一个男子走上了前台。

"大家好，首先很感谢各位来参加我们的活动。经过一段时间的筹备，我们局决定召开一次对我市殡葬改革制度的'大家谈'活动，希望各位在此多提宝贵意见，为推动我市的殡葬改革而共同努力。

"随着我市经济的快速发展和人口的急剧增加，土地资源成为紧缺型资源。商人要开发，农民要种地，经济要发展。发展离开了土地是不行的。可是，面对逐年紧缺的土地资源，我们该怎么办？这就需要我们大家进言献策。

　　"我们虽然不是土地部门，可是我们担负着减少浪费土地的职责啊！虽然国家政策三令五申要节约土地，保障土地的红线不动摇。可近年来，我们琅屏市的土葬之风仍然盛行，并大有越演越烈之势。豪华墓地、家族墓群，正在侵占着我们越来越稀少的土地。我们可不能做死人与活人争地的事啊！所以，我们琅屏市的殡葬改革势在必行。"这名领导讲完后，台下响起了热烈的掌声。

　　随后，第二个发言人上到了台上，他说："首先，感谢张局长为我们琅屏市的殡葬改革而做出的努力与贡献。是呀，近年来琅屏市的发展真的是越来越快。你们看，在范家嘴村的北边，原来都是大片的荒地，可是自打琅师大红起来后，它周边的地也跟着红了起来。现在是什么人都想在那儿搞开发，开发商个个都想打着学区房的名义，多赚一笔。你们看，现在那周边的房价涨上来了吧？你现在想在那边弄块地，可不再是容易的事了！

　　"那儿原来都是一片片荒地，可是谁能想到数十年后的今天，会发生天翻地覆的变化呀！那么，土地少了，我们作为琅屏市的子民，是不是有义务保护我们脚下的寸土呢？所以，我们要从自身做起，从我们自己家做起，从我们的祖辈做起，坚决推行我市的殡葬改革顺利进行。"他讲完后，台下又是一片热烈的掌声。伴着掌声，这位领导款款走下了台子落座。

　　第三个发言的是个腆着肚子的中年男人，他和前面两位比起来肥硕多了。

　　"感谢殡葬管理处的孙处长，他的肺腑之言使我感慨颇深哪！我国的殡葬改革制度执行两年多了，可是，这个制度在我们琅屏市的进展，可以说是微乎其微。是啊，几千年的传统习惯嘛！你说，谁想把自己的亲人的遗体一把火烧了？他们辛苦了一辈子，还想着死后升天呢！可是，改革难，不改革更难！我们的土地是有数的呀！你看看，现在的田地里，到处都是坟头。前几日我下乡时，看到一片一亩多的麦地里，竟然堆着24个坟头。这个数字，可是我一个个数出来的呀！"说着，大肚子领导清了清嗓子，"那块田地里，还长着绿油油的麦苗，长势还不懒。可是地里都是坟头，农民犁起地来不知要怎样七拐八绕呢！这个例子说明，我市的殡葬改革进展缓慢，改革效果不容乐观呢！

"孙处长说得对，我们要以身作则，在其位谋其政，以身先士卒的榜样作用，来引领我市的殡葬改革顺利推进。首先，我在这表态，我会要求我的孩子们在我百年后为我进行遗体火化。就我这一百多斤，一把火烧了多利索呀！这一点可以让孙处长监督的。"他说完后，台下哄然笑了起来，并响起了经久不息的掌声。

"感谢朱局长的精彩发言，感谢几位领导的无私贡献。接下来是媒体采访时间，让我们有请《晨报》的记者部主任郝骞同志。"民政局办公室的张主任充当了此次的主持，他说完后便走下台去，坐到了他的座位上。

"大家好！"郝骞说着走上台，双手摊开向下，止息着大家热烈的掌声。

"大家在采访中不必太拘泥，我们可以随意谈谈自己的想法。我看今天的会议还邀请了群众代表，很好，那么，我们也来听听他们的意见。"说着，郝骞向一位群众发起了问，"请问，我们市大力推进殡葬改革，您对此有什么意见吗？您可以从自身的角度，向我们说说您的想法及建议。"

郝骞在采访这个农民的时候，程灵燕倒没有忘记举相机，可刚才领导们讲话的时候，她一张都没拍，只顾愣神听领导们讲话了。

三

采访结束后便要撰写稿件，发第二日的报纸。可是，郝主任在拷照片的时候，却找不到一张领导们讲话的照片。为此，他大为恼火，狠狠地批评了程灵燕。

"你以为出去采访就是只拍我们自己呀,你得把领导们拍好了,突出领导的形象,我们只能起个陪衬的作用。记住了啊,下次不要再犯同样的错误!不要放过领导们讲话的每一个角度。"程灵燕听着郝主任的批评,诺诺连声,脸红得像一片霞。

好在这种会议,人家单位也都安排有拍照的。郝骞只好给民政局办公室的张主任打了电话,让他们给报社传些照片,才没耽误发稿用。

四

这些日子以来,程灵燕跟着郝主任学了不少东西,从怎样撰写采访提纲,到采访中如何向采访对象随机发问,如何掌控采访时间等。郝骞就像一个活课堂似的,处处弥补着程灵燕新闻知识的不足。

"明天你跟着我出差,我们要到闫良市去。咱们跟地方日报一起搞了一个报媒融合活动,我们下去采采风,顺便也带你下去体验体验基层生活。"郝骞整理着办公桌上的资料,头也不抬地对助手程灵燕吩咐。

"嗯。"坐在电脑前的程灵燕,盯着闪亮的屏幕,头也不转地应了一声。

其实在程灵燕的心里,她是不愿意跟郝骞一起出差的。虽然与郝骞越来越熟络,可是程灵燕觉得,他看她的眼神总是那么狡黠,那么不怀好意。

五

闫良市气候适宜,四时分明。初春时节,大地呈现出一片勃勃生机。

一辆白色的越野车,奔驰在闫良市的公路上,路边大片的油菜花竞相开放。

路边的油菜花开得奇，这边还是绿色的骨朵，那边便是黄色的花蕊。油菜花开放的时间不同，可能是因为农民种植时间的不同以及光照程度的不同吧！

在大片黄色的花海里，成群的蜜蜂嗡嗡地飞着，它们在辛勤地衔取花粉结蜜，真是春来百花开，但见蜂儿忙啊！程灵燕心中惊呼：好美的一幅早春原野图哇！她趴在车窗边，目不斜视地欣赏着外面的美景。

自从上学、工作后，程灵燕不知道有多久没欣赏过野外的美景了，好像她生来就是城市人，没有在农村待过似的。

"美女，别看了，你看把蜜蜂都招进来了。"郝骞一只手握着方向盘，一只手朝在他面前的一只蜜蜂挥舞着。

"你这不是招蜂引蝶了嘛！"赶走蜜蜂后，郝骞狡黠地斜睨了一眼程灵燕说。

"郝主任，请您说些好听的话呀。这招蜂引蝶可是专门针对男人来说的，特别是像您这样的男人。"程灵燕不客气地拿话攻击着她的上司。

"哈哈，灵燕同志说得对，郝主任是最惯于招蜂引蝶的。"坐在后排的冯烨和华小兵听了程灵燕的话，哄笑了起来。

冯烨和华小兵是摄影部的两名记者。冯烨四十多岁，华小兵二十多岁。可以说，郝骞是记者部的元老，冯烨是摄影部的元老。虽然他们二人的工作不冲突，也风马牛不相及，可平时的工作中，他们是谁也不服气谁！在人前，如果你夸郝骞，那最好别提冯烨；如果你说冯烨的好，最好也别提郝骞。

在《晨报》，冯烨与郝骞，就像是斗牛场中两头蓄势待发的头牛，都在瞪着眼睛瞅准机会，向对方发起攻击。可是，他们也就那么瞪着，谁也不愿意做第一个先出手的人。

"冯主任此言差矣！你看我郝骞光棍半生，没有引来一只蝶。可有些人，比如冯主任您，那可是好事不断，喜事连连哪。"郝骞终于按捺不住，向对方出手了。

"你……行行，我不跟你斗嘴了。"冯烨说着止了话头，憋着气看向了车外。

六

冯烨现年四十五岁，家在外乡的农村。以前，他在部队里学过摄影，曾做过多年的宣传干事，还做过排长，转业后被分配在了《晨报》。

经过多年的打拼，目前在《晨报》摄影部，冯烨也是个头儿。摄影部与记者部在报社势均力敌，所以郝骞与冯烨杠上了。在《晨报》，他们二人总是谁也不服谁。

冯烨幼年时，便和老家的一个农村姑娘定了娃娃亲。那时，他家里穷，兄妹众多，父母生怕他将来娶不上媳妇。

冯烨是家里的老大。邻家大叔经常去他家里串门，冯烨父母不在家时，看到冯烨，这个邻家大叔便会与他开一两句玩笑。

冯烨十多岁的时候，邻家大叔与冯烨父母半开玩笑似的说："看看这娃都快长成大小伙子了，该找媳妇了！"谁知说者无心，听者有意。冯烨的父母觉得隔壁老张的话有几分道理，看看半截高的冯烨，再看看后面跟着的一个个小萝卜头似的孩子，他们着实犯了难。

"他张叔，你那儿要是有合适的'头'的话，就给咱娃趸摸趸摸。"冯烨的父亲把吸乏了烟的烟锅在鞋帮上磕磕，望着端了一碗玉米糁，吸溜吸溜地喝着的隔壁老张说。

"俺是开玩笑的，你还当了真哪？"老张操着方言说。

"真的呀，他叔，咱可不开玩笑！你看这一个个的，将来还不定让我作难成啥样呢！"冯烨的父亲望着在院子中疯耍的几个高低不一的孩子，脸上现出了愁容。

"咱说好了呀老冯，你要当真，那俺可也就当真了呀。"老张说着把喝完了的饭碗往地上一摞，从怀中掏出一小袋烟叶，用废纸娴熟地卷成一个条状, 吧嗒吧嗒地吸了起来。

吸了几口, 老张剧烈地咳嗽了起来。

"行了, 行了, 你们都少吸一些吧, 瞧都成啥样了, 还吸! 一个个就跟个大烟鬼似的。"正在和面的冯烨母亲, 听到老张的咳嗽声愤愤地说。

"嫂子, 你这是在咒我们哥儿俩哟。"止了咳的老张呵呵地笑着, 并不对冯烨母亲的话生气。

七

老张办事可真够利索! 还没过多少日子, 他便为小冯烨趸摸到一桩婚事。

这晚, 老张不似往常那样大大咧咧, 而是悄悄地把老冯拽到了院门外说话。

"老冯, 你上次说的事俺给你问妥了呀, 咱疙瘩岭上的那个村老钱家有个女儿, 今年十五了, 可以给咱娃说说。"老张又补充了一句, "长得精着哩!"

"他叔, 如果能行的话, 这事就麻烦你多张罗张罗。事成了还不给你买个大褂子穿哪。"老冯巴巴地望着老张说。

"这不是事儿, 不是事儿。这事要真能成, 那可是好事呀! 其他的都不是事儿。"老张谦和地说。

老张好像生来就是个好媒婆似的, 冯烨的亲事在他的撮合下, 还真就成了。不过呢, 女方家长提出: 定亲要两千元的彩礼钱, 然后再给女儿扯五丈的花布做衣裳, 若同意了这些, 这门亲事便算是定下了。

老冯为了将来能省些钱, 情愿现在作难! 他想先为儿子找个媳妇系着, 将来长大了, 也便顺理成章了。能少花不少钱呢! 老张在心里琢磨着。

就这样, 十二岁的冯烨, 说定了一门亲事, 女方比他大三岁。

在农村, 都说"女大三, 抱金砖", 何况女方家还姓"钱"呢! 所以, 这门亲事说成后，冯烨父母，着实乐呵了两天。

八

长大后，冯烨从了军。到了婚娶的年龄，自然就迎娶了疙瘩岭上钱家的女儿做了媳妇。

从定亲到娶亲，冯烨统共也没和女方钱氏见过几次面。那钱氏在少女时，尚长得苗条，没想到成年后，居然是五大三粗的模样。

冯烨是一个瘦瘦弱弱的青年，和钱氏站在一起，别人都说钱氏看着不像是他的媳妇，像是他的大嫂。

成亲后，冯烨仍然在部队当兵，后来还做上了小排长。而钱氏，则一直在家务农，又累又重的农活也没能使她瘦下来，她仍然是拖着一身肥嘟嘟的膘。钱氏的头发，由于缺少打理，就像一窝稻草似的，走起路来飘飘忽忽的。

冯烨很少回家，差不多一年回去一次。不知是那钱氏不孕，还是冯烨压根就不想让钱氏为他生育子嗣，反正是冯烨到了三十几岁，还没有一儿半女。

冯烨也不说与妻子离婚。他和妻子就像居住在地球两端似的，知道彼此在哪，可就是走不到一起好好过日子。

后来，冯烨转业到了地方，他身上的军人气质和俊朗的面孔吸引了不少女孩子。前年，他和一个叫小芳的姑娘搭上了，那姑娘一下子爱上了他，非要跟他结婚。那姑娘还到《晨报》领导那儿找过冯烨的碴儿，这事在报社闹得沸沸扬扬。后来，冯烨干脆牙一咬，和妻子离了婚，娶了小芳。

后来，冯烨和小芳生了一个胖儿子，也着实乐坏了冯烨。

可是，男人的骨子里好像天生就有不安分的因子。冯烨在后来的一次采访中，认识了一个做保险的精英女性。这女人一见冯烨，便使出了浑身解数捕获他，最终，冯烨拜倒在她的石榴裙下。

接下来，女人借着做保险的名义，三番五次地来找冯烨，并通过冯烨认识了他的领导。冯烨的领导在和女人亲热之后，记恨起了冯烨，为此还常常给他穿小鞋。这在单位里也成了大伙心知肚明的事。不过后来，因为单位领导调动，这个爱记仇的领导走了，冯烨因工作突出，得到了新任领导的赏识，获得了摄影部主任的职位。

第二十六章　饭局

一

车子飞一般地行驶在公路上，三个小时后，进入了闫良市的地界。

闫良市，一个程灵燕并不陌生的地方。她在这儿生活过，这儿也有她的好朋友小梅。

想起小梅，程灵燕的心里像一锅烧开的水翻腾起来。往事的一幕幕映于她的眼前，此时，她急切地想见到小梅。

闫良市政府部门早就为《晨报》的这些人安排好了住宿的地方。他们到达后，负责接待的人直接把他们带到了酒店。

接待他们的是《闫良日报》的办公室主任。主任姓乔，三十多岁，个子不高，但看起来是个很干练的人。

"郝主任，你们先到房间休息一下，一会儿我再过来接你们吃饭。"把客人送到酒店后，乔主任礼貌地先行离开。

万国酒店，可以说是闫良市最豪华的酒店。

程灵燕以前也住过几次酒店，可是像这样豪华的，她还是第一次住。

进入大厅后，程灵燕出神地看着头顶的大水晶灯。长长的水晶流苏，从顶部垂到半空中，璀璨夺目。她仰着头，想象着这个东西被风一吹会不会哗啦啦碎掉。

"看什么呢？至于对着一个灯仰头看半天吗？"郝骞制止了他的助手这种傻傻的行为。

除了这个大水晶灯，大厅四周的顶上还装着很多小灯，把整个大厅映照得金碧辉煌。程灵燕眯了眯眼睛，似乎是这光芒迷眩了她的眼。

《晨报》一行四人，坐电梯上了七层。

华小兵与冯烨住了一个房间，郝骞和程灵燕各住一个房间。程灵燕从郝骞的手中接过房卡，打开了她的房门。

朱红的桌台、洁白的床褥，这一切都使程灵燕心情愉悦。

"还有电话，太好了！"洗了洗手，整理了一下头发，程灵燕顾不得歇会儿，便拿起床头的电话，给小梅拨了过去。

"喂，小梅吗？"程灵燕迫不及待地向电话那头发问。

"谁呀你？"电话中有个女声问程灵燕。

"哦，你好，我是灵燕，是小梅的朋友。她在吗？"见对方不是小梅，程灵燕急急地问。

"哦，您找我们店长啊。她出去了，这会儿不在。等她回来，让她回给您好吗？"

"好的，好的。"程灵燕允诺着对方。

"好柔软的床啊！"放下电话后，程灵燕重重地跌坐在床上，感受着柔软中弹跳的快乐。她躺在床上，把身体窝在柔软的被褥里。

本想就这么休息一会儿的，没想到片刻后她竟呼呼地睡着了。

二

"丁零零，丁零零……"电话不停地响了起来。

程灵燕猛然惊醒，抓起听筒，慵懒地问："哪位？"

"我呀！小梅！半天不接电话，你干吗呢？你到闫良市了？"小梅一连声地问着久未见面的好友。

"小梅？"程灵燕一下子来了精神。

"哎，小梅，你刚才去哪儿了呀？我给你打电话你不在。"

"哦，我出去采购了一些店里的美容用品。你呢，什么时候来的？也不早点儿通知我。"

两个女孩儿你一言我一语地在电话中聊了起来。

"我呀，也是临时决定来的，事先没来得及通知你。"程灵燕对小梅说。

"咣咣，咣咣……"一阵急促的敲门声传来。

"稍等啊小梅，不知道谁在敲门！"

程灵燕轻轻地把电话听筒侧放在床头柜上，趿拉着鞋子跑了过去。"谁呀？"她哗地一下拉开房门。

"你在干什么呢？叫几次都不应。"郝骞拉了脸不高兴地说，"人家叫吃饭都等半天了！"

"哦，郝主任，不好意思啊！我这就来。"程灵燕说着便把郝骞关在了门外。

"快点儿哪！"门外的郝骞似不甘心地吼了一声。

"小梅，你晚上要没事的话到我这儿来住哇，咱俩说说话。你来了让服务员给你开门就行了。"程灵燕告诉了小梅酒店的名字。小梅说她知道这个地方，并答应了程灵燕晚上过来陪她。

<h1 style="text-align:center">三</h1>

还是乔主任过来接他们。为了让这些人能喝些酒，乔主任特意开上了自己的车，负责今晚的接送任务。

"郝主任，今儿晚上您可得掌舵呀。领导特意安排我开车接送你们，为的就是让你们吃好喝好。"为了打破车内沉默的气氛，乔主任先向《晨报》的人预告了今晚的酒局。

"不敢当！不敢当！我这二两的量，撑不起大局呀。让冯主任来吧，冯主任酒量好。"郝骞此时仍不忘冯烨。

"你这是什么话呀，郝主任？这样的重任我可不敢当啊！郝主任一贯身先士卒，还是您来得好。"

"好了，好了，你们二位不用再推辞了。咱县委接待办的王主任，还有基层的几位领导今晚都在，他们可都是一斤以上的量啊。到时，你们恐怕谁都推不得的。"说着，乔主任呵呵地笑了起来。

迎宾大酒店坐落在云巷街的北端。这云巷街原是错落有致的民居区，这些年到处在搞城市开发，云巷街亦不落后。云巷街的人们，在地方政府的号令下，为了支持城市开发，他们拿到了或多或少的补偿款后，便一户户地离开了生养他们的这片土地。他们先是自己找房子居住，待政府为他们建设好安置房后，再搬回来。

目前，云巷街已是商贾云集。模仿着古建筑的风格，这儿被建成了一条古街。这条古街的上处，便是迎宾大酒店。

古街上大都是做玉石、玉器生意的，兼有卖古玩字画的。晚上，南来北往的商客大都成了迎宾大酒店的食客，他们吆五喝六、划拳摩掌，把富丽堂皇的酒店弄得好生热闹。

大部分的食客都爱凑个热闹，他们看哪儿的人多，就认为哪儿的菜做得好。

但这表面上看起来闹哄哄的迎宾大酒店，楼上却有几间僻静的雅间，这是专为尊贵的客人留的。

想坐僻静雅间，你得提前预订，得和老板相熟，你的身份还得和这个地方匹配得上。否则，就算是没有客人空着时，你若问，他们的房间也是客满。

这就是饭店老板做生意的诀窍,不仅为自己营造了生意兴隆的景象,也为那些不定时来这里消费的尊贵客人时时备着位置。

四

"来来,坐坐。"在酒店服务员的引领下,乔主任带着几人推门进去。这时,在座的都向《晨报》的这几人热情地打着招呼。

"郝主任、冯主任,我们又见面了呀,我们见一次可不容易呀!自我们上次见面,这一晃几年都过去了。"说这话的,是《闫良日报》的副社长诰利军,他同时还兼着报社采编部主任的职位。

"诰社长啊,可不是嘛,您是领导,您老忙啊。"郝主任说着客气话。刚进来的一干人等被簇拥着坐了下来。

"来来,坐上座呀,郝主任,这个座可是专门为您留的。"诰利军副社长要把郝主任往上首空着的座位上按。

"不行,不行,诰社长,这个位置我不能坐,这是主人的位置,我是客呀。"郝主任谦虚着不坐上座。

看郝骞实在谦让,诰利军便又拉冯烨往上首坐。冯烨也推让着不坐上座。没办法,诰利军便又把县委接待办的王主任向上推。

"哎,老诰,你得当好东道主哇,这个位非你莫属。"王主任下命令似的说。诰利军又谦让了一番后只好到上首落座了。

在他们相互谦让的时候,服务员已在陆陆续续地上菜。鸡鸭鱼肉,荤素兼具地上了一大桌子。

坐在最下首的乔主任,连着打开了两瓶写有"内部特供"的招待酒,斟满了八个玻璃杯。"女士喝点儿红酒吧?"他看着程灵燕和另一位女士问。

"哦,我不喝酒的,我不会喝。"灵燕连着说了两句。

"那咋行,女同志可是半边天哪,在任何时候,都不能少了你们。服务员，把酒单拿来。"机灵的服务员应声而到。乔主任接过酒单，要递给程灵燕。"不，不，我不会喝的。"她再次摇头拒绝。

"你看看吧。"乔主任又把酒单递给了与他挨着坐的一名女同志。

"哦，不，我也不会喝的。"女同志柔柔一笑拒绝了。

"唉，你们都很谦虚呀。服务员，那个什么，来瓶干红吧，要最好的呀。"乔主任自作主张地吩咐了下去。

"哎，乔主任这就对了，现在的女同志哪能不喝酒呀。"诰利军附和着说。

五

干红上来了，乔主任倒了将满两杯："来，给你们倒上。"他在二位女士面前各放了一杯。

酒桌上关于谁坐上座，是有规矩的。中国的酒桌文化，官场与非官场之间、不同领域的官场之间，会有些差异，但总的来讲，还是大同小异的。中国人讲究座次是"尚左尊东""面朝大门为尊"，若是圆桌，则正对大门的为主客，主客左右手边的位置，则以离主客的距离来看，越靠近主客位置越尊，相同距离则左侧尊于右侧。

今天，他们坐的是十人台的一个圆桌。诰副社长谦坐在上首后，郝骞坐在他的左侧，冯烨坐在他的右侧。

"来来，各位，让我们满饮此杯，以表示对几位的欢迎。"说着，诰副社长举起酒杯，仰头一饮而尽。然后，他又专门一个个碰杯，先是侧转身与郝骞碰，又转了方向与冯烨碰，接着便与接待办王主任碰，再后来，他把酒杯举到了程灵燕面前。

"哦，不好意思，我不会喝酒。"程灵燕举起酒杯，轻轻地与诰副社长碰了一下。

"哎，哎，别客气，到这儿了我们都是朋友。"诰副社长再次谦让一番,并一个个地碰了杯。

按说,像这种单位与单位之间的接待,是用不着县委接待办的王主任大驾的,可谁让诰副社长是王主任的哥们儿呢。王主任来了,这吃饭记账也方便。

六

酒桌上觥筹交错,杯来盏往。不一会儿,这些人便喝下去一瓶多酒,但菜还未动几许。

"来来,别光喝酒,吃点儿菜。"说着,诰利军给他左右两边的两名主任各夹了菜。

"其他的你们自己来呀,我管你们喝好。但是吃,得靠你们自己呀!"他举着筷子,示意大家都吃。

在谦让中,程灵燕不得不喝了少许酒。也许是好久未喝酒了,也许是这个氛围令她紧张,不一会儿,她的脸上便飞上了两片红霞。

"都是自己人,你们可不用客气。今天,我们就尽兴而为。"诰副社长再次招呼在座的大家。

酒过三巡,酒桌上的另外几个人还未介绍。他们中挨着华小兵坐的是荡子乡的乡党委书记,挨着王主任坐的是荡子乡的卫生院院长,而那名女性,则是荡子乡政府的宣传干事。

吃饭,竟然会这么漫长。程灵燕想,若是我自己,恐怕已吃完三天的饭了。这样浪费时间,使她感到很无聊。

又坐了一会儿后,程灵燕便焦躁起来。其他人说的什么,她听不太清,总觉得耳内哇哇的一片。她感觉晕晕乎乎的,其实,她并没有喝多少,只是在想小梅。小梅该到了吧? 她看了看时间,快晚上10点钟了。

程灵燕虽然不善于喝酒,但是应付应付还是可以的。别忘了,她还在酒吧练过一段时间呢。

就这么等着、挨着，不知又过了多久，程灵燕听到喝多了的男人们在称兄道弟。这该结束了吧！以她在酒吧工作的经验来看，这个时候预示着这场饭局将要结束了。

"明天，明天让乔主任带你们到荡子乡，我就不陪你们了。"诰副社长打着酒嗝说。

"好，好，走吧。"乔主任招呼着这些喝晕了的男人向外走去。

七

待回到酒店的时候，已是晚上11点了。程灵燕疲惫地掏出房卡，开了房门。

"哦，小梅在这儿呢！"打开房门后，程灵燕看到了鼓嘟嘟的被子下面像是躺了个人，想着应该是小梅等不及她，早早地睡下了。

程灵燕蹑手蹑脚地走到床边，看了一眼熟睡中的小梅。"瞧这妮子，连妆都没卸！"看着小梅花花的脸，她轻轻地叹了一口气。然后，她轻轻地踢掉鞋子，换上了房间内整齐摆着的拖鞋。

程灵燕悄悄地走进了卫生间，窸窸窣窣地洗漱起来。

水流声哗哗地响，把小梅从睡梦中惊醒了。

"燕子，你回来了吗？"小梅惺忪着睡眼，霍地坐了起来，看着卫生间内晃动的人影问。

"嗯，你醒了呀？"程灵燕刷着牙就跑了出来。

"你咋回来这么晚呢？我等着等着就睡着了。"小梅笑着看向许久不见的朋友。

"唉，还不是那帮讨厌的人，喝个酒跟喝黄金似的，就是舍不得离开酒桌。我也只好在那傻坐着，干陪着！"程灵燕返回卫生间，漱掉了口内的沫子，回来对小梅抱怨着。

"行了，行了，你赶紧洗吧，洗完了上床我们说会儿话。"小梅伸了个懒腰说。

"你说我们这都多久没见了呀？"小梅回忆似的计算起俩人分别的时日。沉吟了一会儿后，她说："哦，快五年了！你瞧这日子快的。灵燕，你快过来看看，我老了没有？"小梅说着便惊慌地摸了摸自己的脸。

"瞧你，跟个花姑娘似的，老个毛哇。赶紧去把你那大花脸洗掉，洗干净了我才能好好看哪。"程灵燕乜斜着眼睛说。

"好好好，我这就去洗。你有卸妆的吗？"小梅问。

"喏，那个袋子里什么都有，自己拿吧。"程灵燕指了一下她那个褐色的化妆包说。

"咣咣……"一阵响亮的敲门声传了进来。

"谁呀，这么晚了都？"程灵燕站在穿衣镜面前抹着脸说。她与小梅仍然说着体己话，并不理会刚才的敲门声。

过了几分钟后，敲门声再次响起。

"谁呀？"程灵燕大声问着，并跑过去打开了房门。

"郝主任，这么晚了，您有什么事吗？"郝骞东倒西歪地站在门外，程灵燕略显吃惊地问。

"哦，洗脸呢？"见程灵燕手里拿着毛巾，郝骞故作平淡地问，"怎么，屋里有人？"郝骞扫见了房里的人影问她。

"嗯，我朋友小梅，她在这个城市生活。"

"那我就不进去了，我就是来看看你有事没事。你不是也喝了不少吗？"郝骞带着醉意，殷勤地说，"哦，我回了呀，不早了，你回去睡吧。"说着，他摆摆手摇晃着走了。

"谁呀？"小梅瞥着房门的方向问。

"我的主任，讨厌的郝骞，一个恶心的小胡子。"程灵燕愤愤地，诅咒似的一连串说着。

"这么晚了来找你，是不是……"

"行了，行了，快别说了，我见了他的小胡子就恶心。"程灵燕看了一眼嬉皮笑脸的小梅，知道她不会说什么好话，就赶紧制止了她。

"你快去洗吧。"程灵燕催促小梅。

八

"小梅，你说我们已经四年多没见面了吗？"程灵燕与小梅躺在床上，拿枕头倚靠在床头聊着。程灵燕不敢相信小梅说的话，"这四年多的时间，咋转眼间就过去了？"

"可不是嘛！你算算，我们自火车站一别几年了？你上完了大学，又找着了一份不错的工作。这一晃啊，好几年就过去了。"小梅看着许久未见面的好友，幽幽地说，"没良心的！走了连一封信也没有。"

"好小梅，你可别怪我呀，我这几年飘忽不定的，可我始终是想着你的呀！哎，说说你的情况，这些年你是怎么过来的？交男朋友了吗？"程灵燕急切地问着小梅。

"交是交了一个，可是，总感觉不是那么舒心！"

"为什么呢？"程灵燕盯着小梅问。

"我家里不同意呗，死反对！"

"那他什么条件哪？是家里穷吗？"程灵燕问。

"家庭条件也就那么回事吧，农村人嘛，条件是其次的。要命的是他父亲得了精神病，我家人说什么也不同意我跟他的事。"小梅略带伤心地说。

"那他父母以前是干什么的？"

"他的母亲没有工作，平时哪有活了便打些零工，他的父亲是一名纺织厂的工人。他父亲原来还好好的，一点儿迹象都没有。"小梅说着，脸上逐渐布起了阴云。

"纺织行业本身就是要倒闭的行业，可是前些年，他们工厂说倒闭了吧，也没有完全倒闭，还有那么几个人上着班。这些年，私有纺织厂似乎完全替代了公家的纺织厂。你说，我们现在都买衣服穿了，扯布匹做衣服的又有几人呢？所以呀，他们工厂要进行破产拍卖。老头儿工作了一辈子，到头来只拿到了两万元的买断费。老头儿没有工作了，还听说将来连退休工资也领不到，就觉着心里憋屈。

"后来，我男朋友的哥哥因为开大车撞死了一个人，赔了好几万元，老头儿工作了一辈子的钱都搭了进去。所以呀，老头儿便更想不开，慢慢地就得了抑郁症了。想想也是，我男朋友家姊妹多，又大都没什么出息，全靠老两口儿。我男朋友是老二，他们家三个男孩。你说，将来结婚哪什么的，得花多少钱哪？你说老头子能不急吗？

"听说，我男朋友的哥哥前些年找过一个对象，可是临结婚时对方非要五万元的彩礼钱。他们家拿不出来，这门亲事愣是黄了。老头儿从此就气病了，后来一直都是魔魔怔怔的，再也没好过。病情严重时他被家人弄到医院检查，说是'偏执性精神障碍'，也就是'精神病。'"小梅娓娓道来，像在述说着自己家的故事。

程灵燕也不去打断小梅，只静静地聆听。

"我们两家在一个镇子上，离得很近，来来往往的风言很多。哦，他也在闫良市打工，是个厨师。"小梅补充说。

"你们处多少年了？"程灵燕问。

"嗯，有三年多了，快四年了。"小梅答。

"那你们有没有那个？"程灵燕望着小梅的眼睛问。小梅顿时红了脸。

"你说哪个呀？"小梅装作疑惑地问。

"装吧你！"程灵燕捅了一下小梅笑着说，"你就爱在我面前装正经。"

"人家本来就正经好不好？要不然还能守着他几年哪！"小梅正色说。

"哎，你谈男朋友了吗？"小梅反问好友。

"人家在问你呢好不好! 快说, 你们俩同居了没有?"程灵燕催逼着小梅。

　　"瞧你, 一说这些事儿就来了精神, 真是不正经! 嗯, 算是吧。"小梅说。

　　"什么叫算是? 是还是不是?"程灵燕一定要小梅正面回答。

　　"是, 我的大小姐。"没奈何, 小梅只好老老实实地回答程灵燕, "哎, 我给你说, 你可不许往外说呀。前段时间, 我打胎了。"小梅告诉程灵燕她的秘密, "本是想着要与他结婚的, 我也不嫌他家里穷。可是我的父母不知道听谁说, 精神病是会遗传的, 而且遗传概率还挺高。我父母说, 我要是与精神病的儿子结婚, 他们就死给我看, 还威胁我说, 我与他生的孩子将来也有可能是精神病。你说, 我能怎么办? 我只有去偷偷打掉了。"小梅的表情很是阴郁, 并微微地叹起了气。

　　"那你现在打算怎么办呢?"程灵燕问小梅。

　　"还能怎么办? 分了呗!"

　　"分了? 那你甘心哪?"程灵燕问。

　　"不甘心又能怎么样呢!"小梅再次阴沉了脸。

　　这晚, 程灵燕和小梅聊到很晚。她们用言语安慰着分别了太久、压抑了太久的彼此的心灵。聊着聊着, 她们似乎一下子就把几年未见的时光抹去了, 好像从来不曾分开过一样。两个女孩子聊到痛处时便抹着眼泪, 聊到兴奋处便手舞足蹈。

九

　　第二日,《闫良日报》的乔主任一大早就赶到酒店, 把《晨报》的人接到了荡子乡, 他们两家报纸联合在当地搞了一场"高产农业种植示范推广项目"活动。该活动旨在高规格地宣传高效农业的种植推广, 让农民搞明白种地与种好地的区别, 提高农民的生产积极性, 带领老百姓脱贫致富。

回去后，郝骞让程灵燕把采访的资料整理成初稿，然后，他再加工修改。程灵燕从中学到了不少东西。

第二十七章　职场起伏

一

时日像车轮似的，一日一日飞速地转动着。当你工作上或生活上感觉不顺心的时候，这个车轮就会发出"嘎嘎"的声响，你就会觉得时日是焦躁而缓慢的；可一切顺风顺水的时候，你就会觉得时日过得特别快，就跟飞着过似的。

程灵燕就是这样的，她刚来《晨报》的时候，觉得自己什么都不会，跟个生瓜蛋子似的，没法和专业学新闻的比。所以，她处处都得现学，比如采访、编写，甚至是摄影。刚开始那段时间，她着实勤奋和辛苦，可她没有退缩，经过一段时间的打磨后，她自己已渐渐能够独立工作了。她就像一把经过淬炼的剑，散发着幽蓝的光。

可是，职场不总是一帆风顺的，而是充满着残酷无情。

《晨报》的人事竞争也是异常激烈的。从表面看，一切似乎风平浪静。然而，你要想从一名采编人员转为一名正式记者，不仅要经过时日的打磨，更要经过复杂的流程与竞争。

人都是具有向上心理的，程灵燕更是不甘于在采编的职位上长久徘徊，她像一只大雁一样亟待振翅而飞，去实现自己更为广阔的人生目标。可是，她一无关系，二无钱财，在没有依靠的情况下，她只能靠自己。她只有靠着自己的勤奋与努力，来博得领导及同事们的青睐与肯定。

程灵燕就像是一条小鱼似的，在《晨报》的大海里奋力游走。琅屏市的角角落落都是她奋斗的战场，哪里有新闻，哪里便有她的身影。

刚开始下去采访，程灵燕是跟郝骞或是其他同事一起的。最后，她干脆一个人行动。无论是上班还是下班，只要发生新闻事件，她便深入一线采回第一手材料，然后交给自己的上级进行筛选甄别。最后成文时领导的名字署在前面，而程灵燕挂着"实习记者"的名头署在后面。

二

人总是不甘于永远屈于人下的，何况程灵燕是一个不甘于平凡的人。何况职场如战场，你不努力就会有被淘汰出局的危险。人无远虑必有近忧！程灵燕拿的是成教本科文凭，要想凭着这样的文凭在单位中升任首席记者，难度很大。刚入职时甘玲主任的那句话回响在程灵燕的耳边："你是被我们破格录用的……"听了这句话，程灵燕感到骄傲的同时又觉得自己在单位有着重重的危机，自己仿佛就是那个卖火柴的小女孩，只感到了四周的寒冷，只想集中全身的力量，为自己拼一个不算太坏的人生。

目前，程灵燕还不能有过多的想法。她最首要的任务是通过努力在单位中站稳脚跟，从一个实习记者转为正式记者。

你付出了多少努力，也许无人看到，但老天都会给你记着，所以才会有"皇天不负苦心人"之说。

也许你会认为这只是一个唯心主义的说辞，但程灵燕可不这么认为。程灵燕与她的奶奶一样笃信神与耶和华的存在。她觉得，自己得来的一切都是神护佑的结果，是神赐予了她向上与奋斗的力量。

程灵燕在自己的努力以及同事们的帮助下，工作上渐渐得心应手，他们小组采回的几篇关于民生方面的长篇报道, 在社会上引起了极大的反响, 同时她的工作也得到了报社领导的肯定。

三

时光循环往复, 一日日飞快而过。不知不觉, 程灵燕在《晨报》实习记者的岗位上已工作半年有余, 兢兢业业的她深得领导及同事的信任。于是, 有报社的同事向程灵燕建议, 让她向报社领导申请转正。

这天, 程灵燕心情不错, 突然来了兴致, 便撇下手头的工作, 一个人偷偷地跑到会议室的角落里拉了把椅子坐下, 一口气洋洋洒洒地写了三页多的书面申请。然后, 她拿到办公室, 交给了甘玲主任, 并向她说明了自己想申请转为正式记者一事。

《晨报》在人事制度上的规定是: 在单位试用期超过三个月以上的, 便可以向单位申请由实习记者转为正式记者。转正后, 就意味着你成为单位的一名正式聘用记者, 能够享受单位的福利待遇。

程灵燕端端正正地坐在甘玲办公桌对面的沙发上, 以毕恭毕敬的姿态等待着甘玲主任看完她呈递上去的申请材料。

"好的, 看你这段时间也比较努力, 我会尽快将你的材料转交给报社领导的, 希望你能够继续努力。" 甘玲笑着为程灵燕递上一杯热水, 她的话语似一股甘露滋润着程灵燕的心。

"谢谢你甘姐, 我一定会更加努力的。" 对于甘玲给予的帮助与安慰, 程灵燕从内心感激着。

四

"这么快就要转正了, 不简单哪。" 一天早上, 程灵燕拿着抹布正在擦着办公室的玻璃窗, 郝骞夹着个皮包从外面走了进来。程灵燕总觉得他说话的声调阴阳怪气的。

"哦，郝骞主任这是正式通知我了吗？"她嘴上淡淡地应着，但内心却怦怦地跳，连手上擦拭的动作也变得迟钝了。

"嗯，不不，报社会下正式的通知，我这是小道消息。看你做了我这么久的部下，这才私下传达给你的。"郝骞换了一副涎笑的脸说，"怎么，不请我吃顿饭吗？怎么着你也得谢谢领导我培育有功吧？"

"唉，我说主任同志啊，我一个月就那么一丁点儿辛苦钱，你还想搜刮我呀？不如……你请我吧？"灵燕嬉笑着，故意拉长了腔调反问郝骞。

"嘿，哪有你这样扣门儿的？"郝骞看着程灵燕无奈地说。

在郝骞给程灵燕传达过消息的第二天，报社便印发了《关于程灵燕同志由采编转为记者的通知》。从此，程灵燕成了《晨报》的一名正式记者。

五

林详是报社新调来的社长，他到任后，对程灵燕很是赏识，常常把重要的采访任务交给她。

这可惹恼了一个人，那就是郝骞。郝骞三十多岁了，仍然单身。程灵燕总觉得郝骞看她的眼神不对。这就是单身男人的毛病，他们总是拿选美的眼光来看待新的同事，尤其是女性。如果你恰好符合了他的胃口，他就会像饿狼似的静待着你成为他口中的肉。

郝骞是对程灵燕动了心思的，没想到她一个黄毛丫头，居然对他不理不睬，这严重伤害了他的自尊心。

林详对程灵燕的重视，使郝骞心生妒忌，他觉得他的上司可能对这个小姑娘有想法。"妈的，老不正经的。"有一次郝骞看到程灵燕从社长办公室里出来后，竟忍不住啐了一口林详。

郝骞并不是一个大方的人，可以说在有些方面，他是一个心眼比针眼还小的男人。

程灵燕对郝骞的无视，使他大为恼火。在工作中他原本是愿意帮程灵燕的，以前她工作上有什么困难请教他的时候，他都会乐意指教。可是现在不行了，程灵燕几乎不敢看他的眼神，她无意中看他一眼，竟会感觉那眼神就像针扎似的极不舒服。

"郝主任，你审一下这个稿子吧？你看这个文章的标题这样处理可以吗？标题会不会显得太啰唆了？"这日上午一上班，程灵燕便拿出她昨天写的一篇新闻稿件，走到郝骞面前，很小心地向他请教。

程灵燕虽然已经转为正式记者，但在郝骞等这些报社老人的面前，她还是保持了低调和恭敬的态度，她觉得自己原本就是低于郝骞他们这一类人的。程灵燕外表看似坚强，实际上她的内心从来就没有真正自信过，因为她来自农村，孤孤单单一个人奋斗在这个没有"根"的城市。

郝骞瞟了一眼程灵燕递过来的稿子，又看了她一眼。这下程灵燕更不敢看他的眼睛了。"麻烦你了郝主任。"她小心翼翼地讨好着他说。

"你自己看呗，你现在可不比从前了，能耐大着呢，哪还需要向我请教哇！"郝骞的话语中仍然透着阴阳怪气。程灵燕委屈地忍受着郝骞的嘲讽，低着头不予反驳。等郝骞过了嘴瘾，发泄完肚子里的不满后，方把程灵燕递给他的稿子向眼前推了推看了起来。他看着稿子，心里想：我刚才的话是不是重了？此时，郝骞的心里反倒跺蹐了起来。

"你看这儿，把这一句话删掉！简直就是画蛇添足！"郝骞拿着一支红笔，拉去了稿件上的一句话说，"对不起啊！我刚才不是故意的。"郝骞看着程灵燕，眼神已柔和了许多。

六

话说郝骞的条件看起来还是蛮不错的，可为什么三十多岁的他一直单着没有一个可意的对象呢？这似乎也是他心中最大的痛点。可这不能怪别人，要怪就只能怪他的猜忌心太重。

两年前，郝骞与他的女朋友掰了。原因是他看到女朋友的手机在夜晚收到了一条短信，内容为"你好吗？"。他便趁女友不注意，偷偷地看了，并留意了发短信的男子的名字。

过了两天，这个男子又给他的女友发来短信："你在哪？"这下郝骞可不乐意了，惯于搞文字的他觉得"你好吗？""你在哪？"这两句话大有意境，绝不会如表面看起来这么简单，要么是那名男子对自己的女友念念不忘，要么是女友给男子的心中留下了很大的想象空间。为此，郝骞跟踪起了女友。

在一次深夜的跟踪中，郝骞看见女友与一名男子见面后到了一家咖啡店。这可把他气坏了！咖啡店是什么地方啊？那可是一个浪漫的、适宜约会的地方。她想干什么呢？郝骞在心里为女友与男子的约会，想象了无限种可能。私自与其他男子约会，郝骞觉得这是女友对自己严重不忠的表现，这使郝骞的自尊心严重受挫。渐渐地，他便与女友产生了嫌隙。女友呢，也受不了郝骞的猜忌和小心眼。最后，他们干脆分道扬镳了。

如今，三十多岁的郝骞依然单身。在父母的屡次催逼下，他想，是该找个女人考虑结婚的事了！

程灵燕刚进单位的时候，她身上的纯真打动了郝骞。可是没想到，他给她秀出了一点儿意思，她却并不领情。这使郝骞大为光火，觉得自己失了面子。

第二十八章　眺望远方

一

时光比飞机上的螺旋桨转得都快，一转眼，程灵燕来到《晨报》已经两年了。通过努力，她由一个默默无闻的新人，变成了一名优秀的记者，屡屡得到报社领导的嘉奖。她的和善为人与低调处事，也不断赢得同事们的肯定。可是，程灵燕认为不变的便是失败的，她不能让自己长久地处于一种一成不变的状态。她想：要继续奋力向前，便要使两翼的翅膀更加坚强有力！

怎么办？对于如何改变目前的状况，程灵燕在心里犯起了嘀咕：薇儿都上了研究生，我总不能只拿个成教的文凭，让别人瞧不起吧？不能这样下去，我得想办法考个研究生，向前再跨一步！

有了想法，便要实践。程灵燕在心里，又给自己定下了一个奋进的标杆。循着这个标杆，她似乎望见了一条更为明朗的人生坦途。

二

在做了两年的报社记者后，程灵燕在各方面都有了长足的进步。她养成了每天看新闻的习惯，大到国家的政治经济，小到民生的琐事纠纷，她都要看。所以，她对各个领域都有所了解。

近段，程灵燕一直在考虑上研究生的事儿，然而，对于研究生怎么考，她还是一片迷茫。为此，她疯狂地在网上搜索着各方面的政策与信息。

经过多方了解后，考虑到自己各方面的情况，程灵燕决定报考在职研究生。

好在中国的教育制度是公平的，国家对统招与非统招学历一视同仁。这样，程灵燕在心里为自己树立起了"文化自信"。

程灵燕是个说做一致、雷厉风行的人。她的人生信条是：目标与方向，是人前进时最准确的指南针。万事只有想了去做，才有实现的可能，若想了不去做，你的想法可能就真的只是"想法"。

为了使自己的目标又快又好地落实与推进，程灵燕除了认真复习书本知识外，还报名参加了"行而学"举办的在职研究生入学培训班。

"行而学"，是琅屏市最知名的一家教育培训机构，程灵燕是通过熟人介绍才到这儿报名的。这家培训机构对外宣称："凡是经过本机构的培训，考试通过率为100%。"

冲着"行而学"给出的100%的承诺，程灵燕铆足了劲儿，树立了信心。

报名过后的一段时间，程灵燕把努力的重点放在了研究生的入学考试上。由于她平时一直没有停止过学习，外语成绩也不差，再加之培训机构悉心培训与指点，在"十月联考"中，程灵燕一举通过了。她报的是新闻传播学专业，学制两年半，上课时间在周末。至此，学习又成了程灵燕生活中最主要的事。

程灵燕做事一贯认真努力，上了在职研究生后，工作上她同样不愿意放松自己，所以她比先前更忙更累了。

三

　　年底了，报社要召开年度工作述职大会，领导要求每个人都要发言，把一年的工作在大会上进行总结，并对来年的工作进行规划。

　　程灵燕是很惧怕上台的，她属于内向型的女孩子，不太愿意在公开场合发言，情愿默默地在幕后做工作。

　　述职大会上，社长林详及副社长等领导讲完话后，第一个上台发言的是记者部的郝骞主任。

　　"大家好！同事们好！在期待中，我们社一年一度的工作述职大会召开了，很高兴在今年的今天，我仍然站在这儿与大家分享我的工作成果，展望我的工作目标……"郝骞在台上侃侃而谈，程灵燕望着他一张一合的嘴，及在张合中抖动着的小胡子，想：他怎么那么能说呀，还真是个厚脸皮的人！

　　郝骞讲完话后，又有四五个人上台发了言。程灵燕非常紧张，想着接下来可能就该她发言了。

　　"请程灵燕同志上台。"果然，主持会议的甘主任念到了她的名字。

　　程灵燕羞涩地走上台，拿出事先打好的草稿，用抑扬顿挫的声音说："尊敬的各位领导、同事们，很高兴今天能与大家齐聚一堂，共同来述评我的年度工作。首先，很遗憾地说，在今年的工作中，我仍然没有做出很大的成绩，也没能给报社创造出好的效益。可是，各位领导却对我不离不弃。在此，我特别感谢各位领导给予我的栽培与帮助，我深深地感谢他们！"程灵燕说着深深地鞠了一躬，台下响起了热烈的掌声。

　　散会后，程灵燕在会议室门口遇到了林社长，林社长笑着对她说："灵燕，你待会到我办公室来一趟。"说完他便转身走了。

　　别又是派我去做别人不喜欢的活儿吧？程灵燕疑惑着林社长找她的目的。

　　刚刚散会，乱糟糟的，有的人不愿意立马离开会议室，他们竟然像多日未见的朋友一样聊起了天。

程灵燕先是回到办公室待了一会儿，把今天的会议回顾了一下，想想自己有没有在大会上说错话。"嗯，好像没有不对路的地方，就那样吧！"她认为自己没有值得过于褒贬的地方，微微一笑说，"过去的何必再想呢！"

约二十分钟后，会议的喧嚣已经安静了下来。程灵燕从她的办公室探出身子，四顾无人，便悄悄地走到了林社长的办公室门口，轻轻地敲响了房门。

"请进。"林社长浑厚的声音透过木门传进了程灵燕的耳朵。

"您好，林社长！"进门后，程灵燕向林社长打着招呼。林社长此时正在低头看着今天的《晨报》。

"啊，灵燕，坐。"林社长招呼着她，却没有抬头。

程灵燕轻轻地坐在了黑皮沙发上，眼睛扫视着社长办公室的陈设。

社长的办公室真大呀，放着两张黑皮沙发，她坐的是侧面的那张。程灵燕专门找了一个侧位坐下，这样就不用与社长脸对脸。

在宽敞的窗台上，放着几盆绿植，为密闭的室内释放着氧气。这绿植的叶子绿油油的，仿佛从来就不曾缺少阳光似的。

"今天的报纸总体还不错，就是这篇文章标题太啰唆了。这样的文章篇幅，突出一个主标题就行了，何必附副标题呢！"林社长是新闻博士，果然内行，一下就指出了文章的弊端，"哦，这个文章是你写的呀，灵燕？我给你说，以后写文章，可得在标题上下功夫哇。不是说我们要成为'标题党'去吸引读者的眼球，可你别忘了在一篇文章中，最重要的就是标题。只有标题简练了，够吸引力，人家才愿意把这篇文章继续看下去嘛。"林社长像是上课似的，给程灵燕讲起了新闻写作的知识。

"知道了社长，下次我会注意的。"程灵燕诺诺地回应着。

"哦，要给你说正事呢。"林社长啜了一口茶说，"你明天到鸢鄂村去一趟，那儿有个河道治理的事儿，你过去采访一下。"

"林社长，你让别人去吧，那地方太远了。"程灵燕怯怯地回绝了林社长给她分派的活儿。

"嘿，这孩子，工作上的事怎么还挑肥拣瘦呢？这不是信任你才让你去的嘛！"林社长脸上现出了不高兴的神色。

"好好，我去。"程灵燕不情愿地回答，"我一个人吗？和谁去呀？"

"那你就还和素素去吧。"林社长说，"那地方的情况比较复杂，你们两个女孩子可要当心哪。"

"嗯！"程灵燕重重地点了点头。

"鸟不拉屎的地方，整天喜欢往那儿派活。"走出门后，程灵燕不情愿地嘟囔着。

四

鸢郢村偏远，本身林社长是不该派女孩子去的。可是这个事情，他不愿意让郝骞及报社的其他人知道太多。

鸢郢村是林社长的老家，那地方距琅屏市近100公里，属于琅屏市最偏远的属地。山高皇帝远，事情也就多，征地的事、拆迁的事、河道治理的事。林社长本是不想管的，你们爱闹就闹吧，爱争就争吧，我一小报，总管不完天下的事情。可是人家地方上就要找你，你老家不是那儿的吗？那你就得为地方的和平稳定做贡献。

任何地方的河道治理都是个老大难问题，多少年来，当地有些势力乃至小混混们都是靠着河道发家致富的。他们在河里淘沙，挖过后也不回填。政府打击重了他们闹事，打击轻了他们就根本不当回事儿。这不，鸢郢村的河道治理部门遇到了难事，沙河管理所的鲍所长就想到了他的老同学林社长。鲍所长在心里想着：这帮小混混，不服政府部门的管理，我就让媒体给你们曝光。在一次沙民相争的时候，他还真的向他的老同学林详求救了。

程灵燕与秦素素，在林社长的安排下驱车来到了鸢鄂村。

沙河管理所的鲍宇庆所长看到老同学给他派来两个黄毛丫头的时候，心里不免有一丝不屑。两个女孩能干什么呢？这个老林哪！纯粹是在应付我。鲍所长在心里数落起了他的老同学。

但鲍所长还是满脸堆笑，热情地接待了她们。你求人家了，人家毕竟应了你的事情啊，这要换别人，这种事情人家还不一定管呢！鲍所长换了种明理的想法，心里转而释然了。

"今天上午我们就先不去现场了，你们赶这么远的路也辛苦，待会儿给你们开两个房间，先休息一下，我们一起吃了午饭再过去。"鲍所长这么给两位女孩安排着。

鲍所长要给她们开两个房间，程灵燕回绝了鲍所长的好意，说："我们住一个就行了，实在没必要多开。"

虽然从琅屏市赶过来不算太远，但连日来的奔波着实让程灵燕感到累了。她想，下午还不知道会遇到什么情况，还是先休息一会儿为好。

回到房间后，程灵燕简单地洗了一下手，倚在床上，她告诉自己，至少要静静地休息上二十分钟。可是刚眯上眼两分钟，她突然说："素素，你看我们是不是得准备准备？别下午去了跟个生瓜蛋子似的，什么都搞不懂。"

"姐，你看这房间里没有电脑，我们查不成资料，怎么准备呀？"素素无奈地望了程灵燕一眼说。

"哦，这样，你翻一下他们宾馆的本本，一般宾馆都会放上对当地风土人情的介绍，你找找看有没有这样的东西。"程灵燕闭着眼睛说，"不好意思啊，素素，我这两天实在是太累了，你就辛苦一下。"

素素已不再是当初的实习生了，所以，程灵燕尽量客气着对她说话。但素素对程灵燕还是很敬重的，把她当姐姐一样。

"没事的，姐，你就别跟我客气了。"素素莞尔一笑，开始翻起了宾馆的资料。

一个褐色的大皮本子里面，除了宾馆的设施说明外，还真夹着一些对地方风土人情介绍的资料。素素掏出自带的本子，把重要的内容记上。

过了一会儿，程灵燕醒了，素素把本子交给了她。程灵燕浏览了一下，相关的内容并不多。

"我们还是早点儿去吧，这样能尽快熟悉一下事件的情况。"程灵燕说着，把本子放在了床上，向洗手间走去。

收拾妥当，两个女孩子正要与鲍所长联系，门外却响起了敲门声。素素走去开了房门，敲门的正是鲍所长。

"我们下去吃饭吧？就在楼下餐厅，简单安排了些。"鲍所长绅士般殷勤地说。

五

"鲍所长，你先给我们讲一下情况吧。"刚一坐到饭桌上，程灵燕便迫不及待地想了解工作情况。

"不要紧的，先吃饭，工作上的事我们待会儿再说。"鲍所长起身给两个女孩各倒了一杯茶，放在她们面前说，"来，先喝点儿水。"

鲍所长坐下来接着说："是这样的啊，鸢鄥村南北各有一条河流，南边的河是古渡口。这几年为了发展古渡口旅游，当地政府不断投入资金进行改造。目前，南边的这条河已初具景区的雏形，发展指日可待。

"可喜的是，这条河不是沙河，所以呢，也没有人下去捞沙摸金。但北边的河可就不一样了，北边的河河床宽几米，河水不深，沙质良好。多年来，挖沙的是一拨一拨地走、一拨一拨地来，给政府的治理造成极大的困难。这鸢鄥村呢，就像是一根细长的海带，被这两条河流紧紧地夹着。

"唉，这些个缺德的人哪！他们这个挖个坑走了，不回填、不治理，那个挖个坑走了，还是照旧。坑是越挖越多，越挖越深。夏天一到，一坑一坑的水，深不见底，这不仅给当地老百姓的安全带来了极大的隐患，而且严重破坏了我们这条河的河床水位呀!"鲍所长痛心疾首,叹了一口气,"问题可不止这些,那些挖沙的人为了发财趋利,整日争夺地盘。不是今天你越位挖了,就是明天你挖超我的地界了,整天就为这些事吵闹。这不,前些天,有两家挖沙的争地盘,还打伤了人呢!"

鲍所长突然反应过来,不好意思地笑着说:"吃饭,吃饭。瞧我,都说了吃饭不谈工作的,可还是说了这么多。"

六

鸢鄢村北边的这条河叫作碧青河,没被滥采之前,河水清澈秀美,呈现着自然的生态之美。可是近年来,随着市场对沙石等需求量的增大,那些惯于牟利的人便挖空心思地寻找发财机会。

"就这儿。"鲍所长说。程灵燕和秦素素在鲍所长的带领下,来到了碧青河旁。

原本秀美的河床已经不见了,到处是坑,大小不同,满目疮痍。

"挖得可真够严重的呀!"程灵燕叹息了一声说。

"谁说不是呀!要是大型沙厂倒还好些,可来这儿的都是些小打小闹的,挖完了就走,我们政府是该下狠心治理治理了。但是治理不是一会儿半会儿就能到位的,关键是要提高我们这儿老百姓的觉悟。这不是把二位给请来了嘛!你们看看怎么个报道法儿既不伤政府的脸,也能对老百姓起到警惕和震慑作用。"鲍所长看着两位女记者诚恳地说。

"所长,所长,那儿干吗呢?你看!"不远处,有一堆人在争吵,秦素素看到后,紧张着指给程灵燕与鲍所长看。

"唉!那些人哪,还不是为争地盘的事儿。"鲍所长斜睨了一眼秦素素手指的方向,不屑地说。

"哦,那我们得过去看看,素素走!我们要抓'活鱼'!"程灵燕拉着秦素素,回过头对鲍所长说,"鲍所长你先忙,我们过去看看。"说完便扭头往人群聚集的地方走去。

"素素，把录音笔打开。"程灵燕小声地对秦素素说，示意她做好录音准备。

"这块是我的，我去年刚停你就想来占，可能吗？"一个黑壮的男子愤愤地说。

"哦，你说是你的呀？凭什么？有证据吗？"另一个小个子的胖男子不甘示弱地说。

"你他妈的要跟我玩横啊！"黑壮男子说着撸起了袖子。

"有种你来呀，冲我这儿拍一砖头！"矮胖男子说着弯腰捡起了一块石头往黑壮男子手中递，"来，朝这儿！"他指着自己的脑门儿说。

"行行，你们别吵了！"程灵燕突然来到俩人面前，充当起了和事佬。

"你是干吗的？一边儿去，小丫头片子！"矮胖男子并不领程灵燕的情。

"我是记者，有什么事你们说说吧，我也听听。"不得已，程灵燕亮出了自己的身份。

"哦，记者。那行，来来，我们跟记者说说，让人家给我们评评理。"刚才争吵的那两个男子像是遇到了救星似的，纷纷要求给他们评个你短我长。

七

这两位争吵的起因是这样的：矮胖男子姓张，是鸢邿村的村民。前段时间，他从村干部手中买了这么一块儿地方，要进行挖沙售卖。可他刚干了一天的活儿，第二天就有人出来阻止了，说这个地方是他们的。这不，阻止他的人就是这个黑壮的高个男子。

黑壮高个男子姓辛，是间壁村的人。前些年，他通过熟人介绍，从鸢邿村的村干部手里私自买了一块河床进行挖沙售卖。辛姓男子在这片地方干了一年多后，摊上个事儿，缺少资金，便把挖乏了的这片沙河地搁置了，与朋友跑到外地干其他买卖了。谁承想，前几天辛姓男子从外地回来，便听说自己原来的那块河床被人侵占了。这下，他不干了。所以，才发生了开头的那一幕。

"那你当初也是出钱从村干部手里买的？"程记者忽闪着眼睛问辛姓男子。

"那当然了，不给钱人家能让我干哪？"辛姓男子愤愤地说。

"那你们当时有协议吗？"程灵燕再问。

"农民干个事要个屁协议呀！我们说妥就行了。"

"那你给钱时打收据了吗？"

"没有，没有，当时说打来着，后来一直没打，我也就没再要。"辛姓男子不耐烦地说。

"你这没凭没据的事儿，可不太好说呀！"程灵燕发表了她自己的意见。

"唉，话可不能这样说呀，我是掏过钱的，我当时掏了三万元呢！谁敢说不算？"辛姓男子耍起了横劲儿。

矮胖男子也坚定地说他买这片地时是有条子的："不信的话我这就回家拿去。"

谁知，程灵燕还真就让矮胖男子回家拿条子了。不一会儿，矮胖男子便揣着条子来了。

"瞧瞧，这可是有村委会的大红印章呢，不承认也不行！"矮胖男子拿着条子，似乎腰杆也硬了许多。

据张姓男子说，卖给辛姓男子河床的鸢鄩村村主任，去年已经死了。鸢鄩村村委在半年前进行了换届。

"你能找到当初你买这块河床时的证人吗？"程灵燕问辛姓男子。

"当时我给钱的时候只有村主任一个人知道。"辛姓男子说，"这种事还能让知道的人多呀？"

"那你这可是死无对证啊！"程灵燕望着辛姓男子说。

"啥球事呀!"辛姓男子狠狠地跺了一下脚,溅起了一片灰土。

"行行,这事呀,你们俩也先别争了,等政府派人落实清楚了再给你们一个说法。"程灵燕像个地方官似的对纷争进行着调解与处理。

"鲍所长,你过来一下!"末了,程灵燕把鲍所长喊了过去,然后对两个男子说:"这是我们沙河管理所的所长,有什么事到时他会派人通知你们的。你们俩这样争吵,谁也干不成,不如先回去等通知。行吗,两位大哥?"

最终,程灵燕与秦素素以女性柔中带刚的态度化解了一场鸢郚村双雄争地的干戈。

"好的,好的,人家记者同志都这样说了,我们还有什么好说的呢!那就这样说吧,我们先回去?"辛姓男子望着张姓男子,以和解的口气说。

"好吧,那只好先这样了!"张姓男子同意了先这样调解。

八

"你们可真行啊,硬是把这样一场争吵给化解了。"鲍宇庆所长笑着对两位年轻的女记者说。

"鲍所长,这倒没什么,关键是后续的问题怎么给人家解决。现在是稳住他们了,保不准他们以后还会闹,所以呀,解决问题才是关键。"程灵燕看着鲍所长说。

"是的,是的。"鲍所长慌忙点头允诺,并一再对她们说着感谢的话。

程灵燕又向鲍所长了解了一些地理方面的资料,便告辞回去。

"你看这个事价值大不大?"路上,程灵燕问秦素素。

"就双方争地盘这件事来说呀,还真谈不上什么价值不价值的。但假若我们把这件事的背景挖掘出来之后,再把今天争地盘的事儿串联起来,没准会是一个好的社会新闻呢!"秦素素一副思考的样子说。

"嗯, 嗯。"程灵燕不住地点头, 夸奖着素素, "没想到你对这件事挺有见解的, 我们的素素快成行业里的'鸡精'咯!"

"鸡精"是媒体行业内"精英"的代名词, 这词听起来像是贬义词, 只有关系较好的才会有这样的称呼。

"哪儿啊, 姐, 你可别这样夸我, 你都是首席记者了, 我得向你多学习呀。"秦素素谦虚地望着程灵燕说。

回去后, 程灵燕和秦素素共同撰写了一篇题为《保护河道, 要从制止非法采沙做起》的新闻稿, 交给了报社的头儿林社长。

次日, 稿子便见了报。林社长对程灵燕与秦素素的工作成果大加赞扬。鲍所长拿到这日的报纸后, 交给了当地政府。当地政府领导就此事专门开会研讨, 并成立了"碧青河沙石治理小组", 小组成员由水利、环保、土地、工商、公安等部门人员组成, 对于在治理期间不服从政府禁令的, 采取罚款、关押等强制措施。这是鸢鄂村史上最严的治沙行动。

当地政府对辛、张二人的采挖权纠纷进行调解, 分别给他们退款补偿, 并收回了他们二人的挖沙权。鸢鄂村的挖沙争端告一段落。

第二十九章　堕落的薇儿

一

"听说你做了记者就把我们这些老百姓给忘了呀。"一天上午，程灵燕正在整理办公桌上的杂物，薇儿给她打来了电话。

"薇儿，怎么是你呢？"程灵燕激动了起来，"你说我都有多久没见你了呀！"她一下子扔掉手中的活儿，与薇儿聊了起来。

"可不是嘛，好几年了！"薇儿在电话中也很感慨。

"下午有事吗？我们见见。"

"好哇，好哇，见你我就是有事也成了没事。"程灵燕欢喜地应着薇儿的邀请，渴望早点儿见到薇儿。

下午，程灵燕对单位说她要外出了解事情，随后，她便开着单位的车赶到了与薇儿约定的地点。

薇儿与程灵燕约了在琅屏师范大学的校门口见面。

冬日，琅屏师范大学校园内的柳枝仍然低垂着，只不过柳叶早已被秋风扫却了，仅剩下光秃秃的枝条。即便如此，它们仍然以"剪影"的形式低垂着，那无叶而低垂的柳枝，把冬日的校园装扮得别样美丽。

程灵燕比薇儿先到,怕薇儿来了找不见她,就没有先进入久别的校园,而是站在大门外,透过校门向内望去。她一会儿一扭头,瞅瞅薇儿有没有到。

　　"薇儿,你可来了。"当程灵燕等得心急,再一次扭过头去看的时候,薇儿也在拿眼寻找着她。多年未见,薇儿竟然没有认出老同学的背影。

　　"燕子!"薇儿激动地叫了一声,"亲爱的! 不好意思啊,我有事耽误了一会儿。"

　　"薇儿!"程灵燕叫着,热情地拉着薇儿的手说,"你好吗,薇儿?"

　　"我还行,也就那样吧。"薇儿的口气中透着无奈。

　　"你呢,不错吧,亲爱的?"俩人的手仍然拉着,彼此问候。薇儿始终以"亲爱的"称呼她的老同学。

　　"嗯!"程灵燕点了点头。

　　"好了,先不说了,我们进去看看。"程灵燕拉着薇儿,向校园里走去。

二

　　薇儿和程灵燕互挎着胳膊,行走于昔日她们经常行走的校内道路上。

　　"又是冬日了,你看这校园多萧条哇!"薇儿感叹地说。

　　"可不是嘛! 冬日原本如此呀,像生命褪去了颜色似的。"程灵燕淡淡地应了一句。

　　此后,很长的一段时间,两人都陷入了沉默。她们的脚踩在枯黄的落叶上,发出沙沙的响声。

　　"薇儿,你真的还好吗?"程灵燕不相信薇儿先前那一脸的豪迈。她知道薇儿就算过得不好,也会强装出过得很好的样子。

　　"没事的,你看我不是挺好的吗?"薇儿甩了一下长发,挑了一下眉毛，咧开艳红的嘴唇笑了。

"你考上研究生了吗？"程灵燕问薇儿。

"考上了。"薇儿又甩了一下长发微笑着说。

考上研究生，这也许是薇儿最值得自豪的地方。

"我们在这里逛逛，然后吃饭去，一会儿我请你。"薇儿仍然露着美丽的笑容。

"瞧这校园，这么多年了，可是一点儿也没变哪！"

"可不是嘛。你看，那不是我们原来的澡堂吗？"薇儿指给程灵燕看，"怎么越来越破了呀？"

"这都多少年了？东西可不就是越来越破旧嘛！我们不是也越来越老了吗，薇儿同学？"程灵燕看着薇儿的红唇，笑了。

"谁说的呀？我看你呀，压根就没变多少！"薇儿看着程灵燕白皙的脸，挑着眉毛说。

"哎，我们还去那家馆子吃吧？"薇儿说，"有一次我从他们门口经过，看到那家正在装修，不知道换老板没有？"

三

学校门口的这家饭馆，是学生们常来的。当年程灵燕与薇儿还在学校的时候，便常常和杜冉一起过来。女孩子们最喜欢吃这一家的毛血旺，辣得过瘾。但是，她们几个也只是偶尔吃一次，为了省钱，她们最常吃的还是较能果腹的面食。

"瞧瞧，还是这个菜，看着就知道味道一点儿也没变！"薇儿看着服务员端上的覆满辣椒的毛血旺说，"我的口水都流出来了，赶快尝尝吧。"

薇儿递给程灵燕一双筷子，然后便自顾自地夹起一口菜送往嘴里。"哦，好辣呀！"薇儿吸溜着嘴说。

"哎，现在能不能给我说说你的情况啊？"程灵燕迫不及待地想知道薇儿与自己分开后的状况。

"别急，别急，灵燕同学，待俺理理情绪，再向你从头说起。"薇儿又夹了一口菜送进嘴里。

"米饭上来了再吃，小心辣着！"程灵燕看着薇儿那一副馋样，笑着嗔怪她。

"老板，来一壶水。"薇儿被辣得不行了，吆喝着向老板要了一壶白开水。

"好了，现在说给你听吧。"薇儿放下筷子，喝了一口水，吸吸嘴说。

"我考上了研究生，现在在读研一，还是我们的专业。"薇儿的口气就像是在念独白。

"你还跟他在一起吗？"程灵燕问。

"他？谁呀？哦，你说的是那个人吧？"薇儿像忘记了有个男人曾在她的生活中存在过似的，"分了！"薇儿淡淡地说，脸上现出了怅然。

"我第一年没考上研究生你知道吗？后来复习了一年才考上的。我第二年复习的时候，他老婆知道了我们的事情，并找到了我们住的地方大闹了一场，还当场喝下了半瓶农药。谁知道是真药假药，反正人没死成。"薇儿把低着的头抬起来看了一眼程灵燕说，"后来，我们知道事情瞒不下去，便分开了。他把我们居住的那套房子给了我，却没给我什么钱。好在，他已经把房款都还完了。"

"那你们现在彻底断了吗？"程灵燕心疼地看着薇儿。

"断了，很彻底，不来往了。再说，我跟他又不是真心相爱，只是各取所需而已，可不像你和秦克。"薇儿很羡慕程灵燕找了她们学校的男神秦克。

"秦克呀，快别提了，都不知道他这些日子整天在忙啥。我平时忙，给他去的信少，可他现在也不常给我来信了。你说这人是不是会变哪？"

程灵燕确实好久没有收到秦克的信了。此刻，她的心情也跟着言语低落了下来。

"秦克是不会负你的!"薇儿像安慰老同学似的说。

"燕子,你会不会觉得我变坏了呀?"薇儿说着低下了头,眼里似有晶莹的泪花闪动。她怕程灵燕看见,把头转向了一边儿。

"薇儿,怎么了? 乖! 没什么好难过的!"虽然薇儿把头转向了一边,但程灵燕还是看到了薇儿眼中的泪花,程灵燕担心地说,"有什么事,我可以做你的倾听者,你尽管给我说好吗,薇儿?"

"燕子,我真的坏了,没办法呀,没办法的事!"薇儿在程灵燕面前深深地自责着。

"薇儿,快告诉我你究竟怎么了?"程灵燕显然着急了。

"我到歌厅上班了。"

"怎么,在那做服务员哪?"程灵燕笑着问薇儿。

"不是,我……我在那坐台。"

"坐台!"程灵燕惊呼了起来。

"那么多人呢,你小声点儿!"薇儿看了一眼程灵燕说。

薇儿本不想把这件事情告诉程灵燕的,她怕告诉了,程灵燕会小瞧她! 可是,她又觉得自己心里实在太苦了,想找个人倾诉,不愿意把这苦一直憋在心里。无论别人认为这事见不见得光,她都想拿这事跟她的好朋友倾诉,哪怕程灵燕真的小瞧了她!

"薇儿,好薇儿,我不是你想象中那样的人,我知道你是有苦衷的! 可是,你非要干那个不可吗? 难道就没有其他法子了吗?"说着,程灵燕的眼睛突然酸了,忍不住落下了眼泪。

四

薇儿自琅屏师范大学毕业与程灵燕分开后,接着又和她的情人分开了。她原是靠着有钱的情人生活的,与他一分开,便没了经济来源。后来,薇儿也试着找了其他的工作,可是,她要复习考研,一时找不着太顺意的活儿。

有一日，薇儿上街溜达，顺便找找工作。她在一家KTV的房门上发现了一个招聘收银、领班的招聘启事。当时是上午10点多，这个KTV的店门还关着。

薇儿仔细看着房门上张贴的招聘启事，并拿笔记了联系方式。到下午的时候，她便按着记的号码拨打了过去。

"哦，是的，你过来看看吧，我们也好面谈。"电话中一个男子操着一口东北口音，热情地与薇儿说话，"哦，我们这会儿比较忙，你到5点钟过来吧。"

下午5点，薇儿如约来到了这家KTV。吧台中一名三十多岁的中年男子离座走到了厅里，操着东北话说："你好，你好，你是要应聘吗？"

下午与我通话的会是他吗？薇儿在心里琢磨。"是的，我想应聘收银员。"薇儿对男子说。

"请坐，请坐。"男子把薇儿让到了大厅的沙发上，并给她冲了一杯菊花茶。

"哦，不好意思呀，我们的收银职位已经满了。"男子说话时一脸歉意。

"那，其他的呢？"薇儿问。

"还有个领班的职位，你有工作经验吗？"

"没有。"薇儿摇了摇头说。

"哦，那要是这样的话就不行了。"男子的脸上露出无奈的表情。

"哎，你唱歌唱得好吗？"过了一会儿，男子像突然想起什么似的问薇儿。

"还行吧，不至于跑调。大学的时候，我是我们班的歌唱团成员。"薇儿对男子说。

"哦，要这样就好了。你看这样行吗？目前我们KTV呢，生意还行，就是来了客人哪，我们这儿缺少服务的。说白了就是陪客人唱唱歌！"男子说，"你要真想过来的话，那就等我们这儿来客人了与你联系。你呢，也就陪着人家唱唱歌，打个杂，这其实也没什么的。"男子嘿嘿地笑着，"这份工作呢，也不会很绑人，但收入可不低哟，对目前的你来说挺适合的。"男子看似给薇儿建议，其实是在向她游说。

"好吧，我可以试试。"薇儿考虑了一会儿说。

"好，好，这样就好了。你先回去，等我的通知好吗？"男子显得很高兴。

"哦，请问你叫什么名字？有联系方式吗？"薇儿起身要走的时候，男子叫住了她。

"我叫薇儿，我的呼机号是20777，你有事联系我就行了。"

就这样，薇儿在闲暇之余，成了一名KTV的兼职陪唱。

刚去的一段时间，客人们大都很规矩。薇儿只是给客人们续续酒水，一般不需要陪唱。客人要求男女合唱时，薇儿才会陪着他们唱上一首。薇儿动听的歌喉，常常赢得客人的尊敬与青睐。这样，她每天下班后，能到吧台上结一百多元的提成，从来没有拖欠过。

"这份工作轻松吧？"有一次，薇儿去领提成的时候，吧台男子笑着问她。

"还行吧。"薇儿的脸微微一红说。

"这没什么的，多劳多得嘛。"男子慷慨地说。

二十多天来，薇儿几乎每晚都会去"情深似海KTV"做服务或陪唱。对于这份工作，她觉得也没什么，并不像外界所传的那样神秘与不堪。

五

时光就像筛子似的，一粒粒地筛着你的忧伤与欢乐。其间，你想留下欢乐或是忧伤，那都是你自己的事，反正时光对每个人都是一样的。

薇儿渐渐觉得自己离了男人是可以生活的。有时，她不让自己刻意犹豫，在陪客人唱歌的时候，她也会言欢一把。

"薇儿，有一拨客人本是要点小丽的，可是她今天有事没到，你去陪陪他们吧？"KTV的领班大头对薇儿说。

"好的，大头哥。"薇儿爽快地应着。

晚上，"情深似海KTV"的霓虹灯闪烁着五颜六色的光，那忽明忽暗的灯光，将这个城市装点得有些神秘。一帮男子，带着一身酒味儿，进了"情深似海KTV"。

吧台男子樊一凯正在大厅内抽着烟，见来了帮客人，赶紧踩熄了刚抽上的烟卷儿，脸上堆起了笑："马哥，你们可来了！好久不见，这是上哪儿发财去了？"樊一凯谄笑着对进来的几个人说。

樊一凯是这家KTV老板的弟弟。老板不在，樊一凯便是老板。

"哪里呀，一凯老弟。这段时间没在家，我去了一趟滨海城市，办点儿小事，办点儿小事！"被称为马哥的客人，脸上同样堆了笑，与樊一凯客套着。

"哦，马哥，不好意思呀，今天小丽有事没来，我重新给您推荐一个，您要觉得可以了就留下，不行了我们再换行吗？"樊一凯媚笑着与马哥商量。

"好吧，好吧，这好久没见小丽了，还挺想她的，可她竟然不在，这妮子！"马哥到这儿，最想见的是小丽。

马哥同意换人后，樊一凯立马通知了领班大头。随之，他又趴在大头的耳边，小声地说着什么。不一会儿，大头喊："薇儿，薇儿，你快过来。"

此时，薇儿在帮着拖一楼走廊的水泥地。

"你干这干啥？这又不是你的活！"大头数落着薇儿，夺下她手中的拖把，"去吧，207包房，客人已经到了。"

207包间内，音响师已把音响调到了最合适的音量，服务生已上好了酒与茶。三个男子在抽着烟，既不拿话筒唱歌，也没有喝酒，不一会儿，便抽了一屋的烟雾。

薇儿推门而入，她轻轻地咳嗽了几下，并拿手微微地扇了扇眼前的烟雾。

"美女怕烟哪？好了都别抽了！我们要照顾美女的情绪。"说话的是一个身材魁梧的男子，四十余岁，脖子上戴着一条粗大的黄金链子。金链子在房间暗光的映衬下，更显金黄。

他就是马哥，惦记着小丽的那个男人。

薇儿蹲下，给客人面前的杯中续满了水，然后便远远地坐在一旁，又轻轻地咳了起来。

"马哥，唱歌，唱歌！"另一个中等个子、身材偏瘦的男子叫嚣了起来，"来这儿不就是快乐的吗？来来来，都别客气。"说着，他把麦克风递到了马哥面前。

"来来来，美女，坐这儿，坐那么远干吗？"马哥指了指自己跟前的沙发，命令薇儿坐过来。

薇儿的臀部向马哥身旁稍稍移了移，仍然与马哥留着一些间隙。

"过来呀。"马哥抓着薇儿的手臂，一把把她拉了过来，并把他的手搭在了薇儿的肩上。

薇儿心里一紧，脸上泛起了一丝不悦，但她没有动，就那么让马哥搭着。

此时，一个矮胖的男子在唱歌，他的歌声还没有乌鸦叫得好听。

薇儿的肩被马哥粗壮的手臂压得酸疼，她耸一耸肩，轻轻拨开了他的手臂。

"我们唱首歌吧？"马哥的嘴快贴到薇儿的脸上了，口里喷出一股酒气。

"您唱什么？我给您点。"薇儿逃命似的一下子起了身，迅速向沙发尽头的点歌机走去。

六

薇儿与马哥合唱着一首情歌，她柔美的歌声像一丝头发拂过马哥的心头，搔得马哥心痒痒的。

一曲终了，马哥竟一下子把薇儿搂到了怀里。他的臂力十分大，像钳子似的，让薇儿挣脱不得。

"她今晚归我了，你们喜欢谁再要哇，我买单。"马哥抱着薇儿，扭头向他的同伴说。

"那是，那是，只要马哥您玩得高兴就行，我们就不要了，我们只唱歌。"包房里的几个同伴，一脸奴相地附和着说。

"你叫什么？薇儿是吧？晚上跟我走。"马哥趴在薇儿的耳边说，酒气由薇儿的耳朵飘到她的鼻腔。薇儿不由得皱起了眉头，再次挣扎了一下，仍然挣不脱。

包间内，马哥的同伴一句一句地唱着，难听的歌声充斥着歌房。

过了一会儿，马哥松开了薇儿，递给她一小瓶早已打开的啤酒："来，我们喝酒。"

"我不喝酒。"薇儿推让着。

"那你喝水。"马哥往薇儿面前推了一杯水。

"马哥，你是做什么生意的呢？"薇儿举着水杯漫不经心地问着，此刻，她只想找话掠过尴尬。

"我呀，做点儿小生意，小生意。"马哥谦虚地笑着说。

夜深了，包房的歌声减弱，客人们喝了太多的酒，似都没了力气。薇儿觉着无聊，拿起了麦克风自己唱着。此时，那个矮胖的男子已呼呼而睡，马哥也打起了盹。

一会儿，马哥突然睁开眼睛说："跟我走吧？"他又把薇儿强揽入怀中。

"不！"薇儿坚决地拒绝着。

"那好吧，今天我喝多了，明天你可一定要跟我走哇。"马哥说着叫醒了同伴，起身离去。

望着马哥离去的身影，薇儿有种落入虎穴的感觉。

七

第二日，马哥果然又来了。这日，歌厅的小丽已经上班。

"马哥，听说你昨天过来了呀，不好意思，昨天我恰好有事，没能陪你！"小丽向马哥歉意地笑着，显得殷勤备至，"你们还坐207好吗？那儿空着没人。"小丽侧身走了一步，引着马哥他们。

"哦，哦，你忙吧，小丽。我今天不找你，找薇儿。"马哥说着露出一脸的魅惑。

"你这么快就喜新厌旧了呀？"小丽不高兴地嗔怪马哥。

"你歇歇，你歇歇，怕你累着。"马哥说着，自顾地向207包房走去。

"薇儿，马哥来找你了！"领班大头兴奋地对薇儿说。

"我……我不想去。"薇儿支吾着说。

"那咋行！人家点了你，只有客人拒绝我们的，哪有我们拒绝客人的呀！快去吧！"大头换了副领导的神色命令薇儿。

薇儿拒绝不得，便悒悒地向207包房走去，心里打着鼓：今儿晚上，马哥肯定不好对付。

八

"薇儿，你怎么这么慢呢？在干什么？"马哥今天的状态倒是很清醒，脸上堆满淫笑说，"今天哥可没喝酒，专门来找你的。"

其实，他哪能不喝酒呢，只是比昨日喝得少些罢了，男人都是拿酒壮胆的。

"哎，马哥，你们今天就两个人吗？"薇儿问。

"是呀，人少了方便办事嘛。"马哥脸上仍然堆着淫笑，"来来，坐哥哥怀里，今天好好地陪哥玩玩。"马哥说着，把薇儿拉向自己怀中。

"嘿嘿，马哥，你们好好玩，我唱歌了呀。"今天，跟马哥来的是个瘦男子，昨日那个胖的没来。

"你唱你的。"马哥搂着薇儿，背对着瘦男子说。

"今天你可不能再拒绝我了！"马哥说着，把他呼着酒气的嘴往薇儿脸上凑，并在薇儿的脸上狠狠地亲了一口。

"马哥，我不能使你满意，小丽姐来了，你找她吧。"薇儿明白马哥的意思，但这意思并不是她愿意做的事儿，所以，便拒绝了他。

"我找你来了，提她干吗？"马哥不高兴地说，"今儿晚上你必须跟我走！"说着，他把嘴往薇儿的嘴上凑。薇儿一扭脸，躲开了。

"不要躲，亲爱的！"马哥生硬地扳过了薇儿的脸。

薇儿较上了劲，强硬着不愿意正过脸来。

"给你说，你可别给脸不要脸哪！"马哥生气地说，"跟我出去，小丽一晚上六百，我给你八百、一千都可以！"

"马哥，我真的不去。"

"是吗？去不去由不得你！行了，不说了，我们唱歌。"马哥铁着脸，拿起麦克风，扯着他浑厚的歌喉，接着瘦子没有唱完的一首歌唱了起来。

此刻，薇儿并没有心思听歌，她在想，今晚怎样躲过马哥。

"我去一下洗手间。"薇儿对唱罢一曲的马哥说。

其实，薇儿并不是要上洗手间，她找到了大头说："大头哥，那个207房的马哥，我不想陪了，你让小丽去吧。"

"你傻呀，人家要小丽陪的话早就点小丽了，干吗要你去呀？"大头说。

"她要我跟他出去，我真的应付不了。求求你换个人吧！"薇儿央求着大头。

"我管不着，你进去跟他说。我们的原则是不得罪客人。"大头拉了脸训斥薇儿，"薇儿，我跟你说，这个人我们可得罪不起。你知道他是什么人吗？他可是我们市搞开发的，在黑道上玩儿过来的，他想要的地就没有拿不到手的，何况是你呢！行了，行了，进去吧！"大头软了态度，央求着薇儿。

九

"去哪儿了呀? 这么久!"马哥皮笑肉不笑地望着进来的薇儿说。

"我上洗手间了呀, 我肚子疼, 多蹲了一会儿。"薇儿撒谎说。

"肚子疼吗? 晚上我给你治治。"马哥坏笑着说。

"走吧, 我们上酒店去。来的时候已经开好了, 全市最豪华的酒店——凯旋门大酒店, 住过吗?"马哥向薇儿炫耀着说。

"马哥, 我真的不能去, 要不我给你叫小丽吧?"薇儿说着便要起身往外走。

"得, 得, 你省省吧。"马哥迅速制止了薇儿, 并拉着她的手向外走。

"别拉我!"薇儿再次挣脱了马哥的手, 往后退了退。

"给脸了你!"瞬间, 薇儿的半边脸火辣辣地疼, 她被眼前的这个男人狠狠地抽了一耳刮子。她捂着被打的半边脸, 无声地抽泣着, 眼泪哗哗地流了下来。

"好了, 好了, 别哭了, 我轻易不打女人的。我看上你是你的荣幸。"这个可恶的男人嘿嘿地笑着, 拿手擦着薇儿眼上的泪。

"这就是命吗?"薇儿轻轻地叹了一口气。她自觉今晚难逃马哥的手掌心, 便收拾了物品跟着他去了。

十

凯旋门大酒店果然富丽得让人眩目。薇儿跟着马哥, 极不情愿地来到十九楼的一个豪华套间。

不管薇儿情愿不情愿, 今晚, 马哥都吃定了她。

就这样, 可怜的薇儿在灯红酒绿的KTV行业中, 迈出了她人生中的另一步。她这一步不是前进的，而是迈向人生的谷底的。

晚上，马哥极尽能耐与薇儿缠绵。在床上，马哥也不似外表般粗暴，对薇儿倒是挺温柔的。可是事后，薇儿还是流泪了，就在豪华套房内的这张宽大的双人床上。

一大早，马哥悄悄地往桌子上放了一千元钱便走了。钱是压在床头柜上的电视遥控器下面的，只露出个红边儿，却显得那么艳红耀眼。

后来，马哥又来过三五次，仍然在夜里的时候把薇儿带到凯旋门酒店，还是在那样豪华的套房里。

小丽见马哥这一段时间都不找她，心里如同打翻了醋瓶子，见了薇儿就来气，还骂薇儿是狐狸精。

可后来，马哥再也没来过。听说他因为与别人争一地盘搞开发，带人动手打了人，打死了对方的一个人，最终锒铛入狱。虽然他的家人为其打点关系，但他仍被判了十七年有期徒刑。这是马哥的故事，正所谓恶人有恶报！

可是小丽的心里还是放不下马哥。"一凯，一凯，你听谁说的呀？马哥真的进去了吗？"有一日，小丽惊慌地问她的二老板。

谁说商女无情？小丽是对马哥产生了些许情意的。"让你能，让你不找人家，让你作恶！"有一天，小丽又想起了马哥，竟还流了眼泪。

第三十章　拼搏与渐起

一

通过两年多的努力，程灵燕终于修完了在职研究生的全部课程，并取得了在职研究生学历及学位证书。

通过不懈的努力，程灵燕赢得了报社领导及同事的信任。此时，"橄榄枝"已在她的眉际摇曳。

"灵燕，领导找你有事儿，让你下午3点到社长办公室找他。"程灵燕获取在职研究生学历证书三个月后，甘玲主任传递给她一个重要信息。据说，是报社领导班子研究让程灵燕升任首席记者的事情，林社长想先听听程灵燕本人的意见。

甘玲传递的消息，着实让程灵燕激动了一阵子。

程灵燕想，老天还是很公平的，它会将你所有的勤奋及付出予以回报。只要时机合适了，你的运气也就来了。

据办公室主任甘玲说，报社近段时间正在研究补充首席记者一事。前段时间，报社流失了三名首席记者。有两名记者跳槽到更好的单位了，另外一名记者由于年纪大了不愿意再辛苦外出，甘愿从首席记者的岗位上退下来，调整到其他岗位上。

下午3点，程灵燕如约来到了林社长办公室，她没有早一分钟也不敢晚一分钟，谨慎地踏着点而来。

"咣，咣——"程灵燕轻柔地敲着林社长办公室的房门，厚重的木门发出了沉重的响声。

"请进！"敲门声略停后，程灵燕便听到了林社长那雄浑的声音。

程灵燕轻轻地推开房门，如风一样飘进了林社长的办公室。"您好，林社长！"她恭敬地同林社长打着招呼。

"哦，哦，灵燕同志，你好哇！对于上次你到鸢郢村采访一事，我首先要对你提出表扬啊。你的工作干得很出色，你和素素采写的稿子在社会上引起了极大的反响，对此，我可要向你们表示感谢呀！

"沙管所的鲍宇庆所长也很欣赏你们这两位女同志，称你们是'四两拨千斤'，以和风细雨化解了一桩纠纷哪。"林社长不断地夸奖着程灵燕，弄得她不好意思起来。

"没——没关系的林社长，这都是我和素素应该做的。再说，这事都过去那么久了，您还记得呀？以后有什么事，您尽管吩咐我们好了。"程灵燕微红着脸，望着林社长说。

"哦，坐，坐。只顾说话了，半天也没让你坐下。"看着站在他面前的程灵燕，林社长起了身歉意地说。

"嗯，林社长，您别跟我客气了。"程灵燕微笑着，坐在了宽大的黑皮沙发上。

林社长转身走到饮水机旁，给程灵燕倒了一杯泡着花茶的水："喝点儿水吧，我给你说点儿事儿。"

"是这样，近段时间呢，我们报社要补充几名首席记者，作为报社的中流砥柱进行培养。我们报社能在社会上树立良好的形象，主要是靠这些人的笔杆子。所以报社对他们的要求还是比较高的。报社领导班子经过研究，认为应该以补充男性人员为主。可是呢，我们又考虑到女同志的细心与耐心，所以打算适当补充一到两名女性。你工作一直非常努力与出色，所以有人建议让你来做。不知你对此有什么想法？"林社长用了很长的一段话来和程灵燕沟通。

"林社长，首先我对报社领导对我的信任表示感谢，更加感谢建议让我出任首席记者的领导。我呢，也想把工作干好，干得出色，这是我一直以来的心愿。所以我尊重报社领导对我工作的安排，愿意出任首席记者。"程灵燕感激地望着林社长说。

"嗯，既然你同意，那就这么定了。不过有一点我可是要告诉你，在其位谋其政，首席记者可不比普通人员，你们肩负的责任更大，要比其他同志更累更辛苦。"林社长先把工作中的问题给程灵燕摆了出来。

"没关系的，林社长，我到咱们报社的时间也不算短了，我一直都是严格要求自己的，我相信自己能胜任报社给我安排的工作。对于领导对我的信任，我再次表示感谢！"说着，程灵燕向林社长深深地鞠了一躬。

"哎，你可千万不要这么客气呀，灵燕同志，对于人才我们是从来不埋没的。你能有今天，证明你的工作干得出色，这与你平时的勤奋与努力是分不开的。所以，也请你不要客气了！你呢，只要继续努力把工作干好就行了，以后有什么难事，只管找我。"林社长说着呵呵地笑了。

二

从林社长的办公室出来，程灵燕的心里激动极了，她太高兴了。此时，她真想大声地欢呼。可是在肃静的办公环境中，她只能收敛自己内心的欢乐。她脸上嵌着笑，先去找了甘玲主任。

"甘姐，太谢谢你了！太谢谢你了！"程灵燕笑着，激动地抓着甘玲的手。

"傻丫头，瞧把你高兴的！"甘玲知道程灵燕为什么高兴，所以，甘玲的脸上也挂着笑，由衷地替程灵燕感到高兴。

平时，程灵燕在甘玲主任面前从来不这样，她总是小心翼翼的，以此显示对报社老员工的尊重。可是今天，程灵燕实在是太高兴了！何况，这个消息是甘玲第一时间带给她的，所以此刻，程灵燕对甘玲的感激之情是难以言表的。

"先别高兴得太早，你今后的担子会越来越重的。一个女孩子，对今后的工作，可要做好充分的心理准备呀！"甘玲以大姐姐的口气，语重心长地对程灵燕说。

"我知道了，甘姐，我会比平时更努力的！"程灵燕笑着回答甘玲。在程灵燕的心里，已做好了迎难而上的准备。

三

一周后，报社给程灵燕下发了任命文件，同时，任命通知发到了各个科室。程灵燕由普通记者转为了首席记者，这不仅是报社对她工作的肯定，同时，她的人生从此将迈上一个更高的台阶。

任命文件刚下来时，程灵燕仍与郝骞在一个办公室工作。郝骞是一个嫉妒的人，程灵燕原本是他手下的人，没想到她这么快就要和自己平起平坐了，这让他怎么能受得了？实际上，郝骞内心不舒服，并不是因为程灵燕被提拔为首席记者，而是因为他心里的那个痛点——最初对程灵燕抱有的幻想。他没有吃到"葡萄"就算了，没想到她竟这么快就长出了坚硬的双翼，这让郝骞怎么受得了？他最恨别人比他好，比他进步得快。

郝骞把不良的心态带入工作中，程灵燕的日子可就不好过了。最开始的几天，郝骞是怎么看程灵燕都觉得不顺眼，所以对她要么是不冷不热，要么是冷嘲热讽。程灵燕与他说话或向他请示时，他总是爱答不理的。程灵燕是个自尊心极强的女孩，她可以吃苦，却受不了屈辱与情绪上的折磨。所以有一天，郝骞故意给程灵燕难堪的时候，她便不再忍受了，像火山爆发了似的和郝骞歇斯底里地吵起来："我告诉你，郝骞，我之所以忍着你，是因为我还敬重你，可你要是再这样给脸不要脸，就别怪我不客气了。"

"忘恩负义的丫头片子，别忘了你刚来报社时还是个生瓜蛋子，是谁把你一手带起来的？你不知道报恩不说，还和师傅顶起了嘴，你具备媒体人的素质吗？"郝骞红着脸指着程灵燕的鼻子骂。他没想到一贯懦弱的手下，此时会呈现出这样大的爆发力，这让他的脸面何在？骂完后，郝骞气得直喘粗气。

"我告诉你，郝骞，从今以后，我都不会再叫你一声师傅，因为你不配！我也不会再和你一起办公，听你说那些屁话了。"说完，程灵燕流着泪摔门而去。

此时，有些办公室的门开着，那些人听到争吵声，便纷纷竖起耳朵。他们看见程灵燕摔门而出的时候，便迅速地走出办公室看热闹。

"哟，怎么了这是？"摄影部主任冯烨挎着一台摄像机从外面回来，刚好看到程灵燕走到楼梯旁哭鼻子。

"冯主任，没事，我和郝骞吵架了。"程灵燕抽噎着说。

"嘿，这个郝骞，大男人怎么能欺负一个女孩子呢？好了，好了，别哭了呀！"冯烨安慰着程灵燕。

此时，那些看热闹的人，便循着声赶了过来。

"怎么了，灵燕？"与程灵燕熟悉的人纷纷询问。

不久，走廊上的嘈杂声便惊动了报社领导。

"怎么了这是？"报社的张副社长赶过来问，"都回去！上班时间都看起热闹来了！"他训斥着那些看热闹的人。

张副社长把程灵燕叫到了他的办公室询问情况。程灵燕便把她与郝骞发生争吵的前因后果向张副社长说了。末了，程灵燕向张副社长提出要求，说她不想再和郝骞待在一个办公室了。张副社长说："这事我得向林社长汇报，我一个人可做不了主。"张副社长让程灵燕先忍忍，等他向领导汇报过之后再做决定。

四

最近几日，程灵燕总是刻意回避着郝骞，没有重要的事情，便不到办公室。有事了，便径直出去采访。

几天后，林社长把程灵燕叫到了他的办公室说："听说你前些天和郝主任吵架了? 女孩子嘛，脾气可不能太坏哟! 不过郝主任那人，也确实是脾气有些大了。这样，我给你调一间办公室算了。刚好我们报社新来了两个实习生，都是女孩子，就交给你带了，你们三个人一间屋吧。"

"林社长，谢谢您，还是您对我最好。"程灵燕娇羞地望着林社长说。

"是吗? "林社长笑呵呵地说，"好好工作，别想太多! "

于是，程灵燕便从郝骞的办公室搬了出来。

工作能不能做好是衡量一个人是否成功的标志。程灵燕作为一名女性，在工作中，丝毫不输给男性。性子倔强的她，只想通过自己的努力，在工作中得到大家的认可，得到社会的认可。为此，她不在乎苦与累；为此，她甘愿背负得更重更多。工作中，程灵燕不怕苦、不怕累，别人不愿意去的地方她去，别人不愿意干的活她干。这个来自农村的女孩子，以倔强的性子与超强的自尊心，承担着社会赋予她的角色与使命。

第三十一章　难挡的诱惑

一

周末的早上,程灵燕躺在床上不起来,享受着她的假日时光。其实她也睡不着,薇儿的事把她的神经搅扰得乱七八糟。

自从上次见过薇儿后,连日来,程灵燕总是为薇儿感到担忧,薇儿的事时时搅扰着程灵燕的心。可是,作为好朋友,程灵燕目前还不能帮上薇儿什么忙,更不能过多地去说服她。程灵燕知道,薇儿现在就如一只受伤的小刺猬,表面上把全身武装得很严,可内心却是何等的柔弱与孤独哇!

但凡有点儿办法,薇儿也不至于这样的。程灵燕用这样的想法,来安慰自己一想起薇儿就要颤抖的心灵,她也以这样的方法,来说服自己接受薇儿的工作,并在心中继续把薇儿当作自己的好姐妹。

"可怜的薇儿!"想起薇儿,程灵燕痛苦地叫了一声。

二

薇儿仍然在KTV工作,只要没有人逼她,她仍然只陪唱不陪睡。

KTV可真是个鱼龙混杂的地方，为了一解寂寞，为了能搂着年轻的姑娘，真是什么人都往里来。

这日下午，一个四十多岁的男子搀扶着一个七十多岁的老头儿进入了"情深似海KTV"。

"老板，把你们这儿长得可人的姑娘找两个过来，陪我们老爷子唱唱歌。"搀扶着老头儿的中年男子说。

"好的，好的，您里面请! 就您两位吗? "樊一凯热情地把客人带到了一个小包房里，并呼叫了一名侍者服务。

"要五瓶来喜啤酒，其他的就不要了。"中年男子对侍者说。

不一会儿，侍者便用托盘端上了五瓶来喜啤酒。

"那个，女孩儿找了没有? "中年男子问侍者。

"正在找，正在找，我们领班正在安排。"年轻的侍者小滨说完，拿起托盘便要向外走，他拉开门，迎面撞上了两个粉脸红唇的姑娘。"对不起! 对不起呀! "小滨慌忙向两位姑娘道歉。

"这不是小滨吗? 别客气了，走吧。"两位姑娘望着小滨嘻嘻地笑了起来，小滨的脸上立马飞起了一片红晕。

"哟，大哥，你们好哇。"小丽堆起笑脸，向两位顾客打着招呼。

进来的两位姑娘一名是小丽，另一名叫韦秋。听人说，韦秋是一名计算机系的在校大学生，在"情深似海KTV"兼职坐台已经两个年头了。

韦秋皮肤白皙，乍看起来是一个近乎完美的女孩子。但是韦秋生下来时，患有唇腭裂。她五岁的时候，家人借钱为她做了唇腭裂修补术。目前看起来不是太明显，但细看，还是有一丝痕迹的。但韦秋是个漂亮的女孩子，那一丝的痕迹影响不了她的美丽。

"来来来，这边坐。"KTV包房里，中年男子拍着老年男子旁边的沙发，对两个女孩子说。小丽与韦秋坐到了老年男子的两侧。

"来，你到这儿。"中年男子招呼着小丽坐到自己身旁。

老头儿不会唱歌，韦秋便教他玩色子逗乐。小丽与中年男子一唱一和地对唱着情歌。

中年男子唱完一曲,便摆手示意韦秋到他跟前来。他附在韦秋的耳旁说:"今晚你要是把老爷子陪高兴了,重重有赏!"韦秋明白似的对中年男子点点头。

"两个人玩,每人有五个色子,扣住它们,然后隐蔽地打开,自己看自己的点数,不要让对方看到你的色子。心里有数后记下,最后开牌。一点可以代替任何的点数,若两个人玩的话最低要从两个二叫起。"韦秋用心地教老头儿玩掷色子。

韦秋哗哗地摇着色钟,逗得老头儿哈哈大笑。老头儿大笑时,头顶那几根花白的头发,跟着他身体的抖动一摇一摇的。在旋转的霓虹灯下,那发色忽亮忽暗。

三

"瞧瞧,老头子高兴了。"中年男子拥着小丽,还不时向韦秋他们那边观看,好似老头儿开心比他自己开心更能挑逗起他的兴奋。

在年轻姑娘的陪侍下,老头儿玩得很高兴。临走时,中年男子悄悄地塞给小丽与韦秋小费,并多给了韦秋一百元钱。

没过几天,那个中年男子搀着老头儿又来了。据说,这个中年男子不是别人,正是老头儿的儿子。

大家谁也没想到,他们竟然是一对父子。儿子为了孝顺父亲,为了让他高兴,便隔三岔五地带着父亲到KTV找乐子。

在KTV,这对父子以别样的方式,上演着孝子亲情。

四

秋夜,细雨如丝,天空灰蒙蒙的。"情深似海KTV"内,放着魅惑的情歌。门头上的霓虹灯，在雨丝中一闪一闪的，把这个阴雨天的夜晚，装点出一丝氤氲的媚。此时，几名男子摇摇晃晃走进了"情深似海KTV"，其中一名男子上台阶的时候打了一个趔趄，差点儿摔倒。

"哟，李长官，您可来了，里面请! 里面请!"这次，KTV的老板亲自走来招呼客人。老板做着很多生意，并不常过来。这儿主要由老板的弟弟一凯招呼着。

这个李长官其实也不是什么大官，是税务局副局长。由于"情深似海KTV"在他的管辖范围，所以老板与这个姓李的副局长非常熟络。樊老板会时不时请这些税务官吃饭搓牌，以便自己的生意能够得到他们的照顾。

"哦，哦，樊老板好哇。"打头进来的李副局长笑着向樊老板问好。

李副局长脸上的肉很多，笑的时候，那些下垂的肉竟然上升了许多，使他看起来一下子年轻不少。

"小强，赶紧招呼李局长!"樊老板叫着他熟悉的一个男服务生的名字。

"先生，您几位? 这边请!"在樊老板的呼叫下，小强应声而到，他走在前面，以标准的服务手势引领着客人们向包房走去。

客人刚进入包房落座，樊老板便走了进来："来来，抽烟。"他拿着软包的"中华"，先敬给了李副局长一支，然后再分别敬给大家。

这些人落座后，也不用点果点酒水，不一会儿，小强便提了装有酒水的塑料筐走了进来。他蹲在地上，把筐子里的东西一样样地拿出来，摆在茶几上。这时，樊老板向小强摆手，示意他到跟前来，说："你出去让大头安排几个人过来。"

小强自然明白老板的意思，老板这是让大头给这四个人安排陪唱的姑娘呢。

很快，大头便安排了薇儿、小丽、韦秋、燕小怡这四个姑娘。姑娘们一前一后地走进了包房。

五

税务局李副局长是这儿的常客,他来时,韦秋陪他最多。今儿,他想换个姑娘,便让薇儿坐到了他跟前。为此,韦秋不高兴了。在韦秋心里,她是想陪李副局长的。

李副局长矮胖,长相一般,是一个中等模样的男人。他的一口牙齿,由于抽烟太多,变得黢黑。

可就为了这样一个人,韦秋竟吃起了醋,在心里恨起了薇儿。

李副局长是个惯于风月的男人,时不时讲些小段子,逗这些女孩子开心。薇儿陪着他,也常常被他逗得开怀大笑。

李副局长带的几个朋友,有的在聊天,其中一个人在高声唱歌。李副局长与薇儿在玩"小蜜蜂"的游戏,谁输了便要一口气喝下半瓶啤酒。

薇儿不惯于玩游戏,所以常常输。她喝掉了两瓶啤酒后,觉得头渐渐晕了起来。

"来,继续,继续,不能要赖呀!"李副局长对着昏昏沉沉的薇儿,再次举起了酒瓶,"来,这是你的。这次要喝完哪,要愿赌服输!来,我陪你喝一个!"说着他拿起酒瓶,咣的一声碰了一下薇儿面前的酒瓶。他见薇儿仍然没有拿起酒瓶,便自己拿起酒瓶凑到薇儿的嘴边。这时,借着三分酒力,薇儿把整瓶酒一饮而尽。

薇儿不善喝酒,喝下了这瓶,她真的晕了,感觉眼前的物体旋转了起来,一晃一晃的。她靠着沙发,闭着眼想歇息一会儿。

一股热浪吹向薇儿的耳际。好大的一股酒味儿啊!薇儿晃动了一下脑袋,仍闭着眼睛。瞬间,这股酒味儿又扑向她的鼻腔。接着,薇儿感觉带着酒味儿的一张嘴亲向了她的嘴。薇儿没有睁眼,也没有躲避,她享受着酒与唇这种复杂的滋味儿的刺激。

李副局长与薇儿坐在最靠里的角落里,这儿的光线随着房间旋转的灯光忽明忽暗。趁着七分酒力、三分肉欲,李副局长索性把薇儿拉向他的怀里，然后，让她半躺在自己的腿上，双手搂着她的脖颈，浓情蜜意地亲吻了起来。

伴着酒意，薇儿竟没有一丝的反抗。李副局长的热吻，反而使她觉得舒服与刺激。

后来，在三番五次的接触中，薇儿居然留恋起了李副局长这个男人，对于他黢黑的牙齿，竟也不再觉得恶心。

一天，李副局长又来了。这次，他没有叫薇儿，而是点了韦秋。薇儿的心里，竟如爬进了蚂蚁一般痒痒的。

后来，韦秋还找薇儿谈了李副局长的事。韦秋说她喜欢李副局长，求薇儿把他让给自己。

在风月场所，虽然大家都是来玩的，但免不了有动情的时候。这不，韦秋与薇儿都对这个黑牙的李副局长动了情！

六

薇儿复习了一年，第二年终于考上了研究生，学校还是在琅屏市。

开学后，薇儿在闲暇之余仍然去"情深似海KTV"服务，赚些生活费。恰恰是薇儿生活的不检点，为她以后的生活埋下了隐患。她之后的生活陷入了痛苦的深渊。

第三十二章　梦瑶的家事

一

周六早上，程灵燕懒懒地睡着。她的手机在床头的桌子上不停地响，她却并不去接，过了一会儿手机又响了。

"这是谁在周末大早上打电话？"直到手机铃声响了三遍后，程灵燕才缓缓地伸向桌子抓起手机。

说是大早上，实际上已经是上午的10点钟了。

拿起手机后，程灵燕眯着眼看了一下，没等看清楚，手机铃声却断了。不一会儿，手机铃声再一次响了起来。

"大懒虫，你又在睡懒觉吧？"梦瑶的大嗓门穿过手机听筒，传进了程灵燕的耳朵。

"梦瑶，你个死妞！这么长时间跑哪儿去了？找你都找不着！"

"怎么，你也会想我呀？还以为你一升职就六亲不认了呢！"梦瑶不忘趁机奚落闺密几句。

"滚滚滚，滚一边儿去！"程灵燕在电话中骂起了梦瑶，"你来不来找我？"

"当然了，要不然我给你打电话干吗？"梦瑶说。

"嗯，那你来吧，我现在就起床。"挂了梦瑶的电话后，程灵燕一骨碌爬了起来。

洗漱、化妆，急匆匆地忙这忙那，程灵燕恨不得一下把所有的事情都做完。她是个急性子的人，只要有事儿，总是雷厉风行，匆匆忙忙。

二

程灵燕把自己收拾停当后，梦瑶还没到。她也不想着弄些早饭吃，而是点燃了一支细细的香烟缓缓地抽了起来。程灵燕一会儿看看飞舞的烟圈，一会儿看看墙上转动的钟表，就这样等着梦瑶。

10点35分，梦瑶终于风风火火地赶到了。

"咋那么慢呢？"程灵燕问。

"唉，别提了，坐公交车堵车不说吧，路上还出一事故。"梦瑶重重地把包往桌子上一扔说。

"你慢点儿，别把我的桌子砸坏了。"程灵燕看着梦瑶笑着说，"要不要喝杯咖啡消消气？"

"好的，我就是没气也要喝咖啡。"梦瑶说着嘻嘻地笑了起来，"早上起来你就抽烟？"梦瑶拿手扇着眼前的烟雾说。

"嗯，这不是为了等你嘛，你要不要来一支？"程灵燕说着便要从黄色的烟盒里取香烟。

"别，别，我可不像你，动不动就以烟解愁。"

"解你个头，我有什么好愁的？打发时间而已嘛！"程灵燕媚笑着，给梦瑶和自己各冲了一杯雀巢咖啡。

速溶的咖啡粉，倒上开水后，一下子便溶化了。杯口上方，蒸腾着氤氲的雾气，在半空中向上一旋一旋的，宛如抽烟的人们，从口中吐出的缕缕烟圈，带着一丝扑朔迷离的美。

"你这是从哪回来的，一副风尘仆仆的样儿？"程灵燕注视了梦瑶一会儿说，"我前段时间给你的房东打电话找你，他说你已经出去好些天了。你去哪了？"程灵燕看着梦瑶不紧不慢的样子，露出了焦急的神色。

"唉，一言难尽呐！"梦瑶怕程灵燕担忧，又赶紧补充了一句，"我回家了一趟。"

"回家有什么难言的？"程灵燕白了一眼梦瑶，笑着又抽了口烟。

"还不是家里那一堆破事！"梦瑶浅浅地喝了一口咖啡说。

"家家有本难念的经，别烦了！"程灵燕摁灭了烟头，劝着梦瑶。

不知什么时候，程灵燕学会了抽烟。她只抽一种牌子的香烟，那就是很细的摩卡牌香烟。她也不常抽，只是在无聊或是心烦的时候，方抽上一支。程灵燕的同事中，是没有人知道她抽烟的。作为女孩子，在潜意识中，程灵燕认为女孩子是不该抽烟的，特别是在人前。

"我们今天去哪？"程灵燕问梦瑶。

"嗯……我们去熙街吧？"梦瑶思考了一会儿，望着程灵燕征询她的意见。

"好哇！好哇！"程灵燕高兴了起来，说，"我最喜欢去那种闹哄哄的地方了，在那才觉得自己是生活在人间的。"

"瞧你，跟脱离了人间生活的仙女似的。"梦瑶笑着叹了一口气，深情地望向闺密。

三

初冬的暖阳，柔柔地照耀着熙街。快中午时，人流渐渐地拥了过来。一条清晨还沉寂着的街道，顿时变得嘈杂。

前面说过，熙街是琅屏市最有名的小吃杂耍街。这儿有吃的、玩的，还有摆地摊卖旧玩意儿的。瞧，一个中年男子在地上铺了塑料布，把一堆旧书、旧杂志倾倒在上面，然后一本一本地码整齐，等待着逛街的人们把它们买走。

　　程灵燕与梦瑶两个人肩并肩手挽手，东张西望地看个没完。她们看见一个小玩意儿，便来了兴趣，凑上前摸了摸，拿起看看后又放下了。

　　女人们逛街就是这样，无论什么东西，买与不买，都想看看。有的摊主还好，你看了不买他也不会生气，遇到有些难说话的，你看了不买，他便要在背后骂你："呸，什么东西？不买还要瞎看那么久。"摊主的骂声，你在背后也能隐隐听到，却不会把他的骂声当回事，就当是一只鸟儿在你面前拉了屎，你绕过去走就行了。

　　实际上，看了半天不买的东西也并非舍不得买，只是心中会想，买回去也不会有什么用，只是当下看着新鲜罢了。权衡之下，便会把看了半天的东西放下了。不买时，心中也会有遗憾，然会便会带着这份遗憾，走向下一家继续看。这便是女人们所谓的逛街，把一个"逛"字发挥到极致。

　　"我们去看看旧书吧？"程灵燕和梦瑶刚把一个看了半天的撒尿小泥人儿放下，就向旧书摊走去。

　　梦瑶蹲在地上翻阅着五花八门的杂志，程灵燕却不翻阅。程灵燕拿眼扫视着一本本厚厚的旧书，想看看有没有自己喜欢的，有的话，程灵燕总是要买走看的。

　　"老板，那本书多少钱？"程灵燕指着一本卷了角儿的书问。那本书是前苏联作家高尔基的《母亲》。

　　"那个呀，旧了，你要的话两元钱拿走。"卖书的男子说。

　　"那个呢？"程灵燕又指着一本《安娜·卡列尼娜》问。

　　"这本吗？三元钱上下册都给你。"男子慷慨地说，"旧书只能卖给爱书人，否则你给他当擦屁股纸他也不要。"男子自知不该在女性面前说粗话，说完后便嘿嘿地笑了。

　　"梦瑶，你看看有什么想要的一并买了，我好一起付钱。"

　　"我不要哇，谁要看这些旧玩意儿呢，脏兮兮的。"

　　"瞧瞧，我没说错吧？你看她就不要旧的。"男子听到眼前两个姑娘的对话便又嘿嘿地笑着说。

"瞧见没？人家都说你不爱看书了。梦瑶同学，不是我说你，多看看书总是好的呀！"程灵燕像个长者似的，教训起了梦瑶。

程灵燕给了男子五元钱，男子给了她三本书。

四

程灵燕提着旧书和梦瑶继续向前走。

"吃什么？"梦瑶问。

"臭豆腐。"程灵燕哈哈大笑着对梦瑶说。程灵燕看到一个小三轮车上架着火炉子，火炉上放着一口黑黑的油锅，那黑褐色的刚出锅的臭豆腐，散发出阵阵的香味儿。她知道，梦瑶最烦那些看起来不卫生的食物了。

"笑个毛哇，我可不吃有臭味儿的东西。"梦瑶正经地说，"吃了保准你的脸上会长出许多的痘痘。"

"得吧，梦瑶，你以为你还是青春期呢？还长痘痘！让我看看你额上有皱纹没？"程灵燕说着，便要拿手扒拉梦瑶额前的刘海。

"滚！"梦瑶笑着打落了程灵燕的手。

"瞧，多红的糖葫芦，看着真好看，你等等。"梦瑶撇下程灵燕，向着卖糖葫芦的摊子跑去。不一会儿，梦瑶两手举着两大串糖葫芦回来了。

梦瑶在程灵燕面前晃动着两串火红的糖葫芦，嘻嘻哈哈地笑。程灵燕不等梦瑶给，便从她手中抢了一串。

一颗颗大个的红果儿，被一支竹签从中间穿起来，再裹上熬得黏稠的糖稀，撒上一层芝麻，便变成了晶莹好看的糖葫芦。糖稀的黄亮裹住了红果儿的艳红，二者的结合减弱了各自的颜色，看起来晶莹剔透，美丽异常。

糖葫芦是女孩子比较喜爱的食物，咬一口，酸中带甜。

"你父亲怎么样了？"程灵燕问梦瑶。

"他呀，躺在床上，心里憋屈着呢，所以脾气就坏。前一阵子，他得了脑梗。你说原来多坚强的一个人哪！这在床上一躺就是好几年，吃喝拉撒都得人伺候，你说这搁谁心里能受得了哇？"梦瑶叹了一口气，为着她那受难的父亲、受难的家庭。

"你前些日子就是为这事回去的吗？"程灵燕问。

"可不嘛，家里没有钱，我把这两年挣的钱全拿回去了，希望能帮他们渡过难关吧！"

"你父亲严重吗？"

"都不会说话了。"梦瑶了无心情地回着程灵燕的话。

"你弟弟该上大学了吧？"程灵燕又问。

"是的，他今年大二。听说了父亲的事情，他非要退学，我和母亲极力阻止才稳住了他的心。你说，他要是真的退了学，我们家不就更没有指望了吗？"梦瑶神情哀伤，幽幽地说。

"别想那么多了，一切都会好的。"程灵燕温柔地看着梦瑶说，"吃饭去，我请你！"

五

"我也好久没回家了，过段时间真得回家看看。"程灵燕往梦瑶面前的盘子里夹着菜说。

"哎，梦瑶，你的婚事订了没？"程灵燕突然想起来问。

"你不是也单着吗？怎么催起我来了！"梦瑶嗔怪着闺密说。

"上次那个听我的建议了？"程灵燕嘻嘻地笑着问。

"可不嘛，为这事，我这次回去还被我姑姑臭骂了一顿呢。你说，你是不是该赔偿我一个？"梦瑶说，"都是你的幺蛾子多，要不，我估计就跟他成了呢！"

"你就是成了也得离，就他那种三棍子打不出屁的人！"程灵燕往嘴里送着菜，不屑地说。

"你说这人哪，可怎么着好？老实的，你说人家三棍子打不出屁；油滑的吧，你又怕玩不住人家反而被人玩；没钱的嫌人家没钱；有钱的我们又高攀不上。唉，你说这人呐！"梦瑶像个社会学家似的，把男女之事看得透透的。

第三十三章 回家

一

　　家，对一个人来说，总是倾注着太多的回忆与不舍，无论你再怎么烦它，走得再远，但在内心最深处，你永远是爱着它的。因为那里有你的亲人，有你酸楚而美好的回忆。程灵燕记不起自己有多少天没有回家了，她只知道，最近，她总是时时想起家，想起自己的疯娘与弟弟。为此，近日她总是迫不及待地想回家。

　　想家就回呗！程灵燕向单位请了假，又向两个实习生交代了工作上的一些事情。

　　程灵燕急于回家看看父母及弟弟，她恨不得此刻就能一脚踏入家门，见到久别的亲人。

　　前段时间，程灵燕给家里去了封信，弟弟回信说父亲的身体不大好了。为此，这段时间，她的心里总是焦虑着，她是太久没有回家了！她不知道父母亲现在的身体状况，一忙起来，她好像把什么都忘了。为此，她的心里总是泛着愧疚，总认为自己是个不孝的女儿。可是，作为从农村走出来的女孩子，目前，她的力量仍是弱小的，没有擎起自己的幸福，又如何擎起家人的幸福! 她唯一能做的, 就是比别人更努力地工作, 更低调地生活。

为了便于工作, 在闲暇的时间, 程灵燕考了驾照, 学会了开车。方向盘掌握在自己手中, 她工作起来更得心应手。

回家, 不知道是程灵燕想了多久的事情! 可她那个该死的工作, 总是使她不得空。有时刚有了半天的空闲, 却又来了这样那样的事情。

想着要回家了, 程灵燕居然兴奋了起来, 她回想起小时候奶奶带着自己, 在河边捉蝴蝶的情景。那时, 奶奶在岸边看着小小的程灵燕脱了上衣捕捉蝴蝶, 程灵燕捉不住时, 奶奶便会前去帮她。虽然奶奶是个小脚女人, 但她颠着小脚捉起蝴蝶来, 竟比小小的孙女儿强了许多。这样, 在奶奶的帮助下, 程灵燕一个下午总是可以捉到许多蝴蝶。这蝴蝶有黑色的, 也有绿色的, 还有红色的。程灵燕把捉到的蝴蝶, 用一个大罐头瓶子装着, 小心地在瓶沿上留一处缝隙。她怕蝴蝶闷死, 便不听奶奶的劝, 坚持不把瓶子拧紧。回到家里, 程灵燕看着待在瓶中的蝴蝶, 又心疼起它们没了自由, 所以, 她便拣一两只好看的留着, 将其他的重新放回空中。蝴蝶许是也怕孤独的吧, 那一两只留下的蝴蝶, 过不了一两天, 便会逐渐死去。这时, 程灵燕便会为死去的蝴蝶伤心。伤心完了, 她便找一本书, 将死去的蝴蝶夹在书的中间, 做成美丽的蝴蝶标本。这标本, 可以伴她一生一世。现在程灵燕的屋中, 还放着这样的蝴蝶标本。

想起小时候的事情, 程灵燕像个孩子似的会心地笑了。她脸上带着笑, 收拾着回家的行囊。

从曼陀村到闫良市, 又从闫良市到琅屏市, 程灵燕是用脚步丈量它们的距离的。家, 是她梦之所想、心之向往的地方, 她情愿用脚步一步步地丈量。所以, 虽然单位给她配了汽车, 但她没有乘着私心, 借以工作的名义驾车回家。公车就是工作上用的, 她可不想去占那个便宜。另外, 若她开车回家, 她还怕那些个世俗的村民, 看她会像看怪物似的。坐车加徒步, 程灵燕喜欢这样的方式, 好久没回家了, 程灵燕很想沿路走回, 看看归家途中的风景。

二

曼陀村是个偏僻的村子，没有通客车。程灵燕若要回家，乘客车到达夏城县后，仍需步行十多公里。多年不走远路的她，想着那段迢迢的山路，不知自己是否还能坚持走回去。

若有个便车搭就好了。程灵燕在心里这样祈祷着。

农村的一切都是纯洁的，似乎连太阳也比别的地方艳。这初冬的太阳晒在身上，该是柔和的，但若晒得久了，也会感到一股灼人的燥。

在城里，程灵燕给家人买了些水果及糕点。她提了一个袋子，背着自己的双肩包开始徒步向家中走去。

沿路的菊花一簇一簇地开着，映得漫山遍野黄灿灿的。菊花的味儿是那种夹着苦的味道，连花香也是苦的。所以，蜜蜂远远地飞走，不愿采菊花的蜜。但是，程灵燕觉得菊花是美的，那一朵朵小黄花在风中摇曳，瘦瘦的花朵被初冬的暖阳映衬得金黄金黄的。多么美呀！程灵燕在心中感叹。

古人历来也是最爱菊花的，比如元稹的《菊花》："秋丛绕舍似陶家，遍绕篱边日渐斜。不是花中偏爱菊，此花开尽更无花。"又如刘克庄的诗："羞与春花艳冶同，殷勤培溉待西风。不须牵引渊明此，随分篱边要几丛。"

"我也来一首。"看着菊花，想着赞美菊花的诗，程灵燕小声说，"古人曹植不是在七步内就可以作成一首诗吗？我也试试。"于是，她微微一笑，望着日光下黄灿灿的菊花，行走七步，成诗为："菊花无由开，随手待采来。斜插鬓边发，问客何处来？"

好一个"问客何处来"！离家越近，程灵燕觉得自己的心里越发紧张了，难道真的是"近乡情更怯"吗？此时的程灵燕，觉得自己反倒像个客人了!

三

"近乡情更怯"，这句诗真的完完全全映照着人的心情啊。离家越来越近了，远远地，程灵燕看见了自己家的房子，可心，却越跳越快，越来越紧张了! 紧张什么? 程灵燕自己都觉得莫名其妙，可能是自己太久没有回家的缘故吧!

更近了，程灵燕看到了自家院子中升腾起的袅袅的炊烟。她想，是母亲在烧火做饭吗?

程灵燕急于见到母亲。她想，我的这个疯娘啊! 不知道她现在成了什么样儿? 虽然程灵燕与呆滞的母亲极少沟通，但母亲却最牵动她的神经。

"你，你在做饭哪? "推开院门后，程灵燕看到了母亲坐在院中火炉旁的背影，没有叫"娘"。

王婶缓缓地转过身，目光呆滞了一刻，随即，她的眼中呈现出一片光彩。"燕……燕子。"她结巴着叫出了女儿的名字。

王婶望着女儿，咧开嘴傻傻地笑了。许久未见，这个患有精神病的母亲，竟没有对女儿生分。

忽而，王婶快步走到女儿跟前，弯下腰，从女儿手中夺过袋子。

王婶夺过袋子后，也不进屋放下，她就那样提着，傻傻地站着，看着女儿笑。

"我们进屋吧。"程灵燕拉着母亲空着的右手，向厦屋走去。

进屋后，王婶仍然不知道放下手中的袋子。那袋子压得她左胳膊向下垂着，使她的左右胳膊看起来错落了很多。

王婶仍然望着女儿，一味地傻笑着。看着母亲的样子，程灵燕的眼睛突然酸了起来，连着腮帮子都酸胀酸胀的。顷刻，她再也忍不住了，便大颗大颗的眼泪滚落下来。

猛然，程灵燕从母亲的手中夺过袋子，连同自己的背包，隔空扔向对面那张旧木床。她一下子把母亲揽入怀中，眼泪如雨滴般滚落。

王婶在女儿的怀中僵直着身子，没有像正常人一样搂紧自己的女儿。这个疯娘，只是僵直地站着，半晌，她扭动了一下身子，好像女儿搂酸了她的肩膀。

心上和脸上的酸胀感过后，程灵燕把母亲从怀中推了出来。王婶虽然是个精神有问题的女人，但程灵燕看见，她的脸上早已湿了一片。

四

晚上，小乐从外面回来了。

"姐，你回来了？"小乐一进院门，便看到了姐姐的背影。他激动地扑向姐姐，紧紧地拉着姐姐的胳膊，像小时候那样依偎着她。

"你去哪儿了？"程灵燕眉眼带笑地问。

"我跟咱爹一起下地了。他走得慢，我先回来了。"小乐笑着说。见到姐姐，他是真的高兴。

"爹说怕咱娘在家不能做饭，让我回来帮着点。"小乐依然拉着姐姐舍不得松开。

"去洗把脸吧，瞧你那一身的土！"程灵燕轻轻地推了一下弟弟说。

"嗯。"小乐快乐地应着姐姐。然后，他又羞涩地看了姐姐一眼，不好意思地松开了手，跑向脸盆边哗哗地洗起了手。

父亲是老了吗？他怎么走起路来一瘸一瘸的！坐在院子中的程灵燕，隔着院门，看见了艰难走过来的父亲。

父亲程文斌牵着一头脏兮兮的牛，踯躅而行。他的腰板竟然不似先前那么直了，腿还瘸着。

"您这是怎么了？"待父亲走进院子，程灵燕立起身看着他问。

"你回来了?"父亲的脸上,是茫然的表情,没有呈现出久未见到女儿的那种喜悦。

"嗯,回来了。"程灵燕应着父亲,走过去替他牵上了牛。然后,她把牛牵向后院,拴在磨得锃亮的木桩上。

"您的腿没事儿吧?"程灵燕走到脸盆边洗了洗手,朝着父亲落座的方向走来,问他。

"没事,老了!"程文斌掏出烟袋,在鞋帮子上重重地磕了磕。然后,他掏出一袋烟丝,往烟锅里装着。装满后,他用满是老茧的手,轻轻地把烟丝抹平,那动作温柔得像是在抚摸自己的孩子。

完成了这一系列的动作后,程文斌掏出打火机,啪地点燃了烟丝,接着把铜烟袋嘴儿往嘴里一塞,吧嗒吧嗒地抽了起来。

随着父亲的嘴翕动,那烟丝在夜晚一明一暗。那燃着的烟丝,在小小的铜烟锅中,随着父亲一吸一吸的动作兴奋跳跃着。

过了一会儿,那燃着的烟丝由红变蓝,像极了夜晚的蓝色妖姬。

刚抽了小半锅烟,程文斌便剧烈地咳嗽起来,他不得不止住抽烟。他从怀中的口袋里,掏出一块儿脏兮兮的手绢,胡乱地抹着眼角溢出的泪水。

末了,程文斌把未抽完的烟丝放到鞋帮子上吮吮地磕了起来。弄干净烟锅后,他小心地将烟袋放在一个塑料袋里裹住,然后装进了他的上衣口袋中。

"瞧你咳嗽的,以后还是要少抽些烟!"程灵燕看着父亲,心疼地嗔怪他。

"你工作还好吧?"程文斌抬起脸问女儿,脸上仍是淡漠的表情。

"嗯,不错的,也不累!"程灵燕小声地回答父亲。

五

晚饭是小乐帮着母亲做的,小乐怕姐姐累了,不让姐姐动手。

玉米粥，还有蒸得歪歪扭扭的馒头，粗得如小指般的萝卜腌菜，便是这一家人的晚饭了。

小乐越来越懂事了，晚饭做好后，他帮姐姐盛好，端到跟前，笑着说："姐，快吃吧！"

弟弟小乐长大了，长成了俊美的少年。他听话、懂事，这是程灵燕这个做姐姐的值得欣慰的事。好在家里有弟弟，要不，父亲和母亲该多么艰难哪！程灵燕感激地望了弟弟一眼，微笑着从他手中接过饭。

小乐上完初中便辍了学，家里困难，他也不愿意再上。由于家里缺少劳力，大家都存了私心，没有过分地劝他。在农村，种的是庄稼，吃的是农粮，家里没个劳力，着实不行。

辍学后，小乐跟着父亲做农活，照顾着患精神病的母亲。他为家里的付出，使程灵燕这个做姐姐的心生愧疚。可是，她又不能为这个家做什么，也无法帮助到弟弟，便任由他在农村，和父母一起苦着累着！

六

曼陀村的空气是新鲜的，夹带着一丝凉凉的风，从木头窗子的缝隙吹进了农家的老屋。

早上，啄食的鸟儿在窗外叽叽喳喳地叫了起来，把程灵燕从睡梦中扰醒。她睁开眼睛，便看到冬日早晨的一缕阳光柔和地射进屋里，把泥土墙的房间镀上了一层金色的美。

程灵燕伸伸懒腰坐了起来，急急地穿衣下床，想为家人做一顿早餐。谁知她起来后，弟弟小乐已经做好了粥。程灵燕累得忘记了早起，心里升起了一丝愧疚。

"你咋不多睡一会儿？"程灵燕歉意地对弟弟说。

"姐，不要紧的，我都习惯了，能做得来。"小乐说。

"家里还有什么活儿吗？"

"也没多少，就是把牛粪拉到地里，把咱的几亩秋地犁犁就行了。"

"咱爹和娘呢？咋不见他们？"程灵燕在院中望不到父母的影子，便问弟弟。

"爹领着娘去后面菜地了。"

"前段时间你给我去信说，咱爹不大好，究竟咋回事？"程灵燕趁着父亲不在，便向弟弟打听情况。

"嗯，上次由于他咳嗽得厉害，我带他到城里医院检查了。医生说他的肺不太好，还说让他戒烟。可他就是不听！"说到父亲的事，小乐脸上现出了一副无奈的神情。

"他这人总是那样犟，没有人能管得了他！"程灵燕在弟弟面前数落着父亲。

"我谈对象了！"程灵燕对弟弟说，"回头等我稳定住了，就把你们接到城里。"

程灵燕想要弥补弟弟，竟把自己恋爱的事情告诉了他。

"那好哇，我可等着你接我去城里呢！"小乐天真地笑着。

"你要劝父亲少抽些烟！"程灵燕对弟弟说，"还有，这些钱你拿着，到镇上给父亲买些卷烟。他要是忍不住了你就让他抽些。那些烟叶子很伤肺的，尽量让他少抽。"程灵燕往弟弟手里塞了一卷钱，"你也顺便给娘和你买些需要的东西吧。"说话间，她的眼睛又酸了。

七

三天后，程灵燕要回城里了。她不能请太长时间的假，到家看看，便要匆匆离去。

"麻烦你照顾他们了！"程灵燕歉意地对弟弟说。

"姐，你放心走吧，我可等着你接我去城里呢！"弟弟故意说了些让姐姐宽心的话。

程文斌没有送女儿，他说腿疼。王婶看女儿拿着包，脸上又现出了呆呆的神情。

临出门，程灵燕拉了拉母亲的手，然后头也不回地向外走去。

"姐，你慢点！"小乐追了出来，帮她提上了包。他们俩谁也不说话，就那么静静地走着，过了西山。

"远了，你回吧！"程灵燕对弟弟说。

"嗯。"小乐点了点头。

程灵燕瞥了一眼弟弟，看到他眼睛内有晶亮晶亮的东西。她不忍再看，便从弟弟手中夺过包，直直地向前走去。

第三十四章　情啊情

一

　　秦克要从南方回来看望程灵燕。分别了两年多，中间二人只见过一次面，他们更多的是靠书信往来。可是，鸿雁传书也有不尽如人意的地方，毕竟，它不如时时见面的好。恋爱中的人，只有见了面，牵了手，闻到对方身上的那种特殊气息，才能感觉到彼此真真实实地存在于自己的生活中。否则，这时间一长，再热情的两个人，也难免会觉着生疏了。这种生疏不是因为心理距离产生的，而是彼此分开的时间长了，双方都怕自己在彼此眼中、心中有不够完美的地方，所以便会扭扭捏捏，觉着不自然。这一不自然，便让人看起来生疏了。

　　程灵燕与秦克便是这样的。秦克事先通知程灵燕让她到火车站接自己。临出门时，程灵燕洗了又洗，照了又照，生怕秦克看到她，觉得她不如以前漂亮，不像是心中日夜思念的那个她。

　　程灵燕就是怀着这种心情见秦克的。见了秦克，程灵燕的脸微微一红，也不说话，便从秦克的手中接过了行李，替他拿上。

　　"你回来了？"末了，程灵燕才轻轻地问了一句。然后，她便羞涩地跟在秦克的身后向前走去。

而秦克呢，由于和程灵燕多时未见，也羞涩起来，便由着她跟在身后。走了一段，秦克才想起来要去牵程灵燕的手。

"你还好吗？"半天，秦克问了女友一句不疼不痒的话。

"嗯，还行。"程灵燕这样回着他，"我们先去哪儿呢？"

秦克笑着对程灵燕说："这可是你的地盘儿。"

"那先到我住的地方，你洗洗休息一会儿。"程灵燕说，"你坐长途车一定很累吧？"

走着曾经走过的路，二人在一问一答中，心情才逐渐恢复了正常。

"不累！"听到女友的问话，秦克温柔地捏了捏她的手。

二人叫了一辆的士，直接开到了梅溪街6号。

秦克提上包裹，拉起女友的手。程灵燕牵引着男友，不再避着别人的目光。他们就这样来到了9层程灵燕住的单元房里。

二

进了房间，两个年轻人的陌生感终于消除了。秦克放下包裹，一下子把程灵燕拥入怀中。

程灵燕在男友的怀里一动不动。不一会儿，程灵燕的双臂渐渐地向上移着，移到了秦克的腰部以上，然后，紧紧地抱住了他。

空气仿佛凝结了一样，二人就那么抱着，一动不动，像个合体的蜡像。

程灵燕被秦克抱得喘不过气来，她挣扎了一下，想松松身子。可是，秦克的双臂却是那么有力。一会儿，秦克大约也觉得累了，这才渐渐地松了松女友的身子。

"饿吗？"程灵燕在秦克的怀中问。

"嗯。"秦克仍然抱着程灵燕，轻轻地点了点头。

"我去给你弄点吃的。"

"可我现在什么也不想吃,只想吃你。"秦克把嘴放在程灵燕的耳边,轻轻地说。他说话时呼出的热气,搔得程灵燕的脖子痒痒的。

"你咋那么坏!"程灵燕摆动了一下头,笑了。

"男人不坏,女人不爱嘛!"秦克的唇在女友的脸上滑动着说。

"去你的!"程灵燕笑着移开了脸。秦克便拥紧了吻她。

不一会儿,程灵燕便被男友的吻搔得全身痒痒的,她感觉身体像着了火似的。

程灵燕想推开男友,可是推不动。秦克喘着粗气,呼吸越来越重。猛然,秦克把她一把抱起,向着不远处的床走去。

此时,程灵燕没有挣扎,任由男友抱着她……

三

直到他们身体里的火退了,没了力气,秦克才满足地从程灵燕的身体上跌下来,像个死猪一样仰躺在床上。

过了一会儿,秦克才想起搂过女友的臂膀,把她拥入怀里。许是秦克太累了,搂着女友,不一会儿,便呼呼地睡着了。

程灵燕躺着,却不能入睡。她听着秦克均匀的呼吸声,回想着刚才的那个问题。她内心思索着,然后望了一眼熟睡中的男友,从他怀中轻轻地抽出身体。她在他身边躺着,大气也不敢出,生怕惊扰到了熟睡的男友。

约一个小时后,秦克睁开了惺忪的睡眼。"不好意思呀,亲爱的,我可能太累了,怎么就睡着了呢!"他不无愧疚地看着女友说。

"你坐那么远的车,不累才怪!瞧你睡得跟个小猪似的。"程灵燕又滚入秦克的怀中,娇嗔着说,"我起来给你弄点儿吃的好吗?你一定很饿了!"

"哎,不,不,你别忙了,现在反倒不那么饿了。你躺一会儿,我们聊会儿天。"秦克拉住了程灵燕,让她重新枕在了自己的肩上。

"这次回来,我想带你上我家见见我的父母。可以吗?"秦克以征求的语气问女友。

"嗯……好吧!"半晌后,程灵燕故作犹豫地回答。

"那就这么说定了,待我回去向他们报告后,再来接你。"秦克说着,温柔地在女友的额头上吻了一下。

"嗯!"程灵燕望着秦克,重重地点头。

其实,这也是程灵燕早想对秦克说的话。她这个年龄,要是在农村,早已成了婚。虽然她的父亲没有催过她,可是,在她心里,也懂得女大当嫁的。

四

秦克要回家,程灵燕把他送到了中转的汽车上。秦克家距琅屏市不远,不到二十公里,属于琅屏市的周边乡镇。

秦克的父亲是乡镇中学的一名校长,母亲是乡镇卫生院的一名医生。秦克是家中唯一的男孩,下面还有一个妹妹。

在当地,大家都说秦克的母亲是一个很精明的女人,秦克要找女友,需过了他母亲这关。

回到家后,秦克把自己要带女朋友回家的想法,跟家里人道了出来。秦克的父母倒也乐意儿子把女朋友带回家里让他们瞧瞧,毕竟,他们知道儿子与这个女孩子认识好多年了。

"那就明天好吗?"秦克征询着父母的意见。

"后天吧。等我明天跟单位请个假,然后买些东西准备准备。"秦克母亲说,"家里也得收拾一下,毕竟,你第一次带人家回来,也不能让人家看我们家太不像回事了。"

"你妈说得没错。"正在翻阅报纸的秦克父亲,听到妻子的话后,抬起头看着儿子说。

"好吧！实际上也不必准备什么，她是一个很好说话的人。"秦克事先在家人面前说着女友的好。

"瞧瞧，他现在就知道替人家说话了。"秦克父亲笑着，指着儿子对妻子说，"知道疼人就好，知道疼人就好。"善良的父亲，重复夸着自己的儿子，然后又低下头，看起了手中的报纸。

五

这边，程灵燕焦急地等着秦克，她不知道他什么时候来接自己。她一半是想念他，一半是怕羞，由此造成了她双重焦虑的心情。此时，她感觉一天的时间可不仅仅是24小时，而是绵延成无限长了。

程灵燕心中有很多想法。她不知道，见了男友的父母后，是否会如想象中那么顺利。还是比想象中糟糕。这是丑媳妇怕见公婆的心理呀！大概第一次上对方家门的男女，都会有这种心理困扰吧。

在焦急的等待中，第三天，程灵燕终于等来了秦克。

"着急了吧？"见了女友，秦克一下子抱住了她。

"嗯！"程灵燕羞羞地点了一下头。

"你收拾一下，我们就走吧？"秦克望着女友说。

"好的，你稍等我一下。"说着，程灵燕害羞地跑向了卫生间。她对着镜子照了又照，随后，拿起唇膏给唇上涂了一层淡淡的红色。

其实这两日来，程灵燕每日都会把自己打扮得精精神神，她在家试了一套又一套衣服，直到自己觉着满意为止。她还化了淡淡的妆，让自己看起来更加光彩照人。临出门时，她又扭过头照了一下镜子，往自己的头发上抹了一些水，然后才满意地走出卫生间。

秦克好似看出了女友的紧张，便微笑地望向她说："你很美，不必紧张！"

程灵燕感激男友的善解人意，微笑着拉起了他的手，说："我们走吧!"

六

家中,秦克的父母已经准备了一大桌子菜。秦克父亲在厨房给秦克母亲帮忙,听到了敲门声,赶紧走过去开门。

秦克父亲先是静静地看了儿子的女友一眼,接着便热情地把他们往里面迎:"快,快,里面坐。"

秦克在回家时,特意拐到超市买了一提糕点,让程灵燕提着。

秦克父亲看到儿子女友手里提的东西,便急忙接了过来,口里客气着说:"你们买这些干啥,家里啥都不缺。快,快,到里面坐。"父亲客气着让他们进屋。

"仲医生,孩子们回来了。"秦克父亲在外人面前,实实不知道怎样称呼自己的爱人,所以他就直呼爱人的职业名称了。

"哦,来了!来了!你先招呼一下,我把这个菜盛出来就出去。"妻子仲云在厨房里大声应着丈夫,"你们坐呀,别站着!"

程灵燕站在客厅里,望着墙壁上挂的一幅墨字静静观看。上书"天道酬勤"四个字,用楷书写就,字体遒劲有力。

"这字真不错!"程灵燕不由得轻声赞叹了起来。

"哦,那是我的一个同学写的。我同学现在是省文联主席呢。"秦克的父亲秦定山对程灵燕说。

"哦。"程灵燕轻轻地应了一声。

"坐吧。"秦克把程灵燕往沙发旁拉,按着她坐了下来。

"我给你倒点儿水去,你喝什么?要不要来点茶叶?"秦克问女友。

"不用了,我喝白开水就行。"程灵燕说。

"小克,那边有我泡好的红茶,你们倒着喝吧。"秦克父亲说,"那你们先坐,我到厨房看看去。"秦定山与儿子也客气了起来。

"爸，你去忙吧，不用管我们。"秦克对父亲说。

"好，好，那你们自己玩。"说着，秦定山向厨房走去。

七

"克儿。"不一会儿，仲云从厨房里走了出来，叫着儿子的名字。

"妈，我给你介绍一下，这是程灵燕。"秦克拉着女友的手，笑着看向母亲。

"好，好，你们坐，不必客气呀。"仲云也笑着招呼他们。

"吃水果。"仲云从洗手间洗手出来后，便要给程灵燕剥橘子。

"我来吧。"程灵燕从仲云手里接过橘子，剥了起来。剥开后，她先递给了仲云，说："阿姨，你吃吧。"

"哦，我不吃，你们吃。"仲云向程灵燕摆手。

程灵燕没有再让，便掰了一半橘子递给秦克，自己拿着另一半吃了。

"那你们再坐一会儿，我先进去看看，一会儿就好。"仲云微微一笑说。

"阿姨，我去给您帮忙吧？"说着，程灵燕站起了身。

"哦，不用！不用！我和安老师能忙得过来。你们坐着吧。"仲云说着走进了厨房。

"你千万别拘谨哪！你看，他们都很慈祥的。"秦克说话时压低了声音，他看看四周，然后在程灵燕的脸蛋上亲了一口。

"别闹！"程灵燕笑着赶紧躲开。

"咣咣——"此时，门外响起了敲门声。

"应该是我的妹妹晓晓回来了。"秦克说。

"那你赶紧过去开门。"程灵燕说。

"哥。"晓晓进门后叫了秦克一声，同时向沙发的方向望着。

"哦，来，我给你介绍一下，这是你灵燕姐，她姓程。"秦克对妹妹说。

"知道了。"晓晓说着向自己的房间走去，不再与人打招呼。

八

"你妹妹回来了吗？"仲云走出后问秦克。

"是的，她进屋去了。"秦克笑着回母亲。

"嘿，你看这个孩子，怎么越大越没礼貌了！回来也不打声招呼。"仲云向着女儿的房间看了一眼埋怨说。

"谁说我没礼貌了？我这不回来要赶紧学习吗？"晓晓听到了母亲的斥责，拉开房门走出来说。

"好，好，你有礼貌。现在赶紧洗手吃饭，吃过了再做作业。"仲云命令着女儿。

"知道了，我们家有个医生就是麻烦，每次吃东西前都要先洗手。"晓晓抱怨着向洗手间走去。

听到母女二人的对话后，程灵燕微微笑了起来。

"我们也去洗洗吧。"晓晓从洗手间出来后，秦克拉了一下程灵燕说。

"吃饭了，吃饭了，大家都去洗洗手哇。"仲云大声向大家吩咐着。

第三十五章　缘起缘灭

一

这一天，秦克的母亲很热情，大家吃饭吃得也很愉快。

吃完饭，仲云又去洗了一盘子水果，一一分给了大家。

"你的家人是干什么的呢？"仲云犹豫了一会儿后，还是问了程灵燕这也许是仲云今天最想了解的。

"哦，他们都是农民，我家是农村的。"程灵燕望着仲云一脸真诚地说。

"哦，你的父母都还好吗？"仲云再问。

"嗯。他们不是太好，我的母亲有病。"程灵燕轻声回答。

"有病！什么病？"仲云吃惊地问。

"嗯，我娘就是脑子上有点儿问题，身体好着呢！"程灵燕有意掩饰尴尬，并没有直接说出母亲的具体情况。

"哦，那就好。"仲云削着水果，似有所思地应了一声，便没再问程灵燕其他的话。

仲云虽沉默着，但她的脸上却露出思索的神色。半晌，她削好了一个苹果,递给程灵燕说:"吃,吃,吃水果。"

"好的,我吃!我吃!"程灵燕微笑着接过了苹果,不好意思地应着仲云难以捉摸的热情。

晚上,秦克在家门口拦了一辆过路的出租车,把程灵燕送了回去。

秦克到家后已经很晚了,仲云也没再说什么,大家安安稳稳地睡下了。

二

短暂的平静总也遮不住要来的风雨。

第二日早上,仲云早早地起来做好了早餐,叫醒了一家子人起来吃。吃过饭后,秦定山和晓晓都走了,仲云却并不急于上班,她说:"我给同事打了电话,让她上午替我会儿。克儿,我们坐下说说话好吗?"她望着秦克,一脸的严肃。

"行,您说吧!"秦克不知道母亲想对他说什么,可看着她那严肃的表情,知道母亲应该是要跟他说很重要的事。

"你的那个女朋友叫什么名字?"

她们昨日才见过,母亲居然忘记了程灵燕的名字,这使秦克的心里更疑虑。

"她叫程灵燕,您这么快就忘了啊?"秦克好像故意要臊母亲似的笑着对她说。

"哦,程灵燕。"仲云若有所思地点了点头。

"她家是闫良市夏城的?"仲云又问,"那你去过她家吗?"

"没有。人家不上我们家,我怎么能先上人家家呢?"秦克逐渐表现出不耐烦的神情。

"克儿,不是我啰唆。昨天,你没听她说什么来着,她说她母亲脑子有问题!"

"那又怎么样?她母亲有病,又不是她有病!"秦克反驳着母亲的话。

"你这孩子说的什么话呀!"仲云生了气,"你别忘了你妈我是医生!如果真像她所说的,她母亲是脑子有病的话,那可是很严重的事!"

"好了,这事儿先不提了,今天到此为止。我去上班了。"末了,仲云柔和了表情,对儿子说。

"好吧!"秦克无奈地望了母亲一眼说。

"哎,克儿,你说灵燕家是哪个村的?"仲云问。

"曼陀村。您这次要记住了啊。"秦克笑着说。

三

秦克要回南方上班了,程灵燕含泪把他送到了火车站。火车就要启动了,程灵燕仍然趴在男友的怀里,哭得跟个泪人似的。

"好了,好了,我的大记者,待会儿别让人把你拍了上头条哇。"秦克轻轻地推开女友,拿手擦着她脸上的泪,开玩笑地哄着她。

"我才不管呢!"程灵燕抹了一把眼泪,凄楚地说,"你这一走,我们不知道什么时候才能再见呢!"

"傻瓜,别弄得跟生离死别似的!你要想我,就请假到我那边去住几天,反正你也没去过南方,就当是去旅游嘛。"秦克安慰着女友说,"再不然,我辛苦一下,下个月再跑回来。"他说完,看看无人注意他们,便在女友的脸上迅速地亲了一下。

"才不想让你那么辛苦呢!"程灵燕噘起嘴,对男友撒娇说。

"我要走了,乖,车来了!"开往南方的火车,随着一声刺耳的鸣笛声停了下来,秦克望着长长的列车,现出了茫然的神情。

"我走了啊!"秦克在女友的脸上轻轻吻了一下,提着包不舍地向火车走去。他站在车厢门口,大声地对女友说:"你回去吧,听话!"

程灵燕向秦克挥挥手,又望了他一眼,便转身向站外走去,走着,走着,她的眼泪又不可控制地流了下来。

人哪，似乎是有感应似的。程灵燕并不是一个爱哭的女孩子，可是这次送走秦克，她却怎么都抑制不住自己的情感，好像此次与秦克分别后，再见无期。

四

时间是最能抚平一切的良药。很快，程灵燕便从离别的伤痛中恢复了过来。像程灵燕这种穷人家走出来的女孩子，觉得工作才是最重要的事儿，再长情的东西也不能当面包吃。所以，在她心中，还是把工作放在第一位。

接下来的日子里，程灵燕仍然不停地忙碌。采访、写稿、陪着领导一起应酬，这都是她的工作范围。她的工作看似毫无规律，实则是在有序地进行着。

上次虽然去了秦克的家里，但目前来看仍是不痛不痒的，没什么结果。程灵燕本是想着秦克回来时，与他说清楚他们两个人的事，二人已到了婚嫁的年龄，程灵燕想把他们的婚事定下来。

只是，程灵燕一直犹豫着没说。作为女孩子，她是不想自己太主动的。她想：在婚姻方面，女孩子应该保持应有的矜持，这样在今后的婚姻生活中，才能占有主动权。

程灵燕的想法是单纯的，她一心想要嫁给秦克。毕竟，她爱了他这么多年。所以，她不想着嫁他还能嫁谁呢！

然而，程灵燕万万没想到的是，她的想法，始终是她的想法。她和秦克的缘分，也快要尽了！

五

"你好，请问曼陀村在哪儿？"仲云在向一个在田间干活的庄稼汉问路。

"就在那儿，拐过这个弯就能看见俺们村了。"庄稼汉说。

"你是曼陀村的吗？"仲云隔着路继续向庄稼汉发问。

"是呀，是呀。"庄稼汉热情地回应着。

"请问程灵燕家你知道吗？"

"程灵燕？"庄稼汉回忆了半天后问。

"是的，程灵燕。"仲云赶紧回答。

"哦，是不是在城里上班的那个姑娘？"

"是的，是的。"

"哦，要是她的话，你转过弯向前走，第三家就是她家。"

"那，她家的情况你了解吗？她家几口人哪？"仲云继续问庄稼汉。

"这个当然知道了。"庄稼汉说，"她不就一个弟弟吗？这女孩是家里的老大。"

"哦，哦。"仲云若有所思地应着，接着问，"那她家里什么情况你知道吗？"

"那还有什么情况？都是庄稼人呗！"庄稼汉说。

"请问，她母亲是什么病啊？"仲云终于问出了她最想知道的事。

"哦，你说王婶哪，她是个精神病，一开始就有的。"

"哦，那她父亲呢？"

"人家父亲可精着呢！"庄稼汉回答。

"哦，那谢谢你呀！谢谢！"仲云问完了想问的话，连连向庄稼汉道谢。

仲云是让朋友开车带她过来的，她只想悄悄地打听一下儿子女友家的情况。

为了进一步落实情况，仲云让朋友把车开到村子里，并寻到了程灵燕的家。

仲云是个心细的人，临来时，她没忘买一箱子香蕉带上。下车后，她让朋友搬着香蕉，跟着她来到程灵燕的家中。

"你好，请问这是程灵燕家里吗？"仲云向着院中问。

程家的大门开着，王婶坐在厦屋里，正在摆弄一簸箩的碎破布，其中，有一条程灵燕小时的破裙子。她拿起裙子看了又看，末了，把裙子拿起来蒙在了眼上。听到声音后，她才把眼睛移开。

"你好，你是灵燕的母亲吗？"仲云进了屋问。

而王婶，这个有着精神病的女人，只是呆呆地望着来人，不答话。她似乎根本就听不懂眼前这个时髦的女人对她说了些什么，只是一副漠然的表情。半晌，她说："燕子，我女儿，我女儿……"

现实，重重地撞击着仲云，她感觉天旋地转。绝不能让儿子娶了那个女孩！仲云在心里立即否定了程灵燕做她未来的儿媳妇。

稳定了神情后，仲云悄悄地把那箱香蕉放下，然后拽起她的朋友快步走出了这户农家。

关于程灵燕家其他的情况，仲云再也无心了解。在仲云的心里，程家不会再与她家有任何的瓜葛了。

"瞧瞧，克儿这找的是什么人哪！"仲云坐在副驾驶上，对她的朋友抱怨说。她乘坐的越野车飞驰在曼陀村的土路上，车子四周荡起了半空的灰尘。

六

"克儿，你这才走没多久，我就突然感觉身体不大舒服了。本想着不告诉你的，可是我觉得你还是回来一趟为宜……就下个月初吧，我希望你能回家一趟。"仲云回到家的当天，吃过晚饭后，她便把自己关到书房给儿子写信。她谎说自己身体不舒服，让儿子回家一趟。实际上，她是想让儿子回来，告诉他自己在乡下程家遇到的情况，让儿子断了与程灵燕的关系。

一周后，秦克便接到了母亲的信，他满怀疑虑：母亲的身体一向都好，怎么会突然不舒服了呢？但是作为儿子，既然母亲来了信，秦克觉得还是应该回去一趟。

决定回去后，秦克便给程灵燕打了电话。电话是打到程灵燕单位的，秦克告诉程灵燕，自己的母亲不舒服，让他回去一趟，所以，他近期可能还会回家一趟，但具体哪一天回去，到时再通知她。

而程灵燕呢，知道秦克要回来，心里自然是万分高兴的。想着不几日，又可以与自己心爱的人见面了，她怎能不激动呢？

七

月初，秦克安排好自己的工作，就向单位请了假。回去一趟也好，又可以见到自己心爱的人了，他的心里也激动着。

买好了车票，秦克本想先把车次告诉程灵燕的，好让她到车站去接他，这样，便可以第一时间看到她了。秦克转而又想：还是不让她接了吧，她工作那么忙，何必打扰她！等我回去先看了母亲，再心无挂碍地找她，这样岂不更好。秦克在心里想象着程灵燕突然见到自己，该是多么激动！做了决定后，他便收拾了行李先行回家。

秦克坐了十几个小时的火车，又打了一辆车往镇子上自己的家赶。他回到家，已是第二日的下午了。

到了家门口，秦克先是敲敲自家的房门，里面无人应，秦克便拿出钥匙自己打开了门。

家里空无一人。不会是母亲住院了吧？秦克一惊，便想着到母亲的单位——乡镇卫生院去看看。

长途跋涉，秦克一口水都没喝。此刻，他口渴难耐，便走到茶几旁倒了一杯凉开水，咕咚咕咚地喝了下去。随后，他拾起钥匙，准备出门去寻找母亲。

八

这时，秦克听见了自家门锁转动的声音。他正要走过去开门，他的父亲秦定山便进了门。

"你怎么在家？"秦定山吃惊地打量着儿子问。

"是我妈给我写信让我回来的，她没事吧？"秦克问父亲。

"她能有什么事？能吃能睡的！"秦定山回答儿子。

"不对吧？她给我去信说她身体不好，我这才回来的。"秦克盯着父亲的脸问。

"这娘儿们，又在搞什么名堂？"秦定山无奈地叹了一口气。他知道妻子的脾气，什么事都喜欢自己做主，总是先斩后奏，有了事儿总是让自己给她垫背。

"你才走没多少时日，你说她这不是瞎折腾嘛！"秦定山抱怨起了妻子。

"算了，算了，等她回来后问问吧。"秦克安慰起了父亲。

"咦，你回来了？"晓晓开门后瞪着眼问哥哥。

"怎么，不欢迎我呀？"秦克笑着看着妹妹说。

"您是我哥，我怎么会不欢迎您呢！"晓晓拖着腔调说，"哎，是不是想你的那个灵燕了？"晓晓逗起了哥哥。

"哎，你这个小机灵鬼，好好想着自己学习的事吧。"秦克故意对妹妹板起了脸。

一家人正说着话，仲云从外面打开了房门，掂着一大串钥匙走了进来。"哟，你们都在呢？"她看着大家说。

"您这可不像是有病的人哪？"秦克疑惑地看着走进门的母亲说。

"儿子，我这不是想你了嘛！"仲云的脸上堆了笑。

"你想儿子，就让他大老远坐十几个小时的车跑回来呀！"秦定山抱怨起了妻子。

"这不还有些事要对儿子说嘛！"仲云神情严肃地看着丈夫说。

"什么事不能在信里说？非得让他大老远跑回来一趟！"秦定山仍然对妻子不依不饶。

"哎，我说你怎么回事儿？啰里啰唆的，有完没完？"仲云大声地训斥着丈夫，"好了，不说了，我先去做饭。"她说着放下手中的东西，走进了厨房。

仲云是个利索的人，不一会儿，便烧了粥，炒了两个菜。一家人围坐在一起吃饭，不再提刚才的话题。

饭后，仲云依然洗了水果，拿出来让家人吃。

九

"克儿，我跟你说，那个叫程灵燕的女孩子我们可不能再与她来往了。"仲云咬了一口苹果，咽下后望着儿子说。

"您说什么？"秦克正入迷地看着电视上的一档军事节目，没有听清楚母亲的话。

"我是说你不能再和程灵燕来往了。"仲云重重地重复了一遍。

"为什么？"秦克正色问。

秦定山一直没有开口说话，虽然妻子仲云的话使他吃惊，但他对情况不了解，便想着先搞清楚情况再说。

"她的母亲有精神病！"仲云看着儿子的脸，严肃地向他道出了这件事情。仲云的声音很大，同时也是说给丈夫秦定山听的。

此时，秦克的脸青红不定，他生气地望着母亲，说："那又如何？"

"那又如何？"仲云脸上温柔的表情淡了，望着儿子大声说，"你知道不知道这种病是会遗传的？"

"遗传？你看灵燕像是有精神病的人吗？真是笑话！"秦克生气地否定了母亲的话。

"你给我听着，我说不许你与她来往就是不许！"对于儿子的反抗，仲云很是生气，她板起脸望着儿子，一字一顿地对他说，"别忘了你母亲我是一名医生。虽然程灵燕现在没事，但精神病是会隔代遗传的。如果你与她结婚，就意味着在我们的孙辈中，没准哪一个就是精神病。这样的赌注太大，我不敢打！据医学研究，这个病的遗传概率是百分之五十。所以，我希望你对待终身之事，不要太感情用事了！"

"你是不是了解过了？"这时，秦定山开口问妻子。

"是呀。我是到实地落实以后，才给克儿写的信。"仲云看着丈夫说。

"那你也不先和我商量一下？"秦定山问妻子。

"那么远的路，商量了没准你不同意我去呢！"仲云白了丈夫一眼说。

"你呀，什么事都爱自己做主！"秦定山无奈地说。

十

仲云的话如五雷轰顶，轰得秦克的脑袋嗡嗡地响。仲云后来又说了什么，他完全没有心思听，所以也没有去反驳。他现在唯一的想法，就是快点儿见到程灵燕，与她商量商量这个事，看看有没有挽回的余地。他与程灵燕相恋多年，怎能忍心与她分开？

第二日，秦克对母亲撒谎说，他的一个大学同学要结婚，邀请他去参加，秦克这才脱了身。

出了家门后，秦克便搭上通往市里的公交车直奔琅屏市。

秦克想：今天不是周末，她一定不在家里。

秦克没去过程灵燕的单位，下车后便特意到报亭购买了一份《晨报》。打开后，他在版面的下端寻找着女友单位的地址。

"新城区13号晨报大厦。"秦克没有事先打电话问问程灵燕在不在单位，而是直接打了个出租车，让师傅按着这个地址把他拉了过去。

出租车行走在熙熙攘攘的街道上，秦克的心里乱极了。他想着自己该怎么说才能既不伤害程灵燕，还能使她明白自己的意思！在秦克心里，他是真的不想与程灵燕分开。"管他妈的什么精神病不精神病，只要她好着就行了!"他低声骂着。

"老师,到了。"出租车司机唤回了愣神的秦克。

"哦,多少钱?"秦克看了一眼计价器,付给了司机二十元钱,"不用找了。"他说着拉开车门走了下去。

"嘿,现在的年轻人,怎么整日跟没睡醒似的!"出租车司机举着待找的两元钱,望着秦克的背影说。

十一

到达晨报大厦门口后,门岗上的年轻保安拦住了秦克。秦克说要找程灵燕,保安让他联系要找的人出来接,否则办公区域是不能让陌生人随意进去的。秦克踌躇了片刻,赶紧从怀中掏出香烟,递给保安一支。

"我是她的男朋友,刚从外地回来,想给她一个惊喜,所以才没联系就跑过来找她,求求您给通融一下。"秦克在保安面前装出了一副可怜相。保安亦是年轻男子,大概也懂得浪漫,抑或是秦克的哀求给了他心理上的满足感。他接过了烟,微微一笑说:"中,中,不说了,你在这登记一下,我就放你进去。"

进了大门后,秦克先敲了敲一间半开着的办公室门,向人打听程灵燕的办公室。

"你上二楼右转,南边的第三间就是。"一个年轻的女子热情地告诉秦克,秦克感激地对这名女子说着谢谢。

上楼梯的时候,秦克的心里紧张了起来。他不知道见了程灵燕,该怎么向她开口。他还担心,若对程灵燕说出母亲不让他们在一起的话,她该有多伤心哪。他知道女友有多要面子,一旦对她说出自己的母亲私自到她的村子里打听她家的情况,会是什么样的结局。也许她不会原谅他,觉得他对她的爱不够笃定,或者会因此怪罪他,离开他!

到二楼有十六个台阶,秦克一个一个地数着,他情愿时光就定格在这一刻,让他在爱人办公室的外面守候着,永远,一辈子。

可是,他还是不自觉地上到了二楼的走廊。顺着方向,秦克找到了南边的第三个房间。朱红的木门关得严严实实的,秦克举起手想敲响它,可是犹豫了一会儿又放下了。他还在心里想着,见了程灵燕该怎样跟她说。

"你找谁?"见秦克在办公室门口徘徊不定,刚从洗手间出来的郝骞望了他几眼问。

"我,我找程灵燕。"秦克吞吞吐吐地说。

"哦,那你进去呀,她就在那间。"郝骞指着他旁边的房门对秦克说。

此刻,程灵燕正在办公室里无聊地看着报纸,她边看边想秦克:他说这两天要回来的,不知买好了火车票没有,如果买好了票,他一定会告诉我让我去接他的。

可是此刻,程灵燕影影绰绰地听到了秦克的声音。这不会是做梦吧?她晃了一下脑袋。

"咣咣——"此时,响亮的敲门声传了进来。

"谁?"程灵燕下意识地问了一句。

"有人找你!"郝骞推门而入。

"你!"程灵燕看到了站在郝骞身后的秦克,吃了一惊。

郝骞与秦克说完话后本欲进入自己的办公室,可见秦克还是没有敲门,便替他敲响了程灵燕的门。

"你找的是她吗?"郝骞转过身问秦克。

"嗯,嗯,是的。"秦克低声说,并向郝骞点了点头以示感谢。

"好,那你们聊。"郝骞看了他们一眼,转身离开。

"我,我回来了。"秦克见郝骞离去后,对惊诧的程灵燕说。

第三十六章　消失的誓言

一

冬天来了, 琅屏师范大学校园内呈现出一片寂静与荒凉。许是大家怕冷, 此时的校园中, 倒不见几个人影。

这个季节, 法国梧桐落光了叶, 光秃秃的枝丫裸露着, 像个暮年的老人孤独而无奈。

秦克和程灵燕行走在他们熟悉的校园道路上, 没有像往日那般亲热。秦克没有主动拉女友的手, 他一味地在想自己的心事。程灵燕也不主动拉秦克的手, 因为在亲昵的举动上, 她从来都是被动的。

"你回来咋不事先说一声? "程灵燕首先打破了沉默。

"哦, 我妈说她身子不舒服, 我想先回去看看她。"秦克这样对女友说, 他没有说他母亲向他撒了谎的事情。

"那她没事儿吧? "程灵燕紧张地问。

"没, 没事。"秦克低着头, 不敢看程灵燕的脸, 说话极不自然。

接着又是一阵沉默。

在程灵燕出神沉思的时候, 她的手不知在什么时候被秦克牵了起来。

她的手被冻得冰凉，秦克用掌心为她揉搓着。

　　"我妈去了你们村。"半晌，秦克说出了他难以启齿的一句话。

　　"哦。"程灵燕沉默了一会儿简单地回答。

　　"我妈不想让我们在一起！"短暂的沉默后，秦克又开口说出了他更难启齿的话。然后，他便如释重负似的陷入了沉默。他亦是在等着程灵燕开口说话，他要听听她会说些什么，以判断她对此事的主意和看法。

　　"那你打算怎么办？"片刻，程灵燕反问秦克。她把皮球踢给了秦克。

　　不愧是干记者的！秦克在心里想。

　　"你家的事为什么不事先对我说一声呢？这样的话我也有心理准备嘛！"虽然秦克说话的声音很低，但程灵燕仍然听出了他的话中抱怨的成分。

　　"我家的事，为什么要与你说？"程灵燕生气了，红着脸反问，"难道我谈个恋爱，要把祖宗八辈的事都倒出来给你听吗？"她显然更生气了，"不行我们就分手吧！"

　　"那怎么行！我们可以再想想别的办法。"秦克拉紧了女友的手，神情紧张而黯然地说。

　　"还能有什么办法？你妈不都上我们村打听我家的情况了吗？她不是打听到我妈有精神病了吗？难道我能再换个妈？"程灵燕一连串地说着，委屈的眼泪憋了一眼眶。她狠劲地甩了一下手臂，挣脱掉秦克的手，跑到了那棵老树下。

　　校园中的这棵老树，是秦克与程灵燕以前经常约会的地方。面对老树，程灵燕的眼泪再也忍不住了，她似乎在向老树诉说着她的委屈、孤独与寂寞。

二

　　老树哇！你明白我的心吗？程灵燕仍在抽噎，内心却在不停地诘问这棵老树。

有多少次,程灵燕都是在这儿等着秦克,然后他们再牵手去其他地方。

"这棵老树,难道你还要见证我们的分别吗?"程灵燕倚着老树,双肩一耸一耸地抽噎着。

秦克追了过去,没有上前安慰程灵燕。此刻,他的眼里也满是泪水。他不愿意让程灵燕看到,转过身用手擦掉了。

片刻,秦克稳定了情绪,走到程灵燕的身旁。他不说话,替她擦拭着脸上的泪珠儿。

程灵燕的泪水是那么多,怎么擦都擦不干。末了,她推开了秦克的手,从包里翻出几张纸巾,狠狠地擦拭。

"你也别为难,我知道你是真心爱我的!可是,在现实面前,我们谁都搬不开这块大石头,我们分手吧!"程灵燕带着哭腔说。

"我不想离开你!我真的不想离开你!"说着,秦克一下子把程灵燕拉入怀中,紧紧地抱着她。

"这是多么悲情的事情!我是精神病的女儿,我的恋爱也要'精神病'了!"程灵燕在秦克的怀里,悲愤地呼喊。

三

秦克走了,与女友分别于老树下。

程灵燕不想回家,她在那棵老树下待了整整一下午。她的手、脸、脚是冻伤了还是麻了,她已分不清。

程灵燕的意识就像虚幻了似的,恍恍惚惚。她记不清自己是怎样回到家的,只知道到家后,她胡乱地踢掉鞋子后,便倒头呼呼大睡了。

由于忘记了定闹钟,第二日上班,程灵燕竟迟到了。

匆匆地洗漱,没有时间像往日那样对自己的脸精雕细琢,程灵燕就那么胡乱地往脸上涂了些粉底,便急匆匆地往单位赶去。

推开办公室的门，两个实习的小姑娘小王与小张都在。她们看着程灵燕红肿的双眼，心中充满了疑惑。

"你来了？"实习生小王说。

"嗯。"程灵燕轻轻地点了点头。放下手提包后，程灵燕为自己冲了一杯咖啡，然后坐到了办公桌前。

"你怎么才来？我找你好几次你都不在。"秦素素推门进来后说。

"你有事吗？"程灵燕抬起头问。

"你的眼？"素素看到程灵燕肿胀的眼睛后惊呼了起来。

程灵燕平时很注意修饰自己的，从来没有像今天这样糟糕过。听到素素的惊叫，她拿手摸了一下自己的脸："哦，可能是昨夜没睡好！"

"嗯，你帮我看一下这篇文章，给我修改一下标题和结尾。我总是弄不好开头和结尾。"素素半信半疑地看了一眼程灵燕的眼，把稿件递了过去。

"好，你放这儿吧，弄完后我给你送过去。"今儿程灵燕见了素素，也不似往日那般热情。

四

喝完咖啡后，程灵燕感觉不适的情绪平复了许多。她随手拿起刚才素素给她的稿件，仔细地阅读了起来。

程灵燕认真地从头看到尾，把需要修改的地方拿红笔修改了，又把素素拟的那个繁冗的标题加以简化。修改完后，她重新审视了一遍，觉得满意了，便让实习生张小英给素素送去。

程灵燕是想亲自给素素送过去的，这样可以当面给她说说修改的用意。但转念一想，就自己今天的状态，若是在素素的办公室里遇到了人，难免会惹得大家胡乱猜疑。报社虽然是一个文化人聚集的地方，但对于察言观色与煽风点火，也是最拿手的。程灵燕并不想让自己成为报社女人们闲聊的谈资。

送走了素素的稿子，程灵燕的思绪又陷入了她与秦克的事情中。老天为什么要如此对我？难道我就不能有个好的结果吗？她在心里抱怨起了命运，觉得老天对自己不公！是老天让她有了一个精神病的母亲！所以，她才会有今天与秦克的结局！

实际上，程灵燕觉得自己还是值得庆幸的！一个傻傻的母亲，居然把她生得古灵精怪、秀丽善良。凭着努力，她还有了一份不错的工作。若不是那个"疯娘"给了自己生命，自己又何来今天呢？想想这些，程灵燕释然了，她不再纠结母亲的事，反而深深地疼惜起了母亲。

但秦克有一句话还是深深地刺痛了程灵燕。秦克说，他母亲从医学的角度认为，精神病的遗传概率是百分之五十，还说会隔代遗传，所以才坚决不同意他们俩的事情。

虽然秦克说他不愿意失去程灵燕，失去程灵燕他会生不如死，不管什么精神病不精神病，只要她是健康的就行。但是，秦克说不在乎，程灵燕自己能安然地接受他吗？

不可以的！程灵燕在心里给出了这样的答案。

五

人若在痛苦中，时间便是一个无底的深渊，它会伴着你一下一下地坠落。从昨夜到黎明，从黎明到现在，程灵燕都在为她的爱情悲痛。两个相恋多年的人始终不能在一起，作为这悲剧爱情的主人公，怎能不悲痛！

要知道，程灵燕有多爱自己，就有多爱秦克。可痛苦却如闪电般来得迅疾，容不得她做一丝的心理准备，容不得她有一丝的退路。

该怎么办？痛苦像敌人手中的锤子似的，一下一下地敲击着程灵燕的脑壳。

头好痛啊！程灵燕不由得用手指重重地按揉太阳穴。

昨夜分明是睡着了呀!

由于累得过度,昨天回去后,程灵燕倒头便睡。劳累,反倒使她度过了最难熬的一夜。她想,既然睡着了,可头怎么还疼呢?可能是昨夜冻着了,感冒了吧!

还是出去走走吧。这么一想,程灵燕便迅速地站起了身。

"我出去一下,如果领导找我的话,就说我去采访了。"程灵燕跟实习生张小英交代了一下,便转身出门。

程灵燕在晨报大厦门口拦了辆的士,却不知道该去往哪里。

"去哪儿啊,女士?"的士司机问。

"哦,先转转吧,一会儿再说。"副驾驶上的程灵燕漫不经心地说。一会儿,她对司机说:"去'忘情水'!"

"好嘞!"司机掉转了车头,朝着程灵燕说的地方开去。

六

"忘情水"是个类似于酒吧式的一个娱乐场所。说是娱乐吧,也没有特别好玩的地方,只是年轻人喜欢来这儿,听着音乐喝些酒水饮料什么的。

来"忘情水"的客人单身的居多,更多的是失恋的男女青年,因为它的名字符合这些失恋男女的口味。

"忘情水"还有一大特色,就是音乐好听。这店里的音响设备都是从国外进口的。放着的曲子,也是最新、最流行的。听着这些曲子,可以把失恋的人带进回忆,也可以把痛苦的人带离悲伤。

最有噱头的是,"忘情水"有着一个神奇的传说,比如你今天失恋了,坐到这里喝酒听音乐解闷儿,喝着喝着,你就会在这里找到自己的另一半,来时是单人,走时却成双。

这儿还有一个好处,这店二十四小时营业。你只要来了,想待到什么时候就待到什么时候，绝不会有人撵你。你就是进去要了一杯白开水，也绝对不会有人耻笑你。

"到了！"司机的一声提醒，把程灵燕从幻想带入了现实。

"嗯，好的。"程灵燕看了一眼计价器，付了车费便下车向"忘情水"走去。

上午11点多，"忘情水"里坐着寥寥无几的客人。

程灵燕拣了一个僻静的角落坐下，向侍者要了一瓶葡萄酒。

此时，音响内飘出一首柔柔的音乐，是《泰坦尼克号》的主题曲。对于英文歌曲，程灵燕不是太热爱，所以她只是随意地听着。

侍者端着托盘，穿着黑色的西服，放酒的姿态有礼而文雅。

侍者旋开酒瓶盖，为坐在角落里的程灵燕倒了小半杯葡萄酒，便礼貌地退去。

程灵燕慢慢地晃着酒杯，轻轻地啜了一口。然后，她再慢慢地晃动，好像酒杯里晃动着的是秦克与自己的故事。不知不觉，她的两滴豆大的泪珠儿滴到了酒杯中，和酒一起晃动起来。

"瞧这酒多红啊，红得就像人的血一样！"程灵燕情绪低落地说。

有人说酒是葡萄的血，看着还真像啊。血与葡萄必然是有联系的，否则，它们怎么会这么像呢？教堂里吃圣餐的时候，不都说葡萄酒是耶稣的血吗？也许，它们还真有什么联系呢！程灵燕就这么喝着，晃着。不一会儿，她已喝下去了大半瓶。

空腹喝酒是最易晕的。从早晨到现在，程灵燕都不曾吃过东西，哦，不，应该是从昨天晚上开始，她就没有进食了。此刻，她饿极了，半瓶酒下肚，她的胃里反倒咕噜咕噜地叫了起来。接着，她又倒上大半杯，这次她大口大口地喝着，想用喝酒来填充饥饿感。但是，没等喝完这半杯，她就感觉天旋地转。她想，可能是喝得猛了些吧！然后，她放慢了喝酒的速度，再次一下一晃地喝了起来。

一瓶酒喝完了，程灵燕的头很晕很晕。她没有心思听厅内的音乐，扶着桌角站了起来,踉跄着向外走。

"梦瑶,我找梦瑶去!"程灵燕摸索着到吧台结了账,紧了紧大衣的领子,摇晃着走出了"忘情水"。

七

梦瑶前年离开了报社的广告部。后来,她到了一家广告公司,仍然做着市场调查的老本行,也兼带着拉一些广告业务。

程灵燕以前去过梦瑶的新单位,在旧城区的电信大楼上。她听梦瑶说,他们单位承包了电信公司所有的广告业务。为了便于工作,这家电信公司便把其中一层楼借给他们单位办公用。

酒怕风!这酒被风一吹,程灵燕竟不觉得那么晕了。她打了车,前往梦瑶工作的地方。

希望她不会下市场去。程灵燕在心里祈祷着能够快速地见到梦瑶。

出租车在胜利路的电信大楼前停下了。程灵燕从口袋里掏出一些零钱付了车费。

"慢行啊!"出租车司机望着程灵燕红红的脸颊说。

在电信大楼的门卫室,程灵燕借电话打给梦瑶。

"哦,她不在!估计一会儿就回来了,刚出去。"电话中,一个女孩儿这样告诉程灵燕。

"麻烦你告诉她,一会儿让她到门卫室找人。"程灵燕对女孩儿说。

保安拉了一把椅子让程灵燕坐下,程灵燕连声道谢。不一会儿,程灵燕又感觉头晕得难受,便把凳子拉得离桌子近些,把头倚在桌子边儿闭眼休息。寒冷袭击着程灵燕单薄的身躯,她好几顿饭没吃了,感觉自己的身体都变得僵硬了,心也翻腾得难受。

"你咋在这儿?"十几分钟后,梦瑶到门卫室找程灵燕。

程灵燕低着头。刚开始梦瑶还看不出是谁,她仔细看了看,从侧着的身型辨认出是程灵燕。

"哦，梦瑶，你可来了！"说着，程灵燕感觉身体像虚空了似的向着一边儿倒。

梦瑶赶紧一把拉住了她："你怎么了？怎么一身的酒味？你不会一大早就喝酒了吧？"梦瑶担心地连连发问。

"嗯，别啰唆了行吗？你先陪我找个地方休息一下，我一天没吃饭了，带我去吃点儿东西吧！"程灵燕闭着眼倚靠着梦瑶说。

"姑奶奶，你可真能折腾！你先坐着等我一会儿，我上去说一声。"说着，梦瑶又把程灵燕扶到了座位上，她感激地看了一眼保安，对他笑笑，便噔噔噔地上楼去了。

梦瑶上楼向主管请了假，又到自己的办公桌上拿起手提包，然后反身下楼，扶起好友，向着大门外走去。

八

冬日的风冷得刺骨，街道上行人稀少。

一辆辆汽车呼啸而过，带起了一阵风。梦瑶搀扶着程灵燕，走到了胜利路的中段。二人在等着出租车，可好半天，都没有过来一辆。

实在太冷了，梦瑶她们便继续向前走，然后不停地回头观看有无出租车经过。

十几分钟后，才有一辆打着"空车"灯的出租车远远地驶来，梦瑶赶紧高高举起手不停地挥舞着。由于刹车太急，出租车发出了长长的刹车声。

梦瑶打开右边的车门，先把程灵燕扶了进去，然后自己才坐了进去。关好车门后，梦瑶把程灵燕的头拨倒在自己的肩头上，让她倚靠着。

此时，程灵燕仍闭着眼，陪伴着她的除了梦瑶，还有酒后的天旋地转及胃里的翻江倒海。

去哪儿完全凭着梦瑶，程灵燕的脑袋此刻就像是压了个磨盘似的沉重。

"熙街。"梦瑶对出租车司机说。

"好嘞!"司机欢快地答应着，然后一踩油门，车子像风一样飞驰起来。

九

冬日的熙街，客流相对稀少，但那些摆小摊的人好像不怕冷似的，穿着棉衣、戴着帽子，夹裹着身子，坐在地冻天寒里一天又一天。

下车后，梦瑶扶着程灵燕，向"慢享食屋"走去。

闹市不闹，也只有"慢享食屋"是闹市中的一处清静之地。它优雅的环境，对于缓解有心事的人的情绪，总是很有效的。梦瑶带程灵燕到这儿来，多少也是想借着这儿的环境，平复一下好友那忧伤的情绪。梦瑶知道，程灵燕是不轻易喝酒的，她一定是遇到了什么解不开的事。

梦瑶拣一处有阳光洒进来的座位，扶着好友坐下了。然后，梦瑶看了看程灵燕，程灵燕的脸还有些微红，嘴唇也很苍白。

"你这是怎么了?"梦瑶心疼得直想掉眼泪，"就算有天大的事儿，你也不能这么折磨自己呀!"她望着好友，怜惜地拂去了遮盖在好友额上的一缕头发。

"Waiter(服务员)!"安顿好好友后，梦瑶向服务员呼叫。

"您好! 请问二位需要什么?"服务员礼貌地问客人。

"什么饭做得快，给我们来两份。"梦瑶问服务员。

"您看看快餐可以吗? 鲜虾快餐面吧，既营养又快。"服务生礼貌地回答。

"好的, 好的, 快些呀!"梦瑶焦急地说。

此刻，程灵燕仍然闭着眼睛，像死去了一般，她的头仰靠在椅子的靠背上，头发凌乱。

梦瑶倒了一杯白开水，放在嘴边吹了吹。她用自己的一缕头发搔着程灵燕的脸，想把这个死猪样的好友弄醒。

梦瑶搔程灵燕时，程灵燕用手搓了搓脸，大约是感到痒了。

"醒醒吧，亲！"梦瑶在程灵燕耳边轻声地呼唤着。

梦瑶叫了一声又一声，程灵燕只是拿手搓她被搔过的脸，不答应也不起来。没办法，梦瑶只好拨直了程灵燕的身子，双手夹着程灵燕的头左右晃动，片刻，才把这个昏醉的人给摇醒。

"我们这是在哪儿？"程灵燕梦呓似的问。

"熙街呀，你最喜欢来的地方。你看这家餐厅，有没有熟悉的感觉？"梦瑶看着好友的脸微笑着问。

程灵燕睁大了眼睛看了一会儿，向梦瑶点点头。"我饿了！"她说。

"点的面，一会儿就上来了，你再忍忍哪。"梦瑶像哄小孩子似的柔声哄着好友。

不一会儿，服务员端上来两份面。梦瑶赶紧推到程灵燕面前一份，拿筷子给她拌着说："快吃！"

被食物的香气诱惑着，程灵燕觉着更饿了。她从梦瑶手中接过筷子，顾不得烫，大口大口地吃了起来。

梦瑶也不吃，就那么看着好友吃。她看着程灵燕吃得还剩三分之一时，就想把自己那份鲜虾面给程灵燕拨些。程灵燕拿手阻止了梦瑶，示意不要了。

这时，程灵燕放下筷子，从桌子上的盒子里抽出一张纸巾擦了擦嘴，面无表情地说："我失恋了！"

"靠，我还以为是什么大不了的事呢！"梦瑶夹了一口面送往嘴里说。

"真的失恋了吗？"梦瑶抬起头，认真地看着好友问。

"没跟你开玩笑。"程灵燕正色回答。

"就因为这,你把自己折磨成这样子?"梦瑶不屑地问。

"这还不够吗?我跟他在一起多久了,这你是知道的呀!我爱他,我把什么都给了他。可是,就算是再长的时间,再多的爱,也抵不过他母亲的一句话,抵不过现实对我的残酷!"说着,程灵燕痛苦地用两手拽扯着头发。她低下头,眼泪顺着脸颊滚落,肩膀不自觉地抖动起来。

梦瑶也不去安慰好友,坐在好友旁边,静静地看着好友。片刻,梦瑶抽了两张纸巾递给好友说:"自己慢慢解吧!这种事,旁人说了总是起不了什么作用的!"梦瑶叹口气看着程灵燕,心中升起了无限怜惜。

第三十七章　倒下吧，爱情之墙

一

秦克要走了，他给程灵燕的单位打电话向她告辞。可接电话的却是一名陌生的女孩儿，她说程记者不在，一整天都没回来。

秦克本想再等等程灵燕，跟她道别后再走的。但他又怕自己无力挽回结局，再次伤程灵燕的心。这样一想，他便没有去找程灵燕，而是直接到车站买了火车票，返回了南方。

在秦克心里，并不想与程灵燕分手。他想等等看看，随着时日的推移，这件事会不会有转机。父亲那一关倒好过，至于母亲，也许她心软想通了呢！此刻，秦克在心里祈祷着他的爱情能有转机。

秦克仿佛把一切都交给了命运。他想，命运若让他们在一起，就会拿最强的胶将二人黏合起来；若是命运不让他们在一起，他也无力回天。他就是抱着这样荒唐的想法，离开了琅屏市，离开程灵燕的。

年轻人竟然拿爱情做赌注，的确是很荒唐的事情。在现实面前，当爱情遭到家庭反对的时候，人们考虑的大多是得失问题，极少有人为了爱而坚持在一起。

二

程灵燕知道，她可能再也修复不了与秦克的关系了，秦克那个做医生的妈，是不会同意自己与秦克结婚的。自己与秦克的爱情，终将被岁月带入历史的深沟，被日月的泥土尘封。他们的爱情，甚至不会在世上留下一丝一毫的痕迹。

程灵燕陷入痛苦的泥沼中不能自拔！

说了让过往如风，不许再想！可是，秦克的影子犹如一个鬼魂似的，在程灵燕的脑海中挥之不去。此刻在程灵燕的心里，她真的是一点儿也不愿意想起秦克，她情愿自己从来就没有认识过这个负心的人。

可是，人的思想有时就如一头失控的牛，它的腿跑得飞快，它的身体又是那么沉重，任你怎么拉都拉不回来。

程灵燕在想念秦克的时候，竟然流了泪！可是，她在心里又是那么恨他！说什么地久天长，谈什么至死不渝，都他妈的是谎言。说过的话，做过的事，就像是小孩子过家家似的转眼成空。

爱情此时在程灵燕的眼里，变成了一张擦屁股的纸巾，不仅一文不值，还散发着令她作呕的臭味。想起过去与秦克在床上亲昵的一幕，程灵燕的胃里竟然泛起了一阵阵恶心。

连着两日，程灵燕都没有吃饭。她懒散地去单位走上一圈，便推说自己有事外出，然后继续回到她的出租房里，窝在床上。其间，梦瑶来看她，给她带些吃的，她也不吃。这个失恋的女孩儿，似乎想通过饥饿疗法，来祭奠自己的爱情之殇。

在痛苦的时候，程灵燕只想一个人静静地待着。她不愿意让梦瑶打扰她，总是说自己没事。她对梦瑶说："我一会儿就吃东西，你走吧，亲爱的！"可是等梦瑶走了之后，程灵燕仍然就那么躺着。她似睡非睡，一会儿清醒，一会儿迷糊。程灵燕在迷糊的时候，好像秦克又回到了她的身边，拉着她的手，吻着她，说："我爱你！"可清醒的时候，现实又重重地击打着她。她恨死了秦克，她再也不相信世间会有所谓的爱情。人世间的事情，可真是一场游戏一场梦啊！

第三日的早上，程灵燕已经饿得撑不住了，她想着自己应该吃点儿东西。为了一个负心的人，即便是你死了，他也不会同情你！"操你妈的秦克，操你妈的爱情，这一辈子，我都不会再相信你们了！"程灵燕愤愤地骂着，来宣泄自己失恋的情绪。

起床时，程灵燕猛然感到头晕，又躺了下去。随后，她扶着床沿慢慢地再次起身。她狠狠地揉揉眼，使眼睛适应明亮的光线。起来后，她便抓起梦瑶带给她的油酥饼大口大口地吃了起来。几口饼下肚，噎得程灵燕嗓子生疼，她赶紧拿起水杯，咕咚咕咚地喝着不知是几天前倒的水。喝了水之后，程灵燕感觉舒服了许多，她拿起桌上的小方镜照照自己，发现自己脸色蜡黄，眼圈已明显凹陷。

才几天时间，岁月的痕迹已爬上了这个女孩的脸。我不能再这样下去了！程灵燕在心底发出惊呼。

程灵燕吃了点儿东西，便开始洗脸、刷牙，然后仔细在脸上涂抹着粉底，涂得比往日厚了一些，她想尽量遮盖脸上的憔悴与蜡黄。程灵燕还细心地化妆描眉，想要以一个全新的面貌去单位上班，以一个全新的姿态来迎接人生的挑战。

三

"灵燕姐，你这两天是怎么回事？我到你办公室找了你好几次，小王与小张都说你不在。"秦素素又到程灵燕的办公室找程灵燕。此时，小王与小张都在，二人正在忙着整理资料。

"你又熬夜写作了吗？看你的黑眼圈都出来了！"素素见到程灵燕后，便不停地问。

实际上，素素找程灵燕也没什么事。她和程灵燕走得近，有几个小时不见程灵燕的话，便想得慌，总想来看看。

"我没事的，素素，我哪有你说的那么勤奋哪！只不过这几天我有点儿失眠，没有休息好。"程灵燕低头整理着办公桌上的资料，不敢去看秦素素的眼睛。

程灵燕生怕自己的眼睛会出卖自己，更怕看到了素素纯洁的眼睛后，会忍不住对她流眼泪。

"你真的没事吗？"秦素素不相信地望了程灵燕一眼。

"真的没事！"程灵燕抬起头看了素素一眼，又赶紧把头低下了。程灵燕只觉得抬头的一刹那，她的眼睛确实泛了酸。

"你找我没事吧？"程灵燕故意放慢了手里的事情，以使自己的情绪能够随着缓慢的动作，而变得冷静与稳定。

"没事的，我这不是想你了嘛。"秦素素微微地红了脸说。

"想我？"程灵燕惊奇地看了素素一眼，顿了片刻后，对着素素咧嘴笑了。这一次，程灵燕的笑是会心的。

四

秦素素走后，程灵燕问小王与小张这两天有没有人来找她，有没有什么重要的事情。

"哦，刚才想和你说呢，素素一直在这。这不，除了素素来过两次外，还有就是甘玲主任打电话问你在不，我说你出去了，她便说等你回来再说。"实习生小张对程灵燕说。

"哎，灵燕姐，前两天有个男生打电话到这里找你，当时你不在，我差点儿忘记和你说这事了。"实习生小王歉意地说。

"没事的，小王，谁找我有事，自会再打过来的，不必管他。"程灵燕微笑着对小王说。

男生，会是谁呢？程灵燕听了小王的话后，虽然嘴上说没事，可是心里却揣摩着这个男生到底是谁。

会不会是秦克呀？程灵燕的心里掠过了这样的疑问。程灵燕在心里对自己说，他最好死了，永远不要让我再看到他。怎么会又想起这个讨厌的人？以后，他所有的事情都与我无关了，既然没有了爱，也不该有恨。

"哦，你说甘玲主任找过我是吗？"程灵燕理了理思绪后问小张。

"是的，是的。"小张慌忙回答。

"嗯，我知道了。"程灵燕微微一笑说。

五

消沉了几日后，程灵燕觉得自己不能再这样下去，连日来她浑浑噩噩的，都没有想过工作上的事，只是一度沉浸在悲伤、愤恨与不平中，她深知再这样下去，无异于自毁人生。

程灵燕是一个坚强的女孩子，悲伤对她来说是一时的，悲伤过后，她重新整理自己的情绪。

所有悲伤，都要沉淀在生活的碎渣中，因为日子还得继续。程灵燕想着自己只能越来越好，绝不能越来越糟！所以，在第三日，她便及时地调整了自己的情绪，使自己尽力从悲伤中走出来。

程灵燕对自己说："哪怕明明知道明日的天会塌下来，今天我也仍然要坚强地活着！"程灵燕在整理办公桌时，是那么仔细，似乎想把自己所有的心思都放在这张办公桌上，将其整理得平整且干净。

程灵燕的办公桌靠着南端的墙壁，小张与小王两个女孩子的办公桌靠着北边的窗子。

这间办公室，北面的墙上有两个不算太大的窗户，此时的日光透过窗户照射进来，为这个不足二十平方米的办公室洒上了一层柔和的光晕。

程灵燕把自己办公桌上的灰尘擦了又擦。一块半旧的抹布在她手中变着花样，她自己都数不清擦了几遍。用抹布擦过后，程灵燕又从包里掏出卫生纸把它揉成了一团使劲地擦。

在擦拭中，洁白的纸巾被染成了浅灰色。程灵燕刚用湿抹布擦过桌子，此刻再经纸巾这么一擦后，纸巾便成了瓷实的一团，随着与桌面摩擦的力度，发出细小的吱吱声。

程灵燕用力地擦着桌子，而心里却在想着繁杂的事情，她加重了手中的力度，似乎想把往事与忧伤像灰尘一样擦除。

"姐，你的桌子又不是好长时间没用，不用擦得那么仔细的。"小王看程灵燕不停地擦着办公桌，便有点儿看不下去了。

"哦！哦！"程灵燕应着小王，尴尬地停下了手中的活儿，她这才想起，实在是没必要这么折腾自己的这张桌子。

"你是说，甘主任打电话找了我是吗？"程灵燕望着小王，她实在想不起来，这事儿是小张对她说的还是小王对她说的。

"是的，灵燕姐，昨儿上午打的，我接的。"正在低头看报纸的小张，赶紧抬起头回答。

"哦，那我一会儿过去一趟。"程灵燕停下了手中的活儿，从包里取出一面小圆镜，一边不经意地照看，一边漫不经心地说。

实际上，程灵燕是想通过这面小小的镜子，肯定自己的容貌。这几日，她不知道自己有多么憔悴，将小圆镜放于包里，时不时拿出来照照。只是，当着小张和小王这两个女孩子的面，她显得有些不好意思，装作不经意而已。

"脸色还是有些蜡黄，不过还好！"程灵燕这样对自己说。

"你们两个忙吧，我去找一下甘主任。"程灵燕将镜子藏好，对小张和小王说。

六

"咣，咣——"程灵燕轻轻地敲门。

"请进!"甘玲的声音从房内传了出来。

甘玲的声音是那种细而洪亮的声音,完全不像是从她那胖胖的身体内发出来的。大家都以为,胖人的声音应该是粗犷而低沉的,而甘玲的声音却是尖细的。甘玲的声音,虽然隔着门,程灵燕也不会听错。

报社的这间办公室,前些日子又简单地整理了。原来是甘玲和小娟在里面办公,后来小娟被调整到了其他部门。现在这间办公室里,放置着四张桌子,每两张桌子背靠背安放。目前除了甘玲在这里办公外,还有三名中年妇女。有一名是从报社文印室调过来的,是领导的亲属,另外两名则是刚从其他单位转过来的。报社领导说目前办公室紧张,只能暂时将就将就,她们都是领导的亲属,谁也不好得罪,就先这么安排着,让她们在这里帮助甘主任打打杂,等随后报社对人员进行调整后,再行安排。

是呀,这就是现行单位的体制,有关系的人总是会通过各种各样的关系,塞进来一两个看起来起不了什么作用人。

而甘玲对这种安排可不怎么受用,她不想和同是中年的妇女们在一起工作。俗话说"三个女人一台戏",现在在这间小小的办公室里,竟然塞着四个女人,其中三人还都是领导的亲戚,甘玲又能用得起谁呢?所以,办公室的很多事情,基本上都是甘玲亲力亲为的,她谁也不敢支使,生怕语气不对得罪了谁。刚开始小娟在的时候,有个什么杂活都是小娟做的,那时,甘玲还觉得自己是个主任。可现在,甘玲完全就是光杆司令,只能自己给自己做主任。

"你这几天都忙啥呢?我给你办公室打了两次电话你都不在。"等程灵燕推门进来后,甘玲问她。

"哦,甘主任,我这几天有些不舒服,所以没怎么在办公室待。不好意思呀!"程灵燕歉意地对甘玲说,"甘主任,你找我有事吗?"在有人的情况下,程灵燕都称甘玲为甘主任,只有在没人的时候称她为甘姐。

"你们好!"程灵燕和甘玲说完话后,微笑着与其他三个女人打招呼。

"好哇! 好。"这三个女人齐声地应着, 然后便低下头去看报纸或者玩手机。

"灵燕, 是这样的,"甘玲说着压低了声音,"报社这两天开会研究了一个决定, 选派人员出去学习。我想着你应该报个名, 名额只有六个, 你若想去, 可得抓紧机会申请啊。"

"去哪学习你知道吗, 甘姐?"此刻, 程灵燕已改口称甘玲为"姐", 也不怕别人以为她是想与甘主任套近乎。

"哦, 这个还没有定下来, 说是有几个待选的地方, 但是肯定不会太近, 所以你得考虑好再决定。估计这个通知明天或后天能发来下。"甘玲对程灵燕说,"我呢, 先给你传递个消息, 好让你有个思想准备。"

"嗯, 那我回去考虑一下。"程灵燕感激地望了一眼甘玲。

"哎, 你怎么瘦了好像? 我看着你总觉得哪里不对劲。"甘玲疑惑地望着程灵燕问。

"没有哇, 甘姐, 我一直都是这样的。"程灵燕笑笑, 赶紧躲开了甘玲的眼神, 迅速离开了甘玲的办公室。

七

《晨报》每两年便要组织一批人员出去学习, 出去学习的人要具备一定的资历: 在报社待满三年以上, 工作中具有突出贡献。

上一次报社组织学习时, 程灵燕还是个新人。可是现在不一样了, 现在程灵燕不仅具备了这个资历, 而且具备与其他同志竞争的条件。所以甘玲所说的这个事情, 程灵燕觉得自己还是应该考虑一下的。程灵燕还听别人说, 出去学习一段时间, 回来经过报社的考核后, 工资会随之提升一些。

钱对人是最有诱惑力的! 现在的年轻人谁不缺钱哪? 何况, 程灵燕这么一个从农村走出来的女孩子, 她什么都得靠自己。

所以为了那为数不多的200块钱，程灵燕觉得自己应该向报社写份申请。

为了确定此事的真伪，程灵燕瞒着甘玲向素素等人打听。素素告诉程灵燕，这个事情千真万确，她们办公室都在传。不过谁能去，或者谁想去，还真是不好说。因为听说要去很远的地方，何况现在天又一天比一天冷了。

但是程灵燕才不管天冷不冷呢，就算天再冷，也冷不过她的心！

八

这些天来，程灵燕不断地对自己进行着调整。比如，她想起往事实在伤心了，就会一个人跑到河边吹吹风，甚至一个人到小酒吧悄悄地喝上一杯不那么贵的酒，也不把自己喝晕。

程灵燕认为自己喝的不是酒，她只是在享受这个过程。她想让自己心中的坎儿，随着酒精一点点地消融。所以，这些天来，她已不似先前那样悲痛，痛恨整个世界了。她想，随着时间的流逝，自己是可以从失去秦克的阴影中走出来的。

现实确是一把重重的锤子，那沉重的锤子一声声地敲打在失落人的心上。

实际上，这个女孩子所承受的，不仅仅是失恋的痛苦。她不像别的女孩子，失恋就是单纯的失恋。失恋了，大不了难过几天，大哭一场或者大醉一场，然后碰到下一个心仪的男孩子后，可以很快地投入下一场的恋爱中。

程灵燕是不一样的，她在心里根深蒂固地觉得自己与别的女孩子不一样。她忘不了自己出生在曼陀村的一个农村家庭，她更忘不了自己的母亲是村里的精神病。她的失恋，不是因为其他原因，而是因为她的母亲是个精神病人！所以，秦克那个做医生的母亲，才会认为自己高人一等，认为程灵燕不配她的家庭！她害怕程灵燕会给秦家世世代代地种下精神病的种。

想到这儿，程灵燕的心中又来了气。她想大骂秦克的母亲："就你一个小小卫生院的医生，也敢判定我的人生？也敢对我的人生贴标签？你真是一个又俗又老的女人！你没看见我程灵燕是比你们那帮土鳖更有作为的人吗？"

外出学习一事，程灵燕已无须考虑。她想尽快离开这个鬼地方一段时间，从而更好地调整自己的心态。在程灵燕的生活中，她背负的不只有爱情，还有很远很远的人生！

第三十八章　外出学习

一

冬日的风持续凛冽地吹，程灵燕只穿着一件单薄的长衣，风吹卷起衣袂，灌进了她的全身。一下车，程灵燕便不由得打了一个寒战，她告诉自己：我并不觉得寒冷，这是老天与这片黄土地给我的洗礼。

一个大大的旅行箱装满了程灵燕所有的东西，这个箱子是她前几日在大众商场买的，仅70元。在买这个箱子的时候，她看上了另外一个玫红款的，可是那个太贵了，要200多元。所以，她才挑了这款深蓝色的箱子。这款大些，可以装很多东西，何必要那么妖艳的颜色呢？心中有难以抉择的事时，程灵燕总是寻着法子安慰自己。

提着这款深蓝色的大旅行箱，程灵燕与报社的其他四名同志，一起从一辆破旧的大巴上下来。

"这天儿可真冷啊！"报社摄影部记者华小兵说。

小兵在报社有些年头了，已从最初的毛头小伙子，成长为一个腼腆的青年。小兵属于内向型的男孩儿，没事时很少说话，喜欢用镜头记录东西。所以这些年来，小兵在报社的工作做得非常出色，拍了很多非常有创意的照片。

程灵燕与小兵是熟悉的，他们都记得前些年一起去闫良市采访的事呢！他们平时倒是来往得不多，可在心里，都觉得彼此相熟。

报社此次学习不是有六个名额吗？为什么只来了五个人呢？看着从车上陆续走下来的人，程灵燕在心里泛起了嘀咕。

虽然《晨报》只来了五名同志，但这辆大巴却载来了二十多名人员。

据说，这次培训由政府拨付部分费用，剩下的再由单位出。

《晨报》之所以缺席一人，是因为有一名同志在前一日朋友为其设的送行宴上，吃坏了肚子。他上吐下泻，折腾了整整一晚上，第二日一早，便被家人送往了医院。经医院检查，说是食物中毒了。

《晨报》此次外出学习的名额，说是只有六个，可实际上，竞争并不是那么激烈。有的人写过申请报上了名，后来又主动去跟领导说自己家里走不开，不去了。还有的人听说要去的地方是一个很艰苦的地方，不是让去游山玩水的，要接受为期三个月的禁闭式学习，主动打了退堂鼓。这样一来，总共报上去的只有十来个人。其中有年龄大一些的，不符合报社的培养计划，也有一两名新人想去的，可是由于条件欠缺，他们的雄心也只能被残酷的现实消灭，报社最终淘汰了他们。在此次的外出选人方面，报社还是坚持了相当公平的原则。

听说，《晨报》借这次机会，对报社内部来一次机制创新，对人员来一次激励式大换血，为报社注入新鲜血液及更强的生命力。

这些年来，报纸的竞争相当激烈，只有拥有了更出色的人才，抓住更为新鲜刺激的新闻"活鱼"，才能胜人一筹。

现如今，在各类媒体的冲击下，《晨报》的广告营业额连年下降，就连与相关单位合作的软新闻做起来也不是那么顺利了。这么一来，报社的领导们真是急了！听甘玲说，为了稳定广告业务，报社前段时间连续召开了多次经营性会议，把广告部主任也换了。

《晨报》广告部的原主任还是梦瑶在广告部工作时的那个老张主

任,已经是五十多岁的人了。他年龄大了,没有竞争意识,不想搞些活动进行创新式发展。报社的广告业务量连年下降,大家都说,这是老张主任不擅长经营,一味求稳的原因。老张也曾告诉过别人,再过几年他就退休了,已经到了折腾不起的年龄,对于报社的广告量持续下降,他确实无能为力。现在的媒体可不比以前好做了!老张总是这样安慰自己。

老张已心生退意,所以,前段时间报社找老张谈话,问他有没有信心拉高报社的广告量,有没有办法扭转目前不利的局面。

老张摇摇头对领导说:"我这都一把年纪了,确实是有心无力。我甘愿让贤!你们从报社的年轻人中,挑一名合适的人来担任这个职位吧。"

为此,广告部主任老张下了台。

老张下台后,报社选用广告部主任的原则是,自荐与推荐相结合的竞聘上岗制。你想做广告部主任,需要签下军令状,在三个月的考核期内,使报社的广告量比去年增长30%,若达到这个水准,竞聘人员方可继续任职广告部主任。

二

下了大巴后,《晨报》的几名工作人员,与其他单位的人员一起被迎进了一个老式的宾馆大楼。同来学习的其他人员,是琅屏市各个机关负责宣传的干事。在一些机关单位里面,设有宣传方面的负责人员,他们担负着一个单位的所有宣传工作。所以,为了提高专业能力,机关的这些人也常常被安排参与新闻学习,以求更好地做好本部门的宣传工作。

这个宾馆是一栋外墙红砖的老楼。这栋老楼,将是此次前来的二十八名人员的学习之地。在为期三个月的培训时间内,他们将在这儿吃住与上课。

在这个老式的大院中,一溜儿红砖青瓦的建筑。最前边的那栋楼的后面,还有四栋独立的小楼。这些楼被四周的院墙圈在一起,自成一体。庄严而略显呆板的大楼，显示着它昔日的繁荣与威严。

学员们住宿在最南侧的一栋楼里，上课是在最前面的主楼里面。

此次培训，是由政府部门联合省里一家知名的教育培训机构共同举办的。所以，这家培训机构便成了先行接待学员们的主要服务方。

学员到来后，首先被安排进了住宿的楼里。他们住的是统一的两人标准间。

程灵燕是《晨报》派出来学习的唯一一名女性，同室的那名女子叫李晓晓，在琅屏市土地局宣传办工作。

在接下来的三个月里，程灵燕都要与这个李晓晓同住一室。所以，程灵燕要事先了解一下李晓晓，以便知道她爱不爱干净，有没有自己不能接受的毛病。在经过数小时的细致观察与了解后，程灵燕认为还是能够与她共住的。首先，李晓晓是个不事张扬的女孩，属于不太爱说话的那种。如果太爱动了，程灵燕可能会受不了的。另外，李晓晓还挺爱学习，打开行李箱后，程灵燕看到她从硕大的箱子里拿出了好几本书，有小说，还有一本《厚黑学》。居然还看《厚黑学》，这女孩儿不简单！程灵燕在心里想。

李晓晓是一个很瘦的女孩子，她一米六左右的个子，大概只有八十斤，好像风一吹就能把她吹倒。

程灵燕是不喜欢那么瘦的人的，好像她们天生就没吃饱过似的。看到那样少肉的身材，她免不了要感到惋惜与同情。

三

到达学习地点时，已经是下午5点钟了。学员们稍稍休息了会儿，便被通知到餐厅吃晚饭。

晚饭有粥、米饭和馒头，几样简单的素菜，你想吃什么，吃多少，都由自己取。

在这个餐厅的迎面墙上，贴着几个非常醒目的大字："哪怕你吃得撑破肚皮,也请不要浪费!"这是个自助餐厅,在这个能吃饱的年代,大家都是吃多少取多少,素质已明显提高了。

这儿是什么地方?程灵燕来时竟没有来得及细问。但看到这个饮食,程灵燕觉得还是与自己的单位有差异的。

"小兵好!"在吃晚饭的时候,程灵燕遇到了华小兵和报社的另外一名同志。她与小兵打了招呼,与那名同志点头致意。

"你好!"华小兵微笑着,显得很高兴,"你一个人吗?"

"是的,我同室的那位还没来。"

"那你待会儿到那边去,与我们坐一起吧?瞧,就那张桌子,刚才我已经擦过了。"小兵指着北边靠墙那张干净的不锈钢方桌对程灵燕说,"你先过去坐,吃什么我帮你打。"

"哦,还是我自己来吧,我打好后过去坐。"程灵燕说着向盛饭的地方走去。她打了一碗小米粥,用小盘盛了很少的菜,拿了一个小花卷,来到了华小兵指给她的桌子旁坐下。

此时,华小兵还没有过来,而另一名同志却先端着饭走了来。程灵燕与他相视笑笑,并彼此打了招呼。

其实,程灵燕与这名同志也是不生的,毕竟都是一个单位的人,只是在平时,他们说话相对较少而已。

程灵燕是那种无事时从来都不愿与别人多说一句话的人,只有有事了,她才会找人。其实,她也不是势利之人,只是不愿意轻易亲近一个人。

程灵燕正想着该不该与坐在对面的这位继续聊会儿天,华小兵端着盘子走了来,并在挨着程灵燕的长条凳上坐了下来。

"哎,小兵,这个地方你以前来过吗?"程灵燕喝了一口粥后抬起头问华小兵。

"没有,没有,我以前也没来过,但是我来之前对它做了系统的了解。"小兵说,"毕竟要在这儿生活好几个月呢!"

"啊,是吗?你都了解了什么呢?"程灵燕很有兴致地望着小兵。

"餐饮、地理、风土、人情。"小兵指着自己面前的盘子笑着说。

"哟，哟，你都快成当地的专家了！看来我们出去游玩的时候，有一个免费导游了！"报社同来的张记者说。

"那倒不敢，不过是做了些了解。"小兵嘿嘿地笑着，低下头喝粥。

"先吃吧，饭快凉了，晚上有空的话，到我们房间里聊一会儿。"张记者指着饭菜对程灵燕说。

四

房间内都是统一的陈设：两张床，一张高的方桌上面放着一台二十来英寸的黑色电视机，房间临窗的位置放着一个圆形的小茶几，茶几的两边各放置着一把黄色竹篾编制的凳子。

张记者名字叫张华，三十三岁，是《晨报》的一名老员工，比程灵燕与华小兵到《晨报》的时间要早。

据张华说，他原来是部队上的宣传干事，转到地方后，便被安置在了《晨报》。刚到《晨报》工作时，他只是做一些信息整理方面的工作，跟着别的记者一起外出采访了几次后，他认为做记者还是不错的，便逐渐喜欢上了这个行当。再后来，张华便对报社领导说，他不想在办公室干信息整理的工作了，想做一名记者。报社领导基于他在部队上的工作基础，便答应了要培养他。就这样，张华在两年后做了记者。

张华坐在竹篾编制的凳子上抽烟，他的烟瘾很大，几乎是一根接一根地抽。不一会儿，房间内便烟雾缭绕。程灵燕进来后，不由得轻轻咳嗽了几声。

华小兵不抽烟，他也有些受不了这浓烈的烟味。"少抽些吧，你应该顾及一下女同志的！"华小兵说着，走到窗边轻轻地推开了一点儿窗户。

一推开窗，冷空气随之袭了进来，程灵燕不由得打了一个冷战。

"行，行，我不抽了。"张华嘿嘿地笑着，摁灭了手中的烟头。

"还是把窗户关上吧，这么冷的天！"程灵燕感到了一阵强烈的寒意袭击着她。

"好，好，马上！"华小兵殷勤地说。

墙上一个挂式的老空调，突突地向外吹着暖风，关上了窗户后，房间不一会儿便恢复了融融暖意。

"小兵，你不抽烟吧？"程灵燕拿手扇动着眼前飘浮的丝丝烟雾望着华小兵问。

"姐，我不抽烟的。"小兵腼腆地对程灵燕说。

"那你以后在这间房里，可要做好吸二手烟的准备了。"程灵燕说着望了一眼张华笑笑。

"不好意思！不好意思！"张华忙不迭地向二人道起了歉，"不过小兵，作为男人不抽烟，你会不会觉得少点儿什么呀？不用三个月，没准一个月你就也抽了呢！抽烟有助于激发工作灵感。"张华寻着理由解释自己的嗜好。

五

房间的烟雾逐渐散了，突突的空调声衬托着夜的寂静。在空调的持续吹拂下，房间内的温度适宜。几个年轻人在出来的第一个夜晚，借着聊天相互慰藉并加深彼此间的感情。

"谈谈你对这地方的了解呗。"程灵燕望着从华小兵手里接过的茶水说。

"是呀，是呀，说说你的了解吧，你可别在我们面前吹牛。"张华用起了激将法。

"张华今天对我说他以前到这儿旅游过，让他先说吧。"小兵指着张华说。

"嘿！嘿！是你自己说对这个地方上知天文下知地理，怎么现在又拿我做垫背的呢!"张华愤愤地说。

"好,好,我说,我说。"张华觉得自己失了态,抱拳笑笑向大家致歉。

"我只来过这里一次,去过一两个旅游景点,我就简单说说吧。也是好多年前的事了,还是在我当兵探亲期间匆匆来的。"张华喝了口水,清清嗓子说,"我去的是个民俗文化村,那个村依山而建,群山环抱,溪水清流。当时是夏季,山上有很多野生的花儿,叫什么名字我不记得了,反正有红的、蓝的、紫的,看起来很美。最主要的是那儿有20世纪三四十年代时的窑洞。刚才说了,那个村子是依山而建的,所以,整个村子的房子都是错落有致的。虽然农村的房子都是用砖与石头堆砌起来的,显得相当破旧,但是你会在这样的'旧'中发现别样的美。还有就是那里的家家户户都喜欢把吃不完的玉米啊、大蒜啊、辣椒啊什么的挂在房檐下,装点那里的风土人情,很美的。那儿的农民纯朴善良,你去了,会不由自主喜欢上那儿的。"张华此刻似乎又回到了民俗文化村,畅游着那里的美景与风情。

"听你这么说我还真想去。"程灵燕的思想不由得跟着张华走进了一个宁静祥和又美丽的村子。

"好的,好的,有时间我们一起去。"张华很快从他的回忆中回到了现实,答应了有机会陪程灵燕他们一起重游那个村子。

"其他的地方我也只是胡乱地转了转,就不多说了。我的表述可能与你们期待的有出入,不尽之处还请二位谅解!"张华突然间变得客气起来,说着话,他的手指慢慢伸向了烟盒,准备从里面抽出一支烟,可刚抽出了半截,又把烟放了回去,"哦,忘记了不能在女士面前抽烟的"。他说着便自嘲地笑了笑。

看到他的举动,程灵燕觉得好笑,便咻的一声笑了出来,一连说:"好同志,好同志。"她笑着为张华竖起了一个大拇指。

"该谈谈你对这地方的了解了吧?"张华又催促起了华小兵。

"那我也简单地说一说吧,省得张老兄等得急不可耐。"华小兵笑着看了程灵燕一眼。

六

"这个地方距我们单位所在的城市有500公里，属于丘陵地带，沟壑纵横。这个地方叫曲里，地处黄河中游。这里曾是革命根据地，是我国的革命圣地。这个地方比较穷，一直保持着革命时的优良传统，所以单位才会把我们派到这儿来进行学习教育。所以呢，在这里吃饭，你们就别打算大鱼大肉了。唉，不过我觉得这儿的粥还挺好喝的，就是那个玉米糁，里面还煮了一些干菜。灵燕姐，你喝了吗？"华小兵说着就把话头转到了吃饭上。

"哦，我没喝，我晚上喝的是小米粥，不过这里的小米粥也是不错的，似乎比我们那里的要香一些。"

"哎，你说是吗？我见你晚上喝的也是小米粥。"程灵燕又转而问张华。

"嗯，嗯，是不错的。"张华回答得有些心不在焉，他似乎还在想着他不能抽烟的事。

"这儿的圪坨，还有荞麦面做的饼子和面条，估计你们还没吃过呢。不过呢，以后你们会吃到的，毕竟我们要在这儿待三个月嘛。"华小兵说着便打起了官腔。

"接下来，我就说一下这儿的风土人情吧。"华小兵从床头柜上拿起自己的杯子，转过身去从烧水壶里给自己倒了一杯水，放下说，"这地方你别看穷，但是这儿的人却有着丰富的精神生活。他们在劳动的时候还一边唱歌儿，比如在山上放羊的时候，在锄地间歇的时候，他们都会时不时地高歌一曲，所以，这儿走出过很多民间歌唱家。不过，这儿的人唱的大部分都是民歌，是用这儿的方言唱的，有些人是欣赏不了的，比如灵燕姐你。"

"谁说的,我最喜欢听带有地方特色的歌曲了。我觉得这样才算是真正赞美生活,歌唱劳动人民的,我喜欢这一份真和纯朴。"程灵燕赶紧抢过了小兵的话头,以纠正他可能对她产生的偏见。

"嗯,嗯!想着你们这些现代的城里女人都喜欢流行歌曲啊什么的,那种特别有动感的、炫的东西。"

"这就是你给我们女人贴上的标签吗?"程灵燕瞪了一眼华小兵,"其实人和人并不是都一样的,即便是一类中的每个人也都是不一样的。他们各有各的思想,各有各的行为。所以,你很难说谁谁是哪一类人。"程灵燕似乎想把这个问题扯到辩证法上,"你可知道我也是来自农村?所以,在我的骨子里,我就喜欢纯真的、纯朴的东西。"

"哦,哦,对不起呀,姐,还是我不够了解你。以后我们要多接触接触才好。"华小兵赶紧向程灵燕赔着不是。

"哦,你想干什么呀?还要和灵燕女士多了解接触。"张华此时插嘴说。

"哦,没有,没有。"小兵言不由衷地回应着张华。

"姐,回头我们有空一起去广场上看大秧歌吧。这里的秧歌可是一绝呀,还有腰鼓,这儿的腰鼓可有数千年的历史了。"小兵只顾和程灵燕说话,完全忘了张华的存在。

"嘿,嘿,你什么时候变得婆婆妈妈喜欢看腰鼓和秧歌了?"张华遭受了冷落般,戏谑着华小兵。

七

学员们到达后的第二日,便是正式上课的时间了。教室的,中间并排放着两张桌子,一张桌子可坐两个人,一排能坐四个人。华小兵与张华坐在了第三排的左边,他们看到程灵燕走进了教室,小兵便邀请程灵燕过去与他们同坐。程灵燕是与晓晓一起来教室的,由于她们起晚了,连早饭也没有顾得吃。

程灵燕接受了华小兵的邀请，便拉着晓晓过来同坐了。在以后长达三个月的时间里，在这间教室的第三排，便坐着张华、华小兵、程灵燕与晓晓他们四个人。

主讲老师是培训机构聘请的著名大学退休教授马教授。还有一个老师是当地的地方史志研究人员，也是一名退休人士。

在课程设置上，刚开始学的基本上都是红色革命思想教育方面的东西，主要讲一些发生在当地的具有爱国主义情怀的历史，当地的革命精神和能体现革命者吃苦耐劳的事情与民俗。这方面的内容主要是由当地这名史志研究方面的专家何老师主讲的。另外就是新闻方面的专业课程，比如新闻的历史、新闻法规、马克思列宁的新闻论著、新闻人的职业操守，以及经典的文学选读等等。总之，接下来的三个月，就是要把参与培训的学员培养成具有革命精神、专业知识以及能够坚持新闻道德与职业操守的人才，使他们向着更好的方向去发展，更好地效力自己的单位。

八

大家毕竟都是成年人，课堂上终不像小学生似的惯于规规矩矩地坐着。这些人坐的时间长了，好像总是有些腰酸背疼。在课程进行了一个小时后，凳子便发出了咯吱的声音。

有些人坐在凳子上，趁老师不注意时，左右扭动起了腰肢。坐在后面的瘦的人还好，坐在前面的胖人像个倒着的球拍似的在你眼前来回晃动。

在上课前，老师也没说一节课要上多长时间。又过了半个小时，何老师似乎也感觉到有一些累了，便让大家休息半个小时。

课间，不用上厕所的同学们便站起来活动活动筋骨。有些人站起来伸着懒腰，有些人在教室内走着小碎步。不一会儿，很多人便主动地寻找起了聊天伙伴。他们想在最短的时间内，尽可能地熟识着可以结为朋友的人。

成年人上课可不比小学生上课。在成年人的思想里，上课绝不再是单纯来上课，他们更多的是借着上课的场合，多交几个朋友，以扩大自己的社交圈与人脉网。大部分的人并不愿意完全把自己的精力投入上课中。

程灵燕却是不一样的，她来这里，是想多学习些知识的。对程灵燕来说，多学些知识是最好不过的事儿，何况这次吃住都是免费的，这可是不可多得的好事。可是，程灵燕有时也不能完全静下心来听，在她的脑海中，仍有一些挥之不去的东西，那就是前男友秦克的影子。最初的几天里，她可以说是完全不想秦克了。虽然秦克还没有给她发出分手的最后通牒，但是她心里明白，秦克在她的生命里早已经成了"过去式"。新环境刺激着程灵燕的新鲜感，使她暂时忘记了秦克。可是过了几日后，她便又时不时地想起了秦克，想起他们曾经的爱情。

程灵燕想着不能再这样下去了，不能想秦克，一点儿都不能想。在她的心里，她早已给秦克戴上了罪人的枷锁，她是恨他的，所以，她绝对不能想他，绝对不能让自己再想他。

这几日，小兵对程灵燕还是不错的，她觉得和他还是蛮聊得来的。程灵燕便答应了小兵的请求，等有空了，一起与小兵郊游，感受一下当地的风土人情，很快，小兵，就把这件事情告诉了张华，张华也很乐意一起去。

九

这个周日，风不似以往那么凛冽。上午9点左右，天便被太阳映得红彤彤的。

出去游玩的打算，是昨日就计划好了的。昨日天气不好，大家都想在宾馆里歇息。程灵燕昨晚照例到小兵与张华的房间聊天，他们就这样约好了。程灵燕提议让晓晓一起去，这两个男同志答应了。程灵燕便回到房间与晓晓说，晓晓高兴地说："太好了，我早就想出去逛逛了。"

几个人吃过早饭后，便走出这座红楼院门，来到街上寻找着公交车。张华提议去那个民俗村看看。上次听张华说后，程灵燕早就想去了，所以她一下子来了兴致，高兴地说："好哇，好哇。"小兵与晓晓也没有意见，他们说："你只管带路就行了，我们跟着你。"

四个人站在公交站牌前，张华去站牌的后面看了车辆通行的路线情况。"还得转车呀，兄弟们，这儿没有直达车。"张华转到前面后，对这三个人说。

"转就转吧，我们不怕！"程灵燕豪迈地说，"你看，我们都做好了准备。"她指着自己与晓晓的一身运动装束说。

"好，好，好，只要你们二位小姐做好了吃苦耐劳的准备，我们更没的说。小兵，你说是吗？"张华转眼看向小兵。

"那当然，这还用问吗？"小兵说着抖动一下他肩上背着的相机包包。

"看他，想得还挺周到，专业设备都带着呢！"张华嘻嘻一笑说。

十

下了公交车后，他们又步行了约两公里，才来到那个民俗村。此时，已是上午11点左右了。

今日的风确实不那么凛冽，日光照耀着大地，把人烘照得暖融融的。

这个村子临山而建，如先前张华所说，一家家的民房如梯似的向上而建，形成了一个梯形的美。首先映入眼帘的民房建筑，一下子吸引了程灵燕与李晓晓。"好美呀！"这两个女孩子同时惊呼。

小兵拿起相机咔咔地照了起来，两个女孩子惊叹的样子，也摄入了小兵的相机中。

"小兵,你待会儿给我们拍一些好看的美照,可不许瞎拍呀,等我们准备好了再拍。"程灵燕冲小兵嚷着。

　　"你还不相信我的技术吗?"说着,小兵拿起相机对着程灵燕又拍了一张。

　　"不要。"程灵燕嚷着,脸上含羞,一下子转过身跑了。

　　"你应该相信小兵的拍照技术的。"张华跟上了程灵燕笑着对她说。

十一

　　太阳照射着这片大地,给这片山坡洒上了一层金色的光辉。几个年轻人一起,笑着跑向了村庄后面的山上。虽是冬日,但山上依旧盛开着花儿。遍山的野雏菊,已经有些干枯了。但梅花、冬樱、山茶花却开放着,把冬日的山坡装扮得好生美丽。郭沫若曾盛赞山茶花曰:"茶花一树早桃红,百朵彤云啸傲中。"山茶花,既具有"唯有山茶殊耐久,独能深月占春风"的傲梅风骨,又有"花繁艳红,深夺晓霞"的牡丹之艳,因此自古极负盛名,并因此获得了"世界名花"的美名。没想到在这样的山坡上,竟植满了山茶花,把这个山坡装点得美不胜收。

　　瞧,就连款冬花也不甘寂寞,悄悄地突破泥土盛开。款冬,是一种人们都熟识的野花,还是一味中药呢,它性味辛温,具有润肺下气、化痰止咳的作用。村民们非常喜爱款冬,文人墨客也多因它不畏冰雪,而赋予了款冬高洁的品性。相传西晋文学家傅咸称赞此花:"华艳春晖,既丽且殊,以坚冰为膏壤,吸霜雪以自濡。"

　　"太美了!"几个年轻人不由得又赞叹了起来。

　　"来,来,小兵,可以给我们拍照了。"程灵燕拉起了晓晓与张华,并伸手把眼前的一枝山茶花拉到胸前,嚷着让小兵给他们拍照。小兵却不等他们摆好架势,就咔咔地抓拍起来。

"小兵同志，你别拍那么快好吗？等会儿，等会儿！"晓晓对小兵说着，从小肩包里拿出了一面小镜子照了照，放回包里后说，"好了，好了，可以拍了。"

"你不用照了，我拍的每一张都很美的。"小兵自信地笑着，把镜头举起又对准了他们几人。

"辛苦你了，小兵，待会儿我给你也拍几张吧。"张华对小兵说。

"那就下去吧，在那些民房前拍，我比较喜欢那些房子。"小兵说。

几个年轻人一起，从山上走到了村子里。小兵站在台阶上，把相机给了张华，让张华在这里给自己拍照。张华虽然是一名文字记者，但也有着不错的摄影基础，他很能掌握摄影中"黄金分割线"。小兵看了张华给自己拍的照片后，直呼专业。随后，小兵又拉着程灵燕，让张华给他们两个人拍了一张合照。可是谁又想到，小兵与程灵燕的合影，会成为他们俩最终永恒的定格呢！

第三十九章　小兵的情意

一

太阳渐渐西沉，落日的霞光把这个山坡与村庄涂上了一层橘黄色，绽放着傍晚时别样的美。几个年轻人慢慢地向村庄外走去，一只大黄狗不知从哪儿窜了出来，跟在他们身后，轻轻地吠叫，久久不愿离去。

"这狗是在送我们吧？"张华弯下腰捡了一个石子，向狗抛去，但他却把石子抛在了狗旁。张华并不是真的要打狗，只是想逗它玩儿，也想把它赶回家，怕它真的跟着他们走了。

"张华，你怎么跟狗计较呢？你打它干啥啊？"程灵燕不满地看了张华一眼说。

"哟，我的大小姐，我只是在逗它玩儿，你怎么比我还心软？我只是怕它跟着我们走。"张华解释说。

"不会的，不会的，老狗识路。估计是中午那会儿你给它喂火腿肠的原因，所以它才不舍得你，要来送送你的。"小兵对给张华说。

"这么说，这狗还挺有人情味的啊！"张华嘿嘿地笑了笑说。

"嘿，张记者用词不当了吧！你说这狗又不是人，怎么会有人情味儿呢？"晓晓挑衅地对张华说。

"是，是，是。看来这次回去后还是得好好学习，谢谢晓晓美女赐教。"张华说着对晓晓抱起拳。

"哎哟，我的腿！"程灵燕一下子踩在了一个石子上，崴了脚，身子不由得趔趄了一下。

"怎么了？"小兵下意识地扶住了程灵燕，流露出了紧张的神情。

晓晓和张华看到小兵的举动后，二人不由得相视一笑。

二

日子就像农村的石磨盘子似的，虽沉重，但仍在一圈一圈地旋转。

外出学习的日子里，程灵燕把心思几乎都用在了学习上。虽然老师讲的知识有些她已经学过，但上课时，她仍然很用心地听讲，每一节课上都做了学习笔记。日子便在程灵燕勤奋地学习中一日日度过。

但人有时难免会控制不了自己的心，你越是不愿意想的东西，越是容易阴魂不散地萦绕在你的脑海。这时，你便会觉得日子是沉重而煎熬的。秦克始终是程灵燕心中的一个痛点，很多时候，程灵燕明明觉得自己已经把他给忘了，但在夜深人静的时候，又难免会想起他。程灵燕觉得，秦克就是她心中的一个鬼影，总是徘徊在她的心里，挥之不去。所以，有的时候，程灵燕便难免会陷入她与秦克感情的纠结中。

小兵不知道程灵燕和秦克的事情，但小兵在程灵燕的脸上，常常会看到一种忧郁的神情。虽然程灵燕总是给人一种开心快乐的感觉，但她那种忧郁，小兵看到了，还试图去读懂它。

自从在这个异乡见到程灵燕后，小兵总是对她有一种亲切感，并且常常想接近她。在上一次的郊游后，小兵更是对程灵燕有了深一层的好感，他在心里时时地想见她。所以，有事没事的时候，小兵总是爱往程灵燕跟前凑。小兵在食堂遇到程灵燕的时候，总是殷勤地帮她盛汤打菜。刚开始，程灵燕并不想让小兵对自己这么殷勤，但时间久了，她不忍拒绝，便慢慢地接受了小兵的殷勤。

时光飞快，不知不觉，程灵燕他们在这儿学习的时间已过去了一个半月。在这一个半月的时间里，程灵燕与小兵已经相当熟了。都说女孩子的心思敏锐，小兵对程灵燕的好，她不可能感觉不到。然而，在小兵面前，程灵燕从来都是矜持九分的。在程灵燕心里，她并不想让小兵对她说出些什么话，因为她知道，那种话对她来说会有不可承受之重。

小兵看起来就是个青涩的大男孩，今年二十六岁了，但他与别人说话时仍然会不自主地脸红。小兵是个内向的人，所以在大学报考专业时，才选择了摄影。摄影不用与别人多说话，你只管把照片拍好就行了，它不像文字记者，需要与采访对象进行很多的沟通。

由于性格内向，小兵在学校时懵懵懂懂地喜欢过一个女孩子，但直到毕业也没敢对人家说出一个喜欢的字。

程灵燕是小兵喜欢的第二个女孩子。随着年龄的增长，小兵已不像原来那么内向与胆小了。小兵想着，因为自己胆小，已经错过了一段感情，这次他一定不能像上次那样尿。

小兵在与程灵燕的接触中，总是有意无意地流露着对她的爱。可是程灵燕呢，知道也装作不明白，因为在她的心里，始终没有忘记自己曾经受过的伤害，她并不想开始一段新的感情。

"我们晚上出去走走吧？"这日下午下了课，小兵对程灵燕说。

"哦，去哪呢？不要了吧，会冷的。"程灵燕推托着说。

"没关系，你穿厚点，我们出去一小会儿。"小兵以哀求的口气对程灵燕说。

三

"月亮真圆，今儿是几日了啊？"程灵燕缩了缩膀子问小兵。她与小兵并排走到街道上，夜晚的天虽然没有再刮一丝风，但走在街上，程灵燕还是感到了一股寒意。

"看天上的月亮，今天应该是农历十六了吧。不是说十五的月亮十六圆吗？"小兵以开玩笑般的口吻说。小兵知道今日是几日，他是在故意逗程灵燕。程灵燕呢，倒确实把日子给忘了，因为她好几天都没记时日了。

"冷吗？"小兵往程灵燕身子旁边挨近了一些说。

"还可以，不算太冷，今晚没风。"程灵燕说。

夜晚，天空平静得没有一丝风。近三天来，曲里这个地方都在呼啸着刮大风，可谓是狂风怒吼，沙尘漫天。程灵燕以前听村里的老年人说："风要刮够三日才能停。"没想到到第三日下午的时候，风真的住了。

出了宾馆的院门后，华小兵与程灵燕沿着水泥街道，向东边走去。

连日的大风吹落了梧桐树叶，在夜晚月亮的照耀下，叶子呈金黄色。华小兵与程灵燕二人谁也不说话，只是看着满地的落叶，低头行走。

在这条东西向的路两边，植满了法国梧桐。此时的树上，还存留少许叶子。二人在行走的时候，还能看到树叶轻轻地从枝头上飞舞而下。地上，许是风的缘故，有的地方梧桐叶子聚了一堆儿，而有些地方却是干干净净的。两个人走在路上，树叶在他们脚下发出焦躁的沙沙声。听着树叶的响声，两个年轻人的内心都是紧张的。小兵很想说话，可是他在考虑怎么表达才能更好地让程灵燕接受自己。小兵虽然已是二十几岁的大男孩，可是毕竟没有真正地谈过恋爱，所以，他想对程灵燕说的话，还是让他觉得有些难为情。而程灵燕呢，是不想说话，她不知道该对小兵说些什么，这些日子以来，小兵对她的心意，她不可能不明了。不管是女孩子的敏锐心理，还是作为谈过恋爱的过来人，她都深深地感到了小兵对她的这份深情。

空气仿佛在二人中间凝固了似的，脚低下的树叶再次发出沙沙的焦躁声。

"灵燕姐……哦，不，灵燕，我喜欢你！不，我……我爱你！"华小兵结结巴巴地说出了他许久前就想对程灵燕说的话。

　　说完了憋在心里的话,小兵的额上沁出了一丝细汗,他拿手轻轻地擦拭了一下。

　　空气凝固了,程灵燕许久不说话。她沉默了约五分钟之久。在这几分钟内,她想着怎样回答小兵的话,还想到了这些年来与秦克之间的点点滴滴。

　　"小兵,你看这个事是不是缓缓再说,我现在心里挺乱的!"程灵燕说。

　　"嗯,好吧!但是我把心里话说出来了,我的心意是不会变的。"小兵态度坚决地说。

　　程灵燕是给小兵来了个缓兵之计。秦克的事在她的心里还没有真正地过去,虽然程灵燕心中明白,她与秦克之间就像碎了的镜子,再也不可能复原了,但在秦克没有亲口对程灵燕说出"分手"之前,她的心里还是抱有那么一点儿幻想的。另外,对于小兵向自己示爱一事,程灵燕也不想过早地拒绝,在心里,她对小兵并不讨厌。还有就是这女孩子啊,都喜欢身边有追求者,三个五个都不会嫌多。谁不喜欢自己身边围绕着一些献殷勤的男士呢!

四

　　岁月飞转,时光流逝。转眼,程灵燕他们来曲里这个地方学习已经两个月零十天了。

　　其间,小兵自然是对程灵燕照顾有加的。

　　程灵燕在三楼居住,小兵则居住在二楼。室内没有烧水壶,学员们用开水统一在一楼的东头打。因为只有一个大大的电烧水桶,设置在这栋住宿楼一楼东头的开水间里。

　　每天,小兵都要给程灵燕房间打好开水,从来不让她房间的暖瓶空着。有时,想着晚上女孩子用热水多,小兵便会把自己房间的暖水瓶提到程灵燕的房间里,等她们用空了再提下去灌满拿到自己的房间。为此,常常惹得张华不高兴。因为他喝水的时候常常找不到暖水瓶。不过,张华也是理解小兵的,毕竟他们都是年轻人嘛!

"三个月马上就要过去了,你的努力有没有结果啊?"晚上,张华又把房间抽得烟雾缭绕。

"我说你该少抽些烟啊,张华兄,抽烟可与肺病有很大的关系哦!"小兵在俯首写着什么,被烟味儿呛得轻轻地咳嗽了几声。

这段时间,张华在抽烟的时候有时也会剧烈地咳嗽。

"我这段时间有些感冒受凉了。"张华说,"妈的,总想着自己当过兵,已经锻炼得百毒不侵,可回来后长时间不锻炼还是不行啊,现在连这些风寒都抵抗不住了!"

"你还是要少抽些烟,抽烟真的没什么好处。"小兵像个老人似的说服张华少抽些烟。

"那可不见得哦!你看历史上的那些伟人,哪个不抽烟?他们不照样成就了伟大的事业,健康地活到老年吗?"

"你怎么敢拿你与伟人相比?你怎么不想想,在我们人类的历史上,一个年代或者一个世纪能出现多少个伟人呢?你啊,只是个小人物,生病了都不一定有钱看呢!"小兵边说边继续写着什么。

"哎,我说你最近都在写什么呢?你是个摄影记者,又不用写稿子,也无须练笔。可这段时间,总是见你在写东西,看看你都不让。"张华继续抽了一口烟说。

"谁说我不用练笔?我正想趁这段时间练练笔呢,要是能把自己训练成文武兼能,岂不更好?"小兵反驳着张华,仍没停下他手中的笔。

五

爱就像一只柔软的手,它是可以疗伤的。无论心上的伤痕再深,随着爱与时日的抚慰，它终究是可以慢慢治愈的。

又过了十天，此时，距程灵燕他们这批学员结业，只有十天了。这段时间以来，程灵燕时时能感受到小兵的柔情与爱。在程灵燕内心，竟很享受这样的时光。这些日子以来，程灵燕心中对秦克的想念，已日渐减少。一连好几日，她甚至都不会再想起秦克了。

时日加深了人与人之间的友谊，在短短的几个月里，这批学员之间培养了很深的情意。在几个单身青年之中，还产生了几对恋人。他们都在享受着上天赐予他们的机缘与时光。

李晓晓是个二十五岁的单身女孩。这天中午在房间休息时，她告诉程灵燕，她喜欢张华身上那股军人气质。这倒是有些出乎程灵燕的意料。因为张华几乎可以说是个烟鬼，还比晓晓大五六岁。

"那要不要我给你们做个红娘呢？我要把这个讯息传达给张华。"程灵燕笑着问李晓晓。

"不要，不要的，你没看我这么瘦，脸皮很薄的！"晓晓自嘲地开着玩笑，孩子般红了脸。留着齐耳短发的李晓晓，此时显得温婉而动人。

距离结业，只有五天的时间了。学员们大概是想到了即将的分离，所以见了面显得格外客气。

"晚上我们一起到食堂吃饭吧？"在这日下午下课时，程灵燕把身子转向了小兵与张华的方向，对他们说。

"好啊！好啊！"小兵高兴地回答。

程灵燕又把身子转正了坐着，伸出手臂拷住还没有离座的李晓晓说："晚上我们一起去吃饭啊。"程灵燕说话时还向晓晓眨巴着眼睛。

李晓晓的脸微微地红了一下，她大约是知道了程灵燕的鬼把戏。

六

这几日一直阴天，在前日，天空还飘起了细小的雪花。好在，雪并没有下大。

前日下午,来了一阵风,好像那雪是被风吹走了似的。故而,学员们长长地舒了一口气,他们生怕一旦下了大雪,封锁山路,给他们几日后结业回家带来困难。

虽然才下午5点多钟,但连日的阴天,还是让曲里这片大地陷入一片阴沉中。

小兵、张华、灵燕与晓晓,他们结伴朝着食堂走去。路上,他们相视一笑,几个人立刻感到了相互间的情谊与温暖。

食堂的白炽灯早已亮起,照着半空中热汤、热水泛起的氤氲。这热的水雾一丝一丝地旋转,给前来打饭的人们身上也披上了一层氤氲。这氤氲落在他们的心上,温暖着他们的身体。这热的水雾,完全不像张华抽烟时的烟雾那么呛人,那么讨厌,程灵燕喜欢这份氤氲。

程灵燕告诉小兵自己要吃什么,让小兵前去给她打饭。她拣了一张桌子,从兜里拿出纸巾擦干净了桌子和四个凳子。不知程灵燕今儿为什么特意让小兵给她打饭,难道她是想在众人面前炫耀小兵对她的殷勤吗?还是像李晓晓想的那样,程灵燕要耍什么鬼把戏,想以此引出?

"张记者,坐这儿,坐这儿。"程灵燕望着端着托盘的张华说,并指着自己旁边的位置让张华坐。

"张记者,看你红光满面的,最近必有好运降临哦!"

"你这是学了《易经》还是从哪学来了《八卦》啊?"张华看着程灵燕补充了一句说,"你在胡说吧?"

"你别管《易经》还是《八卦》,反正能给你算准就行了。"程灵燕对张华说,"哎,有人喜欢上你了,你说这是好运吗?"

"逗我玩!你是在逗我玩儿吧?"张华拿着筷子,向空中斜着划了划说。

"不骗你,真的!哎,晚上我去你们房间聊天啊。"程灵燕对张华和小兵说,她看了一眼马上要走过来的李晓晓便闭了嘴不再说话。

李晓晓端着托盘走了过来，看到这几个人脸上的神情，似乎感到程灵燕一定对张华他们说了些什么，她的脸又微微地红了。

七

程灵燕总是像个幽灵一样闪进闪出，她进出张华他们房间的时候，总要侧过头去看看两端走廊，就像在做着亏心事一样，生怕别人瞧见了她。

今夜，可以看到窗外疏朗的月光。此刻，程灵燕蹑手蹑脚地下到二楼，她伸出手指轻轻地敲了敲张华和小兵的房间。然后，她转身向后一看，又幽灵一般闪了进去，并赶紧关上了房门。

进门后，程灵燕走到窗前拉开了房间的窗帘，说："今晚有月光，还是让它洒进来一些吧。"

"你们这些所谓的文人呀，什么时候才能改掉这泛酸的毛病？怎么，瞧着今晚的月光和我们那里不一样了吗？"张华酸溜溜地说。

"瞧你那醋样，还不知道酸谁呢！我就是要看月光。"程灵燕说着，凑向了倚着桌子站立的小兵。小兵微笑着看了程灵燕一眼，赶紧拉了一把竹椅让她坐。

"你呀，也就是小兵能对你这么好！"张华不无艳羡地看着他们二人说。

"有人喜欢上了你！"程灵燕突然说。

小兵与张华没搞懂程灵燕说话的意思，所以相互惊讶地看了一眼。随即，张华笑了："你是说我吗？"他指着自己的鼻子问程灵燕。

"是啊！"程灵燕郑重地点了点头。

"你逗我玩儿，还是真的？"张华追问。

"当然是真的了，谁没事逗你玩儿啊！是李晓晓看上你了，你没事多和人家沟通沟通。"程灵燕像个邻家大姐似的对张华说。

"张老兄的桃花运来了。我说这两天左眼怎么老是跳，原来是为张老兄你的好运而跳啊！"

"去，去，你眼皮跳跟我有什么关系啊？"张华并不相信小兵那一套。

此时，张华的心里是乱的，因为他不知道怎样接受李晓晓的好意！

八

三十三岁的张华至今未婚，并不是他不想谈恋爱成家，只不过，他有难言之隐。

张华是个孤儿，十岁那年，他的父母因一场车祸双双死亡。当时张华也在那辆车里，他成了幸存者。张华清楚地记得，那年他与父母一起从农村的家中坐车到城里去给父亲看病，在回去的途中，那辆破旧的大巴因刹车失灵，撞向山坡，母亲当场死亡，父亲因抢救无效死在了医院。

张华的父亲患的是硅肺病，这与他的工作环境是分不开的。张华的父亲在一家煤矿的井下作业，每天的工作便是在深达几十米的矿井下用铁钎把煤层捣松，然后将落下来的细煤用一米多长的帆布袋子装了扎紧，并将其背到地面上。那时，别人管张华的父亲的工作叫"背煤"。张华的父亲从井下上来后，往往比非洲人还要黑，只能看见他的白眼珠和白牙齿。张华的父亲从十七岁开始做"背煤"工，由于常年缺少保护措施，三十二岁时便患上了硅肺病。

张华的父亲是在患上硅肺病一年后的看病途中出的车祸。

张华的母亲很少去城里。当时，张华正在放暑假，张华的父亲说要顺便带着妻子与儿子去城里转转，并答应给张华买一个褐色的琉璃吹。

父母死亡后，张华便由在农村的爷爷奶奶抚养。

许是张华受到了不小的惊吓，回到家中后，他常常尿失禁。善良的爷爷奶奶带着张华多方求医，遍寻偏方。终于，在张华十四岁时，病渐渐痊愈。

在十八岁的时候，张华应征入伍，做了一名炮兵。在部队经过体能的锻炼后，张华的身体愈加强壮。然而，在演练中，张华一听到轰轰的炮声，他的下体便不由得紧张。那种紧张就像当年他不可控制的尿失禁一样，只不过，他终究没有再尿过裤子。

可让张华苦恼的是，正值青年的他，下身的那玩意儿总是软塌塌的，从来就没有直挺挺地硬过。张华上厕所的时候，曾偷偷地看过别人的玩意儿，别人的都是会硬的。

虽然张华对年轻女性的身体有着强烈的渴望，可他的下身总是硬不起来。这使他苦恼不堪！他在心里告诉自己，我他妈废了！因此，他常常用吸烟来排解自己心中的苦闷。

所以，当程灵燕对张华说晓晓喜欢他时，他真不知道是喜还是忧！

九

学员们的结业典礼在一派欢乐祥和的氛围中进行。何老师最后做了发言，他说："为什么我们不远千里来到这里学习？就是因为在曲里这片土地上，积淀了深厚的革命历史与爱国主义情怀。在现在年轻人的教育中，特别是你们这些掌握舆论的人，爱国主义教育更不可缺少。列宁同志说，爱国主义就是千百年来巩固起来的对自己祖国的一种最深厚的感情。而我们中华民族的历史之所以悠久和伟大，爱国主义作为一种精神支柱和精神财富，起到了重要的作用。

"在现如今国泰民安的太平盛世里，自身价值的实现，成为人们追求与向往的东西，'爱国主义'这四个字常常显得有些空泛，甚至被束之高阁。而那些所谓的爱国主义教育形式，也常常是走走过场，装点装点节日而已，这严重背离了我们的爱国主义教育精神。望你们永远不要忘记'壮志饥餐胡虏肉，笑谈渴饮匈奴血'的豪迈，'人生自古谁无死，留取丹心照汗青'的忠贞。愿你们真正地做一个新时代的领路人，牢记'爱国主义'教育,牢记民族大义与家国情怀,以此,方不辱国家赋予你们的使命!"

何老师讲完后,台下响起了经久不息的热烈掌声。何老师的讲话确实震撼了某些学员的心灵,包括程灵燕与华小兵。

第四十章　弟弟的电报

一

三个月的时间，对有些事情来说便恍如隔世。

程灵燕走了两个多月后，她父亲的身体便一日不如一日。弟弟小乐跑到镇子上给姐姐打了两次电话，都没能找到她。电话那端的人对小乐说："估计程灵燕再有半个月才能回来。"就这样，小乐只能失望地回到家中，他在心中期望，父亲可以好些再好些。

然而，父亲的咳嗽似乎更剧烈了，有时，他会半晌都上不来气。在医院检查时，医生说父亲还有心脏病，如果他剧烈的咳嗽再不止住，便会导致他的心脏病加重，随时会要了他的命。

小乐怕父亲真的发生意外，所以，他才急着想把姐姐程灵燕找回去。这个男孩子毕竟还小，又不能与他有着精神病的母亲商量什么，姐姐似乎才是他唯一的主心骨。

奶奶程大娘在养程灵燕的时候，没有让程灵燕吃他们那个有着精神病的娘的奶，养小乐时亦是如此。程灵燕毕竟是家中的头一个孩子，那份喜悦、那份爱，足以让家里倾其所有，所以，程灵燕相对来说还是得到了很好的照顾。小乐出生的时候，日子相对程灵燕那时候来说，已经好了许多。但是也只是限于地里多打了些庄稼而已，对于钱和其他的生活物资，这个农村家庭仍然是极度匮乏。在这样的环境里，小乐打小便靠着粗茶淡饭养活。不知是缺少营养还是天生的，小乐总是瘦瘦弱弱的。在性子上，他有着天生的羞怯；在内心，他总是感觉孤独。

平时，小乐很少说话。对于父亲，他总是没有过多的言语；对于难以沟通的母亲，小乐只能扮演一个慈爱的儿子呵护她；对于姐姐，虽远，但她是他唯一的依靠。他每次见了姐姐，总是很羞怯。那种羞怯，是他与姐姐久不见面想让姐姐觉得自己是最好的弟弟的迫切的心。小乐啊，小乐，你是一个有着怎样复杂心理的男孩呀。

由于家庭环境艰苦，小乐只上到初二。辍学后，小乐在家中晃荡了几年，随后，他出去打了一段时间的工。他打工也没走远，就在县城周边的一处建筑工地上。工地的活儿不是太好，他渐渐感到没意思，便回到了家中，帮着父亲打理农事。

后来，父亲的身体一日不如一日，原本就有病的母亲是不可指靠的，姐姐是有工作的人。于是，小乐便被拴在了家中。田地、家里，便成了他生活的全部。

一个男孩子，难道他就没有自己的梦想吗？不，小乐是有梦想的！他想着，他的姐姐程灵燕，有一日总要把他们接到城里，那样，他就可以在城里打工，也许不用再到建筑工地上，就可以找一个好一些的活儿呢！

小乐在日日的农务劳作中怀揣着自己的梦想，他将梦想种在泥土里，植入山坡中。一年一年，他变得青年老成，但他还是会时不时呈现出羞怯的模样。

二

程灵燕似乎预感到了有什么不测，这些天，她的心老是怦怦地跳。培训结束回到琅屏后，她没有先回住的地方收拾或休息一下，而是与小兵一起，直接回到了单位。

到了单位后，她先到收发室，问管收发的老程："程叔好，请问有我的信件吗？"

"哦，是灵燕啊？"老程正在看报纸，他扶了扶鼻梁上直往下掉的老花镜说，"有一份电报是你的。喏，在后边架子上的那一栏，都落灰了，收到的时间可不短了啊。听说你们出去学习了，学完了吗？"

"学完了。"程灵燕一边翻寻着自己的电报一边回答老程。

"嗯，对了，前些日子还有人打电话找你呢。我给转到你办公室了，好像是个男孩子打的。哟，时间长记不清了。"老程说着向上推了推他的老花镜。

"在这儿呢，找到了程叔。"程灵燕从一沓信件里找到了她的电报。她匆匆瞄了一眼，便拿着电报向楼上的办公室走去。路上，她的心怦怦地跳着。她许是累了，上楼时她的双腿沉似千斤。

电报是简单的几个字，她无须细看，便能记住上面的每一个字。她不细看，是怕看出那份电报的重量。那上面的每一个字，于她都有千斤的重量。

回到办公室，她推开门进去后一下子跌坐在了自己的椅子上。她来不及与其他人打招呼，便匆忙地抽出了电报，这次她仔细地看了起来。

"灵燕姐，回来了？"实习生小王向程灵燕打着招呼。

"嗯！"程灵燕茫然地应了一句。

"父亲病重，收到速归！"程灵燕仔细地看了看这行字，电报是弟弟小乐发来的。

连着看了多遍，最后程灵燕终于拉开了抽屉，将电报放了进去。她抬起头扫视着自己三个月未归的办公室，这才看到只有小王在。

"小英呢？"程灵燕问小王。

"她三天都没来了，感冒请假了。"

"哦!"程灵燕心不在焉地应了一句。

程灵燕扫了一眼办公桌,她鼓动了一下干涸的喉咙,从肩包里掏出水杯。一天都没喝水的她,此时的喉咙像着火了似的。

"我来帮你倒吧?"小王看到程灵燕想倒水,却没有站起来,便走过去抓起程灵燕的杯子,向房间内放置暖水瓶的地方走去。

"小王,谢谢你啊!"程灵燕疲惫地对着小王笑笑。这时,她方重新扫视着自己的办公桌,虽然三个月未办公,但她的办公桌上仍然洁净得发亮。她知道,这是小王或小张帮忙收拾的。这样想着,程灵燕感激地望了小王一眼。

"不用这么客气的,姐。"小王咧嘴一笑,露出了她整齐的牙齿。

程灵燕没敢在办公室多待,喝过水后,便急急地到报社办公室找到甘玲主任,说她家里有紧要的事,得马上回去。

"你这刚回来就要走?"甘玲诧异地看着程灵燕问。

"是啊,甘姐,我父亲病重,所以得尽早回去。"此时程灵燕说话的口气十分焦急了。

"你们刚回来,还不知道领导接下来怎么安排你们的工作呢。你要走的话,恐怕得去和林社长说一下才行。"甘玲主任说。

三

背着简单的行囊,程灵燕踏上了久违的回家之路。不过这次,她回家的心情颇为沉重,因为她惦念着家中的父亲。转眼已是数月,她不知道在这些日子里,家中发生了怎样的变化。

程灵燕去向林详社长请假,得到批准后,心中才感到了一丝释然。她想着无论家中是什么情况,她毕竟可以回家看看了。

程灵燕轻轻地推开了自家的院门,空气中是死一般的寂静。黑夜很快压了下来,先前飘浮的缕缕炊烟,也很快被黑夜笼罩。

"小乐。"程灵燕轻轻地唤着弟弟的名字。唤了两声后，仍然没人答应。她将行李放在院内的青石凳上，走向后院的灶台处。

程大娘在世时，让儿子程文斌在后院搭了一处简易的棚子，在那里烧火做饭。时间长了，棚子不断地被风雨侵蚀，就漏雨了，这时程文斌便要进行修缮。这处做饭的棚子距前院不远，程灵燕回来时没有看到这儿烧火做饭时那缕缕上升的炊烟，但她还是向后院走去。程灵燕想看看，弟弟在不在那儿。

"小乐。"程灵燕又轻轻地叫了一声，半晌，仍然没有弟弟的应声。她像怕惊动了什么似的不敢大声叫喊，此时，她的心在黑暗中一紧一紧的。

棚子旁边的柴垛处，有一个身影在蠕动。不知是多少年累积起来的柴垛，每当柴火还没烧完时，灵燕的父亲或弟弟都会将拾回来的树枝重新堆积在上面。因此，柴垛的下方都沤成了炭渣似的黑末。

"娘？"程灵燕惊喜地叫出声。

王婶听到了声音，直起身。王婶本想从柴垛上抽取一些树枝生火做饭，她想抽取那个最大的，费劲地抽了半天，也没能成功。

"娘！"程灵燕叫着，走到墙边摸着了电灯上的尼龙线，啪的一声，拉亮了电灯。

昏黄的灯光下，程灵燕看到呆立着的母亲。她赶紧走上前，紧紧地抓起了母亲的手。

母亲浑身脏兮兮的，蓬乱着头发。虽然灯光昏黄，但程灵燕仍然能看到她那双脏兮兮的手。

王婶呆了一会儿。"燕子！"半晌后王婶叫出了女儿的名字。

"娘！"程灵燕欢快地叫了一声，可她的心里随即泛起了浓浓的酸楚，"小乐呢？"

半晌，王婶咧着嘴傻傻地笑着说："小乐，小乐。"然而，王婶终没能告诉程灵燕小乐的去向。

程灵燕拉着母亲的手不曾松开，就这样拉着她向院中走去。

程灵燕推开了厦屋的门，屋子里一股恶臭味迎面扑来。这是父母住的房子，现在这里散发着臭味，更加重了程灵燕不测的预想。她不由得翕动了一下鼻翼，松开了母亲的手，走到床边，在黑暗中摸索着拉开了屋内的电灯。

电灯仍然是昏黄的，农村的人们总是怕多费一点儿电，所以他们总是用着最小瓦数的钨丝灯泡。

床上，躺着程灵燕死了一样的父亲。屋内昏黄的灯光，照射着程文斌瘦黄的脸。这哪是昔日那健硕的父亲啊! 他的嘴唇，白得如涂了一层蜡，紧紧地闭着。他死了吗? 此刻，程灵燕想，父亲许是死了。

程灵燕弯下腰，把手指放在父亲的鼻孔边看看父亲还有没有呼吸。

父亲还有呼吸，只不过细得跟游丝一样。此时，程灵燕快跳到嗓子眼的心缓缓落下，她直立起身子长舒了一口气。她再次弯下腰，替父亲掖了掖脏兮兮的棉被，然后走出院子，走到灶炉旁。她想先烧些水，给父亲擦擦脸，也给娘洗洗手。

四

小乐走进院子，看到后院和屋内的灯光，一下子高兴起来，他知道是姐姐回来了。

"姐!"小乐叫着，望着后院袅袅上升的炊烟，欢快地奔向灶棚。

"小乐!"程灵燕正往炉灶里塞着柴火，听到弟弟的叫声后忙站了起来。

"姐!"小乐跑过来与程灵燕迎面站着，脸上仍然露着羞怯的笑。

"你去哪了啊?"程灵燕拉了一下弟弟的胳膊，心疼地望着他问。

"我去给咱爹抓药了。"小乐把手中的塑料袋向上提了提说。

"咱爹前段时间刚从医院出来，仍然时不时昏迷着。医生说他撑不了多久了!"小乐黯然地对姐姐说，"他这又昏迷好多天了，不吃不喝。"

"咱爹是啥病?"

"医生说是肺心病。"小乐告诉姐姐，"医生还说是很严重的那种。"

"明天再找医生来看看吧。"程灵燕对弟弟说，"他那样子，就是抓了药他也吃不了啊！"

"我今天又对医生说了咱爹现在的情况，医生说几乎不用看了，没什么希望了！"小乐说着便悲伤地低下了头。他脸上那种羞怯的神色荡然无存，取而代之的是深深的忧虑。

"别难过了，听天由命吧！但愿老天能保佑他！"程灵燕抚摸了一下弟弟的脸颊，缓缓地说。

"你去帮我把脸盆拿过来，我倒点水给他擦擦。"程灵燕吩咐着弟弟，"待会儿你得抬起他的身子，看看有没有便溺，屋子里好臭。"

"嗯，我今天出去一天了，肯定有。"小乐对姐姐说。

五

热水的白雾升腾在屋子中，程灵燕将毛巾在热水里洗过后拧干，在程文斌的额头与脸颊上轻轻地擦拭。

程文斌仍然没有一丝儿反应，像死了一样。

程灵燕又在脸盆里洗了洗毛巾，把程文斌的手从被子里拉了出来。他的手冰凉冰凉的，程灵燕拿掌心暖了暖，把热毛巾敷在上面轻轻地擦着。

望着父亲，程灵燕的鼻子瞬间感到很酸，她不愿让弟弟小乐看出什么，赶紧侧过脸平复着情绪。擦过左手后，她又在盆里洗了洗毛巾去擦父亲的右手。

"小乐，你把他的身子扳过来看看。"程灵燕把脸盆向旁边移了移，吩咐着弟弟说。

小乐是个很细心的男孩，他知道父亲不能动弹，便在父亲的身下垫了些破布套子，这样父亲便溺了方便处理。

"姐，你出去吧，我自己可以的。"小乐只给父亲穿了上衣，他怕姐姐在场不方便。

"你弄吧，我就在旁边。"程灵燕说。

程灵燕转过身去，她看到母亲竟然在破旧的沙发上睡着了。

当天夜里11点，程文斌缓缓地醒了。当他睁开眼睛看到守在床前的女儿时，眼睛中溢满了惊喜的眼泪。

小乐把姐姐的房间收拾干净，并铺上了被褥。

程灵燕费力地把母亲弄到自己的房间里，将她的脏外衣脱掉，和着内衣睡在床上。接下来，程灵燕烧水做饭，准备着一家人的晚饭。

六

炉灶里通红的柴火映着黑黑的锅底，锅底上那层厚厚的锅灰似乎也燃了起来。火苗忽高忽低地蹿着，照得这间简易的灶棚红通通的。

"小乐，你该生个煤火炉子的！"程灵燕对坐在旁边陪着她的弟弟说。

"嗯，原来我说要生来着，可父亲说能省就省点儿吧！这不，父亲这段时间生了病，我也没时间去买。"小乐歉意地对姐姐笑笑。

"明天你就去买吧，咱村子附近有吗？"程灵燕问小乐。

"咱们村上边的那个村有一家卖的，我明天去借栓柱叔家的三轮车，去买个炉子，顺便再买一些煤块回来。"小乐对姐姐说。

"栓柱叔？"程灵燕带着一丝惊讶问小乐，"他还好吗？"

"嗯，他的身体还算硬朗。这些日子，他时常过来照顾咱家。也多亏了他，要不，我一个人有时还真忙不过来。"小乐叹息着说，"他一个人也怪可怜的，我们也没能照顾他一下！"

"嗯，栓柱叔是我们家的恩人，我们以后要好好孝敬他。"程灵燕似在对弟弟说也像是对自己说。

第四十一章　父亲去了

一

为了让屋内暖和些，程灵燕让炉子内的煤燃得很旺。这些天来，她与弟弟轮流照顾父亲，尽量不让即将离世的父亲身边缺人。

父亲目前的状况，程灵燕和弟弟不知道他能撑多久，他们都在心里生起了害怕，可是这姐弟俩又没有能力改变上天对于父亲宿命的安排。

小乐给父亲抓的药，程灵燕小心地煎着。可是，父亲哪能吃得下一口？他的身体日渐消瘦，胳膊和腿细得跟麻秆儿似的。

程灵燕让弟弟去请了医生来给父亲看。医生说："没有必要诊治了，起不了什么作用，让病人枉受罪！目前你们能做的，就是好好地看着他，让他走的时候看到自己的亲人。"

刘栓柱这段时间成了这个家的主心骨。他处事老练，可以安抚姐弟俩年轻而孤独的心灵。眼看程文斌时日不多了，得为他寻找一块较好的墓地。刘栓柱便把自家的地让出来，拣了一处最好的地方找先生看了，算是为程文斌定下了安息的地方。

按照中国的传统规矩，儿子死后应葬在父母的左下方，以示后继有人，代代相传。而程家祖上的墓地，在葬了程文斌的母亲程大娘后，已经没有地方再安葬其他的逝者了。

曼陀村是个三面环山的小村庄，那儿平整的田地相对较少，加之土葬改革在这个偏远山村难以推行。所以，当地人死亡后，便沿用中国的土葬规矩一辈一辈地葬下去。直到没有地方可葬的时候，才另择吉地。

这儿的农村人，对身后事是很有讲究的。无论生前怎么样，是苦是福，他们都希望在死后，能有个相对好的安息之地。

在曼陀村，也有上了年龄的人，生前就把自己的墓穴修缮好。他们往往还要自己下到墓穴中，看看满意与否。对于那些没有预料到死亡的人，以及生前没有考虑身后事的人，死后便由亲人们代替挖坟修墓。

刘栓柱择好程文斌的墓地后，便主持着为其修缮墓穴。在农村，这些白事儿还真得一个有经验的人出来主持，否则对于没有经验的小乐和灵燕，真的会让他们难以应对。

二

年近了，曼陀村的年味儿越来越浓。程灵燕一家却沉浸在悲伤之中。

程文斌命若游丝，他的机体在极度衰弱中一日日地延续着生命。他好像极不愿意走，舍不得女儿、儿子和有着精神病的妻子。实际上，人到了这个时候，该想开的，在死亡边缘，任谁都回天乏力。然而，却总有这么一些人，不愿意死、舍不得死。此时，这些即将死亡的人，担心自己活着的亲人以后该怎么生活，日子该怎么继续。所以，他们往往不愿意咽下最后那口气。

程灵燕日日都会精心地熬些小米粥，她把上面最稀的那一层米汤舀出来，用个小碗盛了，拿到父亲跟前小心地喂他。可是，父亲一次最多只能吃两三勺，吃多了便会吐出来。

就这样，程文斌挨到了腊月二十三。下午6时，在小年噼里啪啦的鞭炮声中，程文斌走完了他生命的历程。

父亲走了，程灵燕并没有过度悲伤，因为她知道，死，是每个人的宿命。父亲虽已远行，但父亲一定不希望他的亲人悲伤。程灵燕对弟弟说："父亲变成了幽灵，你想他的时候，他会回来看你的。"

三日后，逝者入土。程文斌的丧葬事宜，在刘栓柱的操持下，有序地进行。

三

再有几天就是新年了。葬了父亲后，程灵燕留下来陪弟弟与母亲过年。作为长女，她要努力地撑起这个家。

年三十的当天，程灵燕忙得不可开交。剁肉、拌馅、和面，这一切她虽然不常做，但她做起来却是那么娴熟。她要好好地给家人做一顿饭，包一次饺子。

"小乐，小乐。"程灵燕大声地叫着正在院里劈柴的弟弟。在和面的时候，程灵燕想起了该叫刘栓柱过来，与他们家一起吃一顿团圆饭。

"你去把栓柱叔叫来，今年，我们一家与他一起吃一顿团圆的饺子。"程灵燕对弟弟说。

王婶往炉灶里添着柴火，唯有这个事她不会做错，因为她只知道一味地向炉灶里塞柴火。"娘，你看你塞了多少，都快把锅给顶起来了！"程灵燕笑着嗔怪母亲。

王婶是个精神病人，对于丈夫的离世，她似乎没有悲伤，女儿在，她就有笑容。对于女儿的责怪，不知道她听没听懂，竟傻傻地笑了。

四

这世间，总是有人欢喜有人悲。但在悲悲喜喜中，日子依然要向前推进,任何人都不可能永远停留在某个时间点。

时间像马蹄似的快步前进,春节很快过去了。虽然假期还没有过完,但程灵燕离开单位的时间实在是太长了。从父亲病重,到葬完父亲,这前前后后,程灵燕在家待了一个多月。加之她外出学习的几个月,她离开单位有好几个月了。所以,她要尽快回到琅屏市,以做好节后上班的准备。

可是,还有一件事放心不下,不知该怎么办?程灵燕一时拿不定主意。

弟弟小乐已经是个大人了,他虽然听话懂事,可总不能让他窝在家里一辈子照顾母亲吧?做姐姐的不能不考虑弟弟的未来。程灵燕这几日一直在想这个问题。

"小乐,你跟姐到城里去好吗?"大年初三的晚上,程灵燕拍着弟弟的肩膀说。

"那咱娘呢?"小乐天真地问。

"当然是把娘也带上了。傻孩子,我们还能撇下娘啊!"程灵燕嘴上这么说,可心中却没有多少底气。虽然她在城里租了房,落了脚,但是她的收入养活一家人还是有些困难的。首先要考虑的,便是换一个大一点的房子。因为她现在租的房子只够她一个人住,弟弟与母亲过去的话,必须再租个大一些的房子。

还有就是,母亲需要照顾。母亲不是一个正常人,程灵燕不知道母亲能不能适应陌生的环境。并且弟弟小乐,他也是要工作的,倒不是因为一家人吃饭的问题,而是小乐渐渐大了,他需要有自己独立的人生。程灵燕不能自私地将家里的重担,压在弟弟一人的身上。

"这样,我先回去收拾一下,然后我给你来信,你带母亲过去。到时,我去车站接你们。"程灵燕这样向弟弟安排着。

"姐,你在那边过得好吗?"弟弟突然向姐姐问出了这样的问题。

"没什么好不好的。你在担心什么呢,小乐?姐还能让你睡大街啊!"程灵燕愣了一下后,笑着回答弟弟。

"姐，我知道你一个人在外面也挺不容易的，你看这样行吗？你回来的时间太长了，你先回城里去。这几日我与娘先在家，等过完了年，我就出去找个工作，然后把娘带过去。"小乐对姐姐说，"我想着过完年我先出去找活儿，让栓柱叔代我们照看几日娘，等我找到活儿了就把娘接过去。我听说记者都是要整天出去采访的，带娘去城里，怕影响你的工作。"

半晌，程灵燕都没有回答弟弟的话。听了弟弟的话，她的心里酸酸的，她背过身去擦了擦忍不住滚落下来的泪水。她在心里想着，自己的弟弟小乐，是多么纯朴善良的一个男孩子啊！他竟有着这般难能可贵的品质！

小乐坚持自己的主意，程灵燕只好先回了城里。她想着，反正都得先回去收拾收拾，等安排好了再给弟弟去信吧。对于目前家中的情况，也只能先走一步再说下一步了。

面对人生的困惑，这年轻的姐弟俩实在想不出更好的办法。他们所想的，是尽量减少对方的负担，哪怕自己多付出一些。

五

年后，小乐在一处建筑工地上找到了一个活儿，这个工地就在夏城县。小乐要带着母亲，所以距家越近越好。

在外出找活的时候，小乐让栓柱叔代他照看了几日娘。他以最快的速度，到夏城的一处建筑工地上，找了一个小工的活儿。实际上，小乐是可以找个稍好一些的活儿的。可是，考虑到自己还要带着一个精神病的娘，他就没敢想其他的好工作。

找好了活儿后，小乐先回曼陀村的家中取被褥。这样来回地安顿好后，他方把自己那个精神越来越迟钝的娘接了去。

在建筑工地上，小乐向工头租了一个简易的板房，每月50元钱的租金，他与娘的住所算是稳定下了。他又与工头商量，可不可以从他的工钱中多扣除一些伙食费，让娘也在工地上吃饭。好心的工头看小乐这孩子善良又可怜,便答应了他的请求。

工地上的活儿虽然繁重,但小乐可以时时照看娘。在干活时,他甚至可以让娘待在他的身边。

娘的跟前是离不开人的,所以小乐才坚持不让姐姐带走娘。善良的孩子知道姐姐的工作身不由己,不比自己在工地上自由随性。所以,他情愿付出更多一些来照顾娘。

从此,在夏城的这处建筑工地上,小乐与他疯娘的身影总是出现在众人的眼中。大伙儿都喜欢小乐,并对他充满了同情与尊重。

安定好后,小乐把自己与娘的情况写信告诉了姐姐。他告诉姐姐自己与娘都很好,让她安心工作,切勿挂心!

接到了弟弟的信后,程灵燕的内心稍稍宽慰了些。她想着等自己把一切都收拾好后,便把娘与弟弟接到自己的身边,以后他们一家人就再也不分开了。

可是,世间的很多事情总是不遂人愿的。程灵燕的这个想法,终究没能实现。为此,她常常在心里自责与悔恨,她认为自己是个不负责任的姐姐,是自己的自私害了弟弟。

六

回到琅屏市后,程灵燕需要把这段时间的事情理一理,也需要收拾一下心情,迎接新的一年的工作和挑战。

外出学习与回家的时间加起来,有四个多月。父亲生病期间,程灵燕给单位打了电话,告诉林社长自己家中的情况,说她一时半会儿回不到单位,希望能请个长假。

"长假是多长时间?"电话中,程灵燕听出了林社长有些许的不高兴。是啊,对于要请多长时间的假,程灵燕自己心里也没底。

"你就安心把家中的事情处理完再说吧。"转而,电话那头的林社长对她的态度缓和了许多。

趁着还有几天的假期，程灵燕便把外出三个月学习的笔记进行了梳理，将知识进行了系统化的存储。这样，便于以后工作需要时查找与翻阅。

几日的假期很快就过去了，大家上班后，脸上洋溢着节日的喜悦。见了面后，都热情地打着招呼，像许久未见的老朋友似的。

"灵燕姐，好久都不见你了呢！"素素用夸张的表情说着，并亲热地拉起了程灵燕的胳膊。

办公室内，小张与小王先程灵燕而到，她们在勤快地收拾着办公室。"辛苦你们了啊，新年好！"程灵燕笑着对实习生小张和小王说，"待会儿我拖地，活儿不能让你们都干了。"

"不，不，我们自己做就好了。年前走时我们已经打扫得很干净了，现在稍微擦一下灰尘就可以了。你去忙吧，姐。"小王懂事地对程灵燕说。

"是的，是的，我们很快就收拾好了。你忙其他的吧。"张小英也赶紧说。

"嗯，那就辛苦你们了，回头我请你们吃饭。"程灵燕对着二人笑笑，拿起水杯走出了办公室。

七

因为长时间没有上班，程灵燕的内心，难免有些惴惴不安。在进大楼时，程灵燕没有碰到甘玲，便想着应该先去跟甘玲打个招呼，顺便打探下单位领导及同事有没有因为自己长时间请假有什么意见。程灵燕还想打探一下，年后单位会不会对他们出去培训的那批人员进行工作调整。因为她确实是太长时间没来上班了，她害怕工作上会出现变故或者差池。

"甘玲姐。"程灵燕敲开了办公室的门后，羞怯地唤了甘玲一声。

甘玲正在点着电脑鼠标，听到声音后略显诧异地看了一眼程灵燕，然后停止了手中的活儿问程灵燕："你回来了？啥时候回来的？"

“初四回来的。”程灵燕回答，“就你一个人在啊？”程灵燕说着，谨慎地瞟了一眼办公室。

“她们搬到其他办公室了，现在这儿就我一个人。”甘玲知道程灵燕说的是那几个领导的亲属。

“年前我从曲里给你带了一些柿饼，一直都没有时间给你。”程灵燕对甘玲说，“今天第一天上班，我也没拿，等明天我拿给你啊。”

“不用，不用，你那么客气干吗？你家里的事情处理得怎样了？”甘玲看着程灵燕手中的杯子说，“有水吗？我给你倒一杯。”

“嗯，谢谢！”程灵燕把杯子递给了甘玲。

“我也是听林社长说的，他把我叫过去把你家的情况说了一下，让我专门给你补了一个长假条。你这一回去就是一个多月，要不把手续补好，还不知道别人会有什么意见呢！”甘玲说。

“年初，咱们单位计划策划一个‘边疆行’活动，估计要让你们这批学习回来的人去。我先给你透露一下啊。”甘玲把水杯递给了程灵燕说。

“边疆行？”程灵燕在心里嘀咕着，她的头脑中立马浮现出了茫茫大漠、长河、落日与万里黄沙的边疆景象。“我不会去的。”程灵燕在内心笑笑告诉自己。

八

开年后不久，《晨报》便在单位大楼的入口处打上了“新年新气象，奋力走边疆”的大幅红布标语。活动还没有正式公布下来时，大家伙都已知道了是怎么回事，所以便见怪不怪了。

不知道是哪位高人策划了这么一个带有“壮举”性的活动，据说这个活动的初衷是提高《晨报》在媒体行业中的竞争地位。面对日趋激烈的媒体竞争环境，《晨报》的领导想以出奇制胜来提高《晨报》在同行中的知名度。可是这样一个跨度长远的活动，势必耗费一定的人力与财力。所以，关于"让谁去"这个问题，《晨报》的领导煞费苦心。

"对于这样的一个活动，势必要搞出名堂，要不然还不如不搞。"在活动动员大会上，林社长给这次活动定下了目标。

接下来，就是人员报名了。在人员报名一事上，主要是围绕着"谁能去，让谁去"开展。"走边疆"是一个线长路远的活动，有些人想去，可是却不一定能够胜任工作。所以在人员选择上，领导们得进行细致的考量。

在媒体行业中，大凡搞这样大型活动的，都会联合几家媒体一起进行。但《晨报》却不，他们就想自己搞，独领风骚。这样的大型活动，媒体间是很少开展的。

程灵燕没有报名，她虽然没去过边疆，也很想到那里去看看并施展自己的才华，可她想到了弟弟与母亲。所以，她才坚持没有报名。一开始，报社领导并没有一定要安排程灵燕去。可是，报名的人员要么是到报社工作没多久热情极大的年轻人，要么是上了岁数的老同志。针对此次活动的人员安排，林社长发了话，他说："我们此去是要进行大型的采访边境风貌与人情风俗的活动，不是让你们出去旅游的，所以请你们考虑好自身的条件。第一，能不能胜任工作；第二，身体条件允不允许。具备了这两条后再对你们进行其他方面的考核。"

此次"边疆行"要求十二人参加。在林社长发话后，还真有人打起了退堂鼓。最终，报社从报名的人中筛选出了十人。这十人中，大部分为男性。但是领导说，要充分发挥女同志在工作中的优势，所以，得再补充两名女同志进来。

"这次活动你为什么不报名啊？这可是一次难得的锻炼机会。你刚参加学习回来，难道不想借此机会充分展示自己的才能，为报社做贡献吗？"为此，林社长找了程灵燕谈话，"我们决定补充你与素素加入此次活动。"末了，林社长像是下了命令似的对程灵燕说。

林社长的话，让程灵燕陷入了犹豫之中。一方面，她需要在工作中加强锻炼；可另一方面，母亲与弟弟确实令她放心不下。

"我走了，弟弟与母亲怎么办？"连日来，程灵燕一直被这个问题困扰。

"哦，我该先给小乐去个电话，问问他与母亲现在的情况。"想起弟弟，程灵燕便给小乐所在工地打了电话。

九

春风和煦，丝丝地吹拂着夏城的工地，但是身着单衣的人们偶尔也会感觉一阵骤冷。

工地上，小乐的母亲正在太阳下坐着，她看到正在不远处干活的儿子便咿咿呀呀地说着什么。此时做饭的老刘闲来无事，便拿话逗她："小乐今年几岁了？"老刘指着正在干活的小乐问王婶。对于老刘的问话，王婶只是嘻嘻地笑着，那样子很傻，似乎她一辈子也不记得自己的儿子是多少岁。

小乐到这个工地的时间不长，他干的最多的活儿，便是按照一锨水泥两锨沙的比例，向搅拌机内添加水泥和沙。

昨日，工头老王对小乐说："等再过段时间，你就到架子那去帮忙，那儿缺人。"

"小乐，电话……小乐……"在工地的简易板房中，装着一部固定电话，话机已被这些建筑工人们摸得乌黑，按键上也落满了灰尘，整个话机脏兮兮的。工头老王没事时便待在这儿，他除了看着这些民工干活不偷懒外，还要监督工地上的安全工作及材料购进等工作。此时，便是工头老王在扯着嗓子喊小乐过来接电话。

"哎，来了！"小乐听到老王的叫声后赶紧扔下手中的铁锨，跑着过去。小乐知道这个电话肯定是姐姐打来的，因为除了姐姐，没有人会通过这个电话找他。

"姐，是你吗？"小乐激动地在电话中叫了起来。

程灵燕不知道小乐什么时候能接电话，所以她一直在电话这头保持沉默。听到小乐的声音后，程灵燕激动地说：“小乐，是姐，是姐姐！”他们姐弟俩像许久未曾见面似的，听到对方的声音后，都很激动。

　　“你与娘好吗？”片刻，程灵燕这样问着弟弟。

　　“好啊，姐，我和娘都好着哩！”小乐仍然激动着说，“你就放心吧，姐！”

　　“娘不会耽误你在工地干活吧？她听话吗？”程灵燕仍然不放心地问着弟弟，“你干活累吗？都干些啥活？”程灵燕向弟弟问出这些话后，感觉心里像塞满了棉花似的难受。她觉得，都是自己这个做姐姐的不好，让弟弟在工地吃苦，还让弟弟带着他们的疯娘。程灵燕觉得自己是个不称职的姐姐。

　　半晌，程灵燕握着电话不曾出声，眼泪不自主地哗哗往下流。

　　“姐，我们好着呢，真的！我干活不累，娘吃饭也好，她每次都能吃一大碗面条呢！”小乐用欢快的声调对姐姐说。

　　电话那头，程灵燕仍然没有出声，半晌，她说：“小乐，单位可能要安排我出趟远门去采访。我还没有同意，我放心不下你和娘！”

　　“你去吧，姐，我会照顾好娘的。你把自己的工作做好，我就高兴了。”小乐懂事地说着这些话，但这些话却句句戳着姐姐的心。电话这头，程灵燕不能自已，泪流无声。

　　在弟弟的鼓励下，程灵燕去了边疆。但此次边疆之行，更加重了她的罪责与对弟弟一生难以磨灭的亏欠。

第四十二章　凯歌奏起

一

在一阵鞭炮声中，由《晨报》策划的"边疆行"大型系列报道活动启动了。琅屏市委宣传部及市政府相关部门的领导出席了活动启动仪式，政府领导与报社领导一起，为《晨报》的十二个人送行。程灵燕便在其中。

此次采访时间将持续两个月。也就是说，在接下来两个月的时间里，程灵燕将离开琅屏市，她与弟弟和娘的距离又远了。

"此次报道活动要紧紧围绕我国边疆地区的人文风貌，以新闻纪实的手法，通过边行走、边观察的方式，逆时针勾勒中国版图。以关注民生、关注自然的角度，为读者展示一个别样的边疆，让读者了解真实而生动的边疆。同时，这也是我们《晨报》在媒体界打响知名度的高位'迫击炮'，你们都要上点心啊！"活动组组长冯烨在上路后对全体人员说。

活动组此次开着报社那辆依维柯采访车，行李与摄影器材，占据了采访车一半的空间。

冯烨作为此次活动组的组长，对于领导给予的任务，感到了沉甸甸的分量。

冯烨与郝骞同为《晨报》的中流砥柱。人称报社"铁笔"的郝骞在前段时间竞聘上了《晨报》的广告部主任，他不仅使广告部起死回生，而且使《晨报》的广告订单持续增长。在郝主任的带领下，广告部日渐红火，扭转了乾坤。不得不说，郝骞是块搞经营的料。

二

近年来，《晨报》在人员培养上已明显出现了青黄不接的尴尬局面。随着报纸行业的日渐不景气，用高薪留人对于报社来说，已经变得越来越不实际。记者的收入持续下降，所以，难免会出现一些记者在报道中收红包、搞有偿新闻的事情，这不仅成了目前行业中的潜规则，也成了见怪不怪的社会现象。为此，《晨报》领导才会大胆创新，不惜人力和人财力投入，以求《晨报》在行业内有所突破，以高位"迫击炮"的形式，敲响《晨报》新一年的战鼓。

冯烨作为《晨报》的摄影部主任，在摄影报道上有着较高水平。《晨报》此次的"边疆行"活动，主要由图片呈现出视觉美，通过图片与文字相结合的形式，以独特的视角展示祖国疆域之辽阔、风景之优美、民风之淳朴，力争为受众展示一个视觉化的中国。所以，冯主任当之无愧地成了此次活动组的掌舵者。

经过几天的持续行进，活动组终于驶入了边疆地区。连日来，通过活动组的努力，他们采写了多篇边疆风情及人文地理方面的文章。这些文章集结后回去做系列报道用。

在活动组接近沙漠地带时，飞扬的尘沙迎面冲来，程灵燕与其他人赶紧戴好帽子、纱巾，他们恨不得把整个人包裹起来。

这里山连山，沟壑与丘陵纵横，白云像棉花似的悬在天边，天与地的距离感觉比内地近了很多。站在山头，仿佛伸手就能触到天际似的。

傍晚，落日的余晖与霞光相互辉映，似乎天与地都充满着爱抚与柔情。

"大漠孤烟直，长河落日圆。"诗人王维以独特的视角描写了奇特壮丽的边塞风光，其意境之雄浑，是何等的豪迈。此时，《晨报》的十二人活动组，仿佛也进入了天地玄境之中，他们用眼睛与心灵感受着祖国大好山河的美丽与雄壮。同时，他们每个人，以自己的笔触与独特的视角，采写了独一无二的美文。

三

时光在活动组行进的脚步中一日日流逝。正如林社长说的那样："不是让你们出去旅游的，你们出去的每个人，都应做好吃苦的准备。"

刚到边疆的时候，有很多地方的雪还没有完全融化，活动组的人挨了不少的冻。程灵燕和素素更是如此，她们都没有出过远门，想着天气一天比一天暖和，结果她们因穿得少，双双感冒了。好在，有活动组的其他同志，对她们俩进行着无微不至的照顾。

小兵也在活动组。起先小兵因家里有事，不想参与此次活动，所以一开始他并没有报名。但后来他看到了程灵燕的名字后，便迅速去向林社长请求，这才在最后补了位。

程灵燕与小兵外出学习回去后，因程灵燕家中有事，二人见面的时间极少。为了与程灵燕待在一起，小兵在心里告诉自己：这次天涯海角我也要去，不为工作，也不为高尚的情操，此次只为了一个人。

小兵终于如愿地加入了"边疆行"，他能时时地见到自己心爱的人了。可是，在这么多同事的眼皮底下，脸皮薄的小兵从不敢过度表现出对程灵燕的热情。还有，他不想让人嚼舌根，说他出来不是为了工作，而是为了谈情说爱。在小兵心里，他更不想让程灵燕的名誉有一丁点儿的受损，尽管他心里热情似火，也得在面子上敷上一层薄冰，以匹配边疆这冰雪未融的天气。此时小兵能做的，只有近距离地看着程灵燕，在她生病的时候，偶尔为她端水拿药。其实，程灵燕完全能感受到小兵的那份情意。

"姐，为什么咱俩都感冒了，小兵只给你倒水拿药却不理我呢？"有一次小兵在为程灵燕倒水时素素有了意见，因为素素从小兵的眼神中，看到了他对程灵燕的爱恋。所以，素素才想着调侃一下程灵燕。

四

天高云淡，日光情暖。此时边疆地区的天气，与活动组刚来时完全不一样，他们更喜欢云淡风轻的好天气。

"今日天气真好啊！要走了，我还真有些舍不得这儿。"活动组组长冯烨对众人说。

《晨报》活动组历时近两个月，在或恶劣或情暖的天气里，采写了大量的文章，冯烨与小兵等人则拍摄了大量高质量的图片。这些珍贵的文字与照片，是活动组的辛勤结晶，也是他们的"战利品"。他们将带着这些回到自己的工作岗位上，继续发挥各自的所能。

终于可以回去了！程灵燕的内心充满了激动。她想着此次回去后，就找一间大一些的房子，把小乐与娘一起接来，这样，一家人就可以在一起了。然后，再给小乐找个工作，可是，要给小乐找个什么样的工作呢？程灵燕在心里思索着。她想要实在不行，就通过熟人打听一下。自己这些年来也积攒了不少关系，为什么不利用一下呢！程灵燕在内心编织着自己与弟弟的未来。

在返回的途中，走走停停，最后看看还有没有什么要补充的素材。这样，活动组历时近十天的时间才回到《晨报》。从出发到回来，《晨报》"边疆行"活动组共历时两个月零八天。

回到单位的第二天晚上，林社长为这些人举办了欢庆晚宴，冯烨代表活动组在晚宴上做了工作汇报。林社长说很感谢这些人为报社的付出，还一定要冯烨代表活动组多喝几杯。"你们其他人能喝就喝，我可不勉强啊。"林社长笑呵呵地说。

第二日，林社长交代冯烨，让冯烨通知活动组的所有人，在两天时间内，把自己采写的资料整理好交到甘玲主任那里，由甘玲进行整理后交由报社相关领导审核签发，照片与文字，统一要求署拍摄人和采写人的真实名字。

五

程灵燕是一个工作非常认真的女孩子，在两天的时间内，她仔细地梳理着自己采写的文章。在状物写景方面的语言措辞上，程灵燕改了又改，力求在精准表述的前提下，将文字美发挥到极致。

整理完工作上的事，接下来程灵燕便要找房子。在刚回来的那天傍晚，程灵燕看到自己楼下门洞的墙壁上贴有"出租房屋"的小广告，她便按着上面的电话打了过去。电话中女房东说："房子有两个卧室，刚好符合你的要求。不过，我在外地，今天回不去，得等到明天了。"

第二日上午9时，程灵燕如约来到和房东约定的地点。她看过房子后，满心喜欢，她想，只要价位合适，就立马租下来。这个房子距梅溪街不远，虽说是一栋老楼，但采光效果非常好。在一楼，这样就不用担心娘上下楼的问题了，程灵燕想。

"我是在《晨报》上班的，想着把母亲接过来一起住。"想让房东优惠些房租，程灵燕对房东如是说。

"那你也是个大孝女了！既然你是为了尽孝，那我就给你便宜二百块！"

得到了房东减租的允诺后，程灵燕心中暗喜。所以，她当即就掏了一百元的定金，把这处房子定下来了。她又告诉女房东："我搬过来可能还要几天，因为我要先回家一趟，等来了再把房租给你。"

"没事，没事，我先把钥匙给你吧，这里面有床啊什么的，你随便收拾收拾就可以住了。我五天后再给你计房租。"好心的女房东说。

把房子定好后，程灵燕对自己一家未来的生活充满了美好期许，她甚至想着等母亲在这儿住习惯了，她就可以教母亲做些简单的饭菜，这样，自己和弟弟下班后回来，就可以吃到母亲做的饭了，这是多么幸福的事儿！程灵燕这样想着的时候，脸上竟然荡起了一丝笑容。

回到梅溪街，程灵燕没有先回出租屋，而是径直来到了公用电话亭，给弟弟小乐去了电话。

"小乐，我把房子租好了，你和娘什么时候过来？快点啊！"她激动地对弟弟说。

"那怎么行呢，姐，我这边还没安排好呢。工头说等替补的人来了，我才能走。工头对我挺好的，我不想拂了他的意。再说，娘在这里也住得惯，你就不用麻烦了，你好好工作就行了。"小乐在电话中劝着姐姐。

"你听我的就行了，抓紧把你那边的工作辞了，我去接你们或者你带娘来，这两天我先把新租的房子收拾一下。"说完后程灵燕便挂断了电话，不再听弟弟的劝告。

程灵燕在周末把新租的房子打扫了一遍。周一下午，还没到下班时间，程灵燕便早早地从单位出来了。她想到杂货市场上去转一转，先把需要的东西购置回去。

程灵燕事先把需要的东西记在了一张纸上，她看到一家相对大些的杂货店后，便径直走了进去。在购物上，这个女孩子是很怕麻烦的，她只想在一家店内把所有需要的东西购齐。所以，她买什么东西总是先挑大的地儿去。

进入这家名为"百盛"的杂货店后，程灵燕把字条儿递给了店内的一名男老板。男老板接过后热情地说："都有，都有的。您稍等，我给您拿去。"

购齐所需之物后，程灵燕叫了一辆三轮车，欢欢喜喜地拉着东西回去了。路上，她不住地叮嘱车夫慢点儿，怕车夫不小心把东西给颠碎了。

六

在周二晚上，程灵燕又给弟弟小乐打了电话，问他那边准备好没有，什么时候可以过来。

"我明天就去把房租全部交了，给人家房东说的是五天时间。"程灵燕这样对弟弟说。

"那……姐，我这边估计还得几天呢。我前两天给工头说的时候，他说让我再等两天，等其他人过来我就可以走了。这几天架子上缺人，年龄大的人我们老板也不敢让他们上去，所以就让我先上去顶两天。"小乐对姐姐说。

"什么架子？"程灵燕不解地问弟弟。

"就是脚手架啊。姐，建楼一层一层搭起来很高的那种铁架子。"虽然小乐知道姐姐看不到他所说的"架子"，但在与姐姐通话时，他还是不停地拿手比画着。

其实弟弟一说，程灵燕便完全明白了那"架子"是一个什么玩意儿。

"嗯，那你在上面小心些啊，然后你抓紧给老板说让他们再找人。"程灵燕说，"哦，对了，咱娘还好吗？"

"娘好着呢，姐，你不用天天惦记她。"小乐欢快地对姐姐说。

估计这周他们是来不了了！挂断弟弟的电话后，程灵燕心中这样想。

房东说前五天不计房租，但这几日，程灵燕总是要把一个月的房租交给房东的。

周五下午，程灵燕在办公室里给女房东打了电话，对她说："明日上午，我过去把房租给你。"

"好的，好的，不着急。"女房东客气地说。

七

周六，阳光和煦。一连几日，都是不错的天气，这使程灵燕感到心情舒畅。

程灵燕拎着钥匙来到了新的出租屋，此时，女房东已经在楼下等着了。过来时，程灵燕提了一袋子琐碎的东西，她想趁着此刻的空闲，把零碎的东西先摆放在房里。

趁着周六、周日，程灵燕把该擦的擦了，该洗的洗了。顿时，房间内窗明几净。望着自己的劳动成果，程灵燕会心地笑了。

天气渐热，前些日子买被子的时候，程灵燕特意挑了两床不太厚的。这样弟弟与母亲来了，便可以多盖一些时日。

天气预报有时也不太靠谱，前两日程灵燕听天气预报时，说这周日会下雨，却始终没下。

周一上班，程灵燕有很多事情要处理，几乎忙了整整一天。第二日，程灵燕来到单位时，她想，等会儿便给弟弟去一个电话，问问他那边的事情处理好了没有。但周二上午一到办公室，单位便通知上午10时，在三楼的大会议室开全体会议，总结"边疆行"系列稿件刊发后的效果。

会议由林社长亲自主持，他说："同志们，自从我们的'边疆行'系列稿件与图片在我们报纸刊发后，引起了极大反响，我们的报纸在市场上的销量持续增高，这是可喜可贺的。首先，我代表报社，对参加'边疆行'的十二个人做出的努力表示感谢！"林社长说完后，台下响起了热烈的掌声。

"据广告部郝主任说，这段时间以来，有不少人主动上门找我们谈广告呢，这可是难得的啊！大家都知道，原来我们拉广告的时候，那可是'提着猪头都找不着庙门'啊！没想到现在倒有不少商家主动上门找我们洽谈，我们的第一炮算是打响了……再次感谢同志们付出的努力……"林社长讲话时脸上大放异彩，他笑着高兴地说，"那么，你们知道当初策划这个活动的人是谁吗？"林社长说着故意停顿了一下，拿眼扫视着全场，"我们这个活动的策划者就是郝骞主任。接下来，让我们用最热烈的掌声，请郝骞主任给我们讲一讲他当时策划这个活动的过程，以及近段时间以来，咱们《晨报》在经营中一路向好的成绩。"林社长说完后，在一片热烈的掌声中走下了讲话台，并在前排落座。

接着，郝骞走上了讲话台。郝骞还是十年不变地留着小胡子，此时，他的小胡子好像更黑更亮了，他的眼睛也炯炯有神⋯⋯

第四十三章　命运的钟声

一

《晨报》三楼的大会议室里，大家不时发出热烈的掌声。

"程灵燕在吗？"门卫老程推开了会议室的门后探着头怯怯地说，老程的脸上，分明带着焦急。

"有事吗，程叔？"坐在后面的甘玲赶紧起身走过去小声地问。

老程已经六十多岁了，他虽是门卫，但大家都很尊重他，平时大家见了面儿都叫他程叔。老程平时是不到办公大楼来的，只有在传达紧急的讯息或者着急找人时，他才会来到这座办公楼里。

"我找程灵燕，有急事儿！"老程脸上焦急的神色愈甚。

"哦，那我叫她一下。"甘玲说。

其实程灵燕已听到了老程叫她的名字，只不过甘玲过去与老程说话，程灵燕故意没吭声。

"灵燕，你过来。"看到程灵燕向他们这边张望，甘玲便小声地叫她，摆摆手示意她过去。

程灵燕看了他们一眼，便悄然起身离座，轻轻地向门口走去。

"走，我们到那边说。"老程带着程灵燕来到了楼梯口处，"你有个弟弟叫小乐是吗？"此时，老程的脸上是一副焦急的神情。

"嗯，咋了，程叔？"

"他可能出事了！"说出这话时，老程的脸上呈现出了悲伤的神情。

一开始程灵燕并没有听出老程说这话的意思，她表情惊讶地看着老程。蓦地，她的心抽了一下："你说什么，程叔？"

"小乐出事了！"老程像熟识小乐似的说着小乐的名字。老程虽然不认识小乐，但此时，他显然是在为小乐悲伤。

终于听清了老程的话，程灵燕向着楼下跑去。当老程再次说出小乐名字的时候，她已顾不得理会老程，她对老程的话半信半疑，但是，她又明显地感到有什么不测发生。

程灵燕一口气跑到了一楼。然后，她像想起了什么似的转身上了二楼，她推开自己办公室的门，抓起桌上的手包便向外走去。忽然，她又想起了自己还没有问老程小乐到底出了什么事。她想着，应该先给弟弟打个电话。

刚走到楼梯口，程灵燕又反身回去抓起桌上的电话，她焦急地拨着弟弟留给她的电话号码。可是，她拨了几次，都拨错了。她不得不冷静下来，认真地在头脑里回想着弟弟的电话号码。

程灵燕早已把弟弟留的电话号码记在了心里。平时，她与弟弟打电话时不用考虑就直接拨出了。可是今天，短短的七位数字，她竟然想了半天。

最后，她终于完整地拨出了弟弟的电话号码。"喂，你好！请让程小乐接个电话。"电话接通后，程灵燕客气地对电话那头的人说。

"程小乐？你是谁啊？"电话那头的男声警觉地问。

"我是他的姐姐。"程灵燕对着话筒说。

"哦！"电话那头的人仿佛松了一口气似的说，"你稍等，我让别人给你说话。"

半天，电话中响起了另一个男音，说："哎，小乐姐姐啊，你到我们工地来一趟吧，我们有事儿给你说。我们找了你半天都找不到的呀！"电话中的男子说着生硬的普通话，听口音像是南方人。"哦，你摸得到吧？在夏城北郊。这样，你坐客车到夏城汽车站，到了还打这个电话，我派人去接你。"电话中的男子好心地说。

此时，程灵燕已经预感到了什么，她不再问，抓起手包后咣地拉上了办公室的门，向楼下跑去。走到大门口的时候，她才想起应该给单位请个假。她便来到了门卫室门口，掀起门帘说："程叔，麻烦你给甘主任说一下，我要请一两天的假。"

"好，好，你去吧！"老程没再问程灵燕什么。此时，他对她表现出了极大的理解。

二

阴风阵阵，天气是从昨日开始变的。

前日，程灵燕在听广播天气预报时，说近日要变天。可几日来，琅屏市的天气一直晴好。但从昨天下午开始，天空便渐渐阴暗，且刮起了不小的风。

程灵燕顾不得回出租屋收拾一下，便急急地向琅屏市汽车站赶去。

到达车站后，要等一个小时才有发往夏城的汽车。买过票后，程灵燕等得愈发焦急。她在内心祈祷着上天保佑弟弟。"小乐不会有事的！"她在内心一直这样告诉自己。

对于他们说的弟弟出事了，程灵燕在心里不愿意去深究这话中的意思。所以，她没有细问首先给她传达消息的老程，也没有深问电话中那个普通话极差的男子。她只想去看看，弟弟究竟怎么了。她想亲眼看到弟弟，哪怕是令她恐惧的结果。

在车站内，程灵燕仿佛等了一个世纪。她在想，他们说的那句"出事了",究竟是什么事。弟弟好好的,他会有啥事呢? 程灵燕在内心纠结于这样一个又一个的问题,弟弟是不是发了高烧需要住院? 弟弟受伤了吗? 这样想着,程灵燕的内心一惊,弟弟前些日子在电话中对我说,他要上架子。他是不是真的去上面工作了? 他会从上面摔下来吗? 他究竟怎样了? 想到这些,程灵燕的内心生出了深深的恐惧。不会的! 小乐是那么善良的一个孩子,即便他受伤了,也仅仅是皮外伤而已,他一定不会有什么事的。车啊,车啊,你赶快来吧,我要赶紧见到小乐。程灵燕不停地张望着,内心无比焦急地盼望着汽车能够快些到来。

从琅屏市开往夏城的汽车,只有那么几辆在循环着发。发车前十多分钟,待发的汽车方缓缓进站。到站的人们从车上徐徐而下,在候车厅等待上车的人们一哄而上。顷刻,这些人便把这辆车塞得满满的。程灵燕随着人流挤上了车,并找了一个靠窗的位置落座。

三

窗外,阴风刮得更重了,天空中有黄云升起,似要下雨。人员坐满后,汽车还没有发,但司机已把发动机启动着,车辆的马达在突突地响着,并在车的四周升起一股青烟。

车外浓云密布,马达突突,搅得程灵燕的心愈加烦躁。此时,她真想插上一双翅膀,马上飞到夏城,飞到弟弟小乐的身旁。

汽车,终于缓缓驶离车站。车子上路后,便一路向西而去。

在汽车还没有完全驶离琅屏市区的时候,天空便落下了稀稀疏疏的雨滴,噼里啪啦地敲打着车窗。不一会儿,这雨滴越来越稠,仿佛在空中垂落下一个雨帘似的。

客车外面的前挡风玻璃上,两个长长的雨刷左右摆动,它们费劲地与滚落而下的雨水比着速度。程灵燕看着车外的一切,内心暂时被这雨水的景象吸引住了。一会儿,她感觉自己的眼皮子沉重得像两扇磨盘,便想闭上眼睛休息片刻。

　　窗外,雨滴仍然在噼里啪啦地拍打着窗子,程灵燕闭着眼睛,听着窗外的风声、雨声。在风雨的交织声中,她想让风刮得更猛烈些,让雨下得再大一些。此刻,她想着,最大的风雨该是什么模样。此时,闭着眼睛的她的脑海中浮现出这样的场景:自己坐的这辆汽车,漂浮在一片湖水上,左右摇摆,要沉却不沉,不沉却像要沉。对于这样的场景,她的内心竟然没有一丝的恐惧。她在想,人世间最大的风雨是什么?假如我的人生要遇到很多很大的风雨,我会怕吗?此时,程灵燕的内心仿佛爬进了一千只蚂蚁,这一千只蚂蚁顶着她眼皮上那沉重的磨盘,使她无法睡着。

　　"妈的,无论如何,我都该先睡会儿!"此刻,程灵燕的内心狂躁起来,入睡却愈发困难。

　　困倦与疲惫,像一只大象似的藏在她的身体里,使她感到有万钧压顶,有不可承受之重。"睡会儿吧,睡会儿吧。"在程灵燕的灵魂深处,仿佛有一个非常弱小的声音在诱惑着她。

　　汽车在突突地行驶,不断飘落的雨水被隔离在了车窗外。车内有些闷热,车玻璃上结满了水蒸气,车上的人们,沉浸在水蒸气的氤氲中。

　　在汽车的颠簸与摇晃中,程灵燕竟真的睡着了。

四

　　不知什么时候风住了,雨止了。夏城的天空,呈现出一片碧绿和洁净,似乎风雨不曾在这个城中飘落过。

　　"到站了,到站了。"客车售票员对着睡着的人们吆喝着。程灵燕一个激灵醒来,我怎么睡了这么久!该先给弟弟的工地上打个电话,让他们提前来接我的。这还得浪费多少时间啊。她的心里懊恼起来。

　　程灵燕下车后,在车站内找了一处公用电话,还是弟弟留的那个熟悉的号码,她拨了过去:"喂,你好,我是程小乐的姐姐,我到夏城汽车站了,麻烦你们尽快来接我。”

　　“行，你就站在这个电话旁，我马上会派人过去接你。”电话中一名男子说。

　　约十分钟后，电话响起，守在电话旁的程灵燕一下子抓起了话筒，她没有先开口说话，只是那么默默地抓着。

　　“喂，你好，我是接程灵燕的。”电话中又是个男子的声音。

　　“嗯，是的，我是。”程灵燕焦急地回答。

　　“你到车站的大门外，有一辆黑色的桑塔纳轿车，车牌号尾数是028，你上来就行。”男子说。

　　程灵燕放下电话，付了电话费，便急匆匆地向车站大门外走去。刚一出站门，她便看到了那辆黑色的桑塔纳轿车，她拉开车门便坐了进去。“去哪里？带我走！”她对着开车的男子面无表情地说。男子也不搭话，他发动了汽车后，一踩油门便呼地一下驶离了汽车站。

五

　　车内，空气如静止了一般，但程灵燕的内心却颇不平静。

　　“你知道他们叫我来有什么事吗？”半天，程灵燕方开口问开车的男子。

　　“不知道。我在城里办事呢，老板打电话让我来接你。其他的事，你到了就知道了。”这名男子支支吾吾，并不愿意告诉程灵燕实情。

　　车内仍是静止的空气。男子不愿意说，程灵燕便不再问。从夏城汽车站到小乐打工的那个工地，这辆黑色的桑塔纳汽车行驶了二十多分钟。

　　“到了！”在一片尚在建设的工地上，桑塔纳轿车戛然而止。开车的男子迅速地下车，为程灵燕拉开了车门。

　　下车后，程灵燕抬眼望望，茫然地环顾着这片钢筋林立的建筑工地。她看到了屹立着的高高的脚手架，心想，这便是小乐所说的架子吧，小乐就是在这上面工作吗？望着耸入云端的脚手架，程灵燕的内心生起了一股寒意与紧张。

"到那边去吧。"这名开车的男子，指着几间板房对程灵燕说。

程灵燕跟着这名男子，跨步向前。走到一间板房门口时，她向敞开的门内观望，只见里面或坐或站着七八名男子。

"进来，进来。"一名男子热情地招呼着来人，"这是你接来的人吧？"那名男子问接程灵燕的司机。

"是的，丁总。"司机回答。

程灵燕疑惑地观察着这名男子，只见他瘦瘦的身体，黝黑的皮肤，说起话来喉结一动一动的。

"来，来。坐，坐。"丁总热情地招呼着程灵燕，"喝水，喝水。"说着，他往程灵燕面前推去了一杯放着毛尖茶叶的水。"吃饭了吗？"丁总客气地问程灵燕。

程灵燕已记不起自己有多少个小时没有吃东西了，此时，她的肚子咕咕地叫了起来。"没有！"程灵燕老实地回答。

"小胡，你过去抓紧让伙房把饭菜热热端来。"丁总吩咐着先前的那名司机。

"好，好，丁总。"小胡应着。

不一会儿，小胡亲自端来了一份大米和一份烩菜。

"趁热吃了吧。"丁总微笑着对程灵燕说。

"等会儿再吃吧，我先见见程小乐和我娘。"程灵燕说。

丁总只顾在那啰唆地与程灵燕说话，对于让她来的事却只字未提。

"听说你在市里报社工作？"丁总小心地问。

"是的。"程灵燕喝了一口水，点了点头。

"我是这儿的副总，我们老板还没能从外地赶回来，您多担待！其他的事儿，我们先谈着。"丁总说，"先吃饭，先吃饭，说话也不能饿着肚子啊。我们都吃过了，我特意吩咐伙房多做了些饭菜留着，以备谁来了有口饭吃。你看咱们这儿离街上挺远的。"

　　刚才肚子还咕咕地叫，此刻饿意竟消去了许多。程灵燕扒拉着饭菜，匆匆吃了几口后，她便将碗筷推向了一边。

　　"您再吃点吧，看您也没吃几口。"丁总劝程灵燕。

　　"不吃了，你带我见我娘和弟弟吧。"程灵燕正视着丁总说。

　　"很遗憾！"丁总说着低下了头，脸上是一片阴郁的表情，"小乐出事了！"

　　程灵燕的心又一下提到了嗓子眼。"究竟怎么回事？"她问。

　　"小乐从半空中摔了下来，送到医院没救活！"丁总的声音中充满了惋惜与悲伤，"人死不能复生，我们还得看看小乐的后事怎么处理。"他抬起了头，看着程灵燕那僵住的脸说。

　　听了丁总的话，程灵燕瞬间愣了。许久，她都未曾出声，但她的脸上，悄悄地流下了两行热泪。突然，程灵燕发疯般歇斯底里地说："你们高空干活，难道就没有采取安全措施吗？"然后便再也抑制不住，呜呜哭出了声。

　　程灵燕并不想用哭来祭奠她弟弟的离世，可是很久，她的哭声都难以平息。

　　"带我见小乐去！"半晌，程灵燕拖着哭腔说，"先带我去见我娘。"

六

　　王婶被安排在离这间板房较远的一间小屋内，被做饭的老刘哄着玩。此刻，她并不知道小乐再也不会见她了。这个傻傻的妇人，被老刘拿着的几张扑克牌，逗得哈哈地笑。

　　"老刘，老刘，别玩了！"小胡来到这里，推开门小声地唤着老刘，"去，把她带到值班室，丁总在那等着呢。"

　　小胡知道那是个疯女人，如果自己带她过去的话，她不一定听话，所以便让与她已熟络的老刘带她过去。

小胡是这个工地上包工头老王的外甥。出事后，老王就跑得不知踪影。可在这个工地上，王老板毕竟投入了不少资金，他便让亲信通知小胡先在工地上待着，莫问他去哪了。作为亲戚的小胡，是不用承担任何责任的，他只是力所能及地跑跑腿，观察着事情的发展。

吩咐老刘带着王婶走后，小胡便去忙其他的事情了。

王婶跟在老刘的身后，东张西望地走着。平时，她都会看到小乐在工地的那边和着水泥和沙子，而自己则坐在离小乐干活不远的地方玩耍。瞧，那里放着一个破旧的靠椅，那是小乐专门为她修的。可现在那靠椅还在，小乐已经好几天都没在那里干活了。有一天，王婶突然看到儿子小乐上到了空中，在高高的地方，像个飞人似的，那时候，她的心里便感觉儿子是英雄。那些天，小乐在空中干活，王婶仍然坐在下面，她常常仰起头看着儿子像飞似的在空中走来走去，她便将头越仰越高，跟着儿子的脚步转动自己的脖颈，有时看着看着，她便呵呵地笑了。可是今天都一天了，从早上到现在，她都没有看到小乐。

"小乐……小乐呢？"这个疯女人在地上没看到儿子小乐，便把头仰向了天空，仍然没看到后，她便小声地说了出来，她像是问老刘，又像是在问自己。

"娘！"王婶进到屋中，见到自己的女儿愣了一下。而程灵燕则走过去，一下子抱住了母亲。此刻，程灵燕没有再哭出声，她只是紧紧地抱着她的娘，脸上无声地淌着眼泪。

第四十四章　永生的亏欠

一

　　程灵燕已不记得那天自己是怎样跟着工地上的人，赶到夏城医院的太平间的。她只知道自己紧紧地拉着娘的手，一下也没有松开过。

　　小乐真的去了，他永远地离开了她们，他不要她这个姐姐了，也终于放下了这个累赘的疯娘！

　　程灵燕觉得自己一辈子都对不起弟弟，他才二十多岁，还没有娶亲，甚至连女朋友都没有谈过。他没有见过世间的繁华，没有享受世间的欢乐。他在家时，家里地里，烧火做饭，一个男孩子的青春年华，湮没在泥土与炊烟中。他工作了，在那么高的空中，干着体力活，扮着蜘蛛人。然后，从空中跌了下来。现在，他躺在太平间的水晶棺里，脸是被洗过的苍白，他将这么永远地躺着，再也不会与她说一句话了。程灵燕这个做姐姐的，心在滴血般地倾诉："都是我不好，让小乐吃了那么多的苦，他一定是厌烦了这个世界，所以才会早早地离开！"

　　连日来，程灵燕都在无声地流泪，她那个疯娘也伴着她流泪。程灵燕告诉她娘："小乐走了，到另一个世界去了，我们永远也见不着他了。"

王婶听懂了女儿说的话，她再也见不着小乐了，便呜呜地哭了。王婶这几天来一直哭，她的精神也愈加不好。女儿流泪的时候她跟着哭，女儿不流泪的时候她还哭。

　　我们无法理解一个精神病人内心的悲伤，我们只看到这两天王婶又添了许多白发，她的神情也愈发呆滞了！

二

　　工地上为小乐的事赔了三十万元。程灵燕根本不愿意接那笔钱。承包工地的建筑方老总，托人找到了《晨报》的林社长，苦苦哀求。这才把存有三十万元的存折，转交到了程灵燕的手上。

　　倒不是程灵燕嫌钱少，她是真的不愿意拿那笔钱，那是弟弟生命的代价，她如何忍心花去一分呢？

　　小乐的尸体在太平间停了十天。不是因为赔偿事宜程灵燕想与建筑方进行拉锯战，她压根就没有与建筑方谈事故赔偿一事。每天，程灵燕都会拉着王婶来到夏城县人民医院的太平间里，程灵燕就站在水晶棺旁痴痴地望着弟弟。程灵燕告诉自己："小乐只是睡着了，小乐在工地上干活累了，他想好好地睡一觉。娘，你看小乐睡得多安详，他都不看我们，我真羡慕他啊，我真想像他一样躺在这里！"程灵燕说这些话，王婶是不能完全理解的，王婶只是哭着要拉儿子小乐起来。"燕子，小乐……小乐睡的时间太长了，我要叫他……起来。"王婶指着小乐断断续续地对女儿表达着自己的意思，并要伸手进水晶棺里去拉小乐。

　　"娘，小乐睡了，他不会起来的，他不想起来！"这时，程灵燕拿泪眼看了一下王婶，她在嗔怪着王婶去打扰小乐。

　　在第十日的时候，程灵燕又在上午11时，准时来到了夏城县人民医院太平间，看望弟弟。给尸体化妆的李师傅见到了她后，叹着气对她说："姑娘，人死不能复生，还是让他入土为安吧！这些天我看你每天都在这个时候，来看一个已经不在了的人，看到你的样子我都心疼啊，姑娘！"

"谢谢你啊，李叔，我只想多看他一眼。"程灵燕说。

李师傅告诉程灵燕，小乐抬到这儿的时候，就是他给小乐化的妆。"当时他的脸还挺好，没有擦伤多少。身上有些地方擦破了，流了不少血，我都给他洗干净了。虽然那时我不知道他是谁，但是这么小的年纪，和我孙子差不多大小，我心里也是很心疼难过的。所以，我都细心地给他整好了，你就放心让他入土吧！他若地下有知，会记得你这个姐姐的情意的！"李师傅说。

"谢谢你，李叔，我知道了！我想明天就安排把我弟弟火化了。"程灵燕与李师傅说话时，强忍着不让自己的泪在李师傅面前流下来。她把自己的心用线捆扎了起来，不让它收缩，不让它跳动。

三

天气转阴，夏日的暖阳退去。在小乐死后的第十一天，程灵燕牵着母亲的手，抱着装有弟弟骨灰的骨灰盒，回到了曼陀村。

在刘栓柱的帮助下，程灵燕将弟弟葬在了父亲程文斌的墓旁。

在给小乐挖墓坑的时候，程灵燕也不找别人帮忙，她只让刘栓柱陪着。程灵燕和刘栓柱一锹一锹地挖了三天，王婶则用手不断地把刘栓柱挖出来的土向后方扒拉。这个疯女人的手都被石与土划出了血痕，程灵燕也不去管她。程灵燕在想："这也是娘思念儿子的方式，由她吧！"

"可以了，栓柱叔，不需要太深，不要把小乐埋得太深了，我怕他会不习惯的！"程灵燕对刘栓柱说。刘栓柱的心里像压了块石头似的沉重与难受。

小乐的坟在父亲程文斌坟墓的右下角，相隔不到五米。把小乐的骨灰葬进去后，程灵燕找了一个木牌，请人刻上了"弟弟小乐安息"的字样，然后立在小乐的坟前。

小乐的死距他父亲程文斌的死只有短短不到半年的时间，这不知是宿命还是天意。无论是什么，他都永久地去了！程小乐很快地走完了他的生命历程，他的坟将陪伴着父亲，直到永远。

四

葬了小乐后的这段日子，懊恼、愧疚、无助、失落、屈辱，充斥着程灵燕的内心。这个女人似要崩溃了，任她外表再怎么坚强，她的内心已千疮百孔，无法缝补。几天来，她不到单位上班，也不去请假。她只是按时给娘做饭或者买饭，她自己却吃得很少，她一天几乎只吃一顿饭，只要没有感觉到极度的饿，她就不吃。

在吃饭的时候，程灵燕痴痴地望着她的娘，娘不吃时她便哄着娘吃。然后，她就那么傻傻地看着娘，她要把娘的样子，刻在自己的眸子里。

就这样，过了一周，程灵燕瘦了十多斤。短短几日，她像经历了一万年。这一日，她照了照镜子，眼角不知何时爬上不少细纹，眼也凹下去一个深坑。这一次，岁月的痕迹清晰地印在了她的面容上。

其间，素素得知程灵燕家的情况后，来看了她，并给她带来了一些营养品。"姐，你不要这样折磨自己了，你看你这些天我都快不敢认你了，一下子瘦了那么多！"素素说着竟然心疼地流下了眼泪，"再过半个月我就要去国外了，我男朋友在那留学，说让我也过去。我早就想告诉你这件事了，可我一直都不见你！"

"真好，素素，希望你能幸福！我没事的。到了国外，你自己可一定要保重啊！还有，别忘了我啊，记得给我来信或者打电话。"程灵燕看着素素的眼睛微笑着说。

五

梦瑶也来看了程灵燕。这段时间，梦瑶不知道跑到了哪里，与程灵燕好久没有联系。梦瑶给《晨报》打电话，才知道程灵燕好久没有来上班了。梦瑶知道一定是程灵燕家里出事了，否则像她这种工作狂，是不可能长时间不上班的。

梦瑶急匆匆地赶到了程灵燕的出租屋。进门后，她看到了挂在墙上的程灵燕弟弟的遗像，心中一惊。梦瑶虽然没有见过程灵燕的弟弟，但是见过他的照片。那时，程灵燕把他弟弟的照片放在桌子上，告诉梦瑶，这是我弟弟小乐。程灵燕还开玩笑说，要把梦瑶介绍给小乐做女朋友呢。

梦瑶没想到程灵燕的弟弟这么快就离世了，虽然梦瑶不知道什么原因，但梦瑶知道程灵燕的心里一定很难过。梦瑶不敢问，她怕触动程灵燕内心那根脆弱的弦，她知道这个女人有多坚强就有多脆弱。所以，梦瑶只能默默地为程灵燕母女做些什么。梦瑶给她们做饭，逗王婶开心。

"这两天我就要去上班了梦瑶，你不必天天来看我的。"这些天，梦瑶每到下午，便来看望程灵燕母女。所以，程灵燕在心里感觉过意不去，善良的梦瑶总是跟着自己一起伤心，还帮助她们母女干这干那。

"你上班了，婶子怎么办？"梦瑶问程灵燕。

"这样，你晚上帮我把这些东西搬到那边吧，离这儿不远的地方，我新租了一个房子。那边基本上都收拾好了，不用多费事的，把这些东西搬过去就可以住了。"程灵燕对梦瑶说。

虽然弟弟不在了，但程灵燕还是想搬到那个新租的房子里去住。她想着，那边是一楼，住过去后，母亲的行动会方便一些。那个房子是专门为弟弟和母亲租的，虽然弟弟再也不能过去住了，但是程灵燕还是坚持住过去，她想让一切就像小乐在时那样。在程灵燕的心里，她不认为弟弟走了，弟弟一直活在她的心中。她想着住到了那个房子里，弟弟的灵魂也会跟着过去的。"我们一家人再也不分开，这不是自己早就想好的吗？"程灵燕在心里这样对自己说。

六

是啊,自己上班了母亲怎么办?梦瑶问的这个问题,虽然程灵燕没有回答,但现实的情况已切切实实地摆在她面前。"母亲一个人在家可以吗?"她这样问自己。

搬完东西后的第二天,程灵燕便带着母亲在房门外四处溜达。她想让母亲熟悉一下这儿的环境,以便母亲可以一个人在家。

下午,梦瑶又来看望程灵燕,还给王婶提了一袋橘子。王婶看到黄澄澄的橘子便高兴了起来:"吃橘子!"她拿了两个往女儿手中塞,随后才给梦瑶拿了一个。

"看看,婶子还是对自己的女儿亲。给你拿了两个,给我拿了一个。"梦瑶举起橘子在程灵燕面前晃晃,假装吃醋地说。程灵燕这才有了些笑意。

"要不我先搬过来跟你一起住吧?反正我也是一个人,这样我们就可以轮流照顾婶子。等她在这儿熟悉了,也许就可以一个人在家了。"梦瑶主动请缨,要过来帮忙一起照顾程灵燕的娘。

"这样你方便吗?"程灵燕剥开了母亲给她的橘子说。

"方便!"梦瑶笑笑回答。

梦瑶是做业务的,不用踩着点去上班。有时,她偷懒的时候干脆一整天也不出去工作,就那么窝在家里,领导或同事打电话了,她就说她正在外面忙呢。反正,她的底薪够吃饭了,她对工作也提不起多大的劲儿。现在正是程灵燕困难的时候,作为朋友,想办法帮帮程灵燕才是正事。

"你要和我们住一间房,还是住到给小乐准备的那间房里?"梦瑶搬过来后,程灵燕问梦瑶,"要住一间的话就我们俩睡一张床,我娘自己睡那张小床。要住到小乐房间的话,我得在墙上挂小乐的照片。还有房内原来我收拾的东西,你不能随意动。"程灵燕对梦瑶吩咐说。

"你能不能不挂照片呢?"梦瑶弱弱地问程灵燕。

"不行！那是小乐的房间。"程灵燕倔强地说。

"好吧，好吧，你挂吧！"梦瑶双手抱肩，打了一个激灵后豁然般说。

程灵燕从包袱里取出小乐那张被加工过的黑框遗像，拿起自己洗脸的毛巾仔细地擦了又擦，然后，便拿到了那间房里，挂在了进门的墙上。

晚上，梦瑶睡觉时觉得害怕，她想着小乐会突然从相框内走出去，睡到她这张床上。因为这张床一开始，就是程灵燕为小乐准备的。梦瑶这样想着，竟然紧张得睡不着觉。可是，她又不能跑过去叫醒程灵燕，告诉程灵燕自己因为害怕而睡不着。这样，程灵燕不仅会在心里小瞧自己，还违背了自己要帮助好朋友的初衷。想到这里，梦瑶便说："小乐啊，小乐，我也是你的姐姐，我是你的梦瑶姐，我是来帮你灵燕姐照顾你娘的，你就安息吧！"梦瑶在心里不断地祈祷小乐的灵魂能够安息，不要来侵扰她。梦瑶把自己的头深深地埋在被子中，这样念叨着，之后，她便真的睡着了。

第四十五章　与小兵相恋

一

程灵燕上班了，带着昂扬的斗志。她出门前好好地修饰了一番自己的面容，那细小的鱼尾纹和凹下去的眼睛，经过细致的整理，倒也焕发出了别样的美。

程灵燕比之前瘦了，整个人像换了一番模样，她的脸上焕发出了向上的神情。从她的精神面貌上，谁也看不出来她曾经经历过怎样的人生变故，她的家是什么样，她的娘是什么样。沉溺了太久的她，振奋起来了，不为谁，就为了自己还有一个疯娘。她要带着娘好好地活，她不会再让娘受刺激，受折磨。

"姐，你终于来上班了，我都担心死了。不过，看到你现在的样子我倒是蛮放心的。我后天就要走了，今天是最后一天上班。刚才我还想着能不能见到你呢。"程灵燕上班后，素素便过来和她喋喋不休地说。

"你真的要走了？"程灵燕擦着办公桌，笑着问素素。

"是啊，姐。可是我怕我走了会想你的！"说着，素素便从一旁搂住了程灵燕的肩膀。

"傻丫头，那你不走吧？"程灵燕看着素素的脸说。

"那不行，我男朋友还等着我呢！"说着，素素娇羞地笑了。

"她们两个去哪了，你知道吗？"程灵燕转过头去看了一下小王和小张的桌子问素素。

"小王走了，张小英留了小来，被安排到其他部门了。"素素回答程灵燕。

"哦！我这段时间事情多，也没能好好地带她们。"程灵燕叹了一口气说。

"那也不能怪你啊，姐，有些事我们也做不了主的。她们俩都挺感激你的。我没事时，也过来和她们聊聊天，她们俩对你的印象都挺不错的。她们说你谦虚、平和，跟着你学了不少东西呢！"素素转告了程灵燕那两个实习生对程灵燕的评价。

"你将来还干这行吗？"程灵燕问素素，"我估计你到国外是干不了这个的，因为你的英语实在是太差了！"程灵燕说着便看着素素笑了起来。

有一次，程灵燕与素素出差时，素素急着找厕所，看到门上写着"Toilet"（厕所）便问程灵燕是什么意思。程灵燕告诉素素是厕所的意思，素素大骂："娘的，好好的一'WC'挺好认的，非得搞得这么复杂，跟走到了国外似的。"

"喏，这个给你吧！"程灵燕从办公桌的抽屉里拿出一个绿皮的笔记本递给了素素，说，"这是我上次出去学习时摘抄的笔记，很实用的，你没事时翻翻吧。"程灵燕是个做事很认真的女孩，她在上次外出学习时，抄了满满一笔记本，都是些内容很实用的新闻理论知识。她还在有些地方用红笔做了注解。

"灵燕姐，"素素的眼睛红了，望着程灵燕说，"你一定要保重啊！"

"嗯！"程灵燕郑重地点了点头。两个女孩儿紧紧地相拥在一起。

二

"灵燕，你的信。"素素走后不久，门卫兼负责收发的老程推门而入，"这是最早的一封，有两个多月了，前几日我整理东西的时候才看到。这是前不久的。给，总共两封都给你放这儿了。"说着，老程把信件放在了程灵燕的办公桌上。

"谢谢你，程叔。你打电话我自己去取就行，还劳驾你跑一趟。"程灵燕不好意思地对老程说。

早上程灵燕进院子的时候，老程抬起头扫见了她的背影，本要张口叫她过来拿的，最后想想还是自己送给她吧。在心里，老程还是挺心疼这个女孩儿的，觉得她很不容易。

"你终于来上班了！"甘玲扭动着肥胖的身子走了进来，"哟，程叔，您怎么在这儿？"看到老程后，甘玲笑着问他。

"我来给灵燕送信的。"老程腼腆地笑笑走了。

"我就说一会儿过去找你呢，甘主任。"程灵燕赶紧起身给甘玲让座。

"没关系的，我不坐。"甘玲说，"我就是过来看看你，听说前段时间你家里出事了，我也没能去看看你，我觉得很遗憾！"

"谢谢你，甘主任，没事的！"程灵燕苦涩地笑着对甘玲说。

"哦，对了，领导吩咐了，只要你上班了，就让你马上全心全意地投入工作中，任务已经安排好了。据专家预测，今年从现在到十月份，将会是有史以来最涝的天气。你看这天又阴着，估计又该下雨了！"甘玲说着，看了一眼窗外的天气，"你呢，主要负责灾害天气中典型事件的报道。小张现在转正了，让她配合你的工作。"甘玲说。

甘玲走后，程灵燕拿出刚才老程送给她的信。她一看字迹，便知道是秦克写的。程灵燕看看邮戳，先打开了时间最早的一封。信的开头，秦克还称呼程灵燕"亲爱的"。信上说，由于母亲的极力阻挠，他正在为他们的事努力，争取取得母亲的理解与支持。秦克说："我是希望我们在一起的，你知道我有多么爱你。但是我又不能过于违拗母亲，所以，还请你给我时间。"

看完后，程灵燕又打开了第二封信。信的开头，她没看到"亲爱的"，而是直呼其名说："灵燕你好！前段时间，母亲又把我叫回去就此事进行沟通。她还是不同意我们俩的事，还给我介绍了一个医院副院长的女儿，在工商局上班……为此，我也万分苦恼。我回去没有去找你，还请你见谅！因为我怕见面了，不知道该向你说些什么！"

"秦克！"程灵燕恨恨地念出了这两个字。她连着看完两封信后，把信撕碎了扔进垃圾桶。奇怪的是，在程灵燕的心里，除了满满的恨意，倒是没有因为秦克这件事而有过多的感伤。

程灵燕上班以来，多亏了梦瑶与她一起照顾她的母亲。梦瑶的性格很活泼，总能把王婶逗得大笑。王婶的病只要不刺激，慢慢地平复后，也能一个人在房里待着。程灵燕想，等时间长些了，就教母亲做些简单的家务，再教母亲做些饭菜，只是尽量不让母亲用火就行了。所以，程灵燕打算买些安全些的炊具供母亲使用。

三

天淅淅沥沥地下着雨。仲夏以来，琅屏市的天气整日阴沉沉的，应验了甘玲所说的专家的预测——今年从现在到十月份，将会是有史以来最涝的天气。

小兵也听说了程灵燕家的事。为此，他在心中也常替她悲哀。他更多的是心疼程灵燕，怕她承受太多的压力。所以，只要有机会，小兵就会给程灵燕办公室送去些吃的和玩的逗她开心。一来二去，程灵燕觉得，有小兵在，心里是暖暖的。程灵燕知道小兵一直以来对她的情意，只是她不敢轻易答应他。她害怕小兵知道她是精神病人所生的女儿后，会离她而去。

世上的情脆弱得就像一根橡皮筋，看着很有韧性，可是不知道哪一天它自己就会折断。所以，程灵燕不会再轻易把自己的心奉献给男人了。何况，小兵还比程灵燕小几岁，小兵的家人会接受她吗？她在内心对婚姻几乎是不抱有什么幻想的。

门被悄无声息地推开了，一阵花香扑鼻，程灵燕不禁翕动了一下鼻翼。这日一大早，程灵燕收拾完办公桌坐下，低着头翻看报纸。此时，华小兵悄悄地推门而入，从背后拿出了一束红玫瑰。他绕到程灵燕的背后，将玫瑰举到她的头顶上方。程灵燕抬起了头，华小兵便把玫瑰轻轻地放在了她的办公桌上，随后，他扑通一声跪下说："灵燕，答应我，你知道我对你的心的。"

对于华小兵的举动，程灵燕一时不知道该怎么办。"你起来，这样别人看到很不好的。"程灵燕拉着华小兵的胳膊，要把他从地上拉起来。

"你答应我。你不答应，我便不起。"华小兵表情严肃，态度坚决地说。

"好，好，我答应你！"程灵燕沉默了大约一分钟后这样对小兵说。

华小兵站起来，揉了揉跪得酸疼的膝盖，不好意思地看着程灵燕，然后把她拉入了怀中。程灵燕在小兵的怀中，感受着他加速的心跳，也感受着他温暖的怀抱。此刻，程灵燕在华小兵的怀里思索着，自己有多久没有被这样的温度烘烤过了。

四

天，仍在不停地下，程灵燕的母亲王婶这些天也安静了很多。王婶似乎已经习惯了这样的生活，待得无聊的时候，她也会拿起扫帚扫扫地，或者擦擦桌子。不过，王婶扫地，是怎么也扫不干净的。这时，梦瑶便常常笑她说："婶子啊，婶子，你是在扫帚的后面留了个蝌蚪的尾巴吗？为什么你扫过的地老是有一个长长的尾巴呢？"

"她能扫都已经很不错了！"听到梦瑶说自己的母亲后，程灵燕便会嗔怪梦瑶。

周末的时候，华小兵提了一袋子水果和零食来到程灵燕的房子看望她。听到敲门声，是梦瑶过来开的门。梦瑶也不说话，只是拿眼睛打量着华小兵。半晌，梦瑶跑到厨房，在程灵燕的耳边小声说："哎，哎，那是你男朋友吗？"听到梦瑶的话后，程灵燕也不答话，扔下勺子就往客厅跑。

"你怎么也不打个电话？还想着你会晚会儿来呢。"程灵燕羞怯地看着小兵说。

"我出来得早，逛着逛着，就逛到你这儿了。"小兵说话时，脸上现出了一丝羞怯。

程灵燕告诉了华小兵自己母亲的状况，把母亲有精神病的事情也告诉了他。她还告诉小兵，她有着这样的基因，可能会遗传给后代，之前的男朋友就是因为这个事情，他父母才不同意的。所以，她希望华小兵慎重考虑与她在一起可能产生的后果。

"无论你是什么人生的，我都认！将来我们结婚了，无论我们的后代是什么样的，我也都认！假如我们的孩子是傻子，那么我就养他一辈子。"华小兵坚定地说，并拿嘴巴堵上了程灵燕的嘴，不再给她任何辩说的机会。"你要信不过我的话，我们明天就去把手续办了。"华小兵怕程灵燕对他不放心。

小兵是个很重情的男孩子，他对程灵燕说是"出来得早，逛到这儿的"。其实，这只是他的借口。是他看不到程灵燕时，内心像遗失了什么重要的东西似的惴惴不安。所以，今日一大早，他便早早地跑出来，到水果店买东西。他东挑西挑的只是为了多磨蹭一些时间，因为他进水果店的时候，看了看时间，还不足8点钟。他跟程灵燕约的时间是上午10点。

"还真是你男朋友啊？"梦瑶本想在厨房里等着不妨碍他们，可等了半天，两个人还磨磨叽叽地没完没了。梦瑶等不及了，这才从厨房里大着嗓门走了出来。

"来，小兵，我给你介绍一下，这是我的好朋友梦瑶。她现在是我的室友，陪我住在这儿。"程灵燕介绍完后，小兵望着梦瑶点头笑笑。"哎，娘呢？"程灵燕扭转身寻找王婶。王婶没在客厅里，程灵燕看到梦瑶住的那间房门开着，便趋步向前。

"娘又想小乐了！"程灵燕叹了口气说。刚走到门口，程灵燕便看到王婶站在一个凳子上，踮着脚在擦小乐的照片。

"娘，你干什么呢？上那么高！我昨天才擦过，你不用擦的。"可能是看到女儿经常过来擦小乐的照片，王婶这才想着擦的。

"来来，过来到客厅里吃好东西，有人给你带好吃的来了。"程灵燕把娘扶下凳子，拉着她来到客厅里。

"这是我娘。"程灵燕向小兵介绍。

五

自打小兵来过程灵燕家后，他一有闲暇，便总喜欢往这儿跑。每次来，他都给王婶她们带些吃的，这使得王婶渐渐觉得小乐回来了。"小乐。"有一次王婶在吃着小兵带给她的香蕉时，痴痴地说了一句。因为王婶看到香蕉后，便记想了小兵曾经给她剥香蕉吃的情景。

"娘，他不是小乐，他叫小兵。"程灵燕赶紧向王婶纠正。

"别，别，就让她叫我小乐行了。"小兵赶紧制止了程灵燕的话头，"来，娘，再吃一个吧。"说着，小兵又给王婶剥开了一个香蕉。王婶从小兵手里接香蕉时，又痴痴地看了他几眼，便傻傻地笑了。

程灵燕没想到，小兵会对她娘有着这般的情意。在程灵燕心里，她觉得小兵不同于秦克。小兵的情意，让这个命途多舛的女人，觉得更为真实与可靠。

程灵燕与小兵相恋了。在柔情蜜意的日子里，程灵燕觉得天与地都美了起来，在她的世界里，突然多了许多幸福。华小兵仿佛一下子温暖了她的世界。

第四十六章　天意还是厄运

一

琅屏市的天空还是时常在下雨，下得令人焦躁与烦闷。雨大的时候，程灵燕便不到单位上班，她在家里悉心地陪着娘，并耐心地教娘做家务，做些简单的饭菜。

王婶倒也听话，有些简单的事情，她还是能学得来的。前些天，程灵燕带着王婶到医院做了检查，精神科的医生说："只要不让她受刺激，她的病情稳定下来后，基本上能够照顾自己的。"听了医生的话，程灵燕的心中感到了很大的慰藉。她想着，只要娘能照顾自己，待在家里不乱跑，她也就可以安心工作了。再说，也不能一直连累梦瑶住在这里啊！

多日来，一直降雨，造成了河流的暴涨与城市的内涝。

在农村，有些地方还是纯土坯的房子，根本就经不起风雨的侵蚀。因此，在这个夏季，农村房屋倒塌的事情时有发生。《晨报》的新闻热线每天都接到来自不同地方的新闻报料。在灾害天气中，一些事故难免会发生的，只要不出现大的事故与人员伤亡，报社一般不会派人下去采访的。老百姓的事，由政府出面解决就行了。近段时间，可能是雨下得确实太大、太频繁了，竟连续不断地从各地传出房屋倒塌砸死人的事情。

这日上午9时许，《晨报》的新闻热线又传来一则消息，某地某村由于房屋倒塌砸死了某家的三名成员。报料者说："三具尸体现在还躺在家里。三日了，政府仍没有出面为他们撑腰，这家人感到非常无助。"

报社经过研究后，决定派程灵燕下去采访，华小兵作为摄影记者跟随。

程灵燕带着张小英，与华小兵一起，从琅屏市出发，赶到事故发生地某村进行采访。

刚进入村庄，远远地便看到有一些人在围观。事故现场拉起了警戒线，似乎还有一些便衣在外围把守。程灵燕与华小兵几人，一时很难进到事发村民家中。但记者早已练就了遇事沉着的本领，进不到内里，他们便先在外围采访，先到距事发村民家较远的人家了解。对这样的事情，只有多采访，多了解，才能抓住本质的东西。了解过外围情况后，华小兵便给报料人打电话，让报料人把他们带到现场。

"好，好，你们在那等着啊，我马上接你们去。"电话中，报料人对于记者能够到来显得很激动。

不一会儿，便有一个农民模样的人过来寻找记者。他说，是他给《晨报》打的电话。

报料者是个中年男子，他告诉记者他是事发村民张某的哥哥，事故发生三天了，这边竟然没有任何解决方案，只是拉起了警戒线不让无关人员近前。

"这样，待会儿我就说你们是死者的弟弟和妹妹，是专门过来商量后事的。这样他们便不敢不让你们近前了。"报料人对华小兵他们说。

华小兵把相机收了起来，程灵燕和张小英也把采访的纸笔收了起来。他们把头往衣领里缩了缩，正了正神色，尽量装得像事故伤亡者的亲属。就这样，三个人跟在报料男子的身后，向事发村民家中走去。

走到警戒线前时，带领华小兵他们的男子便上前对一个胖胖的年轻男子说："这是我弟妹的娘家人，这是她的弟弟，那两位女同志是她的两个妹妹。"

"好好，那进去吧，进去看看赶紧出来。"胖胖的年轻男子挥挥手不耐烦地说。

二

这是一所破落的农家四合院。院子内残垣断壁，东边厦屋的屋顶整个坠了下来，房屋的山墙也倒在了院中。黄色的泥土和木头椽子随意地倾倒，掉落的泥土占据了院落。倒塌的厦屋的对面，是一个打了地基尚没有建起来的三间屋大小的空地。有一名胡子拉碴的男子，抱着双肩蜷缩在墙旮旯里，他的头深深地埋在双臂中，看不清他的面容。带路的这名男子对记者说："这是我的弟弟，三日来，他就是这个德行，任谁劝也用。唉！"说着，这名男子长长地叹了一口气。

报料男子又带着他仨来到了上房屋。刚进入上房屋，三具尸体便映入了眼帘，他仨不由得吓了一跳。"这是我的弟妹，这是我的侄儿和侄女。"报料人指着一张木制小床上的三具尸体，对程灵燕他仨说。

程灵燕的心骤然紧了起来，在感情上，她受不了这样的场面。这是多么残忍的一件事情啊！一个母亲，一双儿女，他们在一夜之间就殒命西天，这任谁也受不了啊！程灵燕在内心哀痛着想，难怪刚才那名男子那般模样，那可是他的儿子、女儿和妻子啊，一夜之间，这一家人天人一方，这该是多大的灾难啊！

由于床小，这三具尸体便分两头躺着。躺在东头的是母亲与不到四岁的儿子，躺在西头的是十三岁的女儿。这一家一共四口人，一下子死去了三个，只剩下蹲在院里墙角那个孤孤单单的父亲。

这凄惨的场面，程灵燕虽然不敢看，但她还是忍不住斜眼看了一眼。此时，有人嘤嘤地哭出了声，把程灵燕吓了一跳。原来是张小英忍不住悲伤地哭了。"小英,你干什么呢?"程灵燕说着,眼睛也忍不住酸了起来。

"当时他们正在睡觉,我弟弟去外地打工了,听说出事了才赶回来的,回来看到这种情况他都傻了!"报料男子说,"因为家里实在太穷了,房屋年久失修。我弟弟的这个房子还是早年用砖坯子建的。他呢,想着出去打工多赚些钱,年底的时候好把房子修缮一下。这可好,房子还没建起,人就没有了!"

三

程灵燕三人从事故村庄走出来,不断地叹息。张小英还是难抑心中的悲痛,说:"灵燕姐,生命真的是太脆弱了!我们以后都要好好地对待彼此,对待家人。"说着,小英的眼圈儿又红了。

小英是个年轻的姑娘,毕业后通过关系进了《晨报》,跟着程灵燕做了一段时间的实习生。前些日子,由于程灵燕家中接连出事,程灵燕也没有太多时间带她深入基层采访。新闻,只有深入一线,沉到基层,才能抓到最新鲜的东西。小英下来的次数少,像这样悲惨的场面,她是很少见的。可在新闻中,像这种群体性伤亡事件,哪年不发生几起呢?

回到《晨报》后,张小英负责写初稿,程灵燕加工,配上华小兵偷拍的照片,形成了一则标题为《天降的"悲哀"》这样一条独家新闻。采写者从贫困农民建不起新房,政府如何对这部分人进行帮扶,以及如何为农村危房寻找解决的路子,从关注民生的角度,系统地进行了报道。文章刊发后,在社会上引起了极大的反响,也引起了政府的高度重视。

四

程灵燕的家中,她的母亲整日一副乖乖的样子,很听女儿的话,女儿让她干什么,她都照做。王婶竟能为女儿煮粥了!不过,她煮的粥,总是有点儿稀，但女儿已经很满足了。有时，程灵燕也会把母亲煮的粥再加工一下，先给母亲盛了，自己也美美地喝着。程灵燕感觉，这就是幸福！

梦瑶还在灵燕这儿住，不过，有时她总是跑出去几天不见踪影。梦瑶说："婶子这么乖，都能自己照顾自己了，看来我也该省省心了。"说完，这个爽朗的女子便狡黠地笑了。

原来，梦瑶这些日子在谈恋爱。这日，她神秘兮兮地告诉灵燕，说她在QQ上认识了一个叫作"伟"的男孩，对方是一个邮差。

"邮差一个月有多少工资？你是想养他，还是将来让他养你？"程灵燕不屑地说。

"哎，我说你势利眼是吧！邮差就不能谈恋爱了？工资低就不能谈恋爱了？再说，人家一个月也两千多块呢。"梦瑶娇羞作态地看着程灵燕说。

"你跟他认识多久了，就这么维护他？你与他见过面？"程灵燕认真地看着梦瑶。没想到梦瑶的脸竟红了。"哦……又不老实了吧？"程灵燕故意长时间地盯着她，梦瑶的脸却越来越红，像有两片红霞落在了她的脸蛋儿上。

原来梦瑶那几天没回来，便是与那个邮差约会去了。那个叫"伟"的邮差长得高大帅气，一下子便吸引了梦瑶。这个女孩子难抵爱情的诱惑，把自己的身体献给了"伟"，她与"伟"缠绵着，享受着爱的蜜意与幸福！

"伟"也爱梦瑶。他们约定，要不离不弃……

五

程灵燕与华小兵也在享受着爱的柔情蜜意。在小兵的呵护下，程灵燕觉得自己又成了最幸福的人。

假如时光能一直这么行进，那么，程灵燕的人生也该是幸福与圆满的吧！可是，幸福的人总是相似的，不幸的人却各有各的不同。接下来，程灵燕的人生将会再一次迎来悲痛。

9月，天空放晴，晴朗的天气总能给人带来好心情。程灵燕与小兵相约来到了莱顿河边。莱顿河在日光照耀下，披上了一层金色的光，柔柔的金光，是别样的美。久雨过晴的城市，不知被上帝赐予的雨露冲洗了多少遍，呈现出一种碧绿的洁净。过午的阳光，斜挂在初晴的天空中，不那么刺眼，给人带来暖意。小兵牵着程灵燕的手，漫步在堤岸边。丝丝杨柳悬垂在离地面不高的空中。程灵燕故意将小兵拉到悬垂的柳条的隙缝中走，一棵棵的柳树排列，他们需要不时地弯腰穿行。走一段，掐几片柳叶，走一段，拽一枝柳条，程灵燕像个小孩儿似的，流露出久违的欢乐。她的笑声，飘在柳树的上空，留在了柳叶上，嵌在了柳条中。

中午饭后，这两个年轻人悄悄地溜了出来，他们想偷个闲谈谈恋爱。相恋的人啊，真是一日不见如隔三秋。从程灵燕答应华小兵的求爱后，华小兵便恨不得天天与程灵燕在一起。在单位的时候，他没事就往程灵燕的办公室跑；外出工作的时候，他总想找个机会与她一起外出。这不，在上午的时候，有一家政府部门要召开新闻发布会，《晨报》本是派程灵燕去的，华小兵主动请缨，他们便一起前去。中午吃过饭后，他们悄悄地溜到了这儿。

是程灵燕提议到莱顿河来的，她想在这儿感受与小兵的爱，看看它是否能抵过与秦克的爱，顺便缅怀一下与秦克的过去。程灵燕想在心里与过去的那段感情，彻底地画上一个句号。而小兵，对这一切并不知情。

穿行在柳树中，柳条不时地拂在程灵燕的脸上，那温柔划过的痕迹，却像刀片似的刺在程灵燕的心上，微微地疼。伤嘛，总得慢慢地好，或随着时日的推移，或随着情景的转变。

牵着程灵燕的手，看着她脸上的笑，华小兵想着，此刻她该是幸福的吧！此时此刻，华小兵觉得自己也是幸福的，能与自己心爱的女人在一起漫步，还有什么比这更幸福的呢？此时，在华小兵的脸上，也堆起了笑。

日光下，华小兵眯着双眼，认真地打量着自己心爱的女人。瞬间，他有亲吻她的冲动。

突然，小兵一下子将程灵燕拉入了怀中，将两片火热的唇印在了她的唇上。"啊！"程灵燕叫了一声，本能地想挣扎，可华小兵却亲吻得愈加用力，他的舌头在她的嘴里像鱼一样滑动。片刻，这个女人便没有了半分挣扎的力量，她热烈地回应着华小兵的热吻，两只手像绳子似的捆着他的肩，越来越紧。

六

刚晴过几日，琅屏市的天气又是阴风阵阵。

这段时间以来，王婶的精神状态平稳了许多，她看起来就像个正常人一样，程灵燕打心眼里高兴。程灵燕说："娘，你现在的状态真好，从来没这么好过。改天我带你去染染头发，这样，你看起来就更年轻了！"对于女儿的话，王婶完全能够听懂，她微笑着看女儿，脸上洋溢着幸福。可是，对于染头发，王婶从来没有过，所以，她把头摇得像拨浪鼓似的说："不染，不染。"

"娘，你听我的就行了。"程灵燕说着，将双手搭在了母亲的肩上。对于母亲精神的平复与稳定，她在心里深深地感谢那个精神科的医生。那个医生姓费，是程灵燕通过一个熟人找到他的。在费医生的治疗与建议下，按着他开的药和给的法子，王婶确实好了许多。不过，费医生说："婶子的这个病是禁止受刺激的！"所以，程灵燕想，自己一定要好好的，表现出最好的状态，无论如何都不能惊扰到母亲。

"阴了两天了，这天是一定要下雨的。"这日晚上，梦瑶从外面回来说。

"下就下呗，天要下雨，娘要嫁人，我们有什么办法。"程灵燕轻轻叹了口气说。

"哟，哟，下个雨，你叹什么气啊？是不是耽误你和华小兵约会了？"说着，梦瑶咯咯地笑了起来。

"你有个正经吗？"正蹲在地上择菜的程灵燕白了梦瑶一眼说。

王婶又跑到了梦瑶的房间去擦小乐的遗像。

"娘，娘，小乐好着呢，你别去打扰他了！"程灵燕择菜时腿蹲麻了，走到客厅不见了母亲，便跑到梦瑶的房间找她。

王婶的精神好了许多，但她会常常思念儿子。王婶虽然不知道死是怎么回事儿，但她知道小乐已经好久不见了，能时时地为儿子擦照片，她感觉就像触摸到了儿子的身体和脸。这个精神病的女人啊！人生的种种情况，她同样要经受。

七

天又降雨了，在9月下旬，连日连日地下。

这两日，程灵燕不想到单位，也不想出去采访，便只想在家中陪着母亲。

这些天雨虽越下越小，河里的水却越涨越高。《晨报》接到了新闻报料，说是琅屏市某地的一条河流暴涨，有决堤的危险。《晨报》便派华小兵火速前往，采一组图片报道。接到任务后，华小兵带上摄影器材，前往抗洪阵地。

华小兵来到现场，已有不少官兵在抗洪现场与洪水搏斗，他们把沙袋一袋一袋地堆在决堤口，试图阻挡滚滚而下的洪水。

雨天里，官兵们的头发早已淋湿，他们的雨衣贴在了身上。有些同志嫌戴着帽子碍事，便把帽子摘了，雨水便顺着脖子灌进了他们的身体上。

指挥声、呐喊声、吆喝声，汇成了一首波澜壮阔的抗洪旋律。华小兵被深深地感动了，他想拍出最美的照片，来歌颂这些英勇的抗洪官兵，展现抗洪官兵大无畏的奉献精神。

摄影记者最爱的便是角度，他们总喜欢选取不同的角度进行拍照。华小兵分别在正在与洪水搏斗的抗洪官兵的左右两侧拍照，之后，他转到抗洪官兵的下方举起相机。这时，在场的指挥军官立马向他吆喝道："快上来，那儿危险！"雨中，指挥军官连连向他吆喝，可华小兵却如没听见似的，依然举着相机，对准上方的决堤口，寻找最佳拍摄角度。

抗洪官兵的身影犹如雄狮般勇猛，他们下到齐腿深的水里，完全不顾个人安危。华小兵感动着，将他们的身影一一记录在他的镜头里。

雨仍在不停地下，决堤口好像总是堵不住，堵了又决，决了再堵。官兵们的身影，依然如雄狮伫立在洪水中，如傲雪青松，似磐石坚定！

"快！快！又决了，堵不住了！"不知谁在大声喊。

哗！洪水如万千猛兽似的一下子向下冲去。"不好了！决堤了！决堤了！"喊声回荡在空中。

八

夜晚，《晨报》的办公大楼里，灯火通明。报社的领导连夜召开紧急会议，商讨华小兵失踪的事情。

事故发生在下午4点多钟，虽然已搜救了数个小时，可始终不见华小兵的影子。如果华小兵死了，他的尸首能漂到哪儿去呢？众人都陷入了悲痛中。

目前，《晨报》对此事知情的仅限于几个领导，在事情还没有完全水落石出前，是不宜对外公布的。何况，发生这种事情，报社并不想让太多的人知道。

梅溪街上，程灵燕租住的房子里灯火通明。

恋爱中的梦瑶似乎比原来更活泼，笑容时时挂在她的脸上，她还常常逗得王婵开怀大笑。此时的程灵燕，看着梦瑶与王婵俩人孩子般的样子，她也很开心。小兵不知回来了没有，也不打个电话！此刻，程灵燕想起了小兵。其实，她的心里始终萦绕着小兵的影子，一刻也不曾离开过。华小兵在拍照之前总喜欢微微笑一笑后再举起相机，此刻的程灵燕，又想起了小兵举起长焦镜头的样子。小兵虽然瘦弱，但他还是蛮帅的。程灵燕想起小兵后,笑容便荡在了她的脸上。

小兵去抗洪现场的时候,程灵燕是知道的。因为那时小兵曾偷偷地跑进来吻了她一下,说:"我今天有任务,你就乖乖地在这给我待着,下雨了,不许出去跑。我回来得早的话,给你和娘买好吃的送去。"华小兵还叫出了"娘",这是程灵燕始料未及的,程灵燕在心里感激着上天赐予她这个男人。

第二日,天空放晴。早上的天空出现了一抹红的云彩,程灵燕推开窗子,让凉爽的风吹进房间。

"娘,你乖乖在家待着,我走了啊,时间来不及了,你们自己吃饭。梦瑶,你别忘了早点起,弄点早餐吃啊。"程灵燕边说边急匆匆地穿鞋。昨夜,她因为思念小兵半宿没睡,早上睡过了头。

不知道小兵回去了没有。他一定很累,所以才没有来看我们。程灵燕这样想。她想着到单位后就先去找小兵,问问昨日抗洪现场的情况,听他讲讲有趣的事情。别看小兵表面腼腆,实际上他是一个特能讲段子的人,他能把他拍的照片,像讲故事一样生动地串联起来,惟妙惟肖地讲述。

九

《晨报》的办公大楼里,人人脸上覆着一层肃穆,见面也不似往日笑着打招呼,只是点头示意而已。程灵燕纳闷了,这些人都怎么了,怎么都跟变了一个人似的。

只有门卫老程的脸上,还是挂着那种永远不变的微笑。

程灵燕推开了办公室的门后,张小英便不知从哪儿跟了进来。"灵燕姐!"张小英还没说什么,她的眼眶中便溢满了泪水。

"怎么了小英?这一大早的谁惹你不开心了?"程灵燕知道小英的泪窝浅,故意拿话逗她。

"呜,呜。"小英哭得肩膀一耸一耸的,不能停止。

"好了，好了。"程灵燕从桌上的纸盒里抽出两张纸擦拭着张小英的眼泪。

渐渐地，小英停止了呜咽。

"小兵……小兵，不见了！"小英断断续续地说。

程灵燕心中一惊："不见了？"她讶然地望着小英。

"嗯……他在洪水中不见的。"

"你说什么，小英？"程灵燕狠狠地摇了摇张小英的肩膀。

"小兵哥被洪水冲走了！"张小英带着哭腔加重了语气说。

程灵燕松开了张小英的肩膀，跌坐在椅子上，她顺势把头埋在了桌子下面。她的心战栗着，像被撕碎了无数块般疼，她用手抵在心窝上。眼泪，无声地落下。程灵燕的头仍埋在桌子下，许久，她拿手擦去了眼泪，抬起头说："你走吧，小英，我知道了！"

小英走了，可程灵燕的心仍然被撕碎着。此刻，在她撕碎的心上，又如爬入了千万只蚂蚁，使她坐立不安"我要去找小兵……对，我要去找小兵。"这么说着，她茫然地站了起来。她从桌上的纸盒里抽出一张纸巾，擦了擦脸，揩了揩鼻涕。她狠狠地咬了一下牙，想以此来镇定纷乱的思绪。她扎紧了衬衣上的腰带，像是要把纷乱的思绪扎进腰身里。我该怎么办？程灵燕这么想着，想着……

程灵燕不知道自己怎么敲响了甘玲办公室的门，可能是她想小兵的时候，脚步不由得移到了甘玲办公室的门前。是啊，该向甘主任打听一下小兵的事情，至少得知道小兵之前去的那个地方在哪里。

"咣——咣——咣——"程灵燕犹豫着敲响了甘玲办公室的门，她心中的犹豫似乎反映在了敲门声上，那迟钝的敲门声诉说着她心中万千的情结与困惑。

"请进！"甘玲尖细的声音响起。

程灵燕慢慢地推开门，她心中犹豫着，不知道该怎样向甘玲打听小兵的事情，她不确定甘玲是否知道她与华小兵恋爱的事情。不过，男女之事在一个单位一旦被人发现，便会传得很快。程灵燕与小兵的事情是有那么一两个人知道，所以，她不确定甘玲是不是已经知道了。所以，程灵燕在甘玲面前扭捏着，她悲伤的脸上，此刻升起了两片红晕。

"怎么了，灵燕？有事吗？看你的脸色不太对劲啊！"甘玲说。

"华小兵去了哪里？"片刻，程灵燕突然冒出了这句话，她仿佛鼓足了勇气。

"小兵？"甘玲略微愣了一下说，"他不是到市郊南边河水决堤的现场采访去了吗？"此刻，甘玲的心里也是有所忖度的，她只是听说了程灵燕与华小兵的事情，但她却不以为意，年轻人嘛，有些花边新闻也是不足为怪的。

程灵燕抓起甘玲办公桌上的纸笔，快速地记下了小兵去采访的地点。然后，她唰地撕去了她记地址的那张纸，转身走了出去，她甚至没有再与甘玲打招呼。程灵燕返回自己的办公室，抓起桌上的手提包疾步下楼。她甚至忘记了关上办公室的房门。

"出去啊？"见程灵燕急匆匆的身影，门卫老程向她打着招呼。老程的脸上还挂着一成不变的笑。

"嗯！"她嘤嘤地应了老程一声。

十

"师傅，麻烦你快点！"程灵燕不断地催促着出租车司机，她心中的千万只蚂蚁仍在爬动，焦躁的她只想快点赶到那个地方。

程灵燕坐在出租车后排，此刻她掏出手机给梦瑶打电话："喂，梦瑶，我今天不回去了，麻烦你无论有什么事，今晚都要回去照顾我娘。"说完，她也不等梦瑶答话，便迅速地挂断了电话。她不想听到梦瑶啰啰唆唆的提问，也不想让梦瑶知道小兵的事情。

"这女人是更年期了吗？"电话那头，梦瑶听到电话挂断后的滴滴声，恨恨地骂。

出租车仍然在行驶。这是多长的路啊,颠得程灵燕的肠子都快出来了。

车终于停下了,程灵燕的胃里翻江倒海。她强忍住作呕,从包里拿出了一百元扔在副驾驶上。她也不管钱够不够,或者用不用找零,就那么下车跑走了。

"唉!"出租车司机扬起手招呼了一声,便放下手摇了摇头,然后开着车扬长而去。

十一

日光平和地照着市郊南边的河流,河水平静,波平如镜。这儿,像没有发生过什么似的,除了河水泛着的土色的黄。

在现场,已不见了小兵的身影。雨停了,水止了,决堤的地方也堵住了。在现场,洪水肆虐的痕迹依稀可见,有些树木被冲倒,带有泥土的根须倒向了一边;河岸边的青草被踏成了一片一片的,脚印在泥土中格外醒目。这一切的一切,使看起来波平如镜的河面不再那么平静;这醒目的脚印,无声地诉说着抗洪官兵曾何其英勇地与肆虐的洪水搏斗的场景。

现场,仍有稀稀疏疏的几个身影,是当地政府留下的几个人,继续排查事故现场,收拾遗留的杂物。

一个个黄泥的脚印吸引了程灵燕,她蹲在地上,认真地辨认华小兵的脚印。

她拿手掌丈量着脚印的大小,终于,她在水库的侧面看到了一个像是小兵的脚印。此刻,程灵燕的眼睛里放着光,她拿手掌量了又量:"是的,是小兵的脚印。"程灵燕拿起手机,将这个脚印拍了下来。

前些日子,程灵燕偷偷地用手掌丈量过小兵的鞋子,她看不得小兵日复一日地穿着一双鞋子,那双鞋歪歪扭扭的,已经变了形。小兵说:"做记者的,靠的就是脚与鞋,讲究那么多干吗?"所以,程灵燕心中想着,若有时间了，便给华小兵买一双鞋子，42码的鞋。

"姑娘，你在干什么呢？赶紧走吧，没事别在这儿玩！"一个人在向程灵燕喊话。

"大哥，你知道昨日被冲跑的那个记者吗？"程灵燕小心地问着这名男子。

"哦，我们昨日已派人沿岸去找了。但是还没找到，现在下游还有几个人在找着呢。"这名男子说。

"好，好，谢谢你，大哥！"听到这人的话，程灵燕心中似有了寻找小兵的方向。

十二

"相机！相机！"在一处浅滩边，搜寻人员发现了一个长焦相机。

程灵燕艰难地跋涉着，她沿着岸边纵横交错的石头向下游一直走去。远远地，她看到了几名穿着黄色救生背心的打捞人员，像看到了希望似的向他们奔去。

"把相机给我吧！"走到这些人跟前后，程灵燕对他们说。

"你是？"这些人愣愣地看着程灵燕问。

"我是相机的主人！"程灵燕对愣着的这些人说。

"那，冲走的那名记者是你的什么人？"其中一个人问。

"他是我的男人！"程灵燕傲气地回答。

"哦，到现在都没找着尸首。我看啊，八成是不行了。"其中一个人小声地对其他人说。

程灵燕向打捞人员要回了相机，拖着疲惫的身躯往回走。

回到家里后，程灵燕没有向任何人说起这件事，更没有哭哭啼啼。这件事情对程灵燕来说，就像从来没有发生过似的。只是以后的日子，程灵燕整夜整夜地失眠，她悄悄地从医院买回了安眠药。最多的时候，她一晚上曾吃了九片，可是还是无济于事，她的睡眠仍然不好，并常常恍惚。

"梦瑶，晚上你和娘在这儿睡。你要记得早点回来哦，我要出差一趟，晚上不回来了。"这一日，程灵燕这样对梦瑶说。

下班后，程灵燕没有朝家的方向走，而是朝着相反的方向走去。

琅屏市的大街上，华灯初上，流光溢彩。程灵燕一个人游走在如织的人流中，眼前走过成双入对的情侣，她拿眼死死地盯着。突然，在她眼前晃动着一个男孩子瘦弱的身影。"多像小兵啊！"程灵燕的内心发出了一声惊呼。她紧走几步，跟上了那个身影细看。那个身影挎着一个女孩子的手臂，他们紧紧相拥，程灵燕失望地停止了追赶的脚步。她知道那不是小兵，一定不是！

"老板，给我来碗粥。"在一个小粥棚里，程灵燕草草吃了些饭，来到了华小兵的单身宿舍里。

其实，程灵燕并没有出差，她向梦瑶撒了谎，她是想到小兵的房间再看一看。她好久没有到小兵住的地方了，那是她心向往之的一个地方。她想在这里，寻找到可以使她灵魂安宁的方法。

十三

夜晚，程灵燕一个人躺在华小兵的床上，她的心里在想着他。

程灵燕想，小兵此刻在哪儿呢？是天堂还是地狱，抑或是南国的水乡？他顺水漂到了那儿，他找不着家，迷了方向。他在岸边搭了一间茅屋，他穿着蓑衣、戴着草帽，整日坐在岸边钓鱼，做起了一个渔民。也许有一日，小兵钓到了一条美丽的金鱼。这个金鱼会告诉小兵，他从哪儿来？他的家在哪儿？金鱼还会告诉他，他曾经有过一个美丽的姑娘。也许，自己就是那条金鱼呢！程灵燕像做梦似的，在脑海中幻化出了这许多奇怪的景象。

"妈的，怎么还是睡不着！"深夜，程灵燕恶狠狠地骂了一句。她恨死了现在的自己，孤独、无助、痛苦、失落。

程灵燕睡不着,便起来了。她翻箱倒柜,胡乱地翻着小兵的东西,像个小偷要寻找什么宝贝一样。

夜晚的天有些微凉,她便翻出了一件小兵的衬衫披上。她翻看着小兵的各种杂物,这些东西,她已看过了好多遍。在一个皮夹子里,她翻出了小兵的一张红底的两寸照片,她像宝贝似的把照片贴在脸上。片刻,她又拿纸把照片包起来,小心翼翼地放在自己的手提包里。

得把小兵的东西好好整一整,过些日子就把这个房子退了吧!程灵燕在心里这么想。

该整的整了,该翻的翻了,实在是没什么好动的了,程灵燕便又上床睡觉。

后半夜,程灵燕梦见了在岸边钓鱼的小兵。她小心地帮他系着斗笠上的带子。

第四十七章　各自的生活

一

时光飞转,人心也在不断地变化着。薇儿就是这样,她恨死了自己那段堕落的时光。在上研究生期间,有个很不错的男孩子追薇儿,可是她却没有答应他。

目前,薇儿已研究生毕业,可是在薇儿的心里,始终有一个结,她担心自己会得了某种性病或是艾滋病。事情是这样的,薇儿在上研究生期间,学校几个热心的同学搞了一个义务活动,到一个偏远的山区看望那里的艾滋病患者。

薇儿和同学们乘坐大巴,颠簸了五六个小时方到。到达那儿后,同学们根本就不敢想象,当地会是如此之穷:破落的房屋,简单的锅灶。

薇儿怎么也忘不掉,当她和同学们把一些面包和牛奶送到那些艾滋病患者家中的时候,他们是怎样伸出了瘦得如干柴般的手接过去的。在那个村子中,还有几个父母双亡,只有十多岁的艾滋病孤儿。

从那个村子回去后,薇儿的心里便时时恐惧着艾滋病,她甚至不敢看到"艾滋病"这三个字。薇儿了解艾滋病的传播途径,所以她的心里更怕了。对于在研究生期间那个男孩的追求，她是无论如何也不敢答应。在薇儿的心里，她甚至怀疑自己已经得了艾滋病。

薇儿便这么日日恐慌着。为此，她想到医院去做个体检，以确定自己是否得了艾滋病。恐慌中，薇儿课也不上了。在一个阳光明媚的上午，她真跑到了一家医院。

"你好，医生，我想做个体检。"薇儿对一个穿着白大褂的女医生说。

"你想做什么体检呢？"女医生问她。

"我……"薇儿半晌说不出口。

结果，薇儿什么检查也没有做，便逃也似的从医院回去了。回到宿舍后，薇儿的心稍微平静了些。她告诉自己，老天不会对我那么残忍的，我什么病也没有！

在一次电视新闻中，薇儿看到，她这种心理叫"恐艾症"。社会上有这么一群人，一些不检点的年轻人在外面有了风流韵事后，总害怕自己患上艾滋病。实际上，这是一种心理上的疾病。

后来，薇儿便把心思放在了学习上，她什么也不想。最后，她以优异的成绩取得了研究生双学位学历。

毕业后，薇儿不想在城市发展，她想到边远地区，到一个没有人认识她的地方，清净地度过一生。

二

闫良市上空的云是那样纯净，天瓦蓝瓦蓝的。

小梅坐在火车上，到外地去参加一个美容培训方面的研讨会。她如今做了老板，比往日打工可要操心多了。

为了多学习些美容方面的知识，小梅总是乐此不疲地接受来自全国各地的邀请。她常常要到这儿参加学习，到那儿参加培训，整日忙忙碌碌的。小梅的时间与心灵都被这些事情占据与填充着,反倒让她觉着充实与安慰。

坐在靠窗的位子上,一丝微风从车窗的缝隙吹了进来。此时,小梅想起了与程灵燕分别时,俩人一起吃棒棒糖的感觉。想着,想着,小梅咂了咂嘴巴,觉得口中仍有一股甜味儿。小梅笑了,心中说:"这个死妮子,不知道现在好不好,也不与我联系!"

岁月匆匆,转眼数年,在日月的交互中,小梅与灵燕俩人在两个城市中各自忙着。但她们在内心的深处,都深深地想念彼此。想念归想念,在岁月的碾轧下,人人都有不得已的事情。所以几年来,她们总也见不上几面。

小梅通过多年的努力,自己开了一家美容院,雇了几名员工,生意做得红红火火。

三

小梅也是不幸的,她与那个做厨师的男朋友分手后,又谈了一个家在阎良市做小生意的小伙子,俩人在谈了三个月恋爱后便闪婚了。小伙子是家中的独子,结婚后不久,男方的父母便急着抱孙子。

可是,在结婚三个月后,小梅的肚子仍没有反应。又过了两个月,还是没有一点动静。这下,小梅的公婆可着急了。尤其是小梅的婆婆,她那张老脸是一日比一日冷。

小梅的婆婆着急,便要求儿子带着小梅到医院做检查。检查结果是,小梅输卵管粘连。

在检查前,医生仔细地问小梅的过往病史,还问她有没有打过胎。小梅老老实实地对医生道出自己曾经在一家小诊所打过胎。医生说:"目前的这种情况,可能与你做人流时没有处理好有一定的关系,只能慢慢地治疗。不过,也不能抱太大的希望。"

听了医生的话后，小梅想想也有可能。因为她当时在那家小诊所做过人流后，觉得肚子不舒服。之后，她又去那个诊所打了一段时间的消炎针，方慢慢好了。

四

"什么？你竟然做过人流？"小梅和医生的对话被小梅的老公听到了，小伙子一下子怒不可遏。

回到家后，小梅便日日为此闷闷不乐。她觉得如果自己不能快速地怀上孩子，单是婆婆的那一张冷脸就会让她郁闷死。小梅是个自尊心很强的女孩子，若是这样，她在这个家可一天都待不下去。在思虑再三后，小梅向男方提出了离婚。

小梅的老公还想挽留她："梅，我们可以再到其他的大医院看看，一定能看好，我们一定会有自己的孩子的。"夜晚，老公搂着小梅的肩头哀求她。看着老公的眼睛，小梅的心软了，她也想着再看看，兴许就能看好了呢。再说了，一个女孩子结婚半年就离婚，小梅觉得若让自己娘家那个村的人知道了，她的爹娘会为此抬不起头的。离了婚，自己的日子也未必会好过。想到这里，小梅便应下了老公的哀求。

可是，天总有不遂人愿的时候。看病、吃药，中药和西药都吃了，但是这些对小梅好像都无济于事。其间，小梅的婆婆从不曾给过小梅好脸色。

如是又过了几个月，小梅觉得日子一日比一日沉重，她的心情也愈发糟糕。小梅受不得一点儿屈辱，何况要日日看婆婆的冷脸，听公公的唉声叹气。小梅觉得，在这个家里，因为这件事，她是受了屈辱的，她不愿意再受这样的委屈。没有孩子又如何？现在，不是有些家庭专门不要孩子吗？为什么你们一定要逼我给你们生孩子？

小梅再次跟老公提出了离婚。这次，老公没有多加思考就同意了。大概小梅的老公也看到了，整个家庭因此笼罩的阴影是很难消散的。为了弥补对小梅的亏欠，小梅的老公便给了小梅20多万分手费。

离婚后，从男方那儿得到的钱，再加上自己这么多年来的积蓄，小梅便在闫良市最繁华的地方开了一家规格不低的美容院。

目前，小梅把全部身心都投到了事业上。通过几年来的努力，内心失落的小梅在事业上获得了极大的满足与自信。只是，小梅始终都不想再谈恋爱。这些年来，她一直单身，她觉得单着挺好。

五

"恭喜，恭喜你啊，张华！"在琅屏市诺斯酒店里，张华和李晓晓的婚礼正热闹地进行着。《晨报》的林社长、张副社长及其他同事也都到场了。《晨报》可真是一个藏龙卧虎的地方啊！瞧，连婚礼主持人都是他们内部的人。张华的婚礼，郝骞自告奋勇做主持人。"你……你别从外面请了，哥们儿给你做主持人，他们的水平还不如哥呢！"有一次，张华与郝骞喝酒时，郝骞大言不惭地对张华说。

郝骞确实是一个人才。在婚礼现场，他把新郎与新娘的故事穿插在婚礼主持中，感动了在场的每一个人。尤其是张小英与程灵燕，这两个人哭得稀里哗啦。按说程灵燕是一个很冷静的姑娘，她怎么也像张小英一样泪窝浅呢？可能此时此刻，她想起了华小兵。

女孩子都是感性的。晓晓与张华在培训学习班上结识后，从此，她的心里便有了张华的影子。而张华呢，由于身体的原因，觉得自己不能与晓晓相恋。不知内情的晓晓却铁了心一般，她想着是张华没有喜欢上自己，便对张华展开了猛烈的攻势。无奈，张华只好把实情告诉了她。

得知实情后，晓晓确实犹豫了。一个女人婚后不能与丈夫亲近，谁能忍受得了呢！渐渐地，晓晓让自己的感情进入了冷藏期，她要好好想想自己与张华的事情究竟该咋办。

虽然天有不测风云，但有时老天让你遭受磨难，像是为你继续前缘所进行的锤炼。其间，李晓晓病了，她得了严重的肺炎。张华知道后，日夜守护在晓晓的病房，他无微不至地伺候她。终于，晓晓被感动了，像这样的男子，与他无性过一辈子又何妨？晓晓当时心里是这样想的。

　　一个多月后，晓晓出院了，她当即决定与张华举行婚礼。她要用一些俗世的规矩套住自己的心，使其不再动荡。她相信，自己可以爱张华一辈子的。

　　老天并不总是无情的，当你用真情浇灌的时候，沙漠也能开花。在婚后的柔情蜜意中，张华的病竟然渐渐地好了，他的下体时时如雄狮一样，伺候得晓晓飘飘欲仙。"谁说我的老公不行，他只是没有遇到对的女人！"有一次，张华与晓晓亲热时，晓晓忍不住这样夸自己的老公。

　　后来，晓晓怀孕了，张华更是无微不至地照顾她。晓晓为张华生了一个胖儿子，这可喜坏了张华。现在的张华，把大部分时间用在了伺候老婆和给儿子洗尿布上，他的烟抽得少多了。

第四十八章　让日子继续下去

一

三个月过去了，小兵的尸体还是没有找到。

在程灵燕的心里小兵无论是活着也好，死去也罢，于她都不重要了，重要的是小兵从来就没离开过她，他一直活在她的心中。

程灵燕把小兵的遗物一股脑儿搬到了自己的家中，能用的她便拿出来用，不能用的便堆在房中。

上次半夜时，程灵燕从小兵的皮夹子里翻到的那张两寸照，她拿到照相馆经过加工后，作为小兵的遗像挂在了自己的房间。她情愿以为小兵已经死了，这样，死了的小兵一直活在自己的心中。

"亲爱的，你究竟要遭受多大的磨难老天才肯放过你！"当程灵燕把小兵的照片挂在墙上后，梦瑶才知道了小兵的事情。梦瑶搂着程灵燕的肩膀不停地哭，至此，她才知程灵燕这些天来为什么总是精神恍惚，为什么她的头上长出了些许白发。"一个三十岁不到的女人，你究竟要经历多少的磨难！"梦瑶说。

"梦瑶，你哭什么？人不都要死的吗？小兵和小乐只不过是先走了一步而已。你不许哭！别吓着我娘！"这个女人心比铁还硬！

二

程灵燕留了一件小兵的白衬衫，那是小兵最喜欢穿的。可是，小兵总是怕白衬衫不耐脏，要勤洗。为此，他只有在重要场合才会拿出来穿。这件白衬衫目前穿在程灵燕的身上，她在家的时候，常常拿出来穿。她常穿也常洗，穿过两三天便要洗一次，她把那件白衬衫洗得锃亮，熠熠闪光。

王婶的精神还好，程灵燕为此少操了许多心。

梦瑶说她要与那个邮差结婚，让程灵燕给她做证婚人和伴娘。

三

程灵燕倾其所有，为华小兵买了一块墓地，就在琅屏市南郊区距小兵失踪的地方不远的一块田地里。那里距公墓不远，所以不会有被政府征迁的顾虑。

这个女人把华小兵珍爱的一些东西和自己的一些物品埋在了墓里，包括她上次逛街时为华小兵买的一双黑色的军式皮鞋。她说："小兵一定喜欢这个款式。因为小兵是个记者，要扛着相机翻山越岭，总是要穿得舒服一些，酷一些的。"

埋葬过那些东西后，程灵燕又找了个雕刻石头的师傅，分别雕刻了一块有小兵头像的墓碑和一块有自己头像的石碑。在刻字的时候，她还试着往上面刻了几笔。

程灵燕找来了两名泥水匠，让他们把小兵的墓碑立好后，又让他们把自己的那块石碑立在小兵墓碑的右侧。她说，她要日日夜夜地陪着小兵。

四

梦瑶将要结婚了，她把日子定在了10月的下旬，她说："10月是个收获的季节。"

梦瑶结婚这天，程灵燕肩负两个职责，既是梦瑶的证婚人，又是梦瑶的伴娘。

在婚礼现场，程灵燕庄严地宣读着证婚词。她说："佳偶有天成，珠联求璧合，在我的好友梦瑶大喜的日子，我将与大家共同见证这神圣与欢乐的时刻。作为好友，我希望你们不论祸福、贵贱，疾病还是健康，都能彼此相爱，不离不弃……"程灵燕说完后，又用她那经常不说，尚且流利的英语说了一遍。她说完后，台下响起了经久不息的掌声，虽然在场的很多人都听不懂英语的意思。

念完了证婚词后，程灵燕便站在了梦瑶的右侧，做起了梦瑶的伴娘。虽然在传统的婚礼上，证婚人和伴娘不会是一个人，但梦瑶可不管那么多，她就要程灵燕给她做这一切。

在梦瑶婚礼的当天，程灵燕也穿着婚纱，她把自己打扮得少有的漂亮。她想着，小兵的灵魂今天说不定也会来这里，自己今天便是小兵的新娘，所以，她要打扮得漂亮一些。

五

忙完了梦瑶的婚礼，程灵燕想着该回家看看爹和弟弟了，她好久都没回去给他们上坟了。"这两日，我一定要回去，否则爹和小乐会怪我的。"程灵燕又喃喃自语了起来。

这日的阳光相当明媚，程灵燕觉得自己的心情被暖暖的太阳一照，也开朗了许多。

上午来到单位，程灵燕整理过办公桌上的东西后，又忙了一会儿工作上的事情。中午她没有回家，想趴在办公桌上休息一会儿。这几日，一连串的事情搞得她疲惫不堪。

"燕子！"程灵燕仿佛做梦似的，迷迷糊糊地听到有人在叫着她的小名，她趴在桌子上未动。"燕子！"随后这个声音又响起。程灵燕怔怔地抬起头，她看到了一张曾经很熟悉的脸。她以为是自己眼花了，便拿双手狠劲地揉着眼。

"是我呀，燕子。我是二虎，你不认识我了？"此刻，失踪了多年的袁二虎神一般地出现在程灵燕的面前。

"二虎叔！"程灵燕睡眼惺忪，惊奇地叫了一声。

六

自从那年二虎销声匿迹后，程灵燕试图找过他。在多番打听无果后，程灵燕便像遗忘了袁二虎这个人似的将他抛在了脑后。

打工、上学、从业、晋职，加之一系列悲伤的事情，程灵燕的岁月便在喜乐与悲哀的缠绕交织中行进。这些年来，二虎的影子只在程灵燕的心底浮起过，今天，他这么清晰地站在程灵燕的面前，怎么能不使她惊喜！

"我是从报纸上看到你的名字后打电话过来问的，没想到还真是你！"虽然多年未见，但程灵燕明显能感受到二虎见到她后的热情与惊喜。

"现在都过饭点了，我来晚了，还没吃饭，你陪我下去吃点吧？"二虎用恳求的语气对程灵燕说。

"好的，走吧。下去我请你，二虎叔。"程灵燕说着站起了身。

"不，不，哪用你请我？我是大男人嘛！"二虎说着，青涩地笑了，那笑容仿佛昨日一般。

七

二虎面容光洁，还蓄起了一撮小胡子。多年未见，他的脸上只是多了些沧桑与沉稳，却未见明显的老。

"二虎叔，你这些年都到哪儿去了，害得我好找！"程灵燕娇嗔地说着，脸上立刻飞起两片红晕。此刻，她突然在二虎面前不好意思起来，便不停地搅着面前的奶茶。那旋转的奶茶圈，使她的情绪渐渐地平复了。

这家奶茶店就在《晨报》的大楼下。现在已过了吃饭的时刻，程灵燕便与二虎在这儿随意地吃点儿面包，喝点儿奶茶。

二虎也在搅动着奶茶。他搅动的时候，左手食指上戴着的一个大金戒指熠熠闪光。程灵燕便盯着那发光的戒指看。

此时，二虎的心情也是复杂的，他在思考着怎样对程灵燕说出自己想说的话。

袁二虎仍在搅动着奶茶，只不过他是拿左手搅，好像故意让程灵燕看到他左手食指上戴着的戒指。

男子左手食指上戴戒指的话，表示他目前仍然是单身，想求爱结婚的意思。可程灵燕这个女孩儿，她哪懂得这些！她这一辈子都未曾戴过戒指，又如何知道它戴在哪根手指上的意思呢！

"其实你不必叫我二虎叔的，我喜欢你叫我二虎。"二虎停止搅动奶茶，看着程灵燕的脸，眼睛里满是柔情。

听了袁二虎的话后，程灵燕的心一阵狂跳，她的脸更红了，她能感觉到自己的脸如火烧似的。程灵燕不知道该如何回答袁二虎的话，所以，她让自己沉默着，继续搅动面前这杯草莓味的奶茶。

"这些年，我去了很多地方，吃了很多苦，但是现在好了。"袁二虎说。

八

那年，一场医疗事故促使袁二虎离开了。他没来得及跟程灵燕说，也没来得及通知自己的家人。

二虎到现在还清楚地记得，那位老人在他诊所死去的模样。由于上不来气，老人的脸憋成了绛紫色。

　　"快！快！咋回事啊？赶快过来啊，医生。"二虎当时正在给其他的病人听诊，听到呼叫声后，他赶紧扔下听诊器跑了过去。老人的女儿守候在旁边，她赶紧一下一下地抚着父亲的胸向下给他顺气。

　　"先把针头拔掉，马上转院！"二虎在做着紧急处理，并吩咐老人的女儿拨打120急救电话。

　　十几分钟后，老人被转到了夏城县人民医院。遗憾的是，老人并没有被抢救过来。

　　因涉嫌医疗事故，老人的家属要求袁二虎赔偿50万元，便与其私了。否则，便要到法院起诉他。

　　二虎当时很害怕，他不想被人起诉。如果法院判定是他的责任的话，他的医师资格证就要被吊销，这样，他就再也做不了医生了。

　　二虎情愿私了，这样会省去许多麻烦。经人从中说和后，对方把赔偿金由50万元降到了30万元。

　　倾其所有，二虎也只能拿出20万元。他又托人从中求情，先给对方20万元的现金，剩余的10万元打欠条，并承诺在一年内还清。

　　处理过事故后，二虎把诊所好好地打扫了一下，燃放了鞭炮，去去晦气，算是重新开张。

　　重新营业的第一天，只有两个人进来拿药。对于生意的冷清，二虎想着是歇业了几日的原因。

　　又过了半个月，诊所的生意依然冷清，每日只有寥寥数人就诊，连房租也顾不住。

　　此刻，二虎开始思考。他想，不仅仅是自己歇业几天影响了生意，绝不会是这么简单的问题。

九

有一日，二虎到街上的一家餐馆吃午饭，看到餐馆老板十岁的儿子咳得厉害。"待会儿到我那给他抓点药吧！看他作业都写不成了。"二虎看着不停咳嗽的孩子心疼地说。

"不，不，中午忙过这会儿我就带他到医院去。"餐馆老板赶紧拒绝。以前，这个孩子有病都是在二虎那里看的。至此，二虎才明白，大家都不愿意去他的诊所看病的原因，可能跟前段时间他诊所发生的医疗事故有关。

你想想，一个夏城县才有多少人口，哪儿发生点什么事儿，还不是顷刻间就传遍了。何况，像二虎这样的小诊所都是以片区生存的，一个诊所服务的人群也不过是自己周边的那几百户人家。在这么小的一片地方，哪儿发生了些什么，有什么风吹草动，能瞒得了谁呢？所以，大家不愿意再到二虎的诊所看病，也就可以理解了。

没有人看病，二虎倒不在乎什么。可是，生存问题怎样解决？

二虎掏空了脑袋想，仍然没有想到好的办法。还有欠事故家属的10万元钱，也是摆在他面前的一个难题。

问题纷纷扰扰，夜晚躺在床上的二虎，根本就睡不着觉。这些事情像线团似的杂乱，他难以理出头绪。

"唉，老天为什么要让我经历这样的事情啊！"睡不着的二虎唉声叹气，怨天尤人，"走，我为什么不走呢？村里老人不是常常说'树挪死，人挪活'吗？我要离开这儿，对，我要离开这儿。"袁二虎马上兴奋了起来，躺在床上的他一骨碌坐了起来。

二虎是个想妥了就马上实施的人。他从床上起来后，便开始收拾自己出租屋里的东西。他先把值钱的和珍贵的东西放在一个小包里，然后收拾出几件像样的衣服，那些旧了的和用不着的东西，他打算统统地扔了不要了。

第二日，阳光明媚。上午，二虎到诊所正常开门营业，下午，他便踅摸着东看西看的，想着把诊所的什么东西带走。看了半天，他觉得也没什么好带的。最后，他只带了一个听诊器。二虎的那个医师资格证书是他的最大宝贝，昨晚，他已经放到了他的那个小包里。

就这样，大家就再也见不着二虎了。

十

"我是个孬种啊，我逃了！你知道吗，燕子？"此刻，二虎深深地自责着，"你想想，欠着人家10万元钱，又没有生意。你说我能咋办？"二虎面色凝重，陷入了往事的阴影中。

"都过去了，二虎叔，不要再想过去的事了。你现在好吗？"程灵燕抬起头问他。

"嗯，好，好。"二虎的头使劲地点着。

"燕子……"顷刻，二虎嗫嚅了起来，他的脸微微泛红。"嫁给我吧！"突然，二虎的左手一把抓住了程灵燕的左手，他左手食指上的戒指闪亮而醒目。"我知道你一直单身。这我都打听好了。"二虎抓着程灵燕的手，补充了一句说。

"不，二虎叔，我嫁人了。"程灵燕赶紧甩开了袁二虎的手。

十一

二虎已今非昔比，他现在在夏城县开着一家全市最大的牙科诊所。

那年二虎悄悄离开后，辗转了很多个城市，最后，他在广州落了脚。他在一家私立医院应聘了个内科医生的职务。从业期间，二虎看到医院牙科的生意特别好。在别的科室没有患者的情况下，牙科的病人却需要排队。为此，二虎便悄悄地留意起了牙科这个行当。

在那家私立医院做了一年的内科医生后，袁二虎便辞职了。他跑到一家专门的牙科医院，凭着自己的行医证件和做医生的基础，在这家牙科医院做起了一名牙医学徒。

二虎悟性高，也肯下力，他学什么总比别人快。同时，他为人谦虚，得到了科室主任的青睐与赏识。

科室主任姓陈，五十多岁，是个和蔼的老头儿，他舍得把自己最拿手的活儿教给二虎。

"都说教会徒弟饿死师傅，我咋从来就没有这样的想法啊。"有一次在教二虎做牙模型的时候，陈主任笑呵呵地对他的几个徒弟说，"把你们都教好，你们的技术高了，以后那些难说话的顾客就不会总找我一个人了。"

在陈主任的悉心教授下，袁二虎的医技进步很快。半年后，他便可以独立接待病人了。精益求精，永不止步，这是每名医生的追求。袁二虎更是这样，凡事只要他认准了，他便要钻进去，沉下去。

再后来，找袁二虎看牙的患者渐渐地多了起来。尤其是那些女人，她们不只爱找袁二虎看牙，也喜欢看二虎那棱角分明的脸。二虎在这个牙科医院吃香了，得到了医院领导的赞誉与嘉奖。他的工资高了，钱袋子也一日日鼓起来了。

在经营中，最高明的方法便是有效地刺激员工的欲望。这家牙科医院为了顺应市场经济的潮流，最大限度地激发员工的积极性，经医院领导们研究，决定给予干得好的几名员工持股分红。这几名员工中，有陈主任，还有二虎。

就这样，在干了几年后，袁二虎的钱袋子彻底鼓了起来。但袁二虎的心还在家乡。因为家乡有他的父母、儿子，他的心里也想着程灵燕。所以，袁二虎便从南方辞职回乡，他用这些年赚的钱，在夏城县开了一家最大最好的牙科医院。

"给我做老板娘吧，燕子。只要你愿意，我赚的一切都是你的！"二虎对程灵燕说话时，眼睛里闪着光。"其实，我们是可以结婚的，我们只是沾点亲而已，并非近亲。"袁二虎进一步攻着程灵燕的心。

"二虎叔，咱今天不谈这个事好吗？你也好久没见我娘了，晚上留下别走，我带你见我娘。"程灵燕对二虎说。

"好好，燕子，我不走，我去看看你娘。"二虎的心中欢喜着。

十二

"娘，你看看谁来了，还认识他不？"程灵燕指着袁二虎对她的疯娘说。下午没什么事，程灵燕便早早地下班，带二虎回家。

"不，不认识，记不大清楚了。"王婵看着二虎的脸小声说。

"她现在精神好多了嘛！"袁二虎转过头对程灵燕说。

"嫂子，我是二虎，你很年轻的时候见过我。"二虎微笑着对王婵说，"你现在不认识我，也是应该的，我都快不认识我了！你看，我的胡子都留起来了。"说完，他摸着一绺小胡子，看着程灵燕笑了。

"你晚上就住家里，睡那间屋。"程灵燕指着梦瑶原先住过的房间对二虎说。

"好，好。"二虎赶紧点头应允。

夜晚，进屋后，二虎看到墙上小乐的遗像心中疑惑。因为他记不清小乐了，小乐那时还小，他只见过一两面。

十三

二虎在疑虑中睡了一晚上，清晨一缕阳光照进房间后，他便起来了。

"早啊，二虎叔！"程灵燕正在准备早餐。

"今天是周末，我不用上班。上午我带你去一个地方。"程灵燕微微一笑，对二虎说。

"好啊,好啊。"二虎很高兴,他想着程灵燕会带他在这个陌生的城市转转。

二虎来的时候开着一辆轿车,程灵燕便指挥着方向让他载着前往。只有他们两个人,王婶被留在家里。

"到了,就那儿边,把车停那儿。"

四十多分钟后,程灵燕带着二虎来到了南郊。他们绕过一片公墓,程灵燕将二虎带到了葬小兵衣冠的地方。

"瞧,都开花了!"程灵燕惊喜地上前,弯下腰嗅了嗅那朵黄色的菊花。那是前段时间,程灵燕从山上挖出来,移栽在小兵坟头的。

"燕……燕子!这是怎么回事?"二虎指着刻有程灵燕头像和名字的石碑说。

"你好好看看,二虎叔,我给你说我嫁人了,我没骗你吧。"程灵燕笑着,指着小兵的墓碑说。

"程灵燕之夫,华小兵之墓!"墓碑上,小兵的生辰年月、事迹,刻得清清楚楚。

在刻有程灵燕头像的石碑上,也清清楚楚地刻着程灵燕的生辰年月。还另刻有一行字:死生契阔,与子成说。执子之手,与子偕老。

第四十九章　辞职

一

琅屏市仍然繁华，车流如织，人潮涌动。穿过繁华的街道，程灵燕来到了《晨报》的办公大楼。上午，这个大楼里，一派肃穆的景象。

程灵燕在一番思虑后，做出了辞职的决定。她本想在前几天就向报社递交辞职报告的，结果因为袁二虎的到来，耽误了两天。

"你干吗要辞职呢？这不做得好好的吗？有事你只管请假就行了。"林社长不无惋惜地对程灵燕说。

"不，林社长，我觉得我的工作一直都没有做好过，感谢您和其他领导对我的栽培！"程灵燕一脸的歉意，她真诚地向林社长道着歉。这段时间以来，程灵燕确实因为家里的事，耽误了不少工作。

"不，不，天灾人祸啊！"林社长对程灵燕的经历表示出了惋惜与悲伤。

"甘姐，我要走了。"程灵燕又来到了甘玲的办公室，并把一份一模一样的辞职报告放在她的办公桌上。"我刚给林社长交了一份，这个是让你看的。"程灵燕说着，腼腆地对甘玲笑了笑。

"想不到你的来和去都这么有戏剧性!"甘玲一只手抚着程灵燕的肩,感伤地对她说。

二

"娘,我们要回家喽!"程灵燕牵着王婶的手,欢快地行走在回家的路上。

曼陀村掩映在一片雾霭中。上午,这灰白的雾霭半天未散。

"天冷了,娘,我们该给爹和小乐送点衣物来。"程灵燕笑着对她的疯娘说。在程灵燕的心里,能回来看看爹和弟弟,她是高兴的,即便他们都是死去的人。

在夏城汽车站,程灵燕牵着娘的手,拐到了卖香烛的商店里。

"老板,我要白纸和金箔各两份。我不知道买多少,你给我够用的量就行,但要打两个包。哦,顺便再给我拿一盒火柴。"程灵燕仍然笑着,对香烛店的老板说。

"好的,好的,都有的。"老板招呼着程灵燕,却用很奇怪的眼神看着她。

出了香烛店后,程灵燕便牵着娘的手,向曼陀村走去。

三

雾仍然没有消散。曼陀村掩映在一片雾霭中,若隐若现。

回到曼陀村后,程灵燕携着娘,家也不回,径直来到埋葬爹与弟弟的地方。

远远地,有个身影在蠕动,程灵燕看得真切,便对娘说:"娘,那儿好像有个人!"程灵燕指着爹与弟弟坟地的方向,告诉娘。

"人……人……"王婶惊愕地回答着女儿的话。

近了，这个身影佝偻着，头几乎低到地上了。程灵燕看得越发清晰，这个身影在拔除着小乐坟头上的枯草。雾霭渐散，太阳的光从天际洒下来。

"娘，是栓柱叔。"程灵燕看出了这个人是刘栓柱，便告诉娘。

程灵燕一步步地向弟弟的坟墓走去，她将娘的手攥得紧紧的。那个身影竟没有发现她俩的脚步声，仍在专注地拔着枯草。

走近了，弟弟的坟墓犹如新修，尖尖的一堆黄土上，竟没有一丝杂草。程灵燕为弟弟手书的牌子，在风雨的侵蚀下，腐朽不堪。

"栓柱叔！"不知何时，程灵燕的心酸得厉害，眼泪喷薄而出。那浮在她脸上的笑，此刻已荡然无存。

刘栓柱的手瞬间停住了，停在半空。

"栓柱叔！"声音再次响起，并伴着长长的抖音。

刘栓柱艰难地直起着腰身，费力地使了两三次力。终于，他把腰直了起来，但直起的腰仍然佝偻着。

"燕子……"刘栓柱揉了揉眼，颤抖地说。

"你咋在这儿？"程灵燕变成正常的声音问。

"我来看看他们，顺便给他们的家修理一下。"刘栓柱指着面前的两座坟墓对程灵燕说，"你娘也回来了？"刘栓柱问。

四

程灵燕把白纸撕成条状，把金箔拿出来放在地上点燃。瞬间，燃起的火散发着红光和黑烟。

"栓柱叔，你的腰怎么弯得如此厉害？"红光映着程灵燕挂着泪痕的脸，她一边问刘栓柱，一边拿一根树枝拨动着未燃尽的金箔。

"老喽！"刘栓柱长长地叹了一口气说。

"你才五十来岁，怎就老了呢？再不要说这样的话了，栓柱叔。"程灵燕不愿意听刘栓柱叹气。

金箔燃烧的火仍然未息,映着刘栓柱鬓边花白的头发。岁月的痕迹此刻在这个农村老光棍的身上,是那样明显。

"你莫要有太多烦心事,栓柱叔,你老了我管!"程灵燕拨动着将要燃尽的金箔说,"我要给你养老送终,你要不嫌弃,我给你做女儿!"

半晌,刘栓柱不说话。程灵燕也不再说话,空气如凝固了一般。

"燕子,火……火熄了……"王婶看着熄灭的火,痴痴地对女儿说。

泪,悄悄地挂在刘栓柱的脸上。顷刻,他抑制不住自己,泣不成声。这泪,是一个农村老光棍在祭奠自己过去苦难的岁月,是刘栓柱心中迸发的温情。

他们一起回到刘栓柱家。生火,做饭,家的氛围重新在程灵燕的心中升起。

"晚上就住这儿吧,燕子。你家久不住人,怪冷的!"刘栓柱对程灵燕说,"你们母女俩睡我的床,我到间壁打地铺去。"

"那咋行,栓柱叔,我们还是回去吧。"程灵燕推辞着。

"别,要想回去的话,我陪你们回家看看,然后再回到这里住。"刘栓柱坚持着自己的意见。

五

"栓柱叔,明天我和娘就要走了,你跟我们一起走吧。"晚上临睡前,程灵燕这样对刘栓柱说,"我想让你跟我们一起到城里。然后,我们再一起到一个很远的地方,我们一起生活。"

"嗯,你该走走了。别记挂我,国家政策好了,饿不着我的。"刘栓柱笑笑说,"我知道你的心大,去做你自己想做的事吧!"

夜深了,昏暗的灯光照耀着刘栓柱家的厦屋。这三个人的身影交替着映在墙上,温暖着这个老光棍孤独的老屋。

"你真的要给我做女儿?"刘栓柱笑着问程灵燕。

"当然了。在我心里，你和我的父亲是一样的！"程灵燕看着刘栓柱的脸说。在这张脸上，深老的皱纹纵横交错，程灵燕仿佛看到了父亲程文斌的脸。因为，在他们的脸上，岁月雕刻下了同样的皱纹，她分不清谁是谁的模样。

"爹！"程灵燕激动地叫了一声。

"女儿！"刘栓柱颤抖着说。从他那张皱纹纵横的脸上，洒下瀑布一般的眼泪。

他们颤抖着的手，紧紧地握在一起，久久没有分开。

"以后你就是我的爹，我为你养老送终。"程灵燕抽出了手，擦了擦脸上的泪，笑笑说。

第二日上午，程灵燕从曼陀村回到了城里。程灵燕与刘栓柱分别的时候，他们没有眼泪，只有欢笑。

"无论走到哪里，我都会给你来信的。"分别时，程灵燕对刘栓柱说，"不过，你要有什么事情的话，也得第一时间通知我。无论我在天涯海角，我都会及时赶回来看望你。"

六

琅屏市的繁华抚平不了程灵燕心中的伤痕，她要离开这儿，离开这个让她肝肠寸断的地方。

程灵燕想，不知老天给她下了什么魔咒，让她经历这么多磨难！

但在风雨面前，这个女人的脸上始终挂着笑。不过，你若看到了她的笑，便会更加觉得悲惨与心碎。程灵燕的笑，是她为了抵御风雨而构筑起的一堵虚伪的墙。

"娘，我带你去一个遥远的地方，我们再也不回来了。"晚上，程灵燕这样对她的疯娘说。然后程灵燕踩在凳子上，从墙上摘下了小乐与小兵的遗像。

第五十章　泥土芬芳

一

"薇儿，你一点都不像以前的样子了。"

在一个叫作墨肯的城市，薇儿在火车站接着了程灵燕与王婶。薇儿的脸没有以前白皙了，被边疆的风吹得透出高原红。薇儿学着少数民族女人的打扮，在头上戴了一个彩色的帕子。她穿着少数民族的服饰，那模样已完全是一个少数民族的妇人。

"要不细看我真的都认不出你了！"程灵燕惊叹着，拉了薇儿的手。薇儿的手也不似先前细腻了，粗粗的，有的地方还有了裂纹。"你在这儿一定很苦吧，薇儿？"程灵燕心疼地看着薇儿说。

"我很好，与孩子们相处，我觉得特单纯！"

薇儿说话时，脸上透出纯真的笑。看到薇儿脸上的纯真与愉悦，程灵燕顿时觉得心头轻松了许多。

"你们学校有多少学生？"程灵燕问。

"总共才五十多个。墨肯这个城市地理位置较偏僻，何况我们的学校又在乡下。这儿通常十几公里一个村庄，远的会有几十公里呢！"薇儿说，

"这儿人烟稀少。由于孩子上学路途遥远,加之客观条件上的艰苦,有很多孩子上完小学就不再上了。这儿教师资源稀缺,孩子的教育质量亟待提升。你能辞去记者的工作,过来任教,这是我们地方教育上莫大的幸事啊!"薇儿说话的语气,充满了主人翁的意识。

"瞧瞧,你才来了几日啊,就把这儿当作自己的家了!"程灵燕打趣薇儿说,"你真的要在这儿待一辈子?"

"是的。我现在喜欢上了这儿的孩子,喜欢上了这儿的人,他们都很纯朴与善良。我要是真的能把我的所学奉献给这儿的孩子,也算是我生当其所。"薇儿说,"这样的日子,比我以前的日子有意义多了。我现在才发现,人啊,不在于用多少金钱去换取舒适的物质生活,关键在于你对人生的态度,你是不是有着想为社会做一点贡献的思想!"薇儿突然彻悟了人生,她觉得自己以前真的做了太多的错事。

薇儿说话的语气,充满了悔恨。薇儿对人生态度的转变,使程灵燕终于放下了心中的石头。程灵燕觉得这才是薇儿最真实的状态,薇儿的人生态度本该是这样的。以前的薇儿偏离了人生方向,可是现在,她能及时地调转过来,并在心里树立正确的目标与方向,程灵燕觉得这时的薇儿是好样的。

薇儿研究生毕业后,从琅屏市来到了墨肯,她在一所中学里任语文和英语老师。薇儿把学校当成了自己的家,她与孩子们同吃住。孩子们视薇儿为亲人。虽然学校条件艰苦,但是薇儿却爱上了这儿。薇儿说,她下半辈子要持续为社会做出贡献,她要不负人生,用自己的所学回报社会。

二

程灵燕的遭遇使她心灰意冷,要不是娘在,她真的想随小兵去了。她在爱情上连连遭遇厄运,因她是精神病人所生的孩子,秦克的母亲死活不同意他们的交往,与自己相恋了那么多年的秦克,负心离她而去。幸而,有小兵这个男人不嫌弃她，即便知道她是精神病人的孩子，也愿意娶她，愿意为她做任何事。他不在乎他们的后代会不会遗传精神病，也不在乎未知的厄运，他只是一味地爱她。可是，老天终究是嫉妒她的，它夺走了一个个爱她的人的生命，弟弟、小兵，他们走了……她孤孤单单地生于世间，心如死灰，已无泪可流。

所以，程灵燕在得知薇儿在墨肯后，便毅然辞去了报社的工作。琅屏市虽然是她为之奋斗、实现理想的地方，但更是她的伤心地，她要离开那个魔咒般的地方。

"娘，你戴上这个试试。"程灵燕拿了一个彩色的帕子，戴在了娘的头上。瞬间，娘看起来年轻了好几岁。"娘，你见过这个吗？我们那儿的集市上也有的，只不过好久都不见了。"程灵燕在墨肯的集市上，拿起一个拨浪鼓在娘面前摇摇，娘傻傻地笑了。

"燕子，我们先去吃些东西吧，我怕你们饿了。"薇儿看着兴奋的程灵燕说。

"不饿，不饿，我们看看再吃。"程灵燕生起了少有的兴致。于是，薇儿便不忍去打扰她。

在来墨肯之前，程灵燕对薇儿说了自己的事情。既然是来投奔薇儿，程灵燕便不想对薇儿隐瞒太多。可是伤痕终究是自己的，平复需要时日。

三

"我与教育上的一个朋友沟通了一下，说是恩河需要一名教师，不过那儿学生不多，不到十名学生。你觉得那儿可以吗，燕子？离我这儿不到五公里。"薇儿征求着程灵燕的意见。

薇儿知道这个女人的心有多受伤，她那表面的平静始终难掩饰她内心的沧桑。所以，薇儿在与她说话时，总是避免触碰她内心较敏感的地方，用试探性的语气来探求她的内心。

"可以的，薇儿。只要我能有个工作，我与娘能有个吃住的地方就行了。我没有太多要求，你看着安排就行了。我现在是投奔你嘛！"程灵燕笑向薇儿说。

"什么投奔不投奔的，跟我你还客气！"薇儿看了一眼程灵燕笑着说，"唉，你知道吗？我晚上没事的时候总是听广播，我居然在一个频道听到了苏倩倩的声音，她现在都是主播了。"

"苏倩倩吗？她人长得漂亮，毕业后一直没见过。不过，我听杜冉说她当时去了琅屏市的一个广播电台，怎么又转到这个地方了？哎，你听的那个叫什么台，回头我也听听。"程灵燕问。

"好像是这儿的市台。"薇儿说。

"当时我和杜冉都预料到倩倩要当主播的，真羡慕她！"程灵燕笑着说。

"你也不错呀，都做了首席记者了。"

"我那算什么呀！"听了薇儿的话后，程灵燕轻轻地叹了一口气并垂下了眼帘。

薇儿知道自己说错了话，便赶紧闭了嘴。

四

在薇儿的引荐下，程灵燕来到了恩河小学任教。

不过，这是一所极小的小学，这所小学只有七名学生与一名校长。校长姓金，五十多岁，家就在距离恩河小学一公里远的地方。

程灵燕来到后，为了尽量减轻金校长的负担，她主动承担起了各科教学任务及解决孩子们的食宿问题。程灵燕就像是孩子们的家长似的关爱与照料着这几名孩子。王婶也自得其乐，与孩子们在一起，她是开心的，她整日像个小孩儿一样与孩子们玩耍。

看着母亲高兴，程灵燕的心中也轻松了许多。她想，日子本该是这样简单快乐的。如果小兵在多好，我们就过这样简单的日子，我们也可以生上七个孩子的。想到这儿，程灵燕的脸上露出了久违的笑容。夜晚，看着孩子们熟睡的面容，她感觉这七个小人儿仿佛就是自己的孩子。此时，她心上升起了久违的快乐，看着孩子们，她觉得未来就是明天，忧伤已然成了昨天。

五

"程老师，你能来到这个学校任教，真是我们这儿孩子们的幸事，谢谢你对孩子们的付出。自从你来到这儿，我看孩子们脸上的笑容也多了，他们学习也更努力了。我呢，也一下子感觉轻松了许多! 瞧，这里里外外都是你在打理，真的谢谢你啦，程老师!"这日上午放学后，金校长一脸诚恳地对程灵燕说。

"不要这么说，金校长，这都是我应该做的。这儿的孩子们很可爱，与孩子们相处，我也感到很快乐!"程灵燕微笑着对金校长说。

的确，自从来到这儿后，程灵燕内心的忧伤在逐渐减少，在与孩子们相处时，她脸上的笑容是单纯而快乐的。这于她，是久违了的好心情。

时日是平复情绪的良药。为了使自己尽快地忘掉忧伤，来到这儿后，程灵燕就像个陀螺似的每日忙于孩子们的学习与生活。在孩子们面前，她就像一位任劳任怨的母亲，不求回报地为孩子做着一切。

为了使金校长能有更多的时间享受家庭的温暖，程灵燕来到学校后，便让原本住校多年的金校长晚上回家里居住。程灵燕与母亲住在学校里，兼起了孩子们的生活老师，照料孩子们的饮食起居。

六

时光如套着车的一匹老马，在颤颤巍巍中走着。

在忙碌的教学中，在孩子们琅琅的读书声中，在日常的柴米油盐中，转眼间，程灵燕与母亲来到恩河小学已经半年有余。

在这半年多中，程灵燕已完全把学校当成了家，她的母亲似也习惯了这儿的生活。孩子们放学时，程灵燕的母亲王婶也像是放了学一样，因为王婶总在盼着这个时刻，因为这时，她可以与孩子们尽情玩耍了。看到母亲快乐，程灵燕的心中也是幸福与快乐的。此刻，程灵燕便想着，若是与母亲就这样在这儿生活一辈子，未尝不是一件快乐的事。可能这就是老天对自己的安排吧！看着在这个不大的校园中，孩子们与母亲活跃在阳光下的身影，程灵燕悠悠地想。

每个人生来就有每个人的使命吧！也许自己生来就是为了照顾这七个孩子的，否则自己怎么能不远万里跑到这儿。何况，自己并不讨厌这样的生活。望着阳光下快乐的孩子们，程灵燕陷入了遐想中。她想到了奶奶最爱说的一句话："我们的一切，都是神为我们安排好了的！"程灵燕还想到了秦克、小兵，秦克抛弃了她，小兵也走了，自己因为心灰意冷来到了这儿，也许这一切，真的是冥冥中的安排呢！

七

周末的时候，薇儿有空便会过来看望程灵燕，她们俩互相探讨孩子们的教育，聊以前在学校时的快乐时光。她们就像是左右邻居似的，温暖彼此，互帮互助。

"薇儿，你以后就在这儿成个家吧，找个少数民族的老公，生一大群孩子。"这日，看着越来越像当地妇女的薇儿，程灵燕打趣说。

"如果有合适的，我还真找了呢！"薇儿笑着说。

"好啊，好啊。看来，薇儿是真的想找婆家了。"程灵燕说着又笑了。

"怎么，难道你不想吗？你不想有这样一群孩子在你面前蹦蹦跳跳吗？"薇儿敛了笑试探性地问程灵燕。

"我呀,这一辈子不想了,我已经把他们当成我自己的孩子了。"程灵燕看着在不远处玩耍的孩子们,笑着说。

"凡事都有定数,有些事你该忘记的。"薇儿看着程灵燕的眼睛,忧心地说。

"我现在很好,薇儿,真的,请你相信我!"程灵燕看了一眼不远处的母亲,脸上挂着笑说。

八

秋日的蝉在树上烦躁地鸣着,它们似乎不满恩河这被雾锁的深秋。雾霭中,聒噪的乌鸦立在枝头,引颈呱呱地叫着,它们似乎想唤开这漫天的云雾。恩河小学内,孩子们琅琅的读书声冲破云霄,响彻大地。

早间,孩子们自觉地读书,不用人看管。他们的读书声是那样响亮,整齐划一。自程灵燕来后,这七名孩子养成了早读的习惯。

早间的程灵燕,在忙碌着为孩子们做饭。王婶往炉灶里塞着柴火,通红的火光映照着王婶的花发与程灵燕眼角的皱纹。日头,在炊烟中升起,融化在时光的炉灶里。

夜晚,风虽不大,但已渐寒。

程灵燕看着孩子们入睡,帮他们掖掖被子,带上孩子们的房门,悄悄地回到她与母亲的房间。此刻,王婶已经睡了。看着母亲酣睡,如那七个小鬼头一样,此时的程灵燕,内心是安详而踏实的。她舒展了一下懒腰,微笑着宽衣上床。有时,她会披着衣服坐在床头看会儿书;有时,她也会预习一下明天所要教授的知识。

九

恩河的夜晚常常停电,学校里便要常备着蜡烛。

孩子们的年龄都不大，在停电的夜晚，程灵燕便一遍遍地叮嘱他们安全使用蜡烛。停电的夜晚，她便睡得很晚，还要不时地起来听听孩子们的动静，为这事儿操了不少心。

　　程灵燕叮嘱孩子们夜晚最好不要起来，尤其是最小的孩子，最好不要点燃蜡烛。程灵燕告诉孩子们，蜡烛要像人的腿一样站得直直的，方是安全的。孩子们也都记住了，他们知道点燃后，要将蜡烛牢牢地粘起来，让它直直地站立，不可倒下去。

　　苏格是恩河小学七名孩子中年龄最小的。这晚，他睡了一会儿后，却怎么也睡不着了。他睁开眼睛，看着外面黑平平的夜晚，感到了一丝害怕。这时，他摸着黑爬了起来，悄悄地走到了放置蜡烛的桌边，摸到了火柴，将蜡烛点燃。

　　苏格个矮，他踮着脚费了半天劲儿，方将点燃了的蜡烛立直。看着燃起的火苗，苏格的心中高兴了。他返转身，取来纸笔，想将蜡烛的火苗画在纸上，好明天让老师看看，告诉她火苗的样子。可是，就在苏格转身的时候，不小心碰到了蜡烛，蜡烛倒下熄灭了。黑暗中的苏格惊恐万分，束手无策。他再去摸到火柴，将火柴点燃，他却找不到蜡烛。苏格就那么举着燃起的火柴，寻找蜡烛。谁承想，火柴触到了棉被，棉被像蜡烛一样冒起了烟，逐渐燃了起来。这可把小苏格吓坏了，他就那么看着棉被燃起，却不知道叫醒同伴。

　　烟雾，逐渐在七名孩子的宿舍升腾……

十

　　夜晚，程灵燕总要看一会儿书。停电时，她便就着蜡烛看。她从琅屏市带来了二十来本书，这些书，大部分都是她看过的。但当没有新书看时，她总喜欢拿起看过的书，翻了又翻。这一本《简·爱》，她不知看了多少遍。今晚，她又翻到了折页处，有一行文字再次跃入了她的眼帘：我贫穷，卑微，不出众，但当我们的灵魂穿越坟墓站在上帝面前的时候，我们是平等的。

又是停电的夜，程灵燕侧耳听了一下隔壁孩子们的宿舍，没有什么异常动静后，便躺下入睡。劳累了一天的她，床便是她的天堂。躺下后，她很快地进入了梦乡，她梦到家乡，梦到奶奶，梦到弟弟，梦到小时放牛的磨盘山……

"什么味儿？怎么像母亲烧火的味道？"此时，程灵燕以为自己在梦中，不由自主地吸动着鼻翼。然而，这味道越来越浓烈，不像是在梦中。

"啊！"程灵燕瞬间惊醒，她快速地摸黑下床，迅速地打开房门。"不好！"看到浓浓黑烟从孩子们的房间向外蹿出，她惊叫了一声。

一个、两个……打开孩子们的宿舍门后，程灵燕拼力地抢救着孩子们，并将他们一一转移到安全地带。当程灵燕抱出最后一名孩子时，由于连日的劳累，她晕倒在孩子们的宿舍门前……

第五十一章　芳香深处

一

"本台消息：昨日夜间，恩河小学一名小学生在点燃蜡烛时不小心将宿舍的棉被燃着，引发一场火灾。宿舍内的七名孩子，被一名姓程的老师全部救出，无一伤亡。但程老师却晕倒在了火灾现场……"

听到这儿，薇儿迅速关掉了收音机。苏倩倩的声音像针一样扎了一下薇儿的神经。

女主播苏倩倩，用她那温婉的声音播报这条新闻时，也许根本就不知道程老师是谁，也不知道自己的同学薇儿正在听这条新闻。但薇儿知道，程老师是苏倩倩的同学，也是自己的同学兼好友程灵燕。

薇儿的心像被无数根细线缠绕着，一紧一紧的。她顾不得向校领导请假，走在院子中，她急匆匆地向一名学生说："我出去一下，你向校长说一声。"

二

"亲爱的，你这是怎么了？都两天了，你一点儿声音也没有，你都不曾与我说一句话……"薇儿像呼唤自己的爱人一样唤着好友。

可程灵燕却是没有一丝声息，她闭着眼睛，脸色惨白，但神态却安详。

"亲爱的，瞧你的嘴唇白得都没了颜色！你还记得我们去商场买口红的时候，你说你喜欢绛紫色的吗？当时你还让服务员给你涂了一嘴试色。你说你很喜欢，只是有些红，不太适合你的职业。我知道，你是嫌那支口红太贵。你醒来吧，亲爱的。我要买一支那样的口红送给你，我知道其实你比我更爱美！"薇儿说完后，望着程灵燕那惨白的脸笑了。片刻，她又伏在程灵燕的身子上，泪流满面。

这是程灵燕晕倒后的第三日。三日了，她都不曾醒过，她对外界没有一丝感知。

那晚，当程灵燕抱出最后一名孩子后，晕倒在了孩子们的宿舍门口。王婶在嘈杂声中醒来，看见房门洞开，随之她也闻到了一股刺鼻的烟味，她想，是燕子起来烧火做饭了吗？不对，做饭的柴火从来就没有过这么大的味儿。王婶惊愕着走了出来，走出房门后，她看到孩子们的宿舍全是烟，她便向着烟雾走去。

夜晚，不知道月亮什么时候升了起来。在月光下，王婶看到了一个人躺在孩子们宿舍外的地上，她惊恐地走过去。"燕子！"她惊叫着，看到地上躺着的竟是女儿。

王婶的大喊大叫，唤醒了尚在惊惧中的孩子们。

孩子中年龄最大的说："快！老师在那儿。"三名年龄大些的孩子迅速地跑过去。在孩子们及王婶的七手八脚中，他们将已无知觉的程灵燕抬到了安全地带。

月光下，两名年龄大些的孩子做伴去找他们的校长。

另一名年龄大些的孩子及王婶，看顾着其他孩子及失去知觉的程灵燕。

三

"亲爱的，你真的不醒了吗？今天是第五天，你就这么睡着？你倒好，可是你知道几天来，我都未曾好好睡过一觉吗？为了照顾你，我觉得我都变丑了！这几日，我都没有照过镜子。可是你的脸却仍然是那么光洁，只不过太惨白了！你醒来后，我要你赔我，赔我一大包的护肤品……"几日来，薇儿的泪不知道流了多少，她自顾自地说。程灵燕好像根本就听不到，她仍然没有一丝知觉与回应。

五日来，程灵燕一直不曾醒来，她一直躺在墨肯市医院的病床上。

"病人家属，请到医生办公室来一趟！"这日快中午的时候，程灵燕的主治医生把薇儿叫到了办公室，说，"病人的情况不太乐观啊！由于吸入过多的烟雾，病人的心脏已极度衰竭。她的情况很不好，所以你们要做好充分的心理准备。"

四

第五日夜里，程灵燕仍然躺在洁白的病床上。那洁白的床单与她的白脸，仿佛都化作了一片白云。程灵燕在那云中舒适地躺着，没有烦恼，没有忧愁，没有失去爱人的痛苦与无助……她不愿醒来，就那么舒服地躺着。那洁白的床，此刻是她的天堂！

"不好了，医生，不好了，她的心不跳了！"病房内，心电图监视仪上，那根浮动的线，此刻竟没了一丝波动，骤然停了。

"没用了，病人已经去了。"对于薇儿的大喊大叫，医生长长地叹了一口气，并表示出深深地惋惜。

"你终究还是走了，你这个狠心的女人！抛下我和你的母亲走了！"薇儿整理着程灵燕的遗物，眼泪又落了下来。

在第五日夜里，程灵燕的心脏停止了跳动，她留给了人们一个大大的惊叹，她带着惨白的、安静的面容走了。

程灵燕在这个世界仿佛只是过客，她一闪而过，留给世人无限的叹息！

五

"下面插播一则新闻: 五日前的夜里, 在恩河小学发生的那起火灾中, 该校的女教师程灵燕, 在救出最后一名孩子后晕倒在现场。由于她在救人时吸入了大量的烟雾, 于第五日抢救无效而死亡。程灵燕老师是夏城县曼陀村人, 曾是琅屏市《晨报》的一名首席记者。来到恩河任教后, 她兢兢业业, 把学校当成家, 把孩子们当成自己的亲人。在这场大火中, 她为了救出七名孩子, 而献出了自己年轻的、宝贵的生命! 程灵燕是我的大学同学, 她是我的骄傲, 是我们班的骄傲……"电台中女主播温婉的声音突然变得哽咽了, 她再也说不下去了。她索性扯下了耳麦, 伏在桌子上泣不成声。这名主播不是别人, 正是程灵燕与薇儿的同学苏倩倩。

五天前首次播报这则新闻时, 苏倩倩并不知道恩河小学那名救人的老师, 便是她的同学程灵燕。昨日, 电台记者再次追踪这则新闻时, 苏倩倩这才了解到了程灵燕的身世背景。

六

"燕飞北天, 不啄一泥。暗香浮动, 灵气长存。"这是薇儿亲手为好友写下的挽联。

墨肯人民广播电台的女主播苏倩倩, 在哽咽声中播报了恩河小学火灾的后续报道后, 在社会上引起了强烈反响和关注。这段时间以来, 程灵燕的事迹传遍了大街小巷, 在墨肯以及恩河的大地上, 成了人们传颂的热闻。一时间, 程灵燕的事迹家喻户晓, 墨肯掀起了一股付出与奉献的热潮。

琅屏市《晨报》也掀起了一股向程灵燕同志学习的热潮。死后的程灵燕, 竟成了《晨报》的骄傲。因为程灵燕是从《晨报》走出来的, 她的精神是《晨报》一直以来奉行的大无畏精神, 是在灾难面前无惧与付出的超人精神。

七

　　"明天我就将你带回你的老家曼陀村,你从哪儿来,便还到哪儿去吧!你的母亲精神很不好,我已将她送到了墨肯疗养院。她的食宿与疗养,都由政府包了,你便放心吧!"在包程灵燕的骨灰盒的时候,薇儿打开盖子,悄悄地抓出一把,放在了程灵燕唯一的一个镀金的首饰盒子里。

　　乘坐了三天两夜的火车,薇儿终于来到了曼陀村。

　　曼陀村,仍然掩映在一片雾霭中。天空的红云在午间悄悄地由天际泻下来,使这个小村看起来宛如画中。

　　刘栓柱的背更驼了,他的腰快弯成了弓形。

　　"燕子说你是她的爹,我是向村人打听了你的名字,这才找到你的。"薇儿对刘栓柱说。

　　"是的,我是她爹,她是我女儿。"刘栓柱老泪纵横,泣不成声。

　　刘栓柱与薇儿将程灵燕的骨灰葬在了距程文斌与小乐的坟头不远的一处麦田里。

　　薇儿安葬好友的时候,在她的坟头栽了一株玫瑰。

　　刘栓柱在这个家族的墓旁,在距程灵燕坟墓最近的一处地方,搭了一处庵子。他说,这儿以后便是他的家,他要在这儿,陪着他的女儿。

八

　　时间迈着老迈的姿态,仍然没有停止它前进的步伐。薇儿回到墨肯后,向当地教体局提出申请,调到恩河小学,接替程灵燕的职务。

　　一年过去了,恩河小学又连续调来了三名教师,学生也比之前增加了十几倍。那儿的市县领导说,要把恩河的教育搞好,把恩河打造成红色基地。

恩河小学的校园经过翻修与扩建，焕然一新。

经过薇儿的申请，恩河小学的校园中，立了一座程灵燕的塑像，上书"师德永存"几个大字。

薇儿将她悄悄捧出的那一把骨灰，葬在了距恩河小学不远的一处荒田里。薇儿时不时地去看看。表面看，那只是一座小土丘，无人知晓那是什么，但薇儿知道。

"一年过去了，你依然如初。你不张扬，无人知道你葬在这儿，也无须别人知道，我知道便罢了！"午间放学，薇儿又来到这座小土丘旁，自言自语地说，"过两天便是你的忌日，我顺便回老家一趟，去看看那一半的你。"

九

不变的曼陀村，掩映在不变的雾霭中。不变的美，不变的如诗如画。

薇儿又赶了几夜的火车，她跋涉在曼陀村的乡道上，犹如昨日的程灵燕。薇儿并不急于走，嗅嗅花，摸摸草。花的芳香溢满了山坡，引来了蜜蜂与蝴蝶，薇儿走过，它们跟来。

薇儿循着记忆，找到了她栽下的那株玫瑰。远远地，薇儿看到了雾霭中的一点红，是那么耀眼而醒目。薇儿快速地奔向它，她蹲在地上，伏下身子亲吻那株玫瑰。

"我知道你不寂寞，瞧这花儿开得多好！我要将你娘接回去，就像你在时一样。以后的日子，我陪着她过。你没了忧愁，没了寂寞，没了孤独，不再经历离别生死，真羡慕你！"薇儿又亲吻了一下那株玫瑰说，"瞧你开得这么艳，你这株妖媚的铿锵玫瑰。"嗅着浓烈的花香，薇儿笑了。

庵子旁，刘栓柱看着伏在地上的薇儿，他的脸上又不自觉地飘下了两行老泪。那一株玫瑰，刘栓柱可没少费心思，有时半夜还要起来看看。

"过两日天暖和了，我就剪下它的枝叶，再插一些。等你再来的时候，便是一地的玫瑰。"刘栓柱喃喃地对薇儿说。

十

"墙角数枝梅，凌寒独自开。遥知不是雪，为有暗香来。"

恩河小学的课堂上，薇儿在教孩子们朗诵王安石的《梅花》。薇儿读过一遍后，孩子们便跟着读了起来。

在孩子们琅琅的读书声中，薇儿的目光穿过教室，看着"师德永存"大字上面的塑像，微微地笑了。

王婶还是爱与孩子们玩。经过一年的疗养后，她的情绪已基本平稳。但她最爱做的事情，便是在阳光下静静地坐在女儿的塑像旁，陪着女儿一起晒太阳。

程灵燕的塑像在阳光下闪闪发光，薇儿对王婶说："燕子变成了仙女。"

薇儿终生未嫁，她陪着王婶，替程灵燕做起了王婶的女儿。